Do osso ao pó

Júlio Menezes

1ª edição

Editora Draco

São Paulo
2016

Júlio Menezes
é escritor e fotógrafo. Trabalha com fotografia de publicidade há vinte anos e seu trabalho autoral foi exposto em salões e galerias no Brasil e na Itália. Foi colunista da revista Riders. *Do osso ao pó* é seu segundo livro.

Publisher: Erick Santos Cardoso
Produção editorial: Janaina Chervezan
Edição: Lucas de Sena Lima
Arte e capa: Ericksama

Dados Internacionais de Catalogação na Publicação (CIP)
Ana Lúcia Merege 4667/CRB7

M 543

Menezes, Júlio
Do osso ao pó / Julio Menezes. – São Paulo : Draco, 2016.

ISBN 978-85-8243-194-8

1. Ficção brasileira 1. Título

CDD-869.93

Índice para catálogo sistemático:
1. Ficção : Literatura brasileira 869.93

1ª edição, 2016

Editora Draco
R. César Beccaria, 27 – casa 1
Jd. da Glória – São Paulo – SP
CEP 01547-060
editoradraco@gmail.com
www.editoradraco.com
www.facebook.com/editoradraco
Twitter, Snap e Instagram: @editoradraco

AGRADECIMENTOS

Aos meus Amigos Anônimos & loucos.

Aquele homem escrevia com ossos
Já não admitia, por exclusão, a carne
Bruno Cattoni (poeta carioca)

É preciso não ter medo de mostrar o osso
e arriscar-se a perder a carne
Antonin Artaud

Do pó vieste e ao pó retornarás
Eclesiastes 3:20

I

Uma mulher nua dormindo de bruços. Decúbito dorsal. É como se chama essa posição, tecnicamente falando. Lindo mesmo. São muito silenciosas as meninas. Quando dormem, claro. Muitas vezes cheguei a cutucar Aninha para verificar se ainda estava viva. Sempre estava. E eu feliz em saber que ela ainda respirava. Passava um tempão fazendo carinho nas suas costas. Coisa de namorado. Mas disso ela nunca soube, justamente porque estava dormindo. Quando ela acordava fingia que era eu quem estava entregue ao mundo dos mortos. Nunca soube se ela algum dia suspeitou que eu zelava por seu sono, acariciava seu dorso nu e encostava meu ouvido na sua boca para me assegurar de que ela ainda respirava. Aninha tinha o sono profundo. Ao contrário da mãe, que parecia nunca adormecer. Sempre cochilando numa espécie de vigília, um estado de cautela constante. Talvez tivesse sido mesmo comunista, guerrilheira, essas coisas aí. No dia em que Aninha me pediu pra matar sua mãe, a única coisa que me ocorreu é que seria muito mais fácil cometer o crime enquanto Amélia estivesse acordada.

* * *

Aninha era magra. Magra demais. Muito pouco peso para atravessar a adolescência, essa sequência de eventos malfazejos, o caminho tortuoso crivado de minas e percalços. Momento em que o medo se alia à carência em torno de uma única causa: devorar e deglutir a tudo e a todos, como se a alma fosse um buraco negro. Ah, adolescência, esse impasse em nossas vidas. Nada parece capaz de deter a angústia e a aflição geradas pela incerteza. E numa busca insana por algo que preencha esse vazio, tentamos nos apropriar dos excessos, das dobras onde a carne ligeiramente abundante afunda sob apalpadelas para aplacar o que é até então quase insaciável: a voracidade juvenil. Mas faltava substância para Aninha. Não havia meios de dar conta das mãos afoitas dos meninos, ávidos de glúteos e ancas. Como alguém podia ter tantos ossos? Eu me perguntava: como alguém podia ter tantos ossos?

Eu falei pra ela: "gosto de você". E ela: "mesmo?". E eu: "sim". E ela nunca entendeu porque nós nunca namoramos. Chegou a pensar que fossem os ossos. Até eram, mas não aqueles que se aventuravam quase para além da cútis. Eram outros, vermelhos, repetidos como as manias, calcificados como antigos hábitos. Ossos prolíficos que nascem no mais remoto metro quadrado que a natureza se esqueceu de ocupar.

Fui embora.

* * *

O ano de 1981 teria sido muito legal para Aninha. Os anos são cheios de possibilidades, até mesmo quando as chances não existem sobra espaço para aqueles que são hábeis em fazer nada a partir do nada; os artífices das sopas de pedras. Mas em 1981, pela primeira vez uma grande banda tocaria num grande estádio de São Paulo, e, no contrafluxo dessa tendência que se firmaria nos anos seguintes, aconteceria o Festival de Iacanga, na cidade de Águas Claras, para aqueles que ainda se sentiam assombrados pelos fantasmas de Hendrix e Morrison, e realmente apostavam em um Woodstock Nacional.

Aninha deveria ter comparecido em ao menos um dos eventos. Falhou nos dois. E quando digo que aquele ano teria sido bom para ela, é porque eu sabia das coisas de Ana. Ela também não deu as caras no FICO — o festival do Colégio Objetivo — um evento obrigatório na época. Ela nunca me disse o porquê das omissões. Acredito que ela estivesse de mal com a música. O grupo em que ela tocava decidiu substituí-la por uma loiraça de quadril congolês. Uma pena sua ausência, até porque Ana foi uma das pessoas mais musicais que conheci. Existe isso: *pessoa musical*? De qualquer maneira a música não era responsável por sua frustração. Foi a tal da loira, tenho certeza. As mulheres perturbavam Aninha. Aliás, as mulheres perturbam as mulheres.

Aninha segundo as meninas:

Normal. Não oferecia riscos sob o amontoado de ossos que a mantinham de pé. Sempre a melhor amiga dos meninos. Sob o ponto de vista das garotas, contanto que a companhia fosse Aninha, não haveria problema quanto ao namorado ter uma amiga. Procede, porque até aquele momento nenhum dos meninos parecia sentir qualquer interesse por Aninha que fosse além da sua companhia. Ana era legal, um pouco triste, verdade, mas era bacana. Os caras a tinham como uma aliada, capaz de entrever o universo feminino com precisão decimal. O que de fato era verdade, já que ela nunca fora levada muito a sério entre as meninas e seu mundo tão cheio de códigos e comportamentos premeditados, onde ela realmente não se ajustava. Por observar o jogo a distância, claro, podia jogá-lo melhor. E havia aí um ingrediente que qualquer das meninas menos perspicazes que a sucinta Aninha poderia notar: para Ana sempre seria mais fácil estabelecer amizades com gente do sexo masculino, preferência que dá margem para infinitas discussões.

Ana percebia claramente no universo que a rodeava, a rede de interesses e disputas que faziam com que o espaço que a cercava parecesse mais um tabuleiro. E nessa arena onde poucos escapam com vida, Aninha jogava para ela mesma, com as armas de que dispunha: angariando simpatia, tocando nas bandas estudantis, recheadas dos cachos longos dos meninos. Meninos que Aninha cobiçava, de longe e quietinha, sob sua fina pele mimética, que a mantinha branca e ligeiramente pálida o tempo todo, como se vivesse num quarto de hospital vazio. Era bem branquinha mesmo. Até diante de um elogio ou galanteio — coisa rara— jamais corava; pelo contrário, parecia absorver mais ainda a assepsia da sala cirúrgica onde ela se camuflava. Ou talvez para ela uma lisonja não diferisse muito de um bom-dia, não sei.

Ah, Aninha... eu sempre gostei de transar com você. De vez em quando, claro. Você nunca foi garota de se namorar. Você sempre aparecia com seus ossos. Não falo daqueles compostos de cálcio. Me refiro àqueles que a gente nunca tritura. Pelo menos no começo.

Adolescente é foda, só sabe namorar menina bonita. E na velhice parece que também. Mas no meio da vida, quando a gente começa a desistir de alguns sonhos, quando as meninas mais bonitas da 7ª série já tomaram seus rumos... Bem, a maioria de nós, meninos, começa a enxergar flores onde antes só se avistava cacto. Sei lá, parece que a gente aprende da maneira mais difícil, que, lá pra trás, ou éramos muito exigentes ou tínhamos vergonha de namorar quem não fosse uma beldade. O tempo passa e a gente vai ficando mais rígido por um lado e mais flexível por outro. Então abrimos um antigo álbum do ginásio e constatamos incrédulos: "porra, mas só tinha gata!". É, a gente era foda mesmo.

Engraçado, não sei por que dessa minha mania de dizer "a gente". Quando não estava com Aninha eu vivia praticamente sozinho.

***

Aninha olhou pra mim e falou: "isso nunca vai dar em nada, não é?". Caramba, eu pensei e disse: "está dando em tudo!". E ela: "não sei não".

Então, mais uma vez, eu fui embora.

***

Na época não cogitava Aninha como companheira. E até hoje ainda me masturbo pensando nela. Pois é, os hábitos são teimosos.

Agora, como isso aqui é autoajuda, vou explicar. Aninha era quente, quente mesmo. Coisa difícil. Singular. Lamento meninas, mas isso acontece em profusão. Não falo de frigidez, mas de alguma coisa mais entremeada no emaranhado e complexo mecanismo do prazer, que no mais das vezes se manifesta pela metade, uma meia alegria, assim como uma festa que termina antes de servirem o bolo: não foi de tudo ruim, mas faltou o parabéns. Algo que não deixará sua marca, como uma frase de música antiga que a gente se lembra mas não consegue resgatar a letra toda. É difícil explicar para garotas, mas quem é homem entende bem.

Ela era muito quente. Só acho que não fazia uso integral desse atributo tão raro entre as fêmeas. Por exemplo, quando ela ia partir pro tudo ou nada, quando ia subir a oitava, quando ela podia fazer a diferença — e ela podia! —, não sei por que cargas d'água ela recuava... Ela até que avançava, mas nem sempre transgredia. Uma pena. Eu sempre quis saber se era só comigo que ela parava pela metade, assim como alguém que se cansa de tentar resolver um problema.

Lembro das suas mãozinhas magrelentas me segurando com força e vontade. Aquilo me dava muito tesão. Eu me sentia enorme. E no fundo o que a gente quer é isso mesmo; sermos maiores do que de fato somos. Mais ou menos parecido com aquela hora que o seu time ganha jogando pior do que o adversário. Mas Aninha nunca foi uma adversária — pelo menos no começo não. Pelo contrário, fazia de tudo com ela. E quando eu passava do ponto — se é que isso existe — ela ficava meio que imóvel, mas não me impedia de seguir adiante. Nunca fiz tantas coisas e com tanta propriedade com nenhuma outra menina.

Mas no dia seguinte eu sempre ia embora.

***

Por que às vezes a gente faz coisas do tipo: não trabalhamos naquilo que gostamos, ou, sei lá, casamos porque cremos que aquele ato é conveniente, que chegou a hora, como se houvesse uma hora? Não dá pra saber, eu acho. Existem temas que jamais resultarão em conclusões. Por exemplo, por que a minha ex-mulher era triste ao meu lado e a maioria das mulheres dos meus conhecidos sempre me pareceram insatisfeitas? Também não sei, teria que perguntar pra ela. Mas são coisas que não se perguntam. Talvez não seja preciso.

Hoje olhei pra minha ex conversando com meu filho. Duas causas perdidas, pensei. Fiquei triste.

Pensei em ir embora, mas não tinha pra onde.

Acho que meu filho puxou a mim, quero dizer, não é um cara à vontade, como o tio. Sérgio, meu irmão, se apropria da vida com segurança e pertinência, chega e sai dos lugares e ambientes como se tivesse estado ali desde sempre. Parece que o mundo para ele é bem menor do que para outras pessoas. Ele não bebe, não cheira, não fuma e não lê. E é como se ele fizesse tudo isso. Deve ser bom, fico pensando, já nascer com tudo, não precisar recorrer à porcaria nenhuma.

Faz muito tempo, uma vez cheguei em casa depois da aula. Ele e Aninha riam e conversavam muito, com uma intimidade que não sei de onde vinha. Fiquei ouvindo atrás da porta do quarto dele.

Depois fui embora.

Cheguei a desejar que meu filho fosse como aquele imbecil.

* * *

Se a gente for pensar e observar, numa sala de aula são três ou quatro meninas que arrebentam corações, na linha *unanimidades*. Isso também serve pros caras. O resto da classe fica espiando de longe e sonhando. Uma tremenda de uma injustiça essa discriminação. Aninha era o melhor partido daquela droga de escola. Por que ninguém notava isso — nem eu? Quer dizer, acho que eu percebia, sim, mas eu tinha essa mania de sempre ir embora por uns tempos.

Nada de envolvimento formal; beijar de dia, dar as mãos no colégio, ficar muito tempo acordado depois de transar, sair dois finais de semana seguidos, essas coisas que caracterizam namoro. De repente aconteceu algo que, creio eu, só acontece uma vez na vida.

Aninha morava com a mãe, uma professora da ECA, bem jovem, com o corpo todo em cima, como pude constatar mais tarde. Amélia era um mistério pra mim, uma personagem ficcional que deveria existir apenas na imaginação criativa de Ana. Eu já andava pra lá e pra cá com Aninha havia uns dois anos, frequentava sua casa e passávamos muito tempo juntos. Ana evitava falar da mãe, que pra mim até então era apenas fruto de uma mente fértil. Mas não, Amélia de fato existia, e sua história era, no mínimo, um bom argumento de filme B. Foi mãe aos dezessete anos, e, na época em que Aninha nasceu, ela morava no Rio. Era militante e ativista de um grupo, segundo ela, ligado àquele do Gabeira. Fazia a linha *fui torturada e queimei sutiãs.* Sei não, acho que daquele período de contestações e quebra de paradigmas ela só se apropriou mesmo da liberação sexual e do insaciável apetite por drogas. Aninha era filha só de mãe. O pai era uma espécie de organismo abstrato cujos espermatozoides podem ter sido inseminados tanto pela Providência Divina quanto pelo anonimato dos camaradas da causa. Amélia vivia pela rua. Quando a conheci, no aniversário de Aninha, eu já transava com a filha havia mais de um ano. Amélia tinha 34 anos; eu, 18.

Falei para Aninha: "sua mãe é encantadora". Engraçado, nenhum garoto usaria esse adjetivo: *encantadora.* Pois é, mas me lembro até hoje, foi assim que eu disse: *encantadora.* Nem sabia que poderia delegar tanto poder a uma mulher. Mas realmente me senti assim, como diriam daqueles que não oferecem resistência ao feitiço da fada ou da bruxa. Me prostrei *encantado.* Feitiço, acho que é disso que se tratava.

Repeti: "sua mãe é encantadora", e Aninha ficou quieta.

Fui embora. Porém, uma hora depois estava de volta.

2

Ao contrário da filha, Amélia tinha o sono leve. Acho que é coisa de comunista... Sei lá por que acredito nessa idiotice. Nessa vida a gente acha cada coisa... Mas sem dúvida que eu teria que dar cabo de Amélia enquanto ela estivesse acordada. Um comunista de olhos abertos é mais distraído. Deve ser, penso eu.

Mas a gente tá falando de autoajuda. Se você é menina e quer ganhar carinho, vire de bruços e finja que está dormindo. É, simples assim. Meninos não sabem fazer as coisas quando os dois estão de olhos abertos.

Às vezes, principalmente na praia, uso óculos escuros pra fingir que estou dormindo. E não é para paquerar outras meninas, não, é só pra ouvir o mar sem que algum pedido de qualquer coisa quebre minha sintonia com ele.

Pois é, eu sustentava uns óculos de camelô sobre o nariz. É o máximo que me permito pagar por algo que logo perderei. Gostaria de ter um Ray Ban Hunter. Mas a vida é assim mesmo: poucas coisas cabem em você. Se fica bem na cintura normalmente sobra na perna. Sob o guarda-sol eu observava as transeuntes, sem me ater às suas ancas sempre formidáveis. Às vezes me pergunto se não sou meio assexuado.

Gosto de óculos. É bom saber que o nariz serve a outra função que não seja apenas cheirar o que não se deve. Amélia havia enfiado substâncias em minhas fossas nasais. Até aí tudo bem, mas o problema é que eu tinha gostado daquela coisa ardidinha. Lá estava a minha napa, sustentando um autêntico-ilegítimo Vuarnet: as lupas da época.

Estava na praia, mas não acompanhado de Aninha. Era uma tal de Jane — não *Geine*, Jane mesmo. — Carioca, que optara por estudar em São Paulo, provavelmente para estar o mais distante possível do controle dos pais. Falava sem parar... Não gosto muito de tagarelice, meus ouvidos começam a arder.

Já Aninha falava pouco. Eu, menos ainda. Lá um dia ela decidia que aquele dia seria o dia em que ela passaria o dia falando. E era sempre um dia longo. Mas assim como os ursos, ela quietava durante semanas.

Então eu falava: "tudo bem?". E ela: "sim". E assim a gente seguia.

Às vezes era difícil entender como Amélia podia ter parido Aninha. Ela estava muito mais pra mãe da Jane, a outra moça. Amélia gostava, precisava, necessitava verbalizar tudo que sentia. Era como se o seu corpo operasse com carburadores, como se ela acordasse e vivesse o dia num processo de combustão constante. Amélia falava até enquanto dormia. Não acho que ela precisasse de um interlocutor, só queria falar.

Era agnóstica, ou ateia. Acho que acreditava em Deus, mas por conta da época de militância se sentia mais solidária aos velhos tempos pondo abaixo tudo que adviesse em forma de bônus. O homem deveria por obrigação construir tudo sem contar com a ajuda de ninguém, só do Estado. Jamais esperaria prêmios vindos de algo abstrato. Preferia ver Deus como uma hipótese pouco provável. E precisava tanto falar que me contou que, lá um dia, parou numa igreja pra se confessar.

* * *

De óculos na praia, enquanto Jane falava, eu desfocava os ouvidos. Pensava numa maneira de dar cabo de Amélia. Não matá-la, pelo menos por enquanto. Pensava num jeito de me livrar dela. Aninha sabia, mas não sabia. Então, se era assim, ela sabia. Só não saberão se não quiserem saber. Jane era uma tentativa inglória de me livrar das duas. Muito louca essa coisa, nunca me senti tão ligado à Ana como na época em que me envolvi com Amélia. E Jane batendo nas tabelas como uma bola de bilhar que se recusa a encontrar a caçapa.

Claro que só me passava pela cabeça ir embora. Dessa vez estava tão enroscado que não via saída. Então tive uma ideia que foderia minha vida por uns tempos, mas resolveria meu problema imediato: prestei vestibular em todas as universidades situadas a mais de cem quilômetros de São Paulo.

* * *

No mesmo dia da festa de aniversário de Aninha, quando conheci sua mãe, Ana encheu a cara e desmaiou. A galera foi zarpando. Sobramos eu e Amélia na cozinha. Fui apresentado à cocaína. Amélia falava e eu ouvia fascinado. Ela torcia pro Flamengo, amava o Zico, Céline, Astor Piazzola e acreditava que os argentinos eram mesmo nossos *hermanos*. Senão todos, pelo menos os da classe operária. Já tinha namorado meninas e meninos, e havia morado na Inglaterra por conta de uma extradição. Me contou que lá em Londres visitou o túmulo de Karl Marx, no cemitério de Highgate, famoso também pelas catacumbas egípcias. Segundo ela, porém, o esqueleto do velho comunista não estava mais ali e sim enterrado numa floresta próxima, em local permitido apenas aos iniciados, e que ela, como tal, tivera o privilégio de conhecer o sítio secreto. É claro que eu nunca acreditei nesse absurdo e nem entendi por que diabos um comunista alemão estaria enterrado numa floresta na Inglaterra. Por fim ela disse que eu tinha a beleza dos desvalidos e eu tentei entender aquilo como um elogio... Talvez fosse. Bebíamos vodca e cheirávamos.

Quando acordei apavorado na manhã seguinte, topei com Aninha saindo do banheiro.

Ela: "onde você dormiu?". Eu: "no sofá". Ela: "no sofá?" Eu: "é, no sofá". Nunca mais tocamos no assunto. Só de raspão.

Fui embora.

* * *

Amélia amava signos. Astronomia, astrologia, não sei, sou pouco versado nessas metafísicas. Me contou que era do signo de Gêmeos com o tal do ascendente também em Gêmeos. Não comentei nada mas pensei: aquilo só poderia ser quadrigêmeos. Muito signo pra uma pessoa só. Não sei se essa tal astrologia funciona de verdade, mas Amélia era exatamente assim: uma porrada de coisas ao mesmo tempo. Eu sou aquário, segundo ela misturado com câncer e com o tal do Netuno mal posicionado, o que me faz ver a vida sempre por trás de uma "espécie de véu". Sei lá, ela que falou. Sempre achei as mulheres confusas e pouco claras. E se era a isso que ela se referia, à minha falta de percepção, bem, então eu era mesmo uma vítima do tal Netuno.

Eu havia passado no vestibular para agronomia, na cidade de Lavras. Nunca soube por que prestei vestibular para agronomia. Até então, terra para mim era apenas um lugar que ainda não tinha sido asfaltado. O mais incrível em relação a esse vestibular foi que eu passei em quarto lugar. Quarto! A única explicação para tal proeza é que só caíram na prova as poucas questões que eu sabia. Quarto lugar, hein, quem diria?

Aninha decidira fazer bacharelado em violoncelo.

Eu: "passou?". Ela: "claro!". Eu: "qual o seu signo?". Ela: "o mesmo de quando eu faço aniversário e você dorme no sofá de casa". Eu: "ah, sei. Então é o signo de setembro?". Ela: "sim". Fiquei com vergonha de perguntar mais. Pesquisei e soube que poderia ser Virgem ou Balança. Era Virgem.

Nos meses seguintes, digo, de dezembro a março, antes de me mudar para Lavras, dormi muito pouco ou quase nada com Aninha. Estava completamente atrapalhado com a presença de Amélia. Li *Viagem ao fim da noite* e *Morte a crédito*, de Céline. Resolvi torcer para o Flamengo, mesmo por que já estava na hora de eu levar o futebol mais a sério.

Aprendi como cercar a ativista. Não era pela literatura, vestindo a camisa rubro-negra, e muito menos dançando tango. Era tendo pó. Mas isso implicava em ter dinheiro, frequentar baladas.

Naqueles poucos meses que separaram o aniversário de Aninha da minha viagem pra Lavras muita pedra rolou.

3

Morar numa república de estudantes é mais ou menos parecido com habitar a Faixa de Gaza. Eu me sentia palestino na cozinha e judeu na sala de jantar. Sempre com o uniforme trocado, claro. Nunca me senti tão só, vulnerável, e prestes a ser abatido.

Fiquei três meses, depois fui embora.

Já em casa, meu pai falou: "agora você vai trabalhar". Olhei para minha mãe. Ela concordou. Olhei para o meu irmão, ele desviou o olhar. Aliás ele passaria a vida repetindo esse movimento. Parece que quem não se compromete se dá melhor na vida. Não sei, mas hoje olho para o meu filho e ele continua me olhando. Tem coisa mais desagradável? Só pra constar, Junior é meio pentelho.

Por conta da paixão eu havia aprendido a comprar e vender pó. Tudo no início dos anos 80, na porta do Ritz, na Alameda Franca. Foi uma época boa — pelo que eu entendia, todo mundo queria ser meu amigo. Conheci muita gente legal, até fotógrafos e pessoas da moda sabiam meu nome.

Meu pai queria que eu trabalhasse. E para os padrões do meu velho, trabalhar àquela altura era qualquer coisa meio que punitiva por eu simplesmente ter feito uma opção errada. Era trabalhar muito, ganhando pouco e aprender a trilhar aquilo que ele entendia como um caminho para eu me tornar um homem.

Fui pegando cada vez mais bode do meu pai.

* * *

Descolei um emprego de atendente numa das lojas da Kopenhagen. Chocolates e coisa e tal. À noite, do Ritz para o Vitória ou para o Rose Bombom, fazer o que eu havia aprendido. Ganhava dez vezes o meu salário formal e me aproximava de Amélia, assim como um agiota vai ao encontro do endividado. Ou vice-versa. Foi, como eu disse, uma época boa. Até a metade do frasco.

Autoajuda: Meninas, viciem um menino. No que quer que seja — droga, álcool, sexo oral, culpa, medo. Vocês farão com ele o que quiserem. O que bem entenderem. Gato e sapato.

* * *

Não me lembro de ter transado uma única vez com Amélia em que não estivéssemos entorpecidos. Isso gera a pior de todas as cumplicidades: aquela que vem atada pelos nós da dívida e do arrependimento. Mais ou menos igual a quando se atropela um cachorro e você se sente na obrigação de cuidar dele pelo resto da vida.

A engrenagem funcionava assim: ou Amélia aparecia cedo lá no Ritz com umas gentes descoladas, tipo modernos e diferentes, comprava um monte de pó e dizia que voltaria mais tarde e, claro, não aparecia mais, ou dava as caras na madrugada, já enrolando a língua, e me arrastava para algum hotelzinho na Bela Vista. Era muito triste. Várias vezes eu quis chorar. Por duas ou três vezes ela desmaiou, ou dormiu — não sei — enquanto transávamos.

O sexo da gente era quase sempre assim: ela não fazia nada e ia dizendo o que era pra eu fazer. Ela nunca gozava, ainda que na época eu ainda não percebesse essa particularidade feminina, e só posteriormente aprenderia a reconhecer nelas. Minha ex-mulher dizia que gozava. Sei lá como devo interpretar aqueles espasmos, deve ser orgasmo, pelo menos era o que ela afirmava. Mas nada que se compare ao prazer sincero, genuíno, autêntico e impossível de ser simulado, como aqueles vindos dos suspiros da Aninha. Mas naquele tempo eu não sabia dar valor a isso.

* * *

O que mais me impressionava em Amélia não era a insaciabilidade física para tudo o que dissesse respeito ao descaso com o corpo, ou mesmo sua resistência a qualquer coisa que pudesse ser entendida como porcaria, mas sim a recuperação quase instantânea dos seus órgãos, aliada ao seu senso de responsabilidade. Nunca vi Amélia perder a hora, se atrasar para as aulas, ou mesmo depois de um banho matinal sair do chuveiro com a cara desmilinguida, olheiras de ressaca, ou então mal humorada. No entanto, todo esse dinamismo madrigal nunca foi estímulo para darmos uma trepadinha de cara limpa.

Amélia não era envolvida comigo, isso estava na cara. Ela gostava de se drogar, e foder era uma decorrência do tipo de balada em que ela se metia. Transar comigo não lhe custava nada. Aliás, custava pra mim, que gastava quase tudo que ganhava para vê-la dormir enquanto eu chupava sua xoxota. Eu estava enlouquecendo, enquanto ela parecia transitar por aquela vida pirada como quem frequenta um pesque-pague: com a garantia de que sairá com um peixe debaixo do braço.

Mas o bom do mundo é que ele gira. E a coisa começou a virar. Eu tinha alugado uma kit na Augusta, pro lado do centrão. Foi quando num domingo à tarde Amélia me aparece com toda sua vocação pra guerrilheira. Engraçado isso, porque aos domingos Amélia simplesmente não existia. Pelo menos antes das dez da noite. Já havia tentado marcar várias vezes cinema, teatro, MASP, e até um jogo de futebol do Flamengo no Pacaembu. Impossível. Já havia me habituado ao seu sepulcro dominical. Foi quando ela meteu o pé na porta, lá pelas tantas da tarde de um domingo perdido — como são normalmente os domingos.

Ela: "abre, seu bostinha!". Abri o mais rápido que pude. Ela de novo: "você come a minha filha, é?" E eu: "sim, eventualmente." E ela: "eventualmente é o caralho! Você quer o quê? Foder com uma relação de mãe e filha?".

Caramba, não havia tal relação. E até onde eu podia entender, menos ainda havia algo a ser fodido. Nada havia de sólido entre elas. Mas naquele momento eu simplesmente deixei que ela me desse um soco na cara e adentrasse o apartamento.

Autoajuda: nunca coma mais de uma pessoa da mesma família.

Fui embora descalço e sem camisa.

4

Para matar uma pessoa basta desejar que ela morra. Mas assim; ter que querer mesmo, de verdade. Sem culpa ou arrependimentos. O que mata a gente é a culpa, se não temos remorsos quem morre é o outro.

Tinha deixado a kit da Augusta e voltado para os domínios dos meus pais. Aninha também já não respondia os meus telefonemas, nunca estava em casa quando eu decidia bater por lá, claro que sempre nos horários em que Amélia estava na USP. As duas só resistiriam à minha pressão se estivessem de conluio. Pelo menos era nisso que eu acreditava.

Eu não amava Aninha, mas aquela rejeição me rasgava o peito como aço. Acho que aço é frio. E o que eu sentia era gelado. Não me lembro se de fato chorei. Só sei que fiquei triste como em poucas vezes.

Fui mandado embora da Kopenhagen. Não posso deixar de dizer que a demissão veio acompanhada de uma certa surpresa aliada até a um pouco de alegria. Afinal, era sempre eu que ia embora. Engraçado, mas parecia que o mundo decidira ir à forra. Passaria um bom período no pior lodo em que um homem pode atolar: naquele em que o Destino, ou o seu primo pobre, o Acaso, acabam por determinar aquilo que, suponho que com o aval de Deus, é o melhor para você. Normalmente isso não vem em forma de um bilhete premiado. Pelo contrário, acaba em tragédia.

Mas como eu já disse, a situação estava mudando.

Quando papai caiu do telhado eu já sabia que ele iria morrer. Pra mim era telhado, mas depois ouvi várias vezes a palavra cumeeira. Adorei. Usaria ao longo dos anos essa palavra com a mesma veemência de um *não*, sem dúvida o vocábulo do qual o ser humano lança mão com mais propriedade e apreço.

O velho pintava as cumeeiras e caiu da escada. Eu já vinha querendo que ele despencasse de onde quer que fosse já fazia um bom tempo.

Alguns anos depois reveria a cena numa luta do nosso inestimável pugilista Maguila contra o terrível Evander Holyfield. Meu pai ficou no chão estrebuchando, igual ao nosso socador; com uma das perninhas tremelicando no chão, como um peixe trazido ao convés. Porém, ao contrário dos paramédicos presentes no Caesars Palace, não prestei nenhum tipo de socorro. Eu chorava, é verdade. Tinha pena do papai e de mim mesmo. Mais de mim, eu acho. Aquilo me doía quase com mesma intensidade das evasivas de Aninha. Mas achei melhor deixar meu velho morrer.

Acompanhar a morte do velho foi sem dúvida uma das mais estranhas incursões em que me meti na minha parca existência. Sim, porque sem nenhuma dúvida, eu participei daquele óbito como quem se enfia no meio das pernas de uma mulher: tentando ser o mais participativo possível.

Mas era o que tinha de ser feito. Quando tive certeza de que ele havia mesmo empacotado, gritei os nomes de minha mãe e meu irmão. Foi a primeira e única vez em minha vida em que chamei mamãe de Sílvia.

Quando eles chegaram, claro, eu fui embora.

Havia reencontrado meu rumo.

5

Me lembro de ter lido em algum dos livros sugeridos por Amélia um troço muito legal a respeito da morte. Precisaria reler aquilo. Era mais ou menos o seguinte: o autor defendia a ideia de que o sujeito só morre quando assina uma espécie de atestado de conivência com a Morte, senhora e dona das nossas passeatas. Em suma, se o cara não quiser de fato morrer, se ele não for aquiescente àquilo que chamam de Fatalidade, ou Destino, o bacana não morre. É o que depois tentarão os incautos taxar de milagre, ou algo que o valha. Concordo. O homem está tão pronto para viver quanto pra morrer. Me parece apenas uma questão vetorial. Matar implica em escolher quem pode, quem quer e quem se permite ser morto, digamos assim. Então o assassino, ou sei lá que nome se dá a quem desejou apenas a partida definitiva do outro, não precisa fazer nada. Ou *quase* nada. Basta apenas o desejo, um sopro, um olhar, ou a maior e letal de todas as armas: a palavra. Tudo resolvido numa breve bissílaba: vai-te!

Quando Aninha falou que não suportava Amélia, que a presença da mãe implicava em seu fracasso, resultava em depressões e ódios que ela não sabia como contornar, eu então disse: "matemo-la!". Quer dizer, na verdade eu falei "vamos matar ela". Mas isso é só uma questão gramatical.

Hoje, ao relembrar, acho que ela disse o que disse apenas por dizer. Eu levei a sério. Esclareci a Aninha quanto ao fato de todo benefício que a morte de sua mãe lhe traria. Assim como tudo de bom que a queda de papai me trouxera naquele momento. Valia a pena, valia mesmo.

Não nos falávamos havia meses. Então ela soube da morte do papai. Chegou em casa antes mesmo de o corpo ter sido retirado do local. Passou uma semana sem desgrudar de mim. Teve muito sexo nesse período. A cada transada ela me parecia mais frágil e magra. Aquilo só me excitava. A morte, os ossos de Aninha, a fragilidade da vida tão à mostra e evidente. E o maldito sexo: esse ato inescrutável, que trás em si a vida e a morte em questão de segundos... Ok, minutos ou até horas. Vai depender da capacidade de contenção do camarada, ou mesmo de sua crença infundada naquilo que ele entende por competência. Resumindo: no quanto podemos mentir para os outros e para nós mesmos. Eu tenho ejaculação precoce, ou simplesmente não tenho. Mas nunca falei disso com Aninha. Tinha vergonha. Com minha ex-mulher, bem, tocamos no assunto algumas vezes, mas nunca chegamos a uma conclusão. Mesmo por que, não sei se era exatamente isso o que esperávamos daquelas conversas.

Foi nessa época que eu parei de falar com meu irmão. Ele me parecia a pessoa mais estranha do mundo. Odiava quando Aninha conversava com ele. Ela me disse: "ele é legal, vocês podiam se aproximar, seria bom para os dois..." Retruquei: "você é filha única". E aí emudecemos.

Depois da missa de sétimo dia da morte do velho, Aninha se foi. Gosto dessa expressão: *se foi.* Mas não quando envolve Aninha.

Eu não pensava em outra coisa a não ser em dar cabo de Amélia. Era só uma questão de tempo. Ela estava enfraquecendo por conta das drogas e decepções. Eu só precisava esperar um pouco, aguardar para que Amélia finalmente desistisse.

Então só precisaria soprá-la, e libertar a minha amada.

6

Quando meu pai morreu, viemos saber que o murrinha tinha lá suas aplicações de grana. O bom pão-duro agora assistiria de camarote — já que no Céu, imagino, tudo deve ser observado a partir de uma espécie de camarote da Brahma — seu perdulário filho primogênito detonar a merreca que ele consagrara uma vida inteira a preservar.

Meu irmão simplesmente sentou em cima do seu quinhão. Creio que ele pode morrer nessa posição de ave que choca um ovo. Eu, ao contrário, vim pras cabeças. Emergi de um calvário que já durava vinte anos. O ano de 1983 foi aquele em que a minha vida fez, se é que fez mesmo, algum sentido.

Comprei uma Honda XL250, o que havia de mais bacana no mercado de motos. Uma Parati preta com rodas de liga-leve. Zero. Na época havia um ágio filho da puta. Dane-se, eu estava podendo.

Convidei Aninha para ir comigo a Salvador passar uma semana. Ela nem me respondeu. Então apelei para algumas das meninas que trabalhavam no Ritz e, depois da negativa dessas, pras outras mais coitadinhas, lá da Kopenhagen. Eu pagava tudo: hotel, avião, rango, tudo mesmo. Ninguém se predispôs. Acabou a lista feminina. Nem os caras, nem ninguém, nada. Eu não tinha amigos. Até Diógenes, meu único colega de escola, depois de ter confirmado a viagem, declinou na véspera.

Anos depois, quando matei Diógenes, por motivos tão banais quanto é banal uma existência, me lembraria do furo que ele me dera na véspera daquela viagem. A lembrança daquela desfeita me ajudaria a aplacar a culpa que senti por matar aquele que talvez tenha sido o único — e por tal condição o melhor e o pior — amigo da minha vida.

Em Salvador comi prostitutas e fiz contatos profissionais. Haviam falado de uma rota invertida. A mercadoria descia ao invés de subir. Resolvi arriscar.

Adorei a Bahia, apesar de meio fedorenta.

* * *

Quando cheguei de Salvador, procurei Aninha. Havia comprado presentes caros e tal. Normalmente a empregada não me dava notícia nenhuma. Ela me odiava, a Maria. Mas daquela vez a desgraçada encheu a boca pra dizer que Aninha estava "fazendo música na Alemanha", que, segundo ela, era na Europa. A cidade? "Na Alemanha, já falei!". Depois soube que ela estava cursando, a convite do próprio Terceiro Reich, um estágio em Colônia.

Quase morri de raiva. "Odeio você, Ana!", gritei na hora. Magrela pentelha, você não dá nem pra palito, você é um fio dental. Ninguém vai querer você por lá. Europeu gosta de bunda, tá ouvindo? Bunda!

Liguei pra Jane no Rio. Disse a ela: "estava dando um tempo em Salvador, lá no Hoton, sabe? Então, não sei por que, mas pensei muito em você. Comprei alguns presentes, pensei em, sei lá, dar um pulo aí no Rio... te ver. Posso ir de avião ou de carro. Comprei uma Parati...". Depois de algum silêncio, ela: "cara, você é mesmo esquisito. Dê meus presentes pra Aninha. Quando eu for pra Sampa eu te ligo, falou? Beijão, tchau!". *Bip bip bip*...

* * *

O velho era miserável, vivia como tal nos impunha a mesma existência. Mas deixou a gente confortável. Naquele início dos medíocres anos 80, ninguém falava na moeda nacional corrente, que a bem da verdade nem me lembro qual era. A inflação girava em torno dos 30% ao mês. Quem tinha alguma coisa, tinha dólares, automóveis — que na época significavam liquidez e lucro — e a boa e sempre insubstituível terra.

Depois de fazer minhas comprinhas, que além dos automotores se estenderam a um guarda-roupa refeito no Shopping Iguatemi e na rua Oscar freire, sob orientação da descolada Cris, uma colega lá do Ritz, ainda sobraram uns quarenta mil dólares. Um apê lá mesmo na Pompeia, pequeno e mal iluminado, mas que rendia um aluguel pra minha mãe. Um sitiozinho na até então pouco valorizada Serra da Cantareira, que por desgraça mútua, eu e meu irmão tivemos que cortar ao meio. No futuro aquela terrinha teria muita importância nos fatos que se desenrolariam. Mas disso eu ainda nem desconfiava. O que eu sabia, porque esse tino me foi dado por Deus, ou algum agiota a Seu serviço, é que o dinheiro acaba. Tratei de colar no Ritz novamente.

Meus contatos em Salvador me rendiam num mês aquilo que um baiano precisa para manter a família por um ano. Eu era respeitado.

Todo mundo sabia o meu nome. Eu comprava dólares, me alimentava bem, dormia muito durante o dia e relutava em sair da casa da minha mãe. Havia parado de cheirar, e até então nunca fora de beber. Fiquei amigo de dois clientes que jogavam no Palmeiras e passavam no Ritz pra me visitar, mas por uma questão de ética não posso dizer quem são eles. Voltei a torcer pro Palmeiras. Pro caralho o tal Flamengo e a sua torcedora subversiva, eu pensei. Eu sabia que ainda tínhamos uma duplicata a acertar. Questão de tempo.

Na torcida do Palmeiras eu era uma espécie daqueles caras que vão na frente das escolas de samba... Comissão de frente, é isso. É, eu fui aceito como um igual. Eu já gostava um pouco do Palmeiras, embora não fosse lá muito ligado em futebol. Sempre moramos na Pompeia, reduto da nação alviverde. Então do auge do meu fervor palmeirense, digamos assim, fui ficando triste. Triste mesmo. Dava uma boa parte da grana que eu ganhava pra torcida. E pó também. Os colegas de insígnia, claro, me amavam. Eu pouco me lixava para o resultado, o futebol era pretexto. Mas, porra, o Palmeiras não ganhava nada. Eu queria ir para avenida Paulista comemorar, pelo menos uma vez na vida. Queria que Aninha soubesse que eu tinha outras fontes de alegria, que Amélia me visse com a camisa verde antes de ela morrer. Porque, claro, eu não havia me esquecido desse detalhe.

E quanto mais ódio eu ia tendo do Palmeiras, mais era arrastado por aquele tipo de paixão que ninguém nesse mundo precisa. A tal da paixão incondicional. Apoiar aquela equipe manquitola me parecia uma questão de honra. Mas essa é uma palavrinha bem capciosa, a tal da honra. Não creio que seja um sapato que me caiba bem. Ter honra implicava em sentir-se honrado, e definitivamente eu não era e nunca fui esse tipo de homem. Gente que penteia o cabelo sem medo de se olhar no espelho, gente que apanha um ônibus com a mesma dignidade de quem caminha sobre um tapete vermelho em direção à limusine. O tipo de cidadão que antes de começar a chupar um picolé, se atém a dobrar o saquinho e procura uma lata de lixo antes de se entregar às delícias da guloseima. Não, esse cara era o que eu *queria* ser, mas que definitivamente *não era.* Assim sendo, como tantas vezes gritara a plenos pulmões para as torcidas adversárias, simplesmente um belo dia mandei o Palmeiras e a torcida tomarem nos respectivos cus.

Virei as costas e fui embora.

* * *

Bom, a vida é isso, a gente sempre está recomeçando. Nessa época tive que enfrentar cara a cara um dos maiores demônios que assolam a humanidade: o domingo. Bem ou mal, ganhando ou perdendo, quando tinha o Palmeiras eu sempre tinha os domingos escamoteados e bem socados debaixo do tapete. Passei a sentir depressões horríveis nas tais "tardes agitadas", outrora conduzidas pela Jovem Guarda. Não, aos vinte e poucos anos eu já era um velho. Sentenciado. Derrotado. Um vampiro que perdera os caninos. Um lobisomem que não se expunha mais à Lua. Uma múmia sem gaze. Um troço feio mesmo. Eu estava começando a descer uma ladeira. E quando se começa a descer... porra, a possibilidade de continuar descendo... enfim, só quem já caiu sabe do que estou falando.

Já era mais do que hora de voltar à ativa. E como eu já disse, quando a fruta amadurece não é preciso apanhá-la no pé, ela cai no colo. Tipo um Pró-Vida ao contrário: quando a coisa estiver pronta ela será trazida até você.

Amélia me procurou.

Foi seca e breve ao telefone. Queria pó, pagaria o estipulado, iria embora. Mas se alguém tinha que decidir quanto a *ir embora*, definitivamente esse alguém não era Amélia.

Fui atrás do melhor pó que pudesse ser encontrado entre o Brasil, a Colômbia e a Bolívia. Coisa que só se encontrava naquela época. Sem saudosismo, mas aquilo que Amélia esticaria sobre a tampa da privada de um banheiro sujo hoje não se acha nem em Medellín.

A pedra parecia um diamante. Brilhava a ponto de ofuscar. Era dura e grande, a gente escamava na gilete e a danada rendia que era o diabo. Aquilo podia derrubar um elefante.

Era uma segunda-feira à noite. Encontraria com Amélia no Singapura, que ficava na alameda Tietê, quase na esquina com a padre João Manuel. Cheguei atrasado, e isso é o que normalmente faz um atravessadorzinho de quinta. Você sabe que neguinho tá lá na fissura, com o batimento cardíaco ligeiramente acelerado. Olhando pra porta do bar de dois em dois segundos. Vale lembrar que estamos na era paleozoica, ou sei lá como chamava ao certo aqueles tempos dinossáuricos. Não tinha telefone celular. Eu podia aparecer ou não. Essa comichão que faz o usuário desejar que o futuro avance como uma carreta desgovernada sobre o presente, só quem já viu esse monstro nos olhos pode entender do que estou falando. Para Amélia me ligar da faculdade numa segunda-feira à tarde, ofegante e ansiosa, pode crer que a menina estava mesmo mais do que precisada. Esse atraso, essa incerteza criada pela expectativa, a possibilidade como condição absoluta, ah, camarada, pode crer, é o melhor desse jogo. É o que mitifica o vendedor de drogas. Porque no fundo é isso mesmo, você é apenas mais um vendedor, num mundo onde tudo te é socado goela abaixo. Mas nesse caso, não. O vendedor assume a aura de santidade, uma aparição. Cara, você fica mesmo muito importante.

Andaram dizendo por aí que "a melhor maneira de curar um vício é no início". Quando dei de cara com Amélia, ligeiramente trêmula tentando inutilmente se ater àquela maquininha de videopôquer, soube imediatamente que ela estava pronta. Com certeza, havia tempos que Amélia já cruzara o cabo das esperanças. O *início*, já tinha ficado em algum lugar muito lá pra trás.

Puxei um banco e sentei-me ao seu lado. Olhei pra máquina: "e aí, com sorte?" Ela: "agora sim." Como são as cabeças dos adictos. O alívio que ela sentiu ao me ver claramente a fez relevar tudo aquilo que a fizera me odiar. Naquele momento, o fato de eu comê-la ao mesmo tempo em que cortejava a filha com certeza era uma idiotice que num determinado momento teria sido levada a sério demais. No fundo tínhamos uma história, porra, ninguém queria machucar ninguém. Ela: "e aí?" Eu: "em cima".

Nunca vou me esquecer do sorriso que ela deu, se era de alívio ou desespero. Aqui, no caso, se vinha do Céu ou do Inferno. Não sei de onde vinha o sorriso, mas sabia exatamente para onde a mandaria aquele diamante que eu trazia no bolso.

Quis por um instante me arrepender. Mas sabia que se fizesse isso, se me prostrasse diante de códigos éticos ou de alguma culpa, daria uma sobrevida a Amélia. Se eu agisse assim jamais me perdoaria. Enfiei a mão no bolso, tirei uma pedra de cinco ou seis gramas de um maná tão puro que o próprio Deus a reivindicaria como Sua, e meti nas mãos de Amélia. Ela disse: "vou ao banheiro, a gente já conversa". Claro, nunca mais nos falamos. Quando ela voltou do banheiro eu já não estava mais no bar.

Só sei que ela voltou do banheiro porque foi encontrada dois dias depois, morta em seu apartamento em Perdizes, vítima de um monte de coisas. Parece que houve até uma relação sexual forçada. Dizem, não sei.

Aninha não conseguiu voltar da Alemanha a tempo para o enterro. Fui dar uma conferida. Amélia foi sepultada no Cemitério do Araçá. Espiei um pouco de longe. Havia um monte de gente com cara de metalúrgico, professores pobres, e quase todas as mulheres usavam óculos. Porra, isso é lá maneira de se morrer? — pensei.

Olhei aquilo com uma desesperança digna de poeta russo. Talvez uma homenagem póstuma à nossa querida revolucionária. Depois falei: "foda-se." E fui embora.

7

Sem Palmeiras, sem mulher, sem Aninha e com dois assassinatos nas costas. Currículo ruim. Parei de trabalhar. Não queria mais ser vendedor. Como eu suspeitava já há algum tempo, constatei que não tinha mesmo nenhum amigo. Aninha decidira realmente priorizar em sua vida o afastamento definitivo de mim. Eu ficava com minha mãe em casa. Ela não fazia nada. Nem eu. Dei de fumar maconha. A droga mais perigosa do mundo depois do álcool. Você acha que não está acontecendo nada, e aquela merda verde está te jogando no mais profundo marasmo a que um homem pode ser condenado. Comecei a ficar cada vez mais esquizofrênico. Meu irmão tinha se casado com uma mulher. Foi embora com a mulher. A mulher era tão insuportável ou mais do que ele. O nome da mulher pouco me importava. Prefiro me lembrar dela simplesmente como Mulher. É, eu também era machista. Sempre achei que não, mas hoje creio que sim. É mais fácil a gente achar que "mulher é tudo igual". De uma coisa não tenho dúvidas: se eu fosse mulher seria uma feminista.

Infelicidade mesmo era aquilo que havia aceitado como forma de vida. Minha mãe era uma tristeza. Nunca fora muito asseada, nossa casa era assim meio que mais ou menos limpa. Acho que talvez mamãe fosse um pouco porquinha. Não sei, não consigo me lembrar bem. A gente tomava Leite Moça na lata. Cada um com a sua, claro. A diabetes da minha mãe escalando arranha-céus. Isso foi no tempo dos dinossauros. Não tinha TV a cabo. Tinha o vídeo cassete. Mas aí era foda: eu tinha que pegar a moto, ir até a locadora, voltar lá pra devolver o filme. Às vezes pegava um filme meio picante, merda, ficava constrangido e com vergonha da minha mãe. Acho que ela também. Aquilo estava virando um inferno. Pra relaxar, de vez em quando eu fazia pipoca. Mas isso também foi muito antes da pipoca de micro-ondas. No mais das vezes eu tinha preguiça. Resumindo, fumava um baseado, abria uma lata de Leite Moça e tentava fingir que a minha mãe estava morta. Talvez já estivesse... Pelo menos um pouco.

Decidi ajudá-la.

O assassinato de mamãe foi a experiência mais doce e lúgubre que

tive o prazer de conduzir em vida. Mamãe tinha que morrer, isso tava na cara. Qualquer idiota que não fosse meu irmão ou a Mulher, perceberia isso em dois segundos. Mamãe só contribuía para que o mundo andasse pior, não acrescentava nada à já malfadada humanidade. Recebia pensão, o dinheiro de gente decente que chegava às mãos de uma senhora ainda jovem, antes dos sessenta anos, que simplesmente deteriorava diante de um aparelho de TV.

Mamãe, de um dia para o outro se converteu na maior abjeção que eu veria em vida, embora eu ainda não tenha morrido. Aliás, está chegando a minha vez.

Mas por enquanto ainda tem gente na frente.

Mamãe. Foi de uma doçura e de um amor aquilo que fiz por mamãe. A maneira como a conduzi até o mesmo Cemitério do Araçá, onde presenciei o funeral daquela enganação chamada Amélia, aquela ardilosa infame que jamais encostara as mãos numa arma que não fosse um pênis — e mesmo assim somente se este membro viesse lambuzado em pó —, aquela coisa patética, Amélia. O maior absurdo em relação à morte de minha mãe era imaginar que ela dividiria o mesmo torrão de terra com a já decomposta Amélia. Aquilo quase me matou.

Então, eu ia dizendo, fiz da morte de mamãe uma coisa doce. Literalmente. Ela era diabética e eu fui dando açúcar pra ela. Mamãe parecia uma formiguinha. Bombas de chocolate. Caramba, mamãe amava essas bombas. Passava na Ofner, comprava bandejas e mais bandejas. Nossa, como ela ficava feliz! Mamãe vinha ficando cada vez mais feia na foto, envelhecendo precocemente. A casa cada vez mais suja. Só sorria e soltava alguma fagulha de luz quando havia doces. *Entonces, dulces para mamá.* Alfajores. Mamãe também amava a iguaria *porteña.*

Encaminhar mamãe ao seu leito de morte foi a única coisa de que me orgulho nessa vida. Poupei-a de um monte coisas. Quando meu irmão e a Mulher apareceram com aquelas caras de órfãos eu já tinha pago tudo: o melhor caixão, o melhor maquiador, as melhores coroas de flores. Fosse mamãe nascida em New Orleans e o próprio Armstrong tocaria no seu funeral. Eu quis gritar quando vi mamãe levar a última pá de terra. Queria dizer que ela não merecia estar próxima de Amélia. Aliás, aquela foi uma falha da qual nunca me perdoarei. Mas o resto estava lindo. Eu tinha garantido àquela mulher uma condição que raramente alguém pode oferecer a quem se ama, *principalmente* a quem se ama: permiti que mamãe morresse com aquilo que pouca gente nessa vida despudorada pode dar-se ao luxo. Mamãe morreu com dignidade. É isso aí que você ouviu e te causou mal estar: DIGNIDADE!

* * *

Uma noite, lá no Satã, uma fulana trajando preto, branquela, darkzoide, veio falar comigo.

Ela: "você não me conhece". Não mesmo, eu pensei, mas não falei. Ela prosseguiu: "fui aluna da Amélia, na ECA. Sei que vocês eram amigos... Foi uma pena, o maldito 'bichinho' pegou nossa amiga". Caralho, pensei, que bichinha? Depois eu disse: "desculpe, uma bichinha? Foi isso o que você disse?" Porra, eu não estava entendendo nada. E ela: "não, você sabe. A AIDS. Ela não ia segurar a barra de ir secando aos poucos, ela tinha muita vida. Eu entendo a opção dela". "Opção? Que opção, porra?". "O direito de escolha. O direito sobre a própria vida. A gente tem o direito de escolher a hora de partir. Eu respeito a decisão dela."

Caralho, caralho, mas que enorme caralho!

"Como é que é, menina?". "Porra, todo mundo sabia..."

Merda! O que eu deveria entender sobre "todo mundo"? Ela: "a doença... a doença... ela preferiu partir antes."

Hoje, se a gente for pensar, quem morre de AIDS? Ninguém. Mas na época se morria, e fora isso havia uma histeria em torno do assunto. Caramba, até a Madre Tereza poderia estar infectada. Pensei: claro que estou. Naqueles tempos jurássicos, de carburadores e válvulas, a princípio todo mundo era um soropositivo em potencial. Mas até hoje descarto a hipótese de desistência. Afinal ela mesma não se dizia lutadora? Não, ela não optou por nada. Eu ainda detenho os créditos pelo empacotamento de Amélia.

"Menina, não sei e não quero saber do que você está falando."

Virei as costas e fui embora.

8

Eu não tinha AIDS. Mas também não tinha Aninha, ou nada pelo que valesse a pena lutar. Então já pelo meio dos miseráveis anos 80 comecei enfim a beber. Era a nota que faltava, o lá com sétima que viria decretar minha tragédia. Tomava uma vodca com suco de laranja já antes das onze da manhã. Depois era só esperar o trem descarrilar. Descer a ladeira, só isso. O problema era que a tal ladeira não tinha fim.

A tristeza que eu sentia, porra, sei lá. Como descrevê-la sem cair no lugar-comum? Não dá, não sei. Uma brasa no peito? Uma faca de aço gelado — essa eu já usei —, uma iniciativa de Deus pra ajudá-lo a encontrar seu caminho? Nossa, quantas possibilidades. Penso nos russos que a maldita Amélia adorava. Também tomavam vodca. E sabiam explicar os sentimentos. E como sabiam. Eu não sei e nem quero saber. Acho que se eu souber, morro de vez.

Fui assistir uma apresentação do Camisa de Vênus. Fiquei um pouco melhor, mas só por dois dias. Acho que é o prazo de validade de um show de rock.

Quis que mamãe voltasse, mas então vi o quão irrevogável é a morte. Queria minha mãe, meu pai e até a maldita Amélia de volta. Mas acima de tudo, eu queria Aninha. Era a única chance de reaver minha própria vida. Mas essa possibilidade me parecia quase tão remota quanto a de papai voltar do túmulo.

Se eu amasse Aninha, creio, tudo ficaria mais fácil. O amor, convenhamos, não deixa de ser uma força. Mas eu acho que só *queria* Ana. Com seus ossinhos e tudo mais . Poxa, se eu a amasse, caramba...

Fui embora. Decidi sumir por uns tempos. Peguei um bolinho de dinheiro e me mandei pra Florença.

Por que a Itália? Sei lá, acho que a passagem tinha desconto. Ou vai ver foi uma reminiscência do passado... Dane-se o que importava é que eu estava tomando uma atitude.

* * *

Firenze. É assim que se fala Florença em italiano.

Cheguei lá e não tinha para onde ir e nem o que fazer. Mandei vários cartões postais para Aninha. Ela precisava saber dessa empreitada, do meu arrojo e tal. Decidi não beber. Nem vinho. Estava instalado em um pequeno hotel um pouco longe do centro da cidade, que era onde tudo rolava. Todos os dias eu tomava o ônibus e perambulava pela cidade, na esperança de cruzar com pessoas legais. Conheci um boliviano, uma americana que falava inglês e um inglês que também falava inglês, só que melhor que a americana. Por uma questão de afinidade cultural, vamos dizer, fiquei amigo só do boliviano.

Amei Gonzalo na hora. Quando ele não tocava flauta o cara era sensacional. Ele já *parlava* um italiano muito bom. Por aquilo que vi e ouvi, vamos dizer, ele já falava italiano melhor do que muitos italianos. Deve ser, porque eu entendia muito mais o Gonzalo do que aquele bando de carcamanos que não eram capazes de se expressar nem na língua materna. Deve ser por isso que eles berram e usam as mãos o tempo todo.

A sepultada Amélia me disse uma vez que pra escrever o cara tem que ser francês. Pra pintar, italiano. Pra contar dinheiro, holandês. Pra falar inglês, inglês. Pra tomar no cu... bem, aí cada qual com sua nacionalidade. Pois é, aquela maldita bolchevique tinha lá os seus saberes.

Entonces, Gonzalo só não podia fazer duas coisas: tocar e pedir dinheiro emprestado, mas infelizmente parece que eram essas as suas prioridades.

Autoajuda: *Atención con la gente que no habla su língua.*

9

"Edu, você não me faz bem."
"Hum..."
"Verdade..."
"Sei..."
"Caralho!" — Aninha raramente proferia um palavrão.
Pois é...

10

A vida tem uns negócios engraçados. Fico pensando se isso rola pra todo mundo ou se é só comigo... Assim: eu sempre falei um monte de coisas com a minha ex-mulher. Assuntos, por exemplo, que eu não me atreveria com Aninha, ou sei lá, com alguma garota X. Mas com minha ex-esposa eu acabava por dividir esse espaço negro, essa lâmina afiada dos dois lados, uma porcaria que só faz a gente chafurdar em exageros, como se habitássemos a câmara frigorífica de um rodízio de carne, essa extravagância na qual depositamos nossas decepções, a urgência de alicerce que fatalmente culmina num excessivo e desnecessário estreitamento das relações, essa invasão territorial chamada INTIMIDADE.

Pois é, com a minha ex-mulher eu dividia isso: intimidade.

Me lembro que em 1985, por conta de sua candidatura à prefeitura de São Paulo, ouvi o bom e velho Jânio afirmar com veemência de pastor evangélico que "intimidade só trás dor de cabeça e gravidez". Lá um belo dia pensei nisso e me lembrei de Aninha. Logo concluí que o erro havia sido esse: a falta de intimidade. Gostaria de ter visto Ana grávida. Eu me sentia à vontade com Aninha. Tudo bem, eu tinha mesmo vergonha de falar algumas coisas, uns sentimentos, mas ficava pelado na frente dela enquanto a gente cozinhava. E também conseguíamos permanecer em silêncio, o que às vezes é até mais difícil do que falar. Porra, isso é prova de intimidade. Melhor: intimidade sem ser chato.

O Jânio ganhou a eleição. Eu perdi Aninha.

* * *

Dinheiro eu ainda tinha. Disposição, zero.

Foi nessa época que Diógenes reapareceu na minha vida. Ele havia se tornado um arquiteto medíocre, especializado em áreas externas para residências: playgrounds, fachadas, jardins bregas, churrasqueiras e fornos à lenha.

O *loser* aprendera a fazer fornos para assados e pizza. De tanto testar os crematórios, Diógenes acabou aprendendo a fazer pizza no forno à lenha. Eram mesmo bem honestinhas as pizzas dele. Acho que esse crédito ele merece: foi um dos primeiros caras em São Paulo a impor os legumes e as folhas ao prato italiano.

A casa dos meus pais ainda estava à venda. Eu dormia algumas vezes por lá, outras nalgum canto da cidade. Encontrei com Diógenes num show do Kiko Zambianchi. Fomos pra casa da Pompeia, fumei muita maconha e ficamos por lá. Lá ficamos. Diógenes fez exatamente o que faria uma mulher de 35 anos recém-divorciada: trouxe a escova de dentes, um livro de cabeceira e em seguida um armário embutido. Quando vi já estávamos morando juntos. Quero dizer, eu habitava, o traste havia colado na minha.

Essa época foi vivida sob os desígnios e influências do tal Netuno. Não lembro muito bem da cronologia e de como tudo conduziu à nossa pizzaria.

Acho que foi assim:

Eu acordava com ódio do Diógenes. Enquanto eu tomava banho pela manhã, praguejava contra ele e o resto da humanidade. Afinal havia quase seis meses que aquele chupim vivia à minha custa. Hoje esse cara sai daqui, eu pensava. Mas no decorrer do período, bom, eu tomava uma birita, vez ou outra dava um tirinho, então logo me lembrava de Diógenes fazendo o jantar. Lembrava de Diógenes cuidando das plantas no quintal, lembrava das sopas. Eu lembrava muito. Ele era uma mistura de caseiro com rameira. Verdade, pois tratava o cara como se fosse minha neguinha. Eu sabia no fundo que pagaria qualquer preço para não chegar naquela casa e ter que ficar só comigo mesmo. O Diógenes era a fatura.

Lavava, passava e cozinhava. A coisa deu de ficar mesmo ridícula quando o cara começou a me esperar na porta de casa com uma latinha de Leite Moça nas mãos. Eu aceitava a iguaria como quem se curva diante de uma promessa: sem a menor esperança de que aquilo se cumpra. Então a gente assistia TV enquanto eu matava uma garrafa de licor ou de vinho do Porto. Eu ia dormir exaurido, enquanto o subalterno fechava a casa e seguia em silêncio para os seus aposentos.

No dia seguinte acordava querendo matar Diógenes.

Acho que as calças de Diógenes não tinham bolsos. Provável. Não me lembro de o cara ter pago nem uma mísera caixa de fósforos. No dia em que ele falou que seria legal se fizéssemos um forno pra pizza no quintal, meu sangue gelou. Nossa relação havia se estreitado como eu jamais poderia aceitar. Eu estava dividindo o espaço com um designer de interiores.

"Não, Diógenes", disse e continuei. "Não. Essa casa está à venda, não vou gastar um único centavo aqui, aliás estou pensando em viajar por uns tempos." Falei na lata. Além do mais, aquele maldito subserviente estava ocupando o lugar de Aninha. Combinamos que ele ficaria mais um mês e depois iria cuidar da vida.

Mas o canalha era astuto. Alguns dias depois, quando ele dava a entender que havia acatado as minhas ordens, o desgraçado me vem com história.

Eu estava bêbado e sentimental.

Diógenes: "Então, cara, eu queria deixar um presente... um forno".

Aceitei. Ele disse que faria uma pequena despedida. Não sei de onde viria a grana, mas o amigo insistiu. "É um presente, é por minha conta". Lembro que pensei na hora: festa de despedida? Até onde eu sabia, ele não tinha de quem se despedir. Enfim, depois de meia garrafa de tequila, consenti: "ok, faz aí".

Havia criado um íntimo. Mas só saberia algum tempo depois o quanto.

11

Esse Netuno é mesmo um pé de caralho. Não consigo me lembrar muito bem dos ocorridos e dos fatos. Não tenho quase nenhuma lembrança do meu retorno da Europa. Assim como dos dias que antecederam à festa de inauguração do forno do quintal. Em contrapartida, me lembro do evento em seus mínimos detalhes.

Achei que não viesse um pobre coitado, não convidei ninguém. Só havia dado um toque pra uma bartender lá do Ritz. Acho que o que pesou mesmo é que Diógenes devia ter muitos amigos. Baixou metade de São Paulo na rua Cayowaá.

Todo mundo queria pizza e pó. Telefonei para uns contatos. Como as pizzas já estavam lá, era questão de duas horinhas para que o povo despencasse, como se diz na Bahia, contentado.

E todos se contentaram: amantes e caducantes, todo mundo ficou contente. E tem coisa melhor do que gente contente? Não, gente, não tem.

As pessoas ligaram ao longo das semanas seguintes. Queriam um repeteco, diziam um monte de coisas: que "a gente" tinha carisma. Que "a gente" ia acontecer se montássemos um restaurante e blá, blá, blá.

Tinha uma coisa que eu não gostava: "a gente" éramos eu e o Diógenes.

Desde o começo ficou estabelecido por uma espécie de acordo tácito que o sensível Diógenes, com seu talento inquestionável, iria para a cozinha. Enquanto eu descolava porcarias pra galera.

O primeiro grande erro foi termos separado as fontes de arrecadação. Assim, no final eu ficava com a grana do bagulho e Diógenes com o faturamento da pizzaria, com a justificativa de que apenas tomava conta da grana para organizar as compras, despesas etc. Não sei como tudo resultou nisso, mas foi assim mesmo.

Então Diógenes começou a tirar onda de *chef internacional*. Ele trazia uns grupos meio esquisitos. Me pareciam meio que viados, sei lá. Quando vinham esses caras ele me apresentava como funcionário, ou simplesmente não me apresentava.

Miséria: havíamos mesmo nos tornado íntimos.

Um dia baixou na pizzaria um arquiteto/decorador famoso. Não posso dizer o nome. Vou dar umas dicas, aí todo mundo vai saber quem é. Ele era gay, não era bom pagador e se sentia como um membro da realeza britânica, ou um astro de uma banda americana. Só cumprimentava quando lhe era conveniente e não se despedia de ninguém ao sair. Então, é esse cara mesmo. Esse arquiteto ficou amigo do Diógenes na hora. Aí a coisa ia decolar.

Nunca vendi tanto pó na vida. A pizzaria só fechava na segunda. Vivia cheia, mas os dois dias em que tudo rolava e a casa caía eram às quartas e aos domingos. Não sei por que, mas ainda mais às quartas-feiras.

Lá um belo dia, eu estava fingindo ajudar na recepção, quando chegou um casal de coroas. O cara já devia ter quase uns quarenta e a mulher uns trinta e sete. A casa estava lotada. Ele olhou ao redor e disse, entre a brincadeira e a indignação: "porra, vocês só servem homens?". Depois riu.

Eles não ficaram. Olhei para os lados e só havia bichas.

Fiquei apavorado. Àquela altura São Paulo inteira já devia dizer que eu e Diógenes éramos um casal de bichinhas. Essa porra ia foder com a minha vida para sempre. E Aninha? Deus do céu, e Aninha? Se chegasse a ela a notícia de que eu era proprietário de uma pizzaria de maricas eu a perderia pra sempre. Não que eu precisasse de Ana pra viver, mas eu gostava dela. Não amava, é verdade, mas gostava.

Autoajuda: escolha muito bem o seu sócio.

* * *

Existem pessoas que usam luvas e as que não estiveram na cena do crime. Como dar cabo de Diógenes? Caramba, quanta contradição: resgatar Aninha e despachar Diógenes. Tudo isso sem deixar digitais.

Eu queria assassinar Diógenes. Estrangulá-lo, meter uma faca no seu peito. Queria me apropriar de toda maldade, assim como quem esvazia o pneu da bicicleta de um desconhecido só pra ver o desgraçado perder tempo na vida. No caso dele, bem, não se tratava de perder tempo, mas uma vida inteira.

Não era o meu estilo. Eu não usaria as mãos para fins absúrdicos. Diógenes era um homem doente. Medroso. Feio. Bicha-sem-ser.

Não usava nenhum tipo de drogas. Nem álcool. Não era um homem mau. Tampouco bom. Era só mais um desesperado, assim como eu, tentando sobreviver em tempos onde as pessoas estavam condenadas a passar despercebidas até no dia do próprio aniversário.

Incógnito. Seria o adjetivo que usaria pra mim mesmo. Sim, porque tem aquele negócio de epíteto: "Alexandre, o Grande", "Ivan, o Terrível", "Pelé, o Craque", e por aí vai. Então, quando *não* se lembrarem de mim no futuro, serei: "Eu mesmo, o incógnito".

Ninguém se lembrou de mim, naquele aniversário. Não, mentira. A Mulher se lembrou. "Olha, eu e o seu irmão desejamos tudo de bom". Chorei.

Diógenes tentou administrar minha carência e rejeição. "Cozinho pra você", disse. E depois: "vamos fazer uma noite especial".

Eu estava acabado. Ele convidou amigos. Dele, claro. Veio um monte de bicha. Diógenes vestia uma roupa igual a do Boy George. Maquiado e o escambau. Aquilo foi um, olha que legal, divisor de águas. A partir dali ficou claro que ele era mesmo bicha. Podia até não praticar, não sentar e pedalar, mas era bicha, sim.

Diógenes estava medonho travestido de andrógino. Se esfregou em todo mundo. Parecia mesmo o músico inglês. Tinha outro viadinho, amigo dele, que parecia muito com o Mick Jagger. Porra, eu estava no meio de uma porra de uma festa temática. Pela primeira vez na vida cogitei de me fantasiar. No caso, de bailarina. Havia uma roupa de balé da minha mãe do tempo em que ela era adolescente, estava lá no baú, era só pegar. A gente tem que confessar esses deslizes. Mas depois fiquei imaginando, muita viadagem, porra...

Aninha nunca me pareceu tão distante.

Eu tinha que acabar com Diógenes. Mas não tinha a menor noção de como dar cabo daquele filho da puta.

12

Creio que algumas pessoas realmente não fariam falta nesse mundo. Não tem nada a ver com julgamento; se é boa ou se é má, se cometeu algum delito ou não. É só porque tem gente que, independentemente da índole, não vale a pena. O que não quer dizer que esses dispensáveis devam, por força, serem mortos, suprimidos. Isso é opcional, vai de cada um. Você decide que tal fulano não acrescenta, ou incomoda, então resolve dar cabo do sujeito, ou melhor ainda, convida-o a se retirar. É uma escolha de quem conduziu a ação. Se for necessário, depois o justiceiro responderá por seus atos. O que não pode e não se deve é fazê-lo com culpa. Tem gente que já nasce culpada, arrependida e autossentenciada. Tudo moralismo barato, a ética se manifestando pelas costas.

De tempos em tempos o planeta tem que passar por uma triagem. É um exagero o que tem de gente circulando pra lá e pra cá. O último degelo foi há onze mil anos. Um cataclismo agora não seria de todo ruim. A sociedade necessita tanto dos planos de saúde quando das pestes. E tem as malditas crianças: não há sexo no mundo que justifique tanta cria. O pai de Diógenes, por exemplo, deveria ter sido vasectomizado ao nascer.

Certa vez eu falei pra Aninha: "vamos fazer um filho?" E ela: "nunca". E eu fiquei bravo e fui embora. "Como assim nunca?" Não era pelo filho, era por mim, caramba.

Acho que eu poderia ter sido um grande pai. Não, mentira. Conseguiria apenas ser um pai um pouco melhor do que aquele que eu tive. Mas e se o meu filho me matasse? Bom, a gente morre de qualquer jeito, isso não é argumento. E quer saber? Se meu filho realmente tivesse uma boa causa pra me mandar pro inferno, olha, eu não ofereceria resistência. Quer um óbito melhor? Degolado pelo caçula preterido.

Diógenes, assim como eu, não tinha ninguém. Aninha era uma causa tão perdida quanto uma avó que você só conheceu até os seis anos. Assassinar Diógenes seria, antes de mais nada, um tributo à humanidade e também ao lugar-comum: mataria um pouco de mim mesmo. Aquele miserável poderia ser meu filho ou meu pai. Melhor, uma madrasta. Porque as preferências do *chef*, não as gastronômicas, mas as de ordem libidinosa, já estavam para mim muito claras.

O que pode ser melhor: um infanticídio ou um parricídio? Fácil! Era só escolher que tipo de fralda Diógenes usaria na hora em que ele se borrasse, se uma infantil ou geriátrica.

Não precisou de fralda.

* * *

Matar Diógenes me criou dois problemas. Um, ele de fato morreu. Dois, teria que conviver com as lacunas e vazios deixados por aquele ser ordinário. O pior inferno é aquele que você tem que atravessar sozinho. É como ser cego numa praia deserta. Quem precisa de tamanho sossego?

Diógenes nunca foi o tipo do sujeito apaixonado, intenso, arrebatado ou arrebatador, desses caras que fracassam ao longo da vida e a gente se pergunta "por que logo ele?". Não, Diógenes era tão raso quanto a espessura de sua pizza. Fosse a iguaria italiana um prato vertical e caberia a Diógenes apenas despejar azeite sobre o colo dos clientes. Era míope o miserável. Diógenes era apenas um insistente, um embrião que jamais tomaria forma definitiva, a não ser aquelas nas quais encarnava em dias de festa, trajando os uniformes devidamente copiados das revistas. Indumentárias por ele mesmo confeccionadas, nas tardes que antecediam o frisson da pizzaria. Enquanto o idiota aqui ia às compras, o Boy George cerzia seu corpete para a noite, entrementes erguia os olhos sobre as lentes garrafais e sorria que nem débil diante de um beijo de amor no *Vale a pena ver de novo*. Se tinha um cara que havia nascido pra TV, digo, pro lado de fora da tela, claro, esse telestúpido era o Diógenes.

Por toda essa letargia, o passo de gueixa, a evidente hesitação em mijar fora da latrina, o último toque de cheiro verde antes de condenar a massa ao forno, pelo sibilar dos beicinhos diante da dúvida. E acima de tudo, pela meia-bichice que o manteria morto tanto no Céu quanto no Inferno, eu não tinha dúvidas: ao contrário de Amélia, aquele natimorto demoraria a morrer.

13

Aninha praticamente sumia atrás do violoncelo. Tocava de olhos fechados, a cabeça ligeiramente baixa. A luz do palco sulcava-lhe o rosto, impiedosa como um espelho em dia de ressaca. Suas olheiras pareciam mais profundas, os ossos do rosto salientados conferiam-lhe um aspecto um tanto cadavérico. A pele ainda mais branca por causa da luz, a escuridão ao seu redor, os dedinhos magros e ágeis percorrendo as cordas, tudo isso mais a fumaça que soltavam no palco me fizeram crer que eu estava diante de uma santa.

Mas havia alguma coisa errada com o som.

O Lira Paulistana era uma casinha de show pequena, na Praça Benedito Calixto. Teve grande importância no cenário cultural paulista dos anos oitenta. No entanto a gente só viria saber disso muito tempo depois. Naquela época era apenas uma casinha de show pequena.

Aninha estava acompanhando uma banda de rock que fazia um tipo de som já falecido há pelo menos uns quinze anos antes. Os caras pretendiam criar algo novo. Chamaram Aninha e um violinista, um cara tão gordo que o violino mais parecia um aparelho de barbear preso ao seu pescoço. Eu já tinha ouvido os caras a contragosto numa apresentação de bandas de rock lá na USP. Dessa vez o som me pareceu a mesma porcaria velha, só que com violino e violoncelo. Uma perfeita estupidez, a mesma coisa que passar cera polidora num carro enferrujado.

Na verdade eu mal ouvia a música, o som das batidas do meu coração, em *prestíssimo*, atravessava o ritmo da banda e se alojava nos meus ouvidos.

Pensei em ir embora, mas decidi ficar.

Havia mais de três anos que eu não tinha nenhum tipo de contato com Aninha. Alguns meses após a morte da mãe, Ana decidiu alugar a casa que recebera de herança, e vendeu uma Belina meio detonada para pagar os custos do funeral de Amélia. Os locadores fariam mensalmente o depósito do valor do aluguel na conta bancária de Aninha, o que lhe possibilitaria, senão totalmente, ao menos em parte viver onde bem desejasse. Claro, sempre dentro do território nacional, já que a moeda da época devia valer menos que o Guarani paraguaio.

Soube que andara por Ouro Preto, Bahia etc. Naqueles tempos de fac-símile, as notícias trotavam em lombo de burro. As amigas e amigos de Aninha me davam notícias desencontradas. Acho que simplesmente não queriam que eu me aventurasse na sua cola. Empreitada que eu certamente encararia.

A história funcionou muito bem nos dois primeiros anos. Então os caras decidiram parar de pagar o aluguel. Aquela velha piada mal contada: começaram atrasando os alugueis, pagavam um e deviam dois, Aninha ligava e vinham as desculpas. Depois pararam de atender suas ligações, o patrão nunca se encontrava, a patroa viajou e por fim a última instância: cortaram a linha telefônica.

Desalojar uma família, por mais picareta que ela seja — ainda mais se houver crianças envolvidas —, é tarefa para uma quadrilha inteira de advogados. Eu soubera apenas na véspera, mas na ocasião do show no Lira Aninha estava em São Paulo havia três meses, morando de favor numa kit minúscula com uma amiga e um cão basset. Sua casa estava detonada, e um advogado medíocre amigo de Amélia oferecera seus serviços gratuitamente. Mas como tudo que é grátis parece vir a conta-gotas, a coisa não andava.

Não faço ideia de quanto ganha um violoncelista, mas não desejo pra ninguém.

Caminhei em direção ao camarim como quem se levanta diante do juiz para esperar a sentença. Porque não havia dúvida, assim que eu chamasse seu nome e Ana se voltasse para mim, seria condenado ou absolvido. Não haveria meio termo ou cesta básica que mediasse a minha situação.

"Aninha", eu falei. Ela se virou, me olhou sem surpresa. Não disse nada.

14

A história toda com a pizzaria foi muito de repente. Um dia demos uma festa e *de repente* a casa estava lotada. Independente de ter sido de repente, a gente nem parou para pensar que aquilo estava virando um negócio. Fazíamos pizza e os amigos apareciam. Depois vieram os bichas e logo em seguida desconhecidos que nunca havíamos visto. O problema com desconhecidos é justamente esse: a gente desconhece. Não sabemos se é mocinho ou se é bandido.

Não tínhamos uma contabilidade. O ladrão do Diógenes pegava a grana e tirava o seu quinhão, que certamente era bem maior que o meu. Se bem que eu ficava com a grana do pó. O dinheiro entrava e saía, a gente fazia pizza, eu vendia e cheirava cocaína e o Diógenes certamente dava um pouco de bunda, já que ninguém nesse mundo é de ferro. Aquilo me parecia tudo, menos um estabelecimento comercial. Embora eu tivesse comprado pratos, talheres, jogos americanos e mesinhas de armar, não dava pra classificar aquela baderna como um empreendimento, um negócio.

Lá um dia um desconhecido disse: "preciso de uma nota", ao que Diógenes rapidamente retrucou: "não trabalhamos assim", e o desconhecido indignado: "assim como?", e o Diógenes explicou: "aqui é uma casa de amigos, não visamos lucro" e então o desconhecido emendou: "ah, entendi, uma espécie de filantropia, sei..." e o Diógenes: "filan o quê?", e aí o desconhecido foi embora. No dia seguinte comprei um talão de recibos numa papelaria e demos continuidade ao nosso projeto filantrópico.

* * *

Para mim aquilo tudo era uma tragédia. Todo mundo se divertia; os conhecidos, os desconhecidos, os bichas e até o transformista Diógenes, todo mundo aproveitava, menos eu. A quantidade de pó estava me matando. Vivia deprimido. Tinha acessos de fúria e não encontrava meios para extravasar. Abrasavam apenas dentro de mim, me consumindo como uma úlcera. Mais de uma vez estive perto de passar a mão numa faca e estocar Diógenes como se faria com um porco. Não, mentira, nunca estive nem a duas quadras de tal façanha. Naquela época eu era bunda mole demais para apagar alguém. Diógenes teria que morrer por conta própria, assim como Amélia e minha mãe. Meu papel se restringia a apontar o melhor caminho. Tudo bem, talvez abreviá-lo um pouco, mas minhas mãos deveriam permanecer imaculadas. Eram as mãos que tocavam Aninha.

O problema é que Diógenes relutava, era um resistente, parecia ter a couraça de um vírus, uma bactéria. Ele insistia em viver, em nome de qual causa eu realmente não sei. O miserável vivia próximo da indigência, mesmo tendo onde morar, pra mim era clara sua vocação pra mendicância. O que significava que não adiantaria apenas pôr o desgraçado pra fora de casa. Não. Diógenes precisava *aceitar* a morte e minha função era a de abrir seu coração e sua mente para essa realidade. Mas o fato é que eu não via meios, não sabia como, não achava a brecha, o flanco por onde eu pudesse penetrar e assim conduzir Diógenes ao maior feito de sua existência miserável: morrer.

Eu gastava boa parte do meu tempo elaborando planos, garimpando ideias, suava em busca da estratégia ideal, aquela que permitiria continuar levando a cabo minha missão: encaminhar educadamente ao patíbulo aqueles que estão atrapalhando a festa. Mas nada, simplesmente nada. Diógenes além de agourento devia ser da macumba, com o tal corpo fechado. Diante da minha própria impotência e ineficácia, pra não sair no prejuízo total, sempre dava uma sacaneada no miserável: desperdiçava o seu xampu — uma das poucas coisas com que o sovina gastava —, desligava a chave geral de força enquanto ele assistia a novela da tarde, ou a pior de todas: escondia os seus óculos. E aí Diógenes ficava mais paralisado do que bicho empalhado. Mas eram só paliativos. Até aquele momento o engessado de fato era eu.

15

"Gostou do show?", ela perguntou depois de um longo silêncio. "Sim", menti. E emudecemos mais um pouco.

Intimidade mesmo eu acho que é isso: sentir-se à vontade em silêncio. Não se coçar quando as línguas se calam, não se apressar em falar, criando assuntos com a mesma ansiedade de quem vê um amor ruindo: já pensando no próximo. Não que eu estivesse confortável naquele momento. Porra, não mesmo, muito pelo contrário. Mas Aninha gostava do silêncio, acho que porque a audição era seu sentido mais apurado. As agressões auditivas lhe causavam lesões, traumas. Podia ser palavrão, erro gramatical, papo furado. Música ruim então nem se fala, era como um miojo lámen para um *gourmet*. Eu? Sei lá, acho que tinha medo de interlocuções, preguiça de falar, ou simplesmente adorava ouvir o silêncio de Ana, o que muitas vezes já causava um barulho dos diabos, um ribombar de mil trovões que explodia no meu peito, reverberava nos meus tímpanos e chacoalhava meu esqueleto. Eram os ossos, aqueles vermelhos que sempre me assustaram. No entanto na maioria das vezes nosso silêncio era de um conforto celestial, como se estivéssemos os dois abraçadinhos num colchão feito de nuvens. A gente nunca namorou de verdade. Mas de mentirinha, porra...

Autoajuda: namore enquanto pode. Porque pra despoder é um segundo.

Ela tinha a mania de cruzar os braços segurando os cotovelos, acho que é porque eles eram muito salientes. Ela repetiu esse gesto de tantas vezes ao notar que eu os observava. Estavam mais à mostra. Também os joelhos, já que Ana sempre usou saias abaixo deles. Por isso eu não podia vê-los, mas imaginava que por trás da saia certamente eles também se exibiam além da conta. E ainda os ossos da face, aqueles logo abaixo dos olhos. Não deviam estar ali, correndo o risco de tomar chuva. E havia as olheiras, que dessa vez me pareceram mais profundas. Culpa dos ossos talvez. Esses ossos que nunca me incomodaram. A ela, sim. Muito.

Não queria importunar, evitava olhá-la de frente, observava o bar. Parecia haver um monte de gente feliz. Não era bem o nosso caso. No meio daquele silêncio Ana tentava conversar e eu justificar. Justificar o quê? Ora, tudo porra. E sem dizer uma palavra íamos pondo nossas vidas em dia. Sempre foi um pouco assim com a gente. "Antenados", é um dos eufemismos que dão a esse tipo dessintonia muda. Por que naquele dia foi bem isso, estávamos ligados por cabos, veias, vergonhas e ossos.

Meu pai, Diógenes, Amélia, sexo, nudez, omoplatas, bacia e clavículas. Muita cumplicidade, sabíamos demais um do outro. Isso é bom e não é. Não dá pra se esconder diante de tantas evidências. Em qualquer tipo de relação sempre há coisas que a gente quer escamotear, deixar debaixo do tapete. Por isso fica difícil olhar nos olhos. O olhar de quem nos conhece é mais inquisidor do que uma ressonância magnética.

Mas resolvi correr o risco. Caso contrário teria que ir embora.

Sentei-me de frente pra ela, cruzei os braços sobre a mesa e mirei seus olhos. A princípio ela se assustou, espiou um pouco ali, outro pouco acolá, tentou disfarçar, mas aos poucos foi se rendendo ao que sabia ser inevitável.

Eu de fato olhava Aninha nas pupilas, mas tive impressão de que ela apenas mantinha seus olhos no meu rosto. Seu olhar parecia me traspassar, como se tentasse enxergar através de mim. Bem, pra isso nem precisaria muito esforço, sempre fui meio invisível mesmo. Ela parecia acuada. Compreensível, até então eu era o predador. Mas não naquele dia. Naquele dia não. Aquele não era um dia como todo dia.

Mesmo por que já era noite.

* * *

Antes de eu pisar feio na bola e ser limado por justa causa, eu desfrutava de regalias e privilégios junto a Aninha. Isso foi mais no começo, quando ela ainda alimentava esperanças de namorarmos, eu acho. Se ela não estivesse ensaiando ou fora de casa eu não precisava nem ligar, era só aparecer. Foi antes de conhecer Amélia, a víbora stalinista, com certeza a grande responsável pelo fim dessa fase mágica. A até então desconhecida mãe de Aninha quase nunca estava em casa, mas para não correr riscos ou perder a viagem, eu sempre dava uma telefonada antes.

Aninha estava sempre disponível para mim. E se havia uma faceta do nosso relacionamento da qual eu realmente sentiria muita falta no futuro era justamente essa: o sentimento de propriedade em relação a ela. Caramba, Amélia adoraria ouvir isso!

Chegava na casa dela. Eu "oi", ela "oi", o diálogo era só esse. Mal batíamos a porta e já estávamos engalfinhados como dois felinos famintos, um querendo tirar pedaços do outro. Em questão de segundos estávamos nus, derrubando objetos pela casa. Aninha era leve como uma pluma. Podia erguê-la, baixá-la, virá-la do avesso, como se diz. Eu adorava seu corpo frágil e esquálido. Os ossos da coluna... Agora me lembro bem: eu subia e descia minha mão por suas costas, sentia meus dedos percutirem sobre suas vértebras pequeninas. Às vezes ela tremia, quase desacordada, como se eu tivesse acabado de salvá-la de um afogamento e a carregasse quase sem vida para a segurança da areia. Era isso mesmo, assim que eu me sentia: útil, forte, duro e exausto. Uma mistura de super-herói e vítima de abuso sexual. Sim, porque nessas situações Aninha não tinha nada da reticência e timidez que costumavam acompanhá-la até o colégio. Pelo contrário, parecia que baixava uma pomba-gira. Ela fazia comigo o que queria. Muitas vezes era ela quem conduzia a trama. Entregava seu corpo leve aos meus cuidados, mas era Ana que, sem dizer uma palavra, escrevia o roteiro. Vez ou outra me parecia que ela entrava num estado de torpor, às vezes ensandecida, gritava coisas estranhas, me mordia com força os ombros enquanto eu em pé a mantinha presa ao meu pescoço, suas pernas laçando minha cintura. Arranhava minhas costas, e sempre de olhos fechados, descolava seu rosto do meu e cuspia na minha cara várias vezes, e com uma das mãos espalmadas espalhava a saliva pelo meu rosto, com força, empurrando minha cabeça pra trás. E eu totalmente entregue me colocava a mercê de suas vontades.

Lá um dia a gente tava dando uma bela de uma rasgada em cima da escrivaninha da Amélia e Aninha surtou de vez. No meio daquele sobe e desce de mãos, arranha daqui, crava as unhas de lá, e cospe e berra, estapeia e de repente eu sinto duas fisgadas agudas na coxa, da altura dos joelhos até o quadril. Ana tinha passado a mão num abridor de cartas que havia sobre a mesa e riscou duas vezes minha coxa direita. Arranquei o objeto da sua mão e joguei longe. A perna começou a sangrar, mas não interrompemos o sexo, pelo contrário, passamos a fazer mais intensamente do que nunca. Gozamos juntos, aos berros, e caímos exaustos sobre o tapete do escritório.

Ana correu até o banheiro e voltou com duas toalhas, água oxigenada, mertiolate e suturas. Lembro como se fosse hoje. Na vitrola rolava *Ocean Rain* do Echo & the Bunnymen. Ana apoiou minha cabeça numa almofada e começou a limpar o sangue, com carinho e delicadeza. Eu olhava para ela entretida nas escoriações. Enquanto ia limpando, Aninha intercalava a limpeza dos cortes com beijos e lambidas nos ferimentos. Beijava e me sorria encabulada. Não deu cinco minutos e eu tive uma ereção mais intensa do que a primeira. Aninha veio beijando o corte até a altura do meu quadril e me pôs quase inteiro na sua boca. Me chupou por um longo tempo, sem pressa mas com vontade. Como que querendo se desculpar, com zelo e paixão. Foi a primeira vez que eu gozei na sua boca. Ela engoliu cada gota jorrada, sorriu e retomou seu trabalho de enfermeira, com dedicação e afeto.

Foi o mais próximo que já estive do Céu.

Normalmente nosso sexo rolava intenso, porém sem esquartejamentos ou tentativas de homicídio. A primeira era sempre de tirar o fôlego. Depois, enquanto nos refazíamos esticados e exauridos no sofá da sala, Aninha alisava minha virilha ao mesmo tempo em que descansava a cabeça no meu peito. Eu, como disse, só fazia carinhos se ela estivesse dormindo. Permanecíamos assim, sem pressa, esperando as batidas do coração retomarem compasso.

A segunda vez era sempre calma, tranquila, mas nem por isso menos excitante. Depois cozinhávamos e enquanto comíamos sempre conversávamos um pouco. Saciadas as necessidades básicas eu vestia meus trapos e caminhava em direção à porta da rua.

Eu tchau, ela tchau.

Eu ia embora. Na maioria das vezes era assim.

16

Tínhamos três ou quatro mesas onde antes havia uma sala de visitas conjugada com a sala de jantar. Duas na pequena varanda. E mais quatro no quintal. Essas eram as mais disputadas. A casa lembrava um pouco casa de roça, havia duas bananeiras, uma seringueira e mais alguns lenhosos que eu nunca soube o nome.

Diógenes ficava no forno e tinha um assistente, para que de meia em meia hora ele pudesse circular desfilando seu modelito da noite. Eu cuidava dos psicotrópicos em geral, preparava os drinks e teoricamente deveria supervisionar as voluntárias. Durante o dia eu fazia as compras enquanto Sua Alteza Diógenes assistia à novela da tarde. Eu trabalhava como um cão, quando minha filosofia era justamente contrária àquela labuta egípcia a que estava me submetendo.

As voluntárias eram três. Claudinha, Bel e Suzete. As duas primeiras eram irmãs e trabalhavam durante o dia na papelaria algumas quadras rua acima. Suzete era uma bundalhuda, tipo carnão, amiga delas lá da Vila Formosa, onde as três moravam. Recebiam porcentagem do faturamento. Quem pagava era o miserável Diógenes. Uma merreca, suponho. Elas viviam reclamando.

A solícita Suzete saía cada noite com um freguês diferente, nunca repetia. Sempre disposta, fosse para servir mesas ou para esmerar-se em assuntos de foro íntimo. Das três era a que mais trabalhava. Eu achava sua conduta absolutamente justa, mas Diógenes implicava com a coitada.

"Não pega bem" ele dizia. Ótimo, eu pensava, o que pegava bem era ele se vestir de Rapunzel e sair rodopiando pela pizzaria. "Deixa ela em paz", retrucava.

Diógenes queria dar a impressão de que formávamos uma família, que fazíamos aquilo por curtição, éramos confidentes e amigos inseparáveis. Uma espécie de comunidade hippie da pizza. Só ele acreditava nessa bobagem.

Eu vinha tentando de todas as maneiras restringir o raio de ação do miserável. Não era fácil, o sonso era hábil em se esquivar. Hoje eu penso no porquê de não ter dado o pé na bunda do Diógenes de uma vez por todas. Havia algumas questões. Uma delas, claro, é que eu queria mesmo exumar os restos mortais de minha mãe e sepultar Diógenes ali, bem próximo de Amélia, por toda a eternidade. Dar fim em Diógenes havia se tornado minha causa, meu oxigênio, a única motivação que me impelia a prosseguir suportando a rejeição de Aninha. Mas a verdadeira razão e as causas mais profundas que me incitavam a perseguir Diógenes como um incansável cão farejador, bem, isso nunca me ficou totalmente claro. De uma coisa eu sabia: era mais fácil atingir meu objetivo estando próximo do imbecil. Racionalmente falando, seria essa a justificativa imediata para manter Diógenes na casa. Mas havia algo mais. Hoje percebo que ele me manipulava. Não sei bem como, mas às vezes eu tinha a impressão de que o filho da mãe podia ler pensamentos. Diógenes sem dúvida sentia o momento em que eu estava para explodir, quando a corda iria estourar pro lado dele. Era quando o miserável se mostrava liso e ardiloso, o velhaco desaparecia, ou pior, tinha sempre a palavra certa para o momento. Astuto.

Eu precisava acabar logo com ele ou implodiria detonado por meu ódio. O morto seria eu.

* * *

Certa vez, Júnior, meu filho, me perguntou se eu era bom ou se era mau. "Bom, claro", respondi sem titubear. Depois fiquei pensando... É, sou bom, sim.

* * *

Cheguei da rua umas sete e meia da noite e encontrei Suzete sentada no meio-fio chorando. "O que aconteceu, Suzete?" Ela: "Diógenes".

O crápula tinha chamado Suzete de vagabunda. Ela havia pedido as contas.

Entrei metendo o pé na porta, fui até o forno e catei o pizzaiolo pelo colarinho. "Olha aqui seu merda, vai já pedir desculpas pra Suzete, e é melhor você dar um jeito de ela continuar trabalhando aqui, porque se ela não voltar eu vou acender a lenha desse forno e enfiar sua cabeça dentro." Seria divertido, por um instante quis até que ela não voltasse.

Ela apareceu meio jururu. Já no fim da noite era a Suzete de sempre. Diógenes quase borrou as calças. Aquele não era o meu estilo, eu tinha perdido o controle e tal procedimento não era bom, só faria com que o safado fechasse mais ainda a sua guarda. Fiquei com a sensação de ter voltado à estaca zero.

Bel e Claudinha contaram pra Suzete o ocorrido. Por conta do meu ato de bravura Suzete seria para sempre grata. E a gratidão para ela poderia se expressar das mais variadas maneiras. A melhor seria aliando-se a mim em torno de uma causa comum: Diógenes.

"Você também odeia o cretino?". Ela: "mais do que você imagina".

Foi na mesma noite do incidente. Ela sugeriu que déssemos um rolê após o fechamento da Pizzaria. "Quero dar uma espairecida antes de ir pra casa". Claro, acabamos num motel. Ela me contou milhões de coisas legais: que já experimentara todos os tipos de drogas, havia estado numa casa de swing, e que fizera três abortos, mas se arrependia da decisão. Disse que pretendia retomar os estudos e que já tinha juntado metade do dinheiro pra realizar seu sonho mais urgente: comprar uma moto. "Não aguento mais pegar ônibus, é uma desgraça, os caras ficam se esfregando, passando a mão. O ponto onde eu desço parece que fica mais distante a cada dia e a gente balança que nem pinto de velho. É que nem estar no inferno com labirintite."

Dormimos no motel. No dia seguinte tomamos café da manhã juntos e eu deixei Suzete na casa dela. Estava começando a me complicar. Pensava lá comigo que a parceria poderia custar caro.

Na semana seguinte fiz um cheque pra Suzete e ela passou a ir trabalhar na sua CG125cc azul.

A partir daí começaríamos a enveredar por caminhos que eu mal podia imaginar aonde nos levariam.

17

O silêncio havia esgotado sua retórica.

Eu estava exausto. Mas Aninha me parecia pior. Continuávamos na mesma posição, enquanto o bar ia pouco a pouco esvaziando. Era preciso dizer alguma coisa e eu havia esquecido tudo aquilo que ensaiara nos anos sem Aninha. Vasculhava os confins do meu cérebro farejando um assunto, uma história, uma frase, uma palavra, uma sílaba que fosse. Estava tudo encruado. Foi ela que corajosamente decidiu saltar o abismo que aos poucos ia se alargando entre a gente.

"Você tá bem, Edu?"

Eu entendi o que havia de errado com o som. Não era a banda, era Aninha. Na hora pensei em responder com a mesma pergunta. Tudo ia mal com ela, não precisaria ser esperto nem perspicaz pra deduzir que além do peso físico Ana perdera umas tantas gramas de alma. Ela também estava cansada, tanto ou mais do que eu. Havia algo de sorumbático nela, sombrio mesmo. Desesperança? Não sei, mas se ainda havia uma fagulha eu não conseguia perceber. Seus olhos, bem ou mal, sempre mantiveram uma chamazinha. O seu corpo sempre a incomodou, causava-lhe uma espécie de insatisfação congênita, mas Ana sempre teve luz própria. Quando ela tocava eu tinha vontade de me curvar, como se estivesse ouvindo uma entidade mágica. Era enternecedor, esfuziante, alquímico. Nos raros momentos em que abria os olhos ela olhava pra cima e ameaçava um sorriso, que não vinha de fato, mas que estava ali, dentro dela, na sua música. Onde de fato ela era feliz: atrás do violoncelo.

Vê-la ainda mais magra foi assustador, mas nada se comparado a como eu imaginava estar sua condição emocional. A aura funesta e o olhar sombrio não me causaram estranheza, e sim medo. Tive medo por ela. Deus sabe o quanto eu quis estar errado, mas no íntimo eu sabia que estava certo. Apenas intuição, mas eu sabia.

"Tudo, Aninha, tudo bem."

"Mesmo?"

"Não, mentira — respirei fundo e criei coragem: — Senti muito a sua falta, Ana, mesmo".

Ela mudou de assunto: "Soube da história da pizzaria e do que aconteceu com seu sócio".

"Ele não era meu sócio."

"Mas era seu amigo, você já tinha me falado dele. Esse cara não estudou no nosso colégio?"

Foi minha vez de mudar o curso da conversa: "Ana, você chegou há três meses, por que não me ligou? E durante esses três anos, por que não deu notícias?"

Ela baixou o olhar, fez menção de responder, mas desistiu. Balançou negativamente a cabeça e optou pelo silêncio. Continuei de maneira estapafúrdia e canhestra: "olha, eu quero saber, não, quer dizer, eu quero que você saiba que eu sei... E eu sei que você sabe que eu sei que a gente, que nós, entende? Temos muita história. Temos mesmo, você sabe, Ana, você sabe. Quero deixar claro, antes de mais nada, que eu estou aqui pro que der e vier. Também sou seu amigo..."

"Também?!", me cortou.

"Não, não foi isso que eu quis dizer, é que nós já fomos outras coisas..."

"Que coisas, Edu? Amantes, caso, putaria? O que é que a gente foi?"

Mais do que exausto eu estava era ficando desesperado. Bem, ela tinha me dado três opções.

"Amantes, Aninha. Nós éramos amantes."

Ela suspirou incrédula: "Amantes? Você, amante? Edu, amantes mandam flores, reverenciam a amada, não esfregam a segunda amante na cara da primeira, e você sabe muito bem a que estou me referindo. Se você se considera um amante, devo te dizer que não, você é um amador, um aprendiz de sei lá o quê."

Para eu chorar só faltava caírem as lágrimas. Mas ainda assim eu dava conta dos meus fardos, ou achava que sim, não sei. Mas a dor de Aninha estava nos seus olhos, gestos e trejeitos... Sem dúvida era muito mais profunda. Mesmo por que ela era muito mais abissal do que eu. Olhar nos seus olhos me causava vertigem. Parecia quase derrotada. Tristeza até os ossos. Sempre os ossos. E a tristeza dela não tinha cor, sequer era cinza ou negra. A melancolia já estava tão devidamente infiltrada em seus poros e mente que já não aceitava adjetivos, qualificações. O éter que alimentava seus sentidos não tinha cor, sabor, nem mesmo nome. Já não era tristeza, sofrimento, dor, não, era apenas ela. Ana era a substância da qual estava impregnada.

A diferença é que eu resistia enquanto Aninha parecia estar jogando a toalha. E aquilo que não tem nome, mas que por mera formalidade chamamos de tristeza, lassidão, abatimento, estava transbordando dos seus olhos.

Tremi de medo. Porque a morte sempre ronda os que entristecem.

18

Maldito Netuno. Não consigo enxergar com clareza o passado, o presente. Tentar vislumbrar o futuro, então, é como abrir a porta de uma sauna úmida. A sorte é que Suzete era boa de planejamento, estratégia, prospecção. Ela sempre sabia tudo o que iria acontecer nos seis meses seguintes.

Agora vivíamos colados, pra cima e pra baixo, e para o desespero e ódio de Diógenes, Suzete tinha cada vez mais espaço e liberdade, fosse impondo seu estilo na pizzaria ou fazendo guerra de almofadas comigo. Suzete sempre foi divertida e engraçada. Não levava as coisas muito a sério, melhor, ela própria não se atribuía altos valores. Ria dela mesma. Era responsável, sim, mas sem deixar que as implicações da palavra obrigação tirassem seu bom humor, sua leveza.

Eu me sentia bem ao seu lado. Ela não era muito culta. Aliás, não era *nada* culta. Mas era mais esperta que uma gata de telhado. Tinha sempre ideias ótimas e originais, como no dia em que fez um *space cake* e não avisou ao Diógenes do que se tratava. O glutão socou pra dentro umas quatro fatias do bolo de maconha. Embarcou na maior paranoia. Entrou numas de que Darcy, seu assistente, estava tirando as pizzas do forno ainda cruas. Diógenes passou a servir pizzas queimadas. O povo, lógico, mandava de volta. Eu e o Darcy quase precisamos usar de força física pra sumir com o infeliz naquela noite.

Não posso dizer que aquilo que eu dividia com Suzete pudesse ser chamado de intimidade. Porque não se tratava de uma relação com tal comprometimento e formalidade. O que repartíamos era por um lado até melhor, mais divertido. Havia algo de familiar, empatia, alto astral. Nos sentíamos extremamente à vontade na companhia um do outro. O mais importante, entretanto, é que eu confiava nela e vice-versa.

Quando inventávamos de dormir juntos, em casa ou em algum motel, o fato se dava muito mais em função de uma contingência ou comodidade, do que propriamente em resposta a algum apelo de ordem sentimental. Às vezes simplesmente dormíamos. Quando acontecia de transarmos era quase sempre mais em decorrência da proximidade física do que de qualquer desejo de saciarmos nossos impulsos. Então havia interesse em mudar o curso desse diálogo que casualmente fomos estabelecendo. Nos entendíamos, Suzete era muito boa de cama e eu tentava ser um aluno à altura da mestra. Aprendi muito com ela.

Além de Diógenes, quem não estava gostando muito da ascensão meteórica da minha protegida eram Bel e Claudinha. Compreensível. Suzete chegara à pizzaria por intermédio delas. E agora? Agora ela era superiora, embora não exercesse nenhum tipo de autoridade: sua atitude e comportamento lhe conferiam ares de gerente. O trio já não retornava unido pra Vila Formosa de ônibus. Suzete voltava mais tarde, de moto, ou simplesmente dormia por lá. O astuto Diógenes rapidamente mancomunou-se com as injustiçadas. Era comum flagrar os três pelos cantos de corriola e mexericos. Eu achava aquilo ridículo. Contanto que não importunassem minha amiga eu estava era pouco me lixando, virava as costas e ia embora.

Eu absorvia um pouco da brejeirice, leveza e gaiatice de Suzete. Pensava menos, ou até mesmo me esquecia por alguns minutos de Aninha. Tudo ficava mais fácil com a animada Suzete por perto. Fosse servindo pizzas, ou gazeteando pela noite paulistana. Mas eu sabia que precisava me policiar. E por mais que o tal Netuno nublasse minha vista, eu não podia deixar meu coração amolecer, tinha metas a cumprir e sabia que Suzete poderia me ajudar.

* * *

A pizzaria não tinha nome. Se a batizássemos estaríamos assinando uma declaração de que o espaço filantrópico era mesmo um estabelecimento comercial. Diógenes, claro, queria que eu abrisse uma empresa, investíssemos mais um pouco e déssemos continuidade à pizzaria, desta feita com alvará e sociedade firmada. Era o que faltava. Porra, se havia um único motivo pelo qual eu ainda consentia em que aquele forno fosse aceso todas as noites era justamente a informalidade que garantia àquela casa/pizzaria um formato do tipo cassino em casa de viúva; a jogatina existe, o dinheiro rola, as velhas perdulárias detonam as economias dos finados, que a essa altura rodopiam em seus túmulos. A casa de apostas funciona de fato, mas não de direito. Na minha cabeça estava claro que enquanto agíssemos com a mesma despretensão senil dessas senhoras carolas não teríamos problemas com fiscalizações e polícia. Pois é, eu achava.

* * *

No dia 16 de abril de 1984 dois eventos importantes se deram na metrópole paulista. Suzete comemorava seu décimo nono aniversário e a Terra da Garoa seria palco da até então maior manifestação pública da história do Brasil: a passeata das *Diretas Já*. Um milhão e meio de pessoas trajando o amarelo, a cor símbolo do movimento, marchariam da Praça da Sé até o Vale do Anhangabaú, exigindo que se fizesse valer a emenda constitucional proposta pelo deputado federal Dante de Oliveira. O povo queria votar, escolher seu presidente. Nada mais justo. Eu havia decretado feriado na pizzaria, proibi Diógenes de acender o forno na minha ausência e me mandei com Suzete lá pro centro da cidade, para participar da grande manifestação cívica. Ficamos até a metade do comício, depois começou a dar no saco e decidimos encher a cara e nos dedicarmos ao acontecimento de menor porte, porém não menos importante: comemorar as dezenove primaveras de Suzete. Caminhamos até o boêmio bairro do Bixiga. No caminho da nossa passeata privada passamos em frente à pizzaria *Speranza*, uma das mais tradicionais de São Paulo.

"Olha lá", disse ela. "Não é essa a pizzaria que o pentelho do seu sócio sempre fala?"

"Ele não é meu sócio, Suzete."

"É, mas age como se fosse. E eu já te falei, esse cara ainda vai te foder".

Deixa quieto, pensei. Suzete encasquetou que queria jantar ali.

"Porra, Su, a gente come pizza todo dia", me indignei.

Não teve jeito de demovê-la da ideia. Disse que "trabalho era trabalho". "Mas que cacete, Su, nós não estamos trabalhando". "Ainda não. Vamos começar agora".

Três garrafas de vinho mais tarde e a pizza do *Speranza* já era a melhor do mundo e a do Diógenes a pior. Estávamos bêbados, nem sequer lembrávamos onde havíamos estacionado o carro. Compramos mais uma garrafa e saímos tomando pela rua, rindo que nem loucos, atrás de uma Parati preta estacionada numa rua escura.

Ainda havia muita gente nas ruas. De volta à Praça da Sé, despencamos na escadaria da catedral paulista.

"Suzete, você sabe manter segredos?", perguntei entre um soluço e outro.

"Claaaro...", respondeu enrolando a língua.

Prossegui com a segurança e certeza que só é permitida aos

bêbados ou mentirosos de ofício: "O que você acha, *hic*, o que você acha de termos uma pizzaria, só nós dois? *Hic*..." Ela: "jura?! É nada, você tá bêbado..." Eu: "*hic*, é, tô mesmo, por isso que eu vou aproveitar. Não é verdade, *hic*, que bêbado só fala verdade? Eu sou pura verdade. Verdade, *hic*".

"Só nós dois mandando?", continuava, incrédula. Eu ouvia seus questionamentos enquanto prendia respiração.

"É, Suzete, assim mesmo... *Hic*. Assim mesmo. E hoje eu tive uma ideia genial. A pizzaria vai se chamar *Speranza Gialla*, que em italiano quer dizer *Esperança Amarela*. Por cauda das *Diretas*, entendeu?", disse, enquanto o soluço se despedia.

Ela pensou, pensou, parecia divertir-se.

"Mas você falou que a pizzaria não podia ter nome..."

"É, mas agora vai ter. Vou legalizar tudo."

"E o Diógenes vai ser meu empregado?", perguntou, esfuziante.

"Não, Suzete."

"Ah, já sei, vamos mandá-lo embora."

"Não, Suzete, vamos dar cabo dele."

"Dar cabo? Como assim?"

"Vamos mandar o desgraçado pro inferno."

Ela caiu na gargalhada. "Matar o Diógenes?", perguntou enquanto ria.

"Exatamente", confirmei muito sério. "Acredite Suzete, há motivos de sobra para executar aquele infeliz."

Diante do meu olhar impassível ela foi aos poucos diminuindo as risadas. Até resignar-se e assumir uma expressão ainda mais séria do que a minha.

"Sério, Edu"?

"Sério, Suzete. Muito sério."

Permanecemos um bom tempo em silêncio. Depois fomos embora.

O soluço havia passado de vez. As exigências da população não foram atendidas. Nosso primeiro presidente civil após vinte anos de militarismo foi eleito por um colégio eleitoral, mas Tancredo Neves não chegaria ao planalto, morreu antes de assumir o cargo, ao que parece, vítima de múltiplas enfermidades contraídas no Hospital das Clínicas.

A década de 80 atingia sua metade, e todos nós precisávamos de ajuda.

19

"Ana, estou sabendo que você está morando num lugar minúsculo com um cão basset".

"Não, Edu, não estou morando com um cão basset. Estou no apartamento de uma amiga que tem um cão basset".

"Não, claro, claro, foi o que eu quis dizer."

O garçom trouxe a conta. "Desculpe, estamos fechando." Olhei ao redor, não havia mais ninguém.

Aninha comeu bem. Ficava um pouco melancólica quando se alimentava. Talvez porque justamente ao contrário da maioria das fêmeas da sua espécie, ela sabia que não teria problemas com a balança. Ana não fora sempre assim, magérrima. Começou a perder, ou melhor, deixar de ganhar peso no começo da adolescência. Simplesmente cresceu e manteve o peso. Antes de ser um problema comum em meio a celebridades e no mundo da moda, palavras como anorexia ou bulimia não andavam na boca do povo. Eram vocábulos de consultórios de endocrinologia. Ela passara por vários.

Hipertireoidismo, Doença de Graves, Bócio Nodular, foram alguns dos diagnósticos precoces, que logo foram sendo descartados. Pra sorte de Aninha o problema não era de origem endócrina. Mas também nunca se chegou a um diagnóstico definitivo e convincente para o seu problema. Ana não era anêmica, não apresentava hiperativação do organismo. Sei lá, vai ver que era somente magra. Às vezes um gato preto cruzando uma estrada é apenas um felino voltando pra casa.

Mas dessa vez ela me parecia mesmo doente.

"Ana, me deixa te ajudar".

Ela: "e quem você gostaria que morresse dessa vez para me ajudar, meu inquilino?"

"De que diabos você está falando, Aninha?"

"Nada em especial, apenas que as pessoas que te cercam caem de telhados, morrem de overdose..."

"Você está me acusando de alguma coisa? É isso?"

"De jeito nenhum. Mas me lembro daqueles papos seus; que a

morte do seu pai lhe trouxe benefícios, que eu viveria melhor sem minha mãe, que a sua morreu feliz e com dignidade. Pode ser que tenha sido tranquilo, há beleza na morte, recompensa, estética, glamour... Mas isso não tem nada a ver com dignidade. Pague a conta, Edu. Meu violoncelo aceita uma carona."

Caramba, pensei, ela que havia começado com a história de matar a mãe. Mas não queria insistir naquela conversa. Caralho, glamour na morte, onde já se viu?

Fomos embora.

* * *

Logo que o Madame Satã inaugurou em 1983, comecei a perceber aquele monte de gente trajando preto. Unhas pretas, batom preto, coturnos e olheiras escuras, a maioria fabricada com uma dessas bases, pó, sombra, sei lá, não entendo muito de cosméticos. As mulheres lembravam Aninha, só que Ana não usava maquiagem.

Eram os *darks*.

Os que eu conheci eram como Suzete; tomavam Sol de dia e se pintavam de branco à noite. Riam pela manhã e comentavam obituários madrugada adentro.

As coisas estavam caminhando muito depressa. Aos dezesseis eu ouvia AC/DC e prestava homenagens à Janis Joplin. Usava os borzeguins da Birello e camisetas silk com a cara do John Lennon estampada. Jeans, e, se esfriasse, uma camisa de flanela. Sem marca.

Não havia essa história de tribos. Tinham os malucos, os caretas e meia dúzia de punks que não davam nem estatística. Basicamente, quem fumava um baseado, se vestia mal e deixava o cabelo crescer era maluco. Quem se vestia bem, frequentava lugares requintados, não dava muita bola pro *Led Zepellin* e não fumava unzinho era careta ou playboy. As subdivisões, variações sobre o mesmo tema, começariam a surgir em profusão aqui no Brasil apenas no início dos anos oitenta. Até mesmo aquilo que era entendido apenas como ***música negra*** desmembrou-se numa genealogia das mais ricas e prolíficas da história da música, assim como dos movimentos socioculturais, que influenciariam o comportamento de toda uma geração. Isso é o que eu me lembro e que acho que foi mais ou menos como aconteceu. O que eu sei mesmo era da gente.

E a gente... Ah, a gente vinha diminuindo. Caras que nem a gente, a gente só encontrava em 79-80, lá no Bexiga, na USP e em comício do PT. Mas a gente era tão burro e cego que achávamos que éramos uma espécie de resistência a sei lá o quê.

Eu sempre andei dois passos atrás do meu tempo. É como quando você perde a última camiseta azul na loja, porque ficou em dúvida entre ela e a vermelha e foi dar uma volta pra pensar. E a concorrência, as meninas sabem bem, não perde tempo. Já era, perdeu as duas.

Foi isso, um dia olhei pro lado e vi que somente eu vestia roupas coloridas. Ainda usava os moletons florescentes da moda new wave, após ter abandonado os borzeguins. Sempre dez minutos atrasado pros ingressos grátis. Na saudosa Feira da Bondade nunca consegui comprar um tênis All Star.

Quando eu começava a ouvir um tipo de som ele já estava decadente ou já tinha deixado de tocar no rádio. Na verdade eu era e sou um desatento, um lunático. Talvez por isso eu tenha demorado a perceber que Aninha havia se transformado numa gótica, que aqui no Brasil denominavam *dark*. Isso é curioso, foi só aqui no Brasil que usaram esse termo para definir o movimento gótico, ou a subcultura gótica, para muitos derivada do pós-punk.

Aliás, pensando melhor, Ana não se *transformou* numa gótica, dark, ou coisa que o valha. Ela era aquilo. Aninha nunca foi ligada a nenhum tipo de movimento, moda ou tendência. O que ela vestia e a maneira como agia eram extensões da sua personalidade, uma consequência do seu estado de espírito. Física ou emocionalmente, Aninha não se fantasiava. Já havia alguns anos que ela era por excelência uma gótica, acho que antes mesmo desse termo ter sido cunhado. Se vestia muito de preto, a pele muito branca, o cabelo liso, repartido ao meio. Achava estranho, mas nunca comentei, era comum eu me estarrecer enquanto ela cortava o pão. A melancolia, os réquiens que ela tocava exaustivamente. A desesperança no olhar. Ana era em São Paulo a representante mais autêntica de um movimento ao qual ela jamais pertenceu.

* * *

Liguei para a Mulher:

"Oi".

"Olá, Edu. Que bom te ouvir!"

Náusea, repugnância, indigestão.

"Me faça um favor, avise meu irmão que vou precisar da kit da mamãe".

Eu pagava um aluguel para o meu irmão pelo uso da casa. Enquanto eu habitava ele não media esforços para vendê-la. O mala ficava com a renda do aluguel da kit que havia ficado pra mamãe. Eu queria pôr Aninha lá. O apartamento estava alugado para uma velha decrépita que acabara de morrer. E dessa vez, juro, não tive nada a ver com isso. Embora eu deva confessar, a notícia me arrancou um sorriso quase que satânico. Meu irmão andava pelas tampas comigo depois da sequência de merdas que eu havia feito.

Mas isso era problema dele. Os meus já ocupavam muito espaço.

20

Suzete tinha levado a sério a história de ser minha sócia na pizzaria. Bêbado é uma merda. Ela queria um sócio e eu uma cúmplice. Ela não entedia, ou não queria entender, que os fatos deveriam obedecer a uma ordem. Primeiro nos livraríamos de Diógenes, *depois*, só depois, é que nos ocuparíamos da pizzaria. Não havia como.

"Du, já fui na prefeitura, na associação de comerciantes..." e blá, blá, blá. Saco. E agora essa mania de me chamar de Du. O fato de eu tratá-la de Su não lhe dava o direito de recorrer à mesma intimidade.

"Suzete. Suzete, meu amor. Suzete. Nós já conversamos sobre isso e você sabe qual é a prioridade".

"Mas dá pra ir adiantando a papelada", insistiu.

"Não, Suzete, não dá. Você se desconcentra. Você é mais objetiva do que eu, preciso de você para encontrar uma solução".

"Eu já dei um monte de opções, mas do jeito que você quer fica difícil. Você complica muito as coisas, Edu".

Eu havia exposto meus métodos. A minha tática deu um nó na cabeça dela. Suzete era, digamos, administrativa demais para compreender as filigranas da minha metodologia. Quando eu dizia, por exemplo, que não queria "sujar as mãos", ela simplesmente sugeria um par de luvas. Ao tentar explicar que a ação deveria ocorrer com o "mínimo, ou até sem nenhuma participação física", ela propôs um matador. Acho também que havia certa preguiça mental por parte dela em querer entender o plano. A possibilidade de imaginar-se patroa do seu próprio negócio estava cegando a menina. Eu tinha que acalmá-la. De um jeito ou de outro, mas tinha. Quando ela recorria à sua frieza racional Suzete era cirúrgica, precisa e objetiva como uma flecha.

Agora estávamos praticamente vivendo juntos. Suzete invadiu minha vida com a mesma impertinência e propriedade de Diógenes. Devo ser mesmo um frouxo, não sei por que sempre deixo as coisas chegarem aonde eu não quero. Dormia de quarta a domingo em casa, quero dizer, casa era o andar de cima da pizzaria. Para não caracterizar relacionamento sério, não deixava que ela tomasse qualquer decisão que não dissesse respeito única e exclusivamente à pizzaria.

A possibilidade de Aninha aparecer a qualquer momento e me flagrar com aquela falsa dark na cama, porra, me apavorava. Não raro tinha pesadelos, quase sempre repetidos: Eu chegava da rua de mãos dadas com Suzete e dava de cara com Aninha, que era também Amélia. Quando tentava soltar minha mão eu não conseguia. Então Suzete virava o traseiro para Aninha/Amélia, dava uma gargalhada e chacoalhava o bundão na cara delas. Aquela bunda digna de inaugurar privada. Eu acordava quase sem ar. Olhava pra Suzete dormindo, impassível, e tinha vontade de expulsá-la a pontapés.

Certo dia um pensamento rápido e sinistro, como geralmente são os presságios, traspassou minha mente, deixando no peito a sensação de ter sido exposto a uma corrente de ar gelado. Me ocorreu que depois de nos livrarmos de Diógenes talvez eu tivesse que indicar o mesmo endereço para Suzete. Foi só por um segundo, ou uma fração deste, mas o suficiente pra me fazer tremer e quase corar diante de tamanha vileza. Tratei de repelir tal pensamento imediatamente. Aquilo me pareceu de uma maldade sem limites. Eu nunca gostei de Diógenes. Mandar o desgraçado para o Inferno, ou qualquer outro sítio sob os cuidados da Criação, era absolutamente justo. Mas Suzete era minha amiga, parceira, confidente. Eu gostava dela. Não adoraaava, essas coisas assim, mas gostava. Mesmo.

Por que às vezes somos tomados por ideias tão agourentas? Por quê? Sei que outras pessoas também têm, vez ou outra, seus lampejos de maldade, que são assoladas por pensamentos que nos escapam a compreensão. Mas se tais ideias nos ocorrem é porque elas fazem parte de nós, logo são reais. Quer dizer, essas assombrações não vêm de fora, estão na cabeça da gente. Eu não sou louco, não mesmo, tipo esses caras psicopatas que a gente vê em filmes. Sou estudado, esclarecido, bom homem. Justo, sim, justo, sem dúvida.

Lembro que me senti péssimo. Culpado, confuso, parecia que não era eu, mas um personagem, um treco estranho mesmo, como num filme: "O estado de Virginia contra Eduardo Conde. O júri chegou a um veredicto? Sim, senhor. O réu, Eduardo Conde, é culpado!".

Olhei pra Suzete enquanto dormia. Bonita. Não como Aninha, mas bonita sim. A culpa e a vergonha me levaram a acordá-la com um beijo delicado no rosto. Ela ronronou, virou-se e me puxou para si. Transamos. E aquela foi uma transa comprometida. Resolvi levar até o fim a empreitada que teve início movida por motivos tão sórdidos e reais. A veracidade assinada pela distração, pois somente ao homem desatento e de guarda baixa é permitido experimentar o ódio puro. Talvez isso também caiba aos momentos de amor verdadeiro. Movido pela vergonha e também pela fadiga do sexo, que nos deixa mais suscetíveis e endividados, decidi tirar o dia para Suzete.

Fazia tempo, ela me enchia o saco para acompanhá-la até a Galeria do Rock, lá no centro.

"Jura? A gente vai?". E se atirou no meu pescoço. Essa parte podia ter sido evitada.

"E a gente pode dar um tirinho antes?", perguntou, esfuziante.

"Claro que não, Suzete, são oito e meia da manhã".

Saí para fazer compras para a pizzaria enquanto Suzete tomava uma ducha e se arrumava para sairmos. Tarefa que poderia levar de dez minutos a duas horas. No Ceasa decidi comprar um maço de flores para ela. Mas quando passei para apanhá-la eu disse que eram para a pizzaria.

Era um sábado, o Sol se impunha com autoridade de reverendo superior: esperando que a gente se comportasse.

Fazia muito tempo que eu não olhava pra cima.

21

Eis que chovia pra cacete, algumas goteiras pingavam na varanda. Eu tentava inutilmente acomodar as telhas com um cabo de vassoura. Diógenes estava caracterizado do que eu acredito deveria ser Robert Smith da banda The Cure. O cabelo e a roupa até que estavam parecidos, só que o vocalista inglês não usava óculos com lentes fundo de garrafa. Pôs pra tocar "In Between Days" no talo e ficou dançando, alternando movimentos lânguidos e pegajosos. Passava a mão pelo corpo, adquiria ares dramáticos e franzia o cenho como se quisesse chorar. E pior, de punho fechado junto à boca, fingia segurar um microfone. Eu espiava tudo pela fresta da porta do quarto dele. Dá pra acreditar em tamanha insanidade?

Era uma segunda-feira, a pizzaria não abria às segundas, mas Diógenes havia convidado alguns amigos para jantar. Claro, ninguém me consultou. Aliás, nem sei o que eu estava fazendo ali, acho que era figuração pro show do The Cure.

Eu estava, justamente, empurrado algumas telhas com o cabo da vassoura, quando surgiu o que parecia ser um dos convidados de Diógenes.

"Ele tá lá dentro, pode entrar", eu disse com cara de poucos amigos. Se eu fosse mais atento, ou menos desavisado, teria percebido imediatamente que aquele sujeito barrigudo e de terno poderia ser amigo até da Suzete, mas nunca do Diógenes.

"Ele? Quem é *ele*?", perguntou o homem. Não, não era amigo do Diógenes.

"Não abrimos na segunda, infelizmente", respondi.

"Ah, só de terça a domingo?", perguntou num tom displicente. "E você?", insistiu no mesmo tom.

"Eu?". Alguma dissonância em sua voz me fez tirar os olhos do telhado e examinar mais atentamente aquele sujeito que fechava o guarda-chuva na minha varanda. Minha intuição me alertou: aquele cara não estava atrás de pizzas.

"Eu — continuei—, eu moro aqui", acenei com a cabeça na direção da porta de entrada.

O sujeito pigarreou ao mesmo tempo em que batia o guarda-chuva na pilastra pra tirar o excesso de água. Me lembro até hoje, porque ele repetiu esse movimento um monte de vezes. Quando cansou de surrar a sombrinha, deu sequência ao papo furado.

"Mora e trabalha aqui?"

"Desculpe, eu te conheço?", perguntei enquanto desistia da goteira.

"Não, não conhece. Pode ser que eu esteja enganado, mas aqui não é uma pizzaria?"

Se tem coisa que realmente me dá no saco é lero-lero, papo pra boi dormir. Me taxem do que quiserem, menos de dissimulado. Olhei com atenção aquele mascarado e não tive dúvida. Aquele desconhecido não era homem de bem.

"Você tem um mandado?", resolvi abreviar a conversa. Ele soltou uma sonora gargalhada.

"Garoto, você anda assistindo muita televisão. E que mal pergunte, mandado pra quê, exatamente?"

Corei. Pensei em ir embora, bater a porta e deixá-lo lá. Mas não conseguia raciocinar direito, pensava no monte de pó que eu nem me lembrava ao certo em quantos lugares da casa eu tinha mocozado. Eu não sabia o que aquele desconhecido era, mas sim o que ele ***não*** era: um cara bem intencionado.

"Você é algum tipo de fiscal, algo assim?". Decidi continuar. O sujeito não estava ali para me autuar. Ninguém vem sozinho prender uma pessoa. Ou duas, se formos elevar Diógenes à mesma categoria. Se ele queria apenas conversar, ou me achacar, como eu supunha, aquela era uma boa hora para pontuar a situação. Só estávamos nós dois na varanda, os convidados não haviam chegado e o pizzaiolo saltitava pela casa.

"Não — respondeu tranquilo — mas conheço alguns".

"Policial?"

"Também não, embora circule bastante com o pessoal da 23ª., sabe, aqui do lado em Perdizes?"

"Inspeção sanitária?"

"Não, isso quem faz é meu cunhado", respondeu impassível.

"Pelo que vejo você é muito bem relacionado, não é mesmo?"

"O necessário para não me sentir só. Me traga um pano por favor", pediu em tom de ordem.

"Pano?", estranhei.

"É, um pano qualquer. Me enxugue a mesa e a cadeira".

"E por que eu faria isso? Você entra na minha casa, não se apresenta nem pede licença. O que te faz pensar que eu quero ou devo te obedecer?"

"Tem razão, me desculpe. Alfredo...". Estendeu a mão. Não retribuí o gesto, apenas fitei-o com indiferença. Ele pareceu não se incomodar.

"E me traga um conhaque por favor. Porra, esse frio vai me matar."

Entrei e voltei com uma toalha. "Tome, se enxugue", disse enquanto passava um pano de pratos na mesa e nas duas cadeiras. Decidi que seria melhor facilitar as coisas. Abri na sua frente uma linda garrafa de Courvoisier que havia comprado no Free Shop quando voltei da Itália, por indicação de um senhor refinado que sentara ao meu lado durante a viagem. "Sirva uma dose desse mel e você leva pra cama até a primeira bailarina". Estava guardando para uma ocasião especial, mas como Aninha havia sumido — e ao que tudo indicava, para sempre —, achei que aquela seria uma boa ocasião, talvez eu intimidasse um pouco o idiota. Se bem que certamente aquele sujeito não saberia diferenciar aquela joia de um conhaque Dreher. Servi-lhe uma dose generosa numa taça de cristal e deixei a garrafa sobre a mesa, me sentei e indiquei com um gesto a outra cadeira. O barrigudo se sentou enquanto enxugava o rosto, depois esfregou os sapatos com a toalha branquinha. Jogou a toalha na mesa ao lado, deu uma bela talagada no conhaque. Engoliu um arroto e sorriu.

"Porra, tava precisando disso", sacramentou com certo alivio.

"Filho — disse depois de um tempo —, eu sou um *facilitador*. É, é assim que me vejo e é dessa maneira que gosto de ser tratado. E o que exatamente faz um facilitador, você deve estar se perguntando, certo? Isso: facilita as coisas. Evita problemas, desgastes, gastos excessivos, dores de cabeça, além é claro, de poupar as pessoas do contado direto com todos esses meus amigos, aos quais você se referiu. Essa é a melhor parte, pode ter certeza. Porque eles, acredite, ao contrário do Alfredão aqui, são todos *dificultadores*. Isso aí, *dificultadores*, um bando de pé no saco... Tem alguma coisinha pra mastigar?".

O tal do Alfredo tinha uma voz calma e mansa. Não era do tipo intimidador. Ia levando a conversa sem ansiedade, sem pressa, como se fosse um presbítero te vendendo uma indulgência: vai tranquilo, você tem até o final da vida pra se decidir. Só que a questão é que gente nunca sabe quando vai bater as botas, e pra garantir o assento numa nuvem bem gordinha lá no Céu o melhor a ser feito é resolver a questão o mais rápido possível.

"Ok, Alfredo — disse enquanto me levantava pra servir-lhe qualquer porcaria vencida —, vamos ver o quão fácil você pode tornar as coisas".

Ele levantou a taça contra a luz e examinou atentamente o dourado que só se vê num Courvoisier.

"Courvoisier, *le préféré cognac* de Napoleão Bonaparte", proferiu solene enquanto erguia uma das sobrancelhas, depois voltou-se para mim e sorriu com ares de *sommelier*. Mas naquela época eu sequer suspeitava que havia gente que sobrevivia de experimentar bebidas.

* * *

Por conta da minha já sedimentada desatenção demorei a notar que Suzete já não saía mais com clientes. E até onde me era dado saber, com mais ninguém além de mim. Aquilo me assustou. Muito. Ainda mais por que me senti envaidecido. "Controle-se, Eduardo, controle-se", ordenava a mim mesmo, mas parecia surdo aos meus próprios apelos.

Eu desandara a beber e cheirar novamente. Suzete também não deixava por menos. Foi a primeira e única discussão pesada que tivemos. Ela andava cheirando às escondidas, isso eu já havia percebido. A situação descambou de vez quando vi Suzete servindo as mesas com o nariz branco. Chamei-a de canto, mandei que lavasse o rosto e fosse me esperar no quarto. Quando subi a encontrei ofegante, andando pra lá e pra cá, naquela situação que todo cheirador conhece muito bem: a sensação de que o corpo encolheu dois números na última lavagem. Cometi o mais básico dos erros quando o assunto é passar a limpo questões de loucura. Fui discutir com Suzete enquanto ela estava travada. O que começou numa tentativa serena de uma conversa educativa declinou para um arranca rabo com direito a gritaria (por parte dela) e uma bofetada no rosto (da minha). Joguei-a na cama e tranquei ela no quarto. Quando vinha descendo a escada a pizzaria voltou-se na minha direção. Baixei o rosto, virei as costas, peguei minha moto para ir encher a cara e cheirar pó no Riviera. Quando dei a partida um idiota com os olhos estalados e um jeito muito estranho, provavelmente um membro do séquito de Diógenes, me segurou pelo braço.

"E aí, tem alguma coisa?", balbuciou.

"Não", respondi lacônico.

"Só um tirinho", insistiu.

"Já disse, hoje não. E solte meu braço, agora".

"Porra Edu, vai regular? Só um."

"Dá pra soltar a porra do meu braço?!". Levantei a voz. Continuou me segurando.

"Porra, Edu, eu pago três por um papel."

"Tira a mão de mim, viciado do caralho!". Apertou mais ainda.

"Não acredito no que eu ouvi", esganiçou indignado e agora me segurava pelos dois braços. Foi a conta. Saltei da moto, desvencilhei-me do verme. Empurrei o idiota e desferi uma porrada bem no meio da sua cara. Ele desabou e logo se pôs em posição fetal, ao mesmo tempo em que cobria o nariz com as duas mãos.

"Filho da puta — gritou— você não perde por esperar!"

"Esperar o quê? Você virar homem? Ou parar de chorar?"

Montei na moto e acelerei. O pessoal da pizzaria corria pra calçada, assim como quem dispara em direção a um acidente de carro: muito mais interessado em saber se alguém morreu do que propriamente para socorrer as vítimas.

Foi a primeira vez na vida em que eu agredia fisicamente duas pessoas no mesmo dia.

Chato isso.

22

"Porra, Aninha, caralho... esse cara é muito louco, hein?"

Eu era só felicidade. Havia vencido pela insistência. Aninha, cansada de resistir, concordara em se mudar para a kit da Pompeia. Fez questão de pagar uma quantia simbólica, mas o suficiente para impor sua distância. Eu saquei na hora, ela aceitava um favor, mas minha generosidade não ultrapassaria as delimitações por ela estabelecidas. Não era exatamente o que eu queria, mas já era um começo, uma oportunidade legítima para nossa reaproximação. Eu esperaria o tempo que fosse necessário, até porque nessa época eu não tinha muito o que fazer.

Ela encaixotava sua pequena mudança. Estávamos no apartamento da amiga, também uma lúgubre de carteirinha. Ainda bem que não estava em casa. Sempre suspeitei que ela e Aninha se esfregavam. Bem feito para aquela puta, eu estava tomando posse do que me era devido. O cão basset saltava descontrolado de lá pra cá e daqui pra lá. Nesse dia eu entendi exatamente o teor daquela expressão "mais perdido que cachorro em dia de mudança".

"Esses caras das antigas, sim, esses eram mesmo doidos. Olha só pra isso, Ana, dá uma olhada.". Ela se aproximou.

"Deixa eu ver. Ah, é o Blake. William Blake. Você gosta?"

Eu folheava um livro de desenhos e pinturas do tal sujeito. Eram de caráter religioso, mas algumas me pareciam atormentadas, até demoníacas. Aliás, nunca soube ao certo se as imagens de anjos me causam pânico ou bem estar. Numa das imagens o anjo me lembrou Suzete, não sei por que, mas por alguns segundos eu a vi ali. Um calafrio percorreu minha coluna, virei rapidamente a página.

"Gosto, acho legais. Mas não sei se teria na parede", eu disse. Ela pareceu indecisa.

"Entendo... É, há algo de angustiante na obra dele."

"Exatamente", concordei. E era verdade, apesar de que naquele dia eu concordaria com qualquer coisa que ela dissesse.

"Blake trazia consigo muita controvérsia, ambiguidade. Isso fica muito claro em uma de suas obras mais conhecidas, *Matrimônio do Céu e do Inferno*."

"Tem essa aqui, nesse livro?"

Ela riu. "Não, seu bobo, não é uma pintura. É uma espécie de poema em prosa. William Blake também foi um grande poeta."

Era isso. Essa erudição, digamos assim, o que me matava, me deixava louco. E essa faceta ela herdara de Amélia, não havia como negar.

Aninha era sensível não apenas à música, mas também à literatura, pintura, cinema, arquitetura. Onde houvesse beleza, requinte, harmonia e a calma daquilo que toma forma sem que aparentemente grandes esforços tenham sido despendidos, ali ela se detinha. No assentamento preciso — mas nem sempre fácil de ser notado — das camadas dispersas que se acomodam, se justapõem em fatias delgadas que resultam naquilo que se estabelecerá como uma fórmula perfeita, objetiva e inquestionável. Diante dessa manifestação tão improvável e remota como é a metamorfose da larva em borboleta, ou a redefinição dos intervalos de tempo entre as batidas da madeira sobre a pedra, que produzirão sons que devidamente compassados explodirão em ritmo e música. Era se curvando a essa inquestionável autoridade do Universo, que se expande impulsionado tanto pela precisão física quanto pela causalidade, que a vida parecia fazer algum sentido para Aninha. Nesses hiatos espaçados, onde a atenção a causas mundanas do cotidiano cedem um pequeno espaço para que o mundo seja de fato observado e apreendido, ali Ana se aninhava confortável e adequada. Despercebida e incorporada àquilo que definimos por Natureza. Nesses lugares onde ela costumava transitar sozinha e que somente àqueles da sua estirpe era dado frequentar, eu soube desde sempre, não havia passaporte para mim.

Aninha se decompunha e se remodelava diante de tudo que expressasse beleza, estética, plasticidade. Amava a forma e o conteúdo, a casca e o recheio, o inacessível e o frugal, desde que se complementassem numa resultante inquestionável e absoluta, na incontestável materialização da luz num pedaço de papel, na certeza de uma fotografia, que trás em si o óbvio e o incógnito. Onde eu me encaixava nisso tudo? Pois é, esse era o problema, eu não cabia naquele elevador que subia em direção ao céu.

Eu me via justamente como a encarnação de tudo que ela repudiava. Um grosseiro, sem requinte ou espirituosismo. Um homem tosco, primitivo e pouco sensível. Empedernido. Talvez por isso me assegurasse da excitante proximidade da morte e seu efeito colateral: o êxtase. Precisava dos eletrochoques, do calafrio e do sangue coagulado, foder sem camisinha e não trocar as lonas de freio. Um pouco de tragédia ajuda a gente a se sentir mais vivo. Nesse aspecto talvez eu tivesse algo em comum com Ana. Sim, eu também começava a notar o glamour na fatalidade. E assim como ela, sofria de desesperança. Mas ao contrario de Aninha, para mim não havia arte, poesia ou música que abrandasse a dor que me corroía e me acompanhava sob o Sol da manhã e na escuridão interminável da insônia.

Ficava cada vez mais claro que se alguma coisa ainda nos prendia, era justamente esse aspecto mais fúnebre das nossas essências, almas ligeiramente afins que seguiam caminhos que convergiam justamente no ponto oposto em que deveriam se encontrar. Éramos unidos por nossas sombras.

Eu me mantinha vivo e ainda lavava o rosto todas as manhãs, movido por uma insistência forjada no calor de uma ignorância que me levava a confundir minha teimosia em permanecer vivo, com tenacidade e força interior. Aninha, ao contrário, transmutava, ascendia por meio da música, da curiosidade quase infantil, e por um comportamento que eu julgava ser bondoso. Acho que no fundo não sei bem do que se trata. Menti para o meu filho quando eu disse a ele que eu era um homem bom. Simplesmente porque desconheço esse adjetivo. Sei da dor e das escoriações.

Embora definhasse mais depressa, não significava que Aninha fosse mais fraca, muito pelo contrário, ela podia até não mais acreditar, mas ainda buscava a vida. Do centro de sua dor, Ana achava forças para ir atrás do que ainda pudesse aplacar a sua angustia. Não, de jeito nenhum, eu estava redondamente enganado, ela não estava jogando a toalha. Quanto a mim, bem, me assegurava da morte por perto, do meu estoque de pó, e lamentava não ter guardado trunfos. Eu já não dispunha de Diógenes e sua suprimível existência. Queimei esse cartucho muito cedo. A possibilidade sempre iminente de poder conduzi-lo à porta de saída, essa já não existia. Quanto eu desejei ele de volta, apenas para sumir com ele novamente, assim, para sempre, por toda eternidade, numa eterna dízima periódica, onde vírgulas escritas com sangue outorgariam à morte um caráter contínuo, em substituição a sua intolerável condição de termo irrevogável.

Tinha acabado de deixar Aninha na kit. "Quero ficar um pouco sozinha", me pediu. "E leve isso, você vai gostar." Me entregou um livro de Willian Blake, segurei-o por um tempo, olhando sem vê-lo. Não me lembro se agradeci.

Virei as costas e fui embora.

Eu dirigia para o Satã, enquanto fazia o meu inventário, pensando nisso tudo. O dia que começara com tanto entusiasmo da minha parte, mergulhava triste no negrume da noite.

Pouca coisa me lembro do livro que Ana me deu, mas uma frase me ficou marcada: "A prudência é uma rica e feia donzela cortejada pela impotência". E no fundo era isso: eu pensava muito antes de empunhar uma arma, não mostrava o rosto e me escondia de mim mesmo. Eduardo Conde, um medíocre e contido menino prudente.

* * *

Alfredo, *o facilitador*.

Realmente Alfredo facilitava. O que exatamente? Simples: desembaraçava o novelo, ajudava a desfazer os nós que ele mesmo tivera o trabalho de atar. Vivia disso, dessas falcatruas. Descobria uma cagada qualquer, punha sua quadrilha a par das contravenções e depois vinha negociar, ou como ele preferia, *facilitar* as condições para pôr a casa em ordem. Para tanto ele contava com o apoio de um bando extenso e eclético de *amigos*, que iam de um simples garoto de favela — que espionava disfarçado de engraxate—, até amizades mais sinceras e comprometidas, como a que mantinha com um leal juiz do Tribunal de Contas. Realmente, um sujeito bem relacionado.

"Eles iam te pegar de um jeito ou de outro. Eu só fiz me antecipar. Mediante sua contribuição, claro. Seu reconhecimento, vamos assim dizer. O que eu fiz foi te livrar de enormes prejuízos e dores de cabeça", me disse, após ter intermediado o que ele acreditava mesmo ter sido uma solução justa para as partes envolvidas.

Alguns anos depois, quando ele foi assassinado na saída do jogo Corinthians e São Paulo, pela final do Campeonato Paulista de 1991, a fila de suspeitos ia do marco zero, na Praça da Sé, até mais ou menos o Grajaú, na Zona Sul. Isso sem que qualquer um dos torcedores presentes no estádio do Morumbi estivesse na lista. Eu mesmo tive muita vontade de matá-lo, logo após a supressão de Diógenes. Mas pensei melhor e cheguei à conclusão de que Alfredo também era a imagem e semelhança de Deus. Muito mais do que eu, você, ou o próprio Papa. Alfredo era uma réplica quase perfeita do Criador aqui na Terra: uma entidade que impingia o medo e o terror, garantindo uma vida melhor, mediante, é claro, a uma série de ajustes e algumas penitências. Com certeza a cidade de São Paulo carecia muito mais da mão de obra oferecida por Alfredo do que dos serviços clericais e das comunhões eucarísticas ministradas nos domingos tediosos da capital paulista.

"Então é isso, Conde, nem um tom acima nem abaixo, você tem essas opções e dois dias para se decidir", concluiu calmamente Alfredo naquela noite chuvosa.

"Caso contrário...", continuei, já imaginando a resposta.

"Caso contrário? Foi isso o que você disse? 'Caso contrário'? Escute com atenção Conde, não existe 'caso contrário'. Nem cogite essa possibilidade. Já te dei duas opções justamente para evitar esses questionamentos idiotas. Não faço descontos e não revejo cláusulas, entendido?"

Sua voz soava clara e transparente, se sobrepondo aos choramingos de Robert Smith e às manifestações climáticas impostas por São Pedro.

"Conde, se a policia ainda não baixou por aqui, você deve sua liberdade a mim. E veja bem, nem cobrei por isso. Se você preferir pode inclusive se mandar por aquela porta, dar no pé, não vou tentar impedi-lo. Mas não creio que você queira se tornar um fugitivo. Estou aqui, como disse, para facilitar as coisas. Remendar fio de esperança é complicado, porra, varrer praia dá trabalho, garoto. E isso tem um preço, caramba..."

"Que me parece injusto e abusivo", interrompi.

"Conde, por favor. Eles têm fotos de você passando drogas bem aqui, nessa varanda. Nessa pizzaria que você insiste em dizer que não existe, embora emitam recibos em nome de uma fictícia *Speranza Gialla Pizzaria*, preenchidos por uma moça que você teima em dizer não se tratar de uma funcionária. Conde, você foi denunciado, os homens têm testemunhas. Você, rapaz, é um traficante. E pra eles não interessa se você só passa para os amigos, se faz por esporte, lazer, ou necessidade. Judicialmente você responde por tráfico da mesma maneira que o patrão de boca numa favela em Parelheiros. O que eu te ofereço é uma segunda chance, a oportunidade para você andar tranquilo. Para tanto você tem duas opções: paga o que eles estão pedindo, desmonta o forno e se manda por uns quinze dias, ou paga trinta por cento do valor, legaliza a pizzaria, passa a trabalhar com tudo nos trinques, e pode continuar passando suas mercadorias extraoficialmente. Se optar pela primeira oferta, você me acerta em verdinhas e, espero, nunca mais nos veremos. No caso de preferir a segunda possibilidade, aí bem, eu passo aqui mensalmente pra te visitar e tomar uma taça desse Courvoisier. Simples, é só decidir". Levantou a taça e virou tudo num gole só.

"Três", eu disse. "Preciso de três dias."

"Ok, passo aqui na quinta-feira". Levantou-se e antes de sair acrescentou: "e saiba que você não tem por onde. Não tente nada, Conde, ficou pequeno pra você — parou no portão já com o guarda-chuva aberto, me olhou durante alguns segundos antes de fechar com chave de ouro. — *Pacta sunt servanda!*"

"Como é que é?"

"*Pacta sunt servanda.*", repetiu. "Cumpram-se os contratos. É latim, Conde. Latim, porra!"

Ao longo dos anos eu recorri a vários facilitadores. Estes tinham nome, endereço, fortuna, cara de mau e curso superior:

"Advogado Fulano de Tal, estou aqui para te ajudar."

* * *

Netuno. Sempre ele. Mais uma vez não consigo me assegurar da sequência daqueles dias. Uma sobreposição de imagens e fatos. Muito pó, muito álcool e a gente caminhando numa corda com uma vara nas mãos. Equilíbrio era palavra mais urgente, mas a menos pronunciada, e menos ainda posta em prática. Não me refiro apenas a mim e Suzete, mas a tudo e a todos que nos cercavam. Tudo remontava à noite anterior. Recendia a pó, bebida, menstruação, azia e vômito. Vivíamos o saldo do dia anterior, com a cabeça já voltada para o dia seguinte. Buscando mais pó, telefonando de um motel na Raposo Tavares atrás de cocaína. Ou num hotel chinfrim na Bela vista, paranoicos, os tamborins e os surdos da Escola de Samba Vai-Vai em descompasso com nosso batimento cardíaco. Havia rastreadores, escutas, filmadoras embutidas. Suzete vomitando sem parar. Ela emagrecia dia após dia. Eu tinha certeza, estava grávida. "Suzete, pelo amor de deus, coma, você tem que engordar, você tem, você precisa." Eu repetia alucinadamente a mesma frase, andando sem parar pelo quarto. Seringas espalhadas. Agora a gente vinha injetando. "Temos que jogar isso fora, rápido. Já sei, já sei..." Com um dos talheres fiz um rasgo no carpete junto da parede e comecei a socar agulhas e seringas ali. "Você tem que comer, Suzete, você tem..." E havia as filmadoras, muitas, por toda parte. Me deitei ao lado de Suzete e nos cobri com o lençol, não podia haver registros daquele momento. O cheiro do vômito dela me nauseou, vomitei também, na cama, mas não me atrevi a levantar o lençol. Olhei pra Suzete, chamei-a e ela já não falava coisa com coisa, estava à beira de uma overdose. "Suzete, fala comigo, fica falando, não para, por favor, fala." Eu punha a mão na sua barriga, onde eu supunha estar meu filho. "Fala, Suzete, pelo amor de deus, acorda, você precisa comer."

O terror. Há quantos dias estávamos ali? Eu não fazia ideia. Pela manhã aparecia um funcionário. Eu me lavava, inspirava fundo, como um naufrago antes de ser tragado por um redemoinho, e descia titubeante até a portaria para passar o cartão de crédito e receber a mercadoria deixada por meu fornecedor durante a madrugada. Era sempre uma conta cara: três, às vezes quatro garrafas de bebidas variadas, um monte de comida que a gente mal tocava, mas que eu fazia questão de pedir. "Comida, Suzete, comida. Você precisa comer... E se a gente não pedir comida eles vão saber, vão desconfiar."

Nada de camareira, nada de limpeza. Eu raspava as travessas na privada e deixava no corredor, ao lado da porta. Um revertério atrás do outro. E agora vômitos. E as frestas, as escutas. O telefone. Nada de telefone. Caralho, eu tava ligando pro fornecedor. "Eles já sabem Suzete, com certeza, já sabem, devem estar vindo..." Olhei mais uma vez para ela. Ia morrer e levar meu filho junto. Toquei seu corpo, estava quente. A testa ardia.

Arranquei o lençol e arrastei Suzete até o boxe. Abri o chuveiro, a água fria lavava seu corpo imóvel e estirado no chão. Abaixei e comecei a esfregá-la. "Acorda, Su, por favor fala comigo...Su, o Alfredo, ele está esperando a gente... Su... Su..." Ela começou a engasgar com o vômito, eu me levantei apressadamente, ia me render, ela precisava de uma ambulância. Mas acho que me levantei rápido demais. Daí pra frente blecaute total. Disseram que eu gritei muito alto, e isso talvez tenha nos salvado.

Não me lembro de ter perdido a visão, sentido tontura, ou qualquer outro sintoma que sinalizasse uma convulsão. Mas foi o que aconteceu, segundo os médicos.

Acho que nunca se consumiu tanta cocaína em São Paulo como naquela metade dos anos 80. Quantos conhecidos embarcaram. As noites de esquizofrenia, pânico. O medo incontornável. Não éramos apenas nós, havia muita gente se despedindo. Neguinho que a gente parava de cruzar. Lá um dia a memória resolvia trabalhar: "e Fulano, tem visto ele?". Não, esse também já tinha ido. Over, AIDS, acidente depois de balada, não importava o motivo. Foda-se. Era muita gente deixando o teatro antes das vaias finais. O ar começava a adensar, a polícia já não andava atrás dos companheiros de Amélia. O DOPS — no final da vida atendendo pelo nome de DEOPS —, fechava as portas em 83, talvez por falta de quórum nas ruas e guetos. Já não havia mais os aparelhos. As baratinhas iam sendo aposentadas, substituídas pelas Veraneios, em número cada vez maior, para servir à ROTA, GARRA, ao DISE, que ia saindo se cena para dar a vez ao DENARC. O alvo era substituído, mas as balas e a sede de sangue da policia ainda estavam vivos. A casa começou a ficar pequena. Tempos de incerteza e insegurança, um vice-presidente que assumia titubeante para logo depois recrutar toda uma nação. Em breve seríamos os Fiscais do Sarney. Mais de cem milhões de idiotas trêmulos, alimentando-se de esperanças tão infundadas quanto aquelas sonhadas pelos camaradas de duas décadas atrás. Penitentes pedindo clemência por crimes não praticados. Na década de oitenta não se colhia frutos. Preparava-se o terreno já estéril, resultado de tentativas malfadadas. Não haveria colheita naqueles anos. Um rock ainda tímido, flutuando entre o que já fora tocado e o que, quem sabe, poderia se consolidar mais pra frente ia aos poucos achando o seu lugar. A arte sofrera duras estocadas nos últimos vinte anos. Trazia sequelas e gerava suspeitas, principalmente por parte daqueles que viveram a derrocada dos sonhos alimentados no pós-guerra. Os criativos e criadores se aglutinavam em pequenos grupos e movimentos, na esperança de que a união gerasse força. Mas a maioria desses núcleos eram assentados sobre bases frágeis e de pouco conteúdo. Boa parte naufragava no lodo movediço onde o Brasil e uma considerável parte do mundo tentava, ainda reticente, deitar raízes.

As duplicatas não paravam de chegar, vivíamos num constante estado de devir. Alguma coisa esquisita parecia estar tomando forma do outro lado do muro, mas ainda esperaríamos três ou quatro anos para saber do que se tratava. Por aqui o que ainda deveria estar de pé fora posto a baixo, e aquilo que se erguia em seu lugar, era tão ou mais monstruoso do que as quimeras com as quais já vínhamos nos digladiando. O tempo se encarregaria de mostrar o quão determinada estava a atual estrutura em permanecer intocada e inviolável nessa nova ordem que se impunha.

Nós permanecíamos imóveis e aquiescentes ao confortável paternalismo governamental, sempre esperando um afago após o dever cumprido. Olhávamos para cima com a mesma esperança ingênua de um sertanejo em ver água cair do céu. Diante do iminente e incontornável fracasso do Plano Cruzado, fomos definitivamente encurralados em nosso playground, o parquinho onde ao longo de quase quinhentos anos vínhamos tentando amadurecer, ao mesmo tempo em que acalentávamos nossos sonhos infantis. Mas era óbvio que o problema não estava no militarismo, na monarquia, na nova república ou no Estado Novo. Sempre fomos órfãos. Nunca houve Natal ou Dia das Crianças. Acho que a primeira metade dos miseráveis anos oitenta teve o mérito de ter sido a pá de cal nas últimas fantasias de uma gente que relutava em seguir na direção da sua maturidade. Nada nos seria dado, nem facilitado. Teríamos que nos individuar. Não haveria ajuda. Para piorar, Deus parecia a cada dia mais distante. Mergulhávamos num profundo estado egoico, cuidando apenas de nós mesmos, cada um por si. E para tanto o neoliberalismo emergia determinado e vigoroso para ocupar as lacunas deixadas pelo sonolento Criador.

E, para animar a festa, muita, muita cocaína. E ela mata. Das duas uma: a longo prazo, consumida regularmente em quantidades administráveis — contraindo úlceras e substituindo cartilagens por platina —, ou rapidamente, ingerida de uma só vez num volume que o corpo não dá conta de metabolizar: overdose. A segunda hipótese estava começando a virar lugar-comum.

Ao contrário do que ocorrera nos anos sessenta, a droga da vez não tinha nada de libertária, não se esperava dela nenhuma experiência mística ou transcendente, ninguém jamais atingiu níveis relativamente estáveis de inconsciência cheirando pó. Nada se espera dela além de uma experiência hedônica e previsível. É um barato careta. Cocaína é a droga mais careta já inventada. Seus efeitos são insuportáveis, sobretudo para aquele que não cheirou e é involuntariamente submetido à verborragia ensandecida de quem enfiou o pé na jaca, ou no caso, o nariz na mesa de vidro.

Mesmo sabendo disso a gente cheirava. E cheirava pra caralho.

Suzete a princípio cheirava muito, mas espaçadamente. Depois passou a cheirar muito, quase todos os dias. Sua eloquência divertida descambara para uma fala ininterrupta, atropelada e repetitiva a respeito de assuntos sem pé nem cabeça. Mesmo quando não usava, ela trazia os resquícios da última empreitada. Tornara-se em pouco tempo uma pessoa ansiosa, um tanto paranoica. Vivendo, como já disse, em função do dia seguinte. Desconcentrada, já não atendia bem, seu bom humor e charme agora pareciam estar perdidos em alguma parte remota do cérebro, a qual ela não tinha mais acesso. A droga nos faz pessoas piores.

Chegamos os dois inconscientes no hospital. Suzete praticamente morta.

Autoajuda: se ajude.

Dessa vez tivemos que ficar.

23

Fevereiro de 1983. Pela primeira vez uma banda de rock estrangeira no auge do sucesso tocaria no Brasil. Ao contrario do Genesis ou mesmo do Queen, o Van Halen havia atingido o topo, naquela que foi a sua primeira fase. Os caras estavam bombando lá fora. Aqui o rock nacional, ainda em trabalho de parto, após o triste fim dos Mutantes, O Terço, Casa das Máquinas e sempre dependente do estado físico do Raul, se preparava para dar à luz a sua nova geração.

Foi uma das últimas baladas, baladas mesmo, que fiz com Aninha. E essa o velho Netuno não conseguiu ofuscar. Me lembro de cada detalhe daquela noite inesquecível. Dessa vez eu não estava dez minutos atrasado. No lugar certo e na hora certa. No final daquela tarde de sábado, saímos os dois da casa de Aninha, felizes e faceiros, rumo ao Ginásio do Ibirapuera.

Era muito raro os dois estarem alegres, ao contrario das nossas latentes melancolias, que pareciam marcar encontro. Aninha estava linda, vestia uma saia indiana e uma bata branca de algodão bem leve, suas alpercatas Roeda, de que ela tanto gostava, e uma porção de penduricalhos, colares, pulseiras. Uma linda fita combinando com a saia, amarrada na testa à maneira hippie, prendia seu cabelo liso e negro, que na época ela usava quase até a cintura. Eu ainda vivia a fase maluco, com meus borzeguins, jeans, uma camiseta silk com a banda da noite estampada e a boa e velha camisa de flanela. Bem, esteticamente poderíamos estar um pouco fora do fuso horário. Mas éramos bonitos, jovens, e naquela noite especial estávamos radiantes.

Chegamos cedo e colamos num botequim nas cercanias do ginásio. Tomamos bombeirinhos e porradinhas mil, cercado de nossos iguais. Interagíamos com todos, falávamos e ríamos um bocado, muito à vontade, como se aquele fosse o nosso comportamento habitual. Aninha já havia se afastado um pouco, conversava alegremente com outras meninas, também transbordantes em sua beleza ainda preservada de pós-adolescência. Eu trocava ideias com meia dúzia de roqueiros cabeludos sem tirar muito os olhos de Aninha.

Não estava tomando conta, vigiando, ou agindo militarmente. Nada, apenas estava fascinado. Ela era mesmo a menina mais bonita do baile. A rainha da primavera. Uma sílfide que parecia flutuar enquanto caminhava até o banheiro, acompanhada de outra menina. Por que diabos mulher nunca vai sozinha ao banheiro?

Pra mim, se o programa acabasse ali, eu já teria tido a melhor noite da minha vida, mesmo tendo sido interrompida às 19h30. Mas muita coisa ainda tinha pra rolar.

Aninha estava demorando no banheiro, eu já pensava em bater na porta quando as duas saíram rindo abraçadas. Lindas. Eu parecia um perfeito idiota, abobalhado, feliz da vida e ligeiramente embriagado. Aninha veio na minha direção e me abraçou colando seu corpinho esquálido no meu. Eu já era o homem mais feliz do mundo e o show nem havia começado.

"Fiz umas compras. Tenho uma surpresa." Me deu um beijo na boca e sorriu. Eu franzi a testa intrigado. "Abre a boca e fecha os olhos", completou ainda sorrindo. Obedeci. Senti seu dedo na minha língua. "Pode fechar a boca e abrir os olhos". Tinha uma coisinha pequena colada na língua. Fiz menção de levar a mão à boca mas Ana segurou meu braço. "Não mastiga, esquece ele aí, deixa dissolver sozinho".

Era a segunda vez que Aninha tomava um ácido. Eu estava perdendo a virgindade.

* * *

Fui acordando devagar. Olhei ao redor e logo entendi do que se tratava. Nada de "onde estou?", "o que aconteceu", "me deixem sair", "não sinto as minhas pernas". Frustrante, não teve nada disso. Minhas pernas estavam onde sempre estiveram: presas ao quadril.

Não havia mais ninguém no quarto além do paciente na cama ao lado, que parecia dormir profundamente. Ele tinha aquele caninho no nariz e a cabeça estava enfaixada. Foi quando eu levei a mão à nuca e percebi que a minha também estava. Eu recebia soro no braço direito e minha língua estava inchada, gorda. Sentia uma sede do Saara. O resto do corpo doía mas parecia estar ok, digo, nada de ossos quebrados. Ossos, ô meu deus...

Assim que me assegurei da condição de sobrevivente, Suzete tomou meu pensamento e o pânico me arrebatou numa fração de segundo. Agora sim, os fatos sucediam da mesma maneira que se vê na TV. A gente acorda com uma imagem do sonho na cabeça e a partir dela tentamos resgatar as outras cenas. Do *take* das seringas eu procurava, afoito, reconstituir o roteiro. Aos poucos fui resgatando os últimos minutos no quarto daquela espelunca. Até chegar no chuveiro. É no momento em que você não se lembra mais de porra nenhuma que o pavor te domina. Aí é mesmo como nos filmes: dá vontade de arrancar todos os tubinhos e sair correndo. E Suzete, caralho? Por que era aquele sujeito, e não ela, que estava ali na cama ao lado? Certo, ela podia estar bem, logo ali na sala de espera aguardando notícias minhas. Mas eu duvidava.

Pendurada por um fio havia o que parecia ser uma campainha. Desandei a apertar o botão mas a maçaneta da porta permanecia imóvel. Tentei gritar mas minha voz saía fraca. Na minha agitação devo ter apagado. Quando acordei novamente já era noite. E para que aquela película se consolidasse mesmo como um filme ruim de terror, só faltava o susto. E ele veio na figura inexpressiva de Diógenes, de pé ao lado da cama. Aquilo só podia ser um erro de continuidade. Girei um pouco o rosto pra tentar achar mais alguém. Nada. Um purgatório não deveria ser muito diferente daquilo. Me sentia meio grogue.

"Diógenes... — balbuciei — A Suzete, cadê ela?" Perguntei e cada palavra me custava um sacrifício, a língua ocupava quase que minha boca inteira. Diógenes, tão acostumado a viver seus personagens, não me surpreendeu em nada com sua resposta, provavelmente tirada de algum capítulo do *Vale a pena ver de novo.*

"Tudo a seu tempo. Agora você precisa descansar. Estamos mantendo tudo sob controle", disse ele enquanto tentava esboçar um sorriso idiota. "Estamos?" Foi isso que eu tinha ouvido? Estamos quem? Quem "éramos" eles?

"Cadê a Suzete, Diógenes? Fala, porra, cadê ela?"

"Calma Edu, ela está se recuperando. Também está aqui no hospital", disse com uma vozinha embargada, tentado mostrar solidariedade. E para meu desespero agora ele segurava minha mão. "Por enquanto preocupe-se apenas com você."

"Vai tomar no cu, filho da puta", soltei minha mão da dele e rosnei. "Vai chamar o médico, caralho". Ele obedeceu. Eu esperei um longo tempo e acabei dormido de novo.

O que menos se vê em hospitais são os médicos. Chego a me perguntar se eles de fato existem ou se são algum tipo de entidade.

Parecem cavalos de terreiro de macumba, todos de branco e pronunciando palavras incompreensíveis.

Acordei já sem a ressaca anterior. O Sol da manhã já dava bom dia. A enfermeira permanecia muda, enquanto me limpava. "Bom dia", arrisquei. "Oi", respondeu sem me olhar. Certamente já devia ter enjoado da minha cara. "A garota, a que estava comigo, cadê ela?" "O doutor já vem, vai falar com você." "Apenas diga, como ela está?", "Não posso dar informação, só o médico". Enxugou minha bunda e meu saco, virou as costas e saiu apressada.

Eu estava agitadíssimo. E aquele monte de pó no quarto do hotel? O que tinha acontecido? Porque minha língua estava daquele tamanho e costurada com o que parecia ser uma corda de poita? E minha cabeça? Mas acima de tudo, Suzete. Caramba, por que ninguém falava nada? Parece que em hospitais, delegacias, repartições públicas, é sempre assim. Te tratam que nem débil mental. Ninguém responde a nada. Você pergunta as horas e é capaz do filho da puta te aparecer com uma ampulheta. Continuava aguardando o médico. Só não sabia se ele se manifestaria em carne ou espírito. Mas quem apareceu mais uma vez, e infelizmente em carne e osso, foi o desgastante Diógenes.

Procurei me acalmar. "Diógenes, por favor, você vai me dizer exatamente tudo o que sabe do ocorrido. E.... não, não me interrompa. Vai dizer tudo, em cada detalhe. E se eu descobrir que você mentiu, ou omitiu o que quer que seja, não tem mais moradia e nem pizzaria pra você. Estamos conversados?"

Ele suspirou, me encarou sério. Parecia até outro homem. Com surpreendente voz firme, e pra minha surpresa, sem nenhuma vez gaguejar, deu início à sua versão dos fatos.

"Em primeiro lugar, Edu, acho que já não existe pizzaria..."

Foi narrando os fatos enquanto eu ouvia atentamente, mirando através da janela o topo de uma enorme araucária, que balançava ao vento na manhã ensolarada.

Não sei por que, mas a paisagem me fez pensar em Aninha.

* * *

Antes das dez da manhã, enquanto Suzete se trancava no banheiro pra dar o primeiro teco matinal, eu já estava no bar do seu José Português abrindo o dia, tomando um hi-fi. Aí era só soltar o corpo e rezar para que ele ainda se movesse no dia seguinte. Já não me lembrava ao certo desde quando adotáramos aquela rotina. Pouco ajudávamos à noite na pizzaria. Depois das seis já estávamos tão estragados que não havia meios de conjugar um verbo, sorrir, ou servir uma mesa.

Lembro-me das pregações do velho português. "Filho, beba todos os dias, mas não o dia todo". Lá pelo meio da tarde começávamos a trocar as posições. Suzete tomava um dry martini ou uma margarita para baixar a bola, e eu dava uns tiros pra não cair de bêbado. Retomado o fôlego nos mandávamos pra rua. Àquela altura era raro voltarmos pra dormir em casa.

Foi tudo muito rápido. Um dia estávamos rindo, de pilequinho, após fechar a pizzaria e fazer a contabilidade da noite. E num piscar de olhos, pouco tempo depois, já vivíamos travados por aí. Foi nesse estado lastimável que dias antes nos surpreendemos no saguão do aeroporto de Congonhas, comprando passagens para o Rio, os bolsos recheados de papelotes. Perdemos as rédeas muito depressa, de um dia pro outro despencamos da escada enquanto nos entretínhamos com cumeeiras. Caímos mais rápido do que meu pai.

Simplesmente amanhecemos no Rio de Janeiro, perambulando exaustos pelas ruas do aterro. Entramos num hotel, pedimos uma garrafa de uísque e matamos os papelotes. Ainda tive forças e um lampejo de lucidez para ligar pro Diógenes.

"Não vou pra casa hoje, faça as compras para esta noite. Pegue um táxi se precisar". Desliguei o telefone antes que ele dissesse qualquer coisa. Já estávamos bicudos, a ressaca moral e a deprê invadindo a casa pela porta da frente, fazendo seus estragos. Acabamos desabando de exaustão. Foram quase trinta e seis horas de baderna. Dormimos aquele sono acordado que todo cheirador conhece bem. Desmaiados em vigília.

Já passava das seis da tarde quando finalmente tomamos um banho e descemos pra comer. Pedi um filé com fritas e uma caipirinha, pra rebater. Suzete tomou um bloody mary e comeu uma porção inteira de provolone à milanesa. Melhoramos um pouco, principalmente depois de cada um tomar seu terceiro drinque. Não demorou muito pra que Suzete começasse a insistir para que passássemos mais aquela noite na Cidade Maravilhosa. Eu queria mesmo era voltar para São Paulo, mas não fiz muito esforço para impor minha vontade. Sabia muito bem o que Suzete queria depois de matar três copos. Liguei pro Valdo, meu contato no Rio. Costumava ir buscar a mercadoria no Rio de Janeiro quando a fonte secava em São Paulo, ou quando os baianos decidiam esticar sua sesta, o que acontecia com certa frequência. Atendeu um cara com voz e cacoetes de adolescente. "Quem quer falar com ele?", perguntou, como que intimando. "Eduardo, o paulista." "Sei quem é você. Eu já te vi. Eu ainda era guri, tu nem deve lembrar. Eu era filho dele." "Era? Como assim?" "Assim mesmo, meu irmão, do jeito que tu tá imaginando. O coroa já era. Morreu."

Fiquei mudo, não me interessava saber nem quando e nem como. Aquilo me pareceu um aviso, melhor voltar pra São Paulo. "Obrigado. Força aí pra vocês." Desliguei. "Suzete, nada feito, vamos embora. Casinha, minha flor, casinha. Isso aqui morreu".

Já era quarta-feira, Alfredo passaria em casa na quinta e eu ainda não havia decidido porra nenhuma. Daria qualquer coisa para estar num iglu lá no ártico, enrolado em peles de foca, ao lado de Aninha. Olhei pra Suzete vomitando num daqueles saquinhos que distribuem no avião. Aquilo vinha se repetindo. Enjoos seguidos de dores e vômitos. "Você precisa dar um tempo, Suzete", dizia mas ela parecia não dar a mínima. Obriguei-a a fazer um teste de gravidez, mas ela enrolou, enrolou, e não fez porcaria nenhuma. Na última vez que havíamos transado ela se queixou de dores e um corrimento sanguinolento sucedeu ao sexo. "Você tem que ir ao médico, Suzete". Nada.

Chegando a São Paulo eu já estava mais pra lá do que pra cá. A gente tinha bebido no aeroporto e no avião. Suzete não teve o menor constrangimento em matar dois uísques e fumar quase meio maço de cigarros, mesmo passando mal. Viajávamos no electra e eu gostava de observar as hélices pela janelinha. Mas naquela viagem nada parecia me seduzir, muito menos Suzete. Onde ela havia deixado seu sorriso e bom humor? Eu nunca fui lá muito de rir, não era divertido e não brilhava. Não tinha muito a preservar, mas Suzete, ao contrario, ia perdendo suas perolazinhas ao longo das semanas, meses, sei lá.

Não fazia a menor ideia de onde eu tinha deixado o carro antes de embarcarmos pro Rio. Apenas me lembrava de termos chegado em Congonhas de táxi. E foi de táxi que nos mandamos pro Bixiga e nos trancamos naquela fenda tectônica que era o quarto daquele hotel vagabundo.

Não acreditava que Deus existisse, e menos ainda, que olhasse pra gente como nós. Mas sempre havia uma possibilidade, remota claro, mas havia. Naquela quarta-feira, mais do que em qualquer outro dia até então, eu desejei mesmo que Ele fosse apenas uma piada. Pois se houvesse mesmo o tal Pai, eu com certeza não gostaria que ele nos visse no estado que de antemão eu já sabia que chegaríamos.

Simbora pro inferno.

* * *

Costumava estacionar o carro em frente à kit, durante a madrugada, antes de voltar pra casa. Aninha dormia muito tarde e eu ficava uns dez minutos ali, olhando para o apartamento iluminado por uma luz oscilante que certamente vinha da TV. Não se tratava de vigiá-la, xeretar sua vida, nada disso. Apenas gostava de imaginá-la deitada no sofá, piscando sonolenta diante do aparelho de TV, de saber que ela estava ali, a poucos metros. Não se tratava de controle, obsessão, paranoia. Pelo menos eu achava que não.

Claro que não. Mas tremi quando um cara vestido todo de preto e cabelo desalinhado saiu pela portaria, logo depois da luz ter sido apagada.

24

Então eu falei, "gosto muito, mas muito mesmo de você Aninha", e dessa vez acho que por um momento ela pensou que a gente estivesse mesmo namorando. "Quanto?" perguntou. "Quanto o quê?" "Quanto você gosta..." "Ah, não sei assim, explicar em quantidade, mas é muito." "Hum, sei não", concluiu. Papo encerrado.

Levantamos. Estava na hora de voltar. Fui embora.

Hoje eu tento calcular quantas situações como essa se repetiram. Chego até ao absurdo de me perguntar se não foi a própria Aninha — na época a parte mais interessada, eu acho — a responsável por não termos assumido um relacionamento formal. É, porra, por que ela sempre acatava minhas decisões? Eu não tinha dúvida, era óbvio, ao contrário de mim Ana amava perdidamente. Não sou louco, dava pra sentir, principalmente quando a gente transava. Aquelas coisas malucas que ela fazia... Tinha a história do beijo aspirador. Quando a gente fazia sexo mais violento ela segurava meu rosto com as duas mãos, encostava sua boca entreaberta na minha e sugava todo o ar dos meus pulmões, como se quisesse tragar minha alma. Fazia isso com volúpia, tara, afã. Definitivamente: ela me queria todo para si. Já que era assim, por que não facilitava o meu lado? Eu sempre fui mais tímido. Um tanto claustrofóbico. Quer dizer, isso naquela época, hoje eu mudei, mudei mesmo. Mas quando a gente começou a sair e rolar, ah, eu tinha justamente essa fobia. Passar um dia inteiro e uma noite com Aninha era mais ou menos como estar num elevador quebrado com vontade de urinar.

Bastava ela ter dito algo como: "olha aqui cara, pode esquecer, a partir de hoje você só vira as costas para mim quanto eu permitir. Fui clara? O seu lugar é do meu lado e não se discute mais isso".

Talvez fosse o que eu esperasse. Só que Aninha jamais diria uma coisa dessas.

* * *

Então havia mesmo um médico? Sim, e a entidade vinha envolta em epiderme, sustentada pelo que parecia ser uma firme estrutura óssea, capaz de mover-se com relativa desenvoltura a despeito da espessa camada adiposa devidamente instalada entre a pele e o esqueleto. Mas o que mais chamava a atenção naquele ser volátil hospedado naquele corpo não era o seu peso ou mesmo a soberba que o fazia elevar-se muito além da própria estatura. O que mais se destacava no doutor corpulento era a peruca *interlace* que flutuava sobre sua cabeça como uma auréola sobre o cocuruto de um santo recém-canonizado. Totalmente *fake*. Sim, porque esses tipos de adorno, vamos dizer, parecem nunca estar devidamente ajustados ao crânio, dando sempre a sensação de que sairão voando ao primeiro golpe de ar.

Por mais que estivesse ansioso por notícias do quadro clínico de Suzete — muito mais do que pelo meu próprio estado —, confesso que foi difícil me ater aos diagnósticos do Dr. Moura nos primeiros minutos de esclarecimentos. Simplesmente não conseguia desviar os olhos da sua testa e daquela peruca penteada à Clark Gable. Ele não percebia, ou sei lá, parecia não se importar. Certamente já devia estar acostumado a reações como a minha. Ele falava alguma coisa a respeito do risco que eu correra, de convulsões, lavagem estomacal. Quando finalmente me desvencilhei dos fios mal entrelaçados na sua cabeça, o interrompi da maneira mais delicada que pude.

"Doutor, foda-se o meu estado. A garota, a menina que estava comigo, como ela está?" Ele pareceu não se importar com a importância que Suzete tinha para mim. É importante que nos importemos com os outros, mesmo que para tanto tenhamos que ser inoportunos.

"Diga doutor, como ela está?" Insisti. Ele pareceu se irritar. "O caso não é meu, ela agora está nas mãos de outro colega".

"Mau, muito mau", pensei. Aquele "está nas mãos" me soou como aquela história de "estar nas mãos de Deus". Até porque aqueles médicos não se julgavam muito aquém do Ser Supremo. Suspeitei pelo seu tom de voz que o caso era grave.

"Pedirei ao Dr. Fleter que passe por aqui." E continuou a descrever meu quadro com detalhes que me interessavam ainda menos que a situação do paciente na cama ao lado. O Dr. Moura deixou o quarto sem que eu soubesse o que de fato havia me acometido. A enfermeira terminava seus procedimentos.

"Por favor, enfermeira... Cris", disse enquanto identificava o Cristiane em seu crachá. Era bom criar intimidades e aliados naquele centro de detenção. "O rapaz, aquele de boné preto, ainda está aí?" "O Diógenes? Creio que sim." "O Diógenes, o *Diógenes*", foi o que ela disse. Era o que faltava. "Sim, Cris. O Diógenes, preciso falar com ele. Você poderia pedir pra ele entrar?" "Cinco minutos?" "Sim, Cris, cinco minutos", concordei.

Ela: "E, por favor, prefiro Cristiane, se você não se importa." Eu, me importar? Foda-se você, Cristiane, pensei. Você e esse seu dedo indicador que não pode ver um cu sujo que já quer sair limpando.

Durante sua explanação matinal, Diógenes, surpreendentemente loquaz, me pusera a par do que ocorrera, segundo seu ponto de vista, claro. E isso implicava em direito a opiniões e inferências. Mesmo combalido — ou talvez até por isso — sentia mais vontade ainda de matar o verme.

* * *

Na segunda-feira à noite liguei para Suzete assim que Alfredo deixou a pizzaria. Pedi para que viesse ao meu encontro. Ela não queria, sentia novamente as náuseas e ânsias que a perseguiam havia dias. "Fez o teste, Suzete?" Ela: "Caralho, Edu, você não tem outro assunto? Mas que porra. E eu não vou pegar a moto nesse estado." Deus, então de fato é tudo provação?, pensei. "Suzete, pegue um táxi e eu pago aqui. Precisamos conversar. E quando chegar eu cuido de você." "Hum... Cuida mesmo?", perguntou meio desconfiada. "Claro, Su, claro que cuido." "Sei... E você põe um tirinho?" Definitivamente, não dava pra acreditar. "Suzete, pelo amor de deus, venha logo."

Aí foi aquilo: de casa para o Bixiga, do Bixiga para o Rio, do Rio para o Bixiga e do Bixiga para o hospital.

* * *

Segundo depoimento do taciturno Diógenes, Alfredo comparecera à pizzaria na quinta-feira conforme o combinado.

"Não sei dele, saiu daqui na segunda e não voltou, foi o que eu disse, Edu, mas ele tem essa cara de desconfiado. Achei que ele fosse polícia. Só fiquei sabendo que você tinha chamado ele pra ajudar e facilitar nas coisas da pizzaria na sexta, quando ele voltou. Foi logo depois que ligaram do hospital, perguntando se eu era seu parente. Primeiro falei com um médico, depois com um policial. Queriam que eu viesse até aqui. Na hora já saquei que você estava encrencado. Eu tive uma crise de choro na cozinha. Foi quando chegou o Alfredo, graças a deus, e eu soube que ele estava do nosso lado, pra ajudar e facilitar as coisas pra você. Se não fosse por ele a gente ia se foder."

Então era isso. Agora o bom Alfredo era dono também da minha alma.

Diógenes adentrou o quarto de cabeça baixa segurando o boné com as duas mãos. Isso mesmo, ele voltava a ser o simplório organismo embrionário, que naquela mesma manhã, creio que pela primeira vez na vida, decidira falar como um homem.

"Chamou o Alfredo, Diógenes?", perguntei enquanto deixava minha cabeça tombar de lado pra não ter que encarar aquela figura patética. "Está aí fora. Quer que eu peça pra ele entrar?" Diógenes saiu e voltou um minuto depois, acompanhado do facilitador. Alfredo entrou no quarto sorridente e à vontade. Íntimo além da conta.

"E aí, voltando ao mundo dos vivos?", sorria satisfeito.

""É o que parece", respondi desanimado. "Diógenes, espere lá fora." Ordenei em tom sério. Ele saiu contrariado. "Ok, Alfredo, devagar e sem pressa, estou mais idiota do que de costume. Por favor, a sua versão."

"Não tenho *versão*, Conde, apenas os fatos".

25

Conheci Viviane em Ubatuba, quando lá cheguei numa manhã de Sol na primavera de 1987, e a Praia Grande amanheceu pontilhada de prata, como se Iemanjá houvesse deixado seu manto cravejado de pingos de Lua boiando sobre o mar. Um mar de latas prateadas sobrepunha o mar de sal, e com a ajuda do vento sudoeste, encalhavam na areia, trazidas pela rainha. A rainha do mar.

Já faz tanto tempo que hoje há quem diga que se trata de uma lenda urbana. No caso, lenda caiçara. Mas é tudo verdade.

Milhares de latas contendo mais de um quilo de maconha, curada no mel e prensada a vácuo. E quis a rainha que elas boiassem, e com isso dessem mansamente na costa, como aquelas embalagens de mantimentos jogadas de aviões para os náufragos. Porque era assim que nos sentíamos em meio ao plano Cruzado: náufragos à deriva.

Me lembro dos implacáveis policiais ubatubenses gritando da areia em seus megafones. "Afastem-se das latas. Repetindo: ninguém toca nas latas."

Acontece que Ubatuba tem mais de setenta praias supervisionadas por meia dúzia de policiais. Alguns trabalhando de bicicleta, pra não falar da maioria, que se locomove a pé. Estou falando só de Ubatuba porque era lá que eu estava. Mas o lataral se estendeu até a região sul do país.

Eu havia descido de São Paulo para preparar o terreno para os negócios de verão. Viviane trabalhava numa sorveteria, conversamos durante o tempo que se leva pra tomar um sundae. Me lembro de uma menina linda além da conta, doce e muito meiga. Mas naqueles dias cinzentos tais constatações se restringiam ao campo frio e exato das estatísticas. Suas qualidades eu só absorveria emocionalmente algum tempo depois. Em 1987 eu atravessava o mais profundo lodaçal em que um ser humano pode se arrastar antes de ser tragado pelo pântano movediço. Além do que, as atenções de todos estavam voltadas para as latas, não para atendentes em sorveterias.

A história foi fantástica. O Solana Star, um barco de pequeno porte, deixara o porto em Cingapura um mês antes de desovar seu conteúdo no Atlântico Sul. Vinha carregado com toneladas de latas de maconha, o destino: a costa leste norte-americana. Reza a lenda, ou consta nas atas, que o capitão era a reencarnação de Francis Drake. Um pirata de primeira. Veio dando nó após nó na marinha dos países que costeava enquanto ia rasgando os mares. A polícia brasileira também ficou a ver, ou melhor, a *não ver* navios. Quando finalmente se sentiu ameaçado, o capitão da nau puxou a corda e abriu, para a grande alegria brasileira, os porões do Solana Star. O resultado, bem, foi o verão mais louco da história do Brasil. Comparado somente ao "Verão do Amor", ocorrido vinte anos antes em São Francisco, Califórnia.

E justo eu que nunca fui lá muito afeito à cannabis estava de volta a Ubatuba em dezembro, quando a cada sudoeste novas remessas de latas aportavam no território nacional. Mais uma vez eu viajava a trabalho. Quase meio quilo de pó para passar adiante na virada de 1987 para 1988. Encalhei praticamente com tudo. Definitivamente, naquele réveillon o assunto não foi cocaína. Na passagem do ano até vendedores de cerveja ficaram no prejuízo.

No dia trinta e um pela manhã fomos até a Ilha Comprida, próxima do Camburi e da Vila de Picinguaba. O morador da ilha, uma espécie de caseiro, era o tal do Paulo, um pescador brigão e tagarela. Segundo se dizia, um cara bom de porrada. O nativo queria trocar uma cara de pó por uma ou duas latas. Muito escambo rolou naquelas semanas. Era um corre geral; polícia pra lá e pra cá, pescador deixando a rede de lado pra sair atrás de lata, neguinho enterrando e desenterrando bagulho, subindo e descendo a serra sem parar. Havia uma alegria desenfreada, mas também muita tensão e ameaças.

Chegamos na ilha e a encontramos deserta. O rancho do Paulo estava fechado. Só o barulho das ondas nas pedras e o gorjeio das gaivotas. Geraldo, o cara que me recebeu em Ubatuba com a promessa de fazermos muito dinheiro, gritou e gritou o nome do pescador. Mas nada de resposta. Já batíamos em retirada quando de detrás de uma bananeira ouvimos um chamado. "Passarim? Passarim?" Depois silêncio. "Paulo? — indagou Geraldo. — É você? Aqui é o Gero, caralho, aparece aí, porra."

Paulo saiu bufando de trás da bananeira. "Porra, cê quer me foder? Tá de sacanagem, Gero? Vai pra merda, viado! A gente não tinha combinado um código, porra?"

"Código? Que código, cara?" Geraldo parecia confuso.

"A porra do código que a gente tinha combinado! Você tinha que falar *passarim, passarim* e eu respondia *tá cagano, tá cagano*. Cê parece que é burro! Vai, caralho, anda logo, anda. Pra dentro, aqui fora é sujeira", disse o caiçara enquanto tocava a gente pro rancho

Eu, Geraldo e Leleco, o caiçara que nos levou numa baleeira até a ilha, obedecemos e seguimos Paulo até o rancho; um casebre de taipa com algumas paredes mal revestidas de cimento, e que não iam além de dois metros de altura. A casa também não tinha forro. Dois quartos, uma saleta e uma cozinha. O banheiro deveria ser do lado de fora, ou talvez se tratasse de um buraco cavado justamente atrás da bananeira de onde Paulo havia surgido. Uma meia dúzia de crianças remelentas se espalhavam silenciosas pelo recinto. Paulo devia conduzir aquela creche com pulso de ferro. A mulher com o bebê no colo certamente era sua mulher. Janelas e portas fechadas, estávamos todos confinados.

Paulo já estava visivelmente chapado, sabia-se lá há quanto tempo. Aquela maconha dobrava até língua de cunhada. Fomos os quatro direto pra cozinha. Paulo, se fazendo valer de mímicas, apontou o lugar aonde eu deveria esticar a primeira. Aí foi só esperar para assistir ao show do anfitrião.

Fazia dias, me contou depois Geraldo, que o caseiro da ilha acordava e ia dormir fumando a erva da lata. Estava completamente esquizofrênico. Encanara que os policiais do posto rodoviário do Felix, a uns quinze quilômetros dali, estavam observando seus passos, munidos de uma potente luneta. Naquela manhã, a cada tirinho dado ele corria pra janela fechada e espiava por uma fresta na direção da polícia rodoviária. "Brou, os cara tão ligado. Tão ligado. Não pode dar bobeira, eu tô falando, os cara tão de seta, maluco, não pode dar bobeira..."

Aquilo me deu no saco. Virei as costas e saí pra espairecer. Caminhei um pouco, acompanhando a orla e sentei numa pedra. Aquela água infinita a perder-se de vista sem dúvida era o mar. E, quando a gente tá mal, o mar só faz deixar a gente pior.

O que torna as coisas bonitas ou feias é o nosso estado de espírito. As paisagens, as mulheres, os homens, animais, obras de arte, são só aquilo que são. Matéria aglutinada, tessituras, formas, átomos amontoados. A gente recebe um cartão postal e não estamos ali, assistimos a um filme e não somos sequer figurantes, não participamos. Podemos até nos imaginar naquela ilha, ou deitados com a garota da capa. Mas o fato é que caras como eu assistem a vida transcorrer pelo vão da porta. Exatamente como um louco maconhado. Aninha, por exemplo, sempre permitiu que seus sentidos fossem afetados por tudo que entendia como sendo harmônico. E ao mesmo tempo era incapaz de se proteger, de se isolar, não sabia se defender daquilo que se apresentasse de forma cruel ou bizarra. Quem pode dizer o que Aninha é? Talvez nem ela saiba ao certo. Tem os ossos, isso ninguém pode negar. Todos os dias eu penso em ossos. Nos de Ana, nos meus, nos que compõem os corpos, nos que descansam abaixo das lápides e nos invisíveis, os tais que assombram. O mais engraçado é que a gente ganha músculos, penteia os cabelos, e mantemos sempre um belo terno de cerimônias bem passado, que nos vestirão lá no fim da estrada. E disso tudo, o que sobra? Ossos, apenas os ossos.

Se me perguntassem se a Ilha — aconchegada pelas águas salgadas — era bonita, o que eu diria? Sim, é linda, claro. Mas eu não participava daquilo. De alguma maneira eu precisava me apropriar do que é inapreensível. A única coisa que me dizia respeito na Ilha Comprida era o espaço que minha bunda ocupava naquela pedra. O que havia em torno era apenas uma possibilidade, uma miragem, que certamente dissiparia no exato instante em que eu tentasse tomá-la para mim. Aninha podia fazer isso: deliciar-se com o intangível, mas não me pergunte como.

Ah, Aninha, Aninha. Deus, como eu vinha sofrendo. Eu era um espectador da vida que eu levava. Não, não, nada disso, eu era agente passivo das tarefas que a duras penas me obrigava a cumprir. Havia meses que eu não tomava uma decisão. Sóbrio, atirado no sofá o dia inteiro, assombrado por tudo aquilo que só um abstêmio pode vislumbrar. Gárgulas se aninhavam nas quinas das paredes, os fantasmas de meu pai e minha mãe arrastavam correntes enquanto caminhavam pela casa de braços dados. E pensar que jamais vi os dois sequer se esbarrarem enquanto vivos. No andar de cima Diógenes vagava fantasmagórico, exatamente da maneira como se apresentaria em breve. Diógenes, o diáfano. Taí um cara que me arrependi de ter matado. É realmente uma pena que os vivos não possam assombrar os mortos. Se dispuséssemos desse dom talvez viver valesse à pena. Quem sabe os góticos tivessem razão: cultuar a morte, viver a vida sem a ela se ater, caminhar com um frasco na mão e uma receita na outra, ler bulas de remédios como forma de orações, entoar lamentos em vez de mantras.

À noite me arrastava pra rua, ia levar ao mundo exatamente aquilo que o mundo não precisava. Eu me tornara um penitente e cada vez mais me sentia adequado àquela condição.

Lá longe surgiu uma embarcação pequena que lentamente se aproximava da ilha. Atracou e duas garotas desembarcaram. Uma delas eu reconheci, era a menina da sorveteria. Parecia mais bonita ainda. Vilma, era isso?

Por conta da depressão eu estava careta fazia tempo. Voltei pro rancho, cheirei, bebi, me entupi daquela erva que era THC puro. Depois bebi mais, funguei mais um tanto e outro baseado. Nessa tocada fui levando o último dia do ano.

No dia 1° de janeiro acordei na praia da Ilha das Couves, que era ao lado, mas não faço ideia de como fui parar ali. O sol nascia e nós estávamos nus. Olhei o corpo moreno e lindo estirado junto ao meu. Quase consegui sorrir. Comecei a passar levemente a mão sobre aquele dorso. Ia retirando a areia grudada na pele, até que os ossos daquela menina magrinha se fizessem notar sob a pele morena. Não era Vilma. Viviane, ela se chamava Viviane. "Lindo esse nome", pensei e me ergui para dar um mergulho.

Alguns meses depois toca o telefone em casa. "É a Vivi, Edu. Lembra de mim?". "Sim, me lembro muito." "Poxa, que bom", disse aliviada. Depois de um silêncio longo ela começou dizer ao que vinha. "Edu, eu preciso te contar uma coisa..." Imediatamente eu soube do que se tratava. "Quantos meses, Viviane?". "O quê?", perguntou reticente. "Isso que você ouviu. Quantos meses?" "Quatro, Edu... Quatro." Descambou a chorar. Me lembro vagamente de ter desejado abraçá-la naquele momento, mas não tenho bem certeza. "Ei, mocinha — disse num tom de voz baixo. — Nada de choro. Fique calma, estou indo agora mesmo."

Desci a serra assobiando uma música do Prince.

26

Aqueles dias no hospital tiveram um aspecto singular. Era a primeira vez em anos que Aninha não ocupava integralmente o meu tempo. Agora eu dividia em partes iguais minha atenção, ou meu pensamento, entre ela e Suzete. Certamente a debilidade física da segunda me levara àquela concessão. Era assim pelo menos que eu imaginava.

Embora na época eu estivesse cego às evidências, o fato é que a partir do momento em que Aninha abandonou definitivamente a minha vida, desde o instante em que deixou claro que me queria à distância, mais cedo ou mais tarde alguma coisa, ou alguém, teria que preencher o espaço deixado por ela; fosse a perseguição ao Diógenes, o consumo de álcool e drogas, a presença faceira de Suzete, ou todos juntos, pouco importa, mas à parte minha obsessão por Ana — que me levava inevitavelmente à cegueira e insanidade — outras formas de experiências, mesmo à minha revelia, iam preenchendo as lacunas.

Me sentir feliz ao lado de Suzete me fazia muito bem. E eu queria que esse estado de espírito perdurasse, antes de mais nada como uma forma de mostrar para mim mesmo, e muito mais para Aninha, que o fato de ela ter me dado as costas e partido por aí sem destino, batendo a poeira dos sapatos e carregando o trambolho do celo nas costas, pouco me importava. Quem perdia era ela, Ana. Eu só vinha ganhando. Burra, estúpida, ciumentinha, vingativa. Não tinha como, ela não esquecia.

Amélia havia aparecido e desaparecido como uma aparição que aparece de repente, causando calafrios na gente. A trotskista acontecera tão inesperadamente como um susto, uma descarga de emoção, um raio, um espocar de um flash. Tão rápido que não se sustentou durante nem depois. Amélia teve o mesmo efeito de um gol anulado. O que ainda a trazia à baila era a insistência de Aninha em preservar sua memória, e da pior maneira possível: através de mágoa e ressentimento. Não havia meios de ela se livrar da ideia de que um dia ocupamos o mesmo espaço, como três corpos estranhos atirados numa mesma cela, e, uma vez encarcerados, tendo que viver sob as determinações inapeláveis dos votos de minerva. Nesses casos de amor onde raramente a harmonia encontra espaço ante os caprichos e exigências das partes envolvidas, nós estávamos muito mais para as deformidades do famoso Cérbero, o infernal cão de três cabeças, do que para a afinidade divinal das três fadinhas: Fauna, Flora e Primavera. E verdade seja dita, aquela história pode ser contada em qualquer gênero romanesco, mas nunca como um conto de fadas.

Pensava justamente na teimosia de Ana quando o fantasma do Dr. Fleter surgiu diante de mim. Um espírito, claro, haviam me falado dele há tanto tempo que certamente já devia estar morto.

"Eduardo Conde?", perguntou enquanto se aproximava. Trazia a prancheta na mão e o estetoscópio no pescoço. Tão previsível quanto o diagnóstico de gonorreia.

"Eu mesmo", respondi tentando conter o nervosismo. Ele parou de pé ao lado da minha cama. Examinava a prancheta como se fosse tomar pé do assunto apenas naquele momento. Permaneceu assim um tempo. Quanto? Sei lá, o tempo que se demora pra elaborar uma resposta para uma pergunta estúpida.

"Sou o doutor Fleter, estou cuidando de Suzete Araújo do Santos." Araújo dos Santos?, pensei mas não disse nada. "Preciso de informações", continuou. "As mais precisas que você puder me passar. A saúde dela e o restabelecimento do seu quadro podem depender disso."

"Vamos lá, doutor, pode perguntar." Ergui meu corpo um pouco mais sobre os travesseiros e procurei mostrar-me solidário.

"Sabe há quanto tempo ela é usuária?"

"Bem, doutor, eu comecei há..."

"As perguntas são referente a ela, não a você — me cortou. — Minha paciente é a Suzete."

"Sim, claro, evidente. É que, é que... Bem, doutor, ela me disse que cheirou a primeira vez quando tinha treze anos. Mas daí para uma usuária regular, realmente não posso dizer. Conheço ela há uns seis, sete meses e, bom, ela sempre gostou de cheirar, e a gente vinha mesmo exagerando nos últimos três meses, isso é verdade."

"Você é o namorado?"

Xii...

"Bom, doutor.... — olhei pro médico e enxerguei um sogro

carrancudo. — Sim, acho que sim... Quer dizer, claro que sim. É, somos namorados. Mesmo."

"Sei... e como têm sido as relações sexuais?"

"Não transamos com muita frequência — confessei um tanto encabulado. — Ela vinha se queixando de dores, muitas dores. Tipo uma cólica, era o que ela dizia. Chegou a ter febres e vomitava muito. Insisti para que ela consultasse um médico, que fizesse um teste de gravidez. Mas então da última vez que fizemos sexo ela sangrou muito, então concluí que ela não podia estar grávida. Isso é correto, não é, doutor?"

Ele não respondeu. Tinha os olhos fixos na prancheta. Ia e voltava com as folhas como quem confere uma conta alta, atrás de um erro que justifique os montes de zeros antes da vírgula. Eu começava a me preocupar, mas não queria pressionar o Doutor Fleter. Eles não gostam. Esses médicos são como parafusos velhos, se apertar o cara espana. Controlei minha ansiedade e dei tempo pra que ele revisse a comanda.

"Essa última vez, a do sangramento, quando foi?"

"Quando foi? Hum, acho que há uns quatro dias. Talvez cinco."

"E antes dessa vez?"

"Ah, doutor, não lembro. Mas faz tempo. É, foi no meu carro, há uns dois meses talvez..."

"Dois?" Olhou-me intrigado.

"É, ué. Um pouco mais, um pouco menos..."

"Escute rapaz, tente se lembrar. Quando os casais chegam a um estado como esse que os trouxe ao hospital, quando usam álcool e droga em excesso, é muito comum se esquecerem do que fizeram. Suzete está sedada, preciso que você se esforce. Tente, vamos, pense um pouco."

Porra, se tem coisa que não me esqueço são das minhas fodas. Mesmo por que são poucas. Não sofro de amnésia alcoólica, essas paradas.

"Doutor, não tenho do que me lembrar. Foi como eu disse. O que o senhor está insinuando, que houve mais sexo nesse intervalo de tempo?"

"Insinuando não. Estou afirmando", proclamou do alto de sua soberba.

"Pois é, doutor, acho que os médicos também se enganam. Se ela transou, bem, não foi comigo."

"Então, garoto, acho melhor você ir se acostumando com essa ideia."

Porra caramba, eu tinha falado aquilo de brincadeira. Cara mais filho da puta.

Virou as costas e foi embora. Odeio quando fazem isso.

* * *

"Então, Alfredo, vamos aos fatos."

Ele olhou pra cima, bufou, enfiou a mão nos bolsos e continuou a examinar o teto.

"Odeio isso, você nem imagina o quanto", e apontou pra cima.

"Isso o quê, Alfredo?"

"Paredes descascando. Abomino. Me dá aflição." Continuava com o olhar fixo no teto e torcia a boca como se aquela bobagem na alvenaria lhe causasse nojo. "Quando o cara sofre queimaduras de segundo, terceiro grau, a pele fica assim, sabia? É... enrola que nem pele de porco frita. Irgh... olha — mostrou o braço —, até arrepia."

Pensei em quantos caras Alfredo já ateara fogo. Aliás, ele não, os amigos dele, claro.

"Esse seu sócio, o Dionísio, ele..."

"Ele não é meu sócio — interrompi — e não é Dionísio, é Diógenes."

"Caralho... e eu chamando o cara de Dionísio esse tempo todo. Porra, tem neguinho que é esquisito mesmo. Ele podia ter falado, né? Mas, enfim, o Diógenes, Dionísio, tanto faz, esse sujeito te salvou. Quer dizer, quem salvou fui eu, com ajuda de alguns comparsas, claro, mas o seu colega é que pediu socorro, caso contrário você estaria mais fodido do que já tá. Você tem ideia, Conde, do que aconteceu desde o instante em que você apagou?"

Quando fiz menção de responder ele mesmo veio com a resposta.

"Não, Conde, você não faz a menor ideia, a menor. Quatro, garoto, foram quatro convulsões, espasmos, seis pontos na cabeça e quatro na língua. É, isso mesmo, não sei se você sabe, mas quando o sujeito sofre a convulsão muitas vezes ele morde a língua. Às vezes também se mija e se caga..."

"Alfredo — interrompi mais uma vez —, o que você sabe sobre o estado da Suzete?" Era só o que me interessava.

"Pois é, chegou aqui toda urinada e com sangramento. O enfermeiro Jair me disse que ela era um vômito só. E você acreditaria se eu te dissesse que sou amigo do tio do Jair, que por sinal também é enfermeiro?"

"Alfredo, não estou interessado nos detalhes escatológicos que parecem te excitar. Muito menos na porra do tio do enfermeiro Jair. Dá pra ser mais objetivo, caramba?"

"Ok, ok, só estou tentando ajudar, coisa que já fiz até além do que devia. Já vamos chegar em Suzete." Sempre com as mãos nos bolsos, caminhou pra cá, pra lá, olhava pro teto, olhava pro chão... Estava na cara que ele queria encenar o drama, anunciar a tragédia. Ele não ia vender barato.

"Conde, Conde... O que você quer, hein? Quer viver a vida de trás pra frente? Fácil, mais um ou dois tombos iguais a esse e você pode ir parar numa cadeira de rodas, que é onde você deverá estar no final da vida e não agora. Mas foda-se, detesto que digam o que eu devo fazer. Eu faço as coisas do *meu* jeito. *On my way, understand?* E é justamente por isso, por agir ao meu modo, que eu posso ajudar. Facilitar a vida de pessoas, me desculpe, desatentas como você."

"Alfredo, por favor, cara. Ninguém me fala porra nenhuma. Pelo amor de deus, me conte uma história, me diga algo, qualquer coisa, invente, mas desembuche, homem. Não precisa vender seu peixe, vou pagar, caralho!"

"Ei, ei, ei — agora parecia bem sério. — Calma aí, patrão, calminha. Alguém aqui falou em dinheiro? Hein, você ouviu algum valor, número? Acho melhor chamar o seu sócio, talvez precisemos de uma testemunha aqui."

Procurei manter a calma. "Não, Alfredo, me desculpe, estou doente cara. Não precisamos de testemunhas. E Diógenes não é meu sócio!"

"Ok, Conde, antes que você comece a me tratar como inimigo, vou te dizer o que *eu*, Alfredo, fiz por você — deu um tempo, respirou fundo antes de continuar.—Retornei à sua casa na sexta-feira, já que na quinta, como havíamos combinado, você, como bem deve saber, não compareceu. Encontrei Dionísio desesperado. Logo que atendeu percebi seus olhos vermelhos, o seu desespero. Agradeça, Conde, amigos de verdade são raros, você está diante de um especialista nesse assunto. Se eu chegasse dez minutos depois você agora sairia direto daqui para a delegacia, e de lá você sabe bem pra onde te mandariam. Trinta e seis, Conde, trinta e seis papelotes socados debaixo do carpete que você fodeu, rasgou sei lá como. Isso sem falar daqueles que vocês transportavam nas vias nasais. Mais as seringas, tripa de mico, gilete, vômito, sangue, objetos quebrados. Por muito menos levaram o Casagrande, o do Corinthians. Tráfico,

Conde, provas, evidências. Agradeça a mim por não ter nenhum policial te esperando do outro lado dessa porta."

Pois é, agora eu tinha que agradecer ao Bom Deus por aquele homem ter baixado na minha varanda dias antes. Não fazia ideia do que a ajuda de Alfredo poderia me custar, mas qualquer que fosse a moeda seria melhor do que ir preso, isso era verdade.

"Tive que envolver muita gente nessa história, Conde, deus e o mundo. E você aí achando que eu quero vender meu peixe. 'Vou pagar, vou pagar' — repetiu minhas palavras falseteando com vozinha de marica. Francamente, garoto, num dia você se apresenta com um *Courvoisier*, noutro me vem com esse papo de quem pode se garantir. 'Vou pagar', sei. Pagar o quê? Quanto? Quem você pensa que é, Conde, o tesoureiro da banda do coreto? Quer saber quanto isso vai te custar, quer? Pois vou te dizer. Nada, primo, nada. Você não teria como me pagar pelo que fiz por você. O que eu e os meus amigos fizemos por você. Fiz isso por amizade, afeto, solidariedade. Não combinamos um valor para limpar sua cagada. E se nada foi tratado, nada pode ser cobrado. Diferente do nosso outro acordo."

"Alfredo, você ainda não me falou da Suzete. Será que alguém nesse hospital pode me dar uma informação, sem vir com evasivas, sem desconversar?"

"Você pode perguntar aos pais dela. Aliás, acho que o velho está louco pra bater um papo com o namorado da filhinha."

"Os pais? — num pulo me sentei na cama. — Eles estão aqui?"

"Porra, Conde, acho que você ainda está drogado. Aonde mais você queria que eles estivessem? Até nisso eu intercedi a seu favor. Disse que você é um bom rapaz, justo e de caráter, que o ocorrido foi um acidente de percurso, coisas de jovens. Disse que você faria questão de arcar com os custos do hospital e que ela continuaria a receber o salário integral durante a internação na clínica."

Clínica, ínica, ínica, ínica ín... a palavra não parava de ecoar na minha cabeça. De que diabos ele agora estava falando?

"O quê Alfredo? Clínica? Que clínica, caralho?"

"Ah, eu não falei, né ? Verdade, já ia esquecendo, fez parte do acordo."

"Que acordo, Alfredo?" — perguntei desesperado.

"O acordo que o nosso advogado propôs ao juiz, via delegado. Ele alegou que vocês eram dependentes químicos, não agiam em sã consciência, não podiam responder por seus atos, essa lengalenga que a gente já conhece. Pra que não houvesse condenação de nenhuma espécie vocês concordariam em submeter-se ao tratamento numa clínica indicada pelo Estado. Coisa rápida, de três a seis meses no máximo, vai depender do laudo dos médicos. Pense pelo lado bom, Conde, mal não vai fazer, pode ter certeza."

Não sabia se o desgraçado estava falando sério ou de sacanagem. Era essa merda a grande ajuda que ele e seus amigos ofereciam? Simplesmente caí de costas na cama e fechei os olhos.

"Ora, Conde, não seja mal agradecido — disse contrariado. — Porra, com alguma coisa você ia ter que contribuir. Queria entrar com o quê, caramba, com o pinto? Se você quer saber essa internação vai te fazer é muito bem. Se vocês não se cuidarem, vão acabar morrendo, os dois. Você não tem que se preocupar com nada, Conde. Deixe um cheque referente ao nosso acordo, vá descansar com sua garota na tal da clínica e eu e Dionísio cuidamos das coisas por aqui. Por enquanto você não me deve mais nada."

Eu sabia que ainda vinha chumbo.

"Você disse 'por enquanto', ou entendi mal?" Ele esfregou a testa como quem está de saco cheio e disse calmamente: "Conde, fiz o que fiz porque fiz. Porque achei que devia fazê-lo. Porque você é um imbecil que me inspira confiança. Sei que mais dia menos dia vou precisar da sua ajuda, de um jeito ou de outro, e sei que você não vai me decepcionar. Eu te ajudei e você me ajuda, ora. *Sic et simpliciter.*"

"O quê, Alfredo?"

"*Sic et simpliciter.* Pura e simplesmente. Latim, Conde, latim."

Era muita informação de uma vez só. Pensei em "pura e simplesmente" concordar, mas algo me dizia que se acenasse positivamente com a cabeça eu estaria assinando uma folha em branco.

"Já entendi, Alfredo, já entendi. Me diga, trata-se de um convite ou de uma intimação? Aliás, melhor ainda, de uma *intimidação*? Agora eu faço parte dos amigos, da *famiglia, è questo?* Como devo te chamar agora, Alfredo? *Papa, padrino, capo?* Por favor, me responda."

Alfredo girava a cabeça numa negativa incrédula e sorria debochado.

"Realmente, você assiste muita televisão", e riu durante um tempo. Depois de desopilar o fígado se aproximou de mim e me olhou com a seriedade ameaçadora do agiota que sempre foi. "Me diga uma coisa, seu pouca merda — prosseguiu sem alterar a voz. — Você acha que a vida é de mentirinha, que existe ética, que isso aqui tem códigos morais como nas historinhas sobre a máfia que o seu vovô Giuseppe te contou? Você não está em Palermo, isso aqui não é a Sicília, meu caro. Já viu algum mafioso com sobrenome Cunha, já? Eu pareço um italiano? Por acaso estou vestindo uma camisa do Palmeiras, hein, seu idiota? — respirou fundo na tentativa de manter a calma. — Conde, o que você *gostaria* de ser, o homem que pensa ser, não é você. Lá no fundo o senhor sabe muito bem qual é a sua verdadeira natureza, sua vocação. Conde, você é um passador de drogas, nunca trabalhou de verdade, não tem um ofício. Você mente enquanto arrota o que imagina serem suas verdades. E quer saber por que você é um ardil em pessoa? Porque você mente pra você mesmo, e isso está estampado na sua cara, meu chapa. O fato de você estar morrendo de preocupação com a mocinha lá no andar de cima não te faz um homem melhor. Eu não, eu sou justo e transparente. Faço pelas pessoas e espero que elas retribuam. Aliás, todo mundo é assim, no fundo todos querem reconhecimento. Esse papo de 'fazer o bem sem olhar a quem', essa história de que 'faço porque quero, não espero nada em troca', ora ora, convenhamos, isso é uma puta de uma mentira. Eu espero sim, Conde, que você saiba retribuir a mim e aos meus amigos. Cresce, garoto, cresce. Porra, você é um adulto, aja como tal. Você achou o quê, que eu era o Alfredo de dia e o Chico Xavier à noite? Cacete, Conde, vê se economiza na mistura, caralho, você só quer comer a linguicinha. Porra, meu, dá um tempo."

Parou de falar por um instante e novamente fixou o olhar na parede descascada. "Uma merda isso — apontou com a cabeça na direção do teto. — E essa porra de hospital é particular, vê se pode. País de merda".

"Alfredo — comecei depois de um breve silêncio —, deixa eu te dizer uma coisa. Você acabou de despencar na minha vida como uma fruta podre. Isso não tem uma semana. Chega dizendo o que quer, extorquindo, manipulando o retardado do Diógenes. Os seus interesses ficaram muito claros no instante em que invadiu minha casa com os pés sujos de lama, e juro que você não me surpreendeu em nada. Agora, o que é que você pode saber de mim e da minha vida? Com todo respeito, vai te catar! Minha alma não está à venda, Alfredo, e eu não vou pisar na sua teia, não sou almoço de aranha, pode ter certeza."

Enquanto eu falava, Alfredo puxou uma cadeira que ficava junto à janela, e pra minha surpresa ficou de pé sobre o assento. Se esticou todo e passou a descascar o já descascado teto. Ia arrancando as pelancas de tinta. Fazia isso com a placidez de um carimbador de cartório. Estoico, impassível. Parecia que em nenhum momento havíamos trocado palavras e farpas. Ou ele realmente adorava a arte cênica ou aquele cara era mais louco do que eu supunha. Permaneceu ali por mais de dois minutos, tempo suficiente para que o silêncio contaminasse o quarto inteiro. Por fim desceu da cadeira e a devolveu ao seu lugar. Limpou uma mão na outra e mudou de assunto com a mesma naturalidade de quem muda de candidato ou de partido.

"Quando você voltar da clínica a gente podia ir pescar, que tal?"

"Como é que é, Alfredo?", perguntei estupefato.

"Pescar, ora. Peixe, Conde, peixe. Faz um bem danado. Vou gostar da sua companhia, vou mesmo. Você é dez, Conde, dez!"

E o pior é que ele parecia estar falando sério.

* * *

Aninha começara a trilhar outros caminhos, parecia ter encontrado novos objetivos. Foi contratada pela OSESP, coisa séria, Ana era muito exigida e requisitada, embora naquela época o piso salarial da orquestra fosse um dos mais baixos do país, ela trabalhava muito. Fazia balé, dança, sei lá o quê. E o que mais me incomodava: abria definitivamente os horizontes ao ser selecionada para o grupo de teatro do Sesc, dirigido por um diretor proeminente. Numa das poucas vezes em que permitiu que eu a acompanhasse a algum lugar que não fosse para dar carona para o violoncelo, foi justamente servindo a ela como papagaio de pirata numa festinha do grupo teatral. Uma gente esquisita e pernóstica. A soberba daquela trupe era ainda mais altiva que a dos médicos que um dia haviam virado Suzete do avesso e brincado de Deus, como se lidassem com um rato de laboratório.

É claro que ninguém me deu a mínima atenção na festinha. Diálogos para eles não passavam de monólogos proclamados alternadamente, onde cada um falava para si mesmo, enquanto os interlocutores se atinham apenas ao discurso a que teriam direito quando chegasse a sua vez. As mulheres com aquelas caras entediadas de gente abastecida até o gargalo; dão quando querem, para quem querem e aonde querem, independente de raça, cor, credo ou sexo. Os caras todos um bando de viados, tava na cara. E a pior espécie de viado que existe: a que a também enraba mulheres, acho que só pra dizer que podem.

Tudo liberado, uma beleza, só vendo.

Tive a nítida impressão de que a didática aplicada pelo diretor proeminente se estendia para muito além dos tablados e das interpretações de palco. Velho safado e sem vergonha, aliciador de meninas fantasiosas que sonhavam com o estrelato ao mesmo tempo em que se entregavam de alma e pernas abertas nos laboratórios de grupo sugeridos por aquele impostor.

Autoajuda: faça de seu corpo o instrumento de sua ascensão e certamente você atingirá os píncaros da glória.

Besta de tudo eu nunca fui, quer dizer, não sou estúpido em período integral. É claro que eu tinha uma cópia da chave da kit da Pompeia. Eu vinha fazendo inspeções regulares no apartamento desde que o punk passara a frequentar o local.

A casa que Aninha herdara ainda abrigava os mesmos inquilinos. Com a desculpa de agilizar o processo que ainda tramitava na justiça, convenci Ana a dispensar os serviços gratuitos oferecidos pelo doutor amigo da finada Amélia e substituímos pelo advogado do Alfredo, o mesmo que três anos antes me mandara descansar no sanatório que chamavam de clínica. Com isso eu conseguia retardar mais ainda a saída da família parasita, que sem saber, me prestava um serviço. Tudo sob controle.

Nesses dias de tanta labuta Aninha passava muito tempo fora de casa. Às vezes já estava na rua por volta das sete horas e às onze da noite ainda tocava em alguma casa noturna. Ganhava uma miséria, mas relutava em aceitar minha ajuda. Eu tinha pena, ao mesmo tempo em que me fazia valer da situação de maneira a mostrar-me gentil e solidário.

Epitácio, o zelador do prédio, parecia jogar no meu time, muito mais em função da generosa ajuda de custo que eu lhe oferecia informalmente do que por acreditar na minha causa. Não era um idealista, pelo contrário, tratava-se de um mercenário, soldado de aluguel, um estafeta inescrupuloso, o dito pau-mandado. Fazia questão de deixar claro que aquilo não se fazia, era feio. Me ajudava porque, como dizia, me "considerava" muito. Mas fazia questão de frisar nas entrelinhas a minha condição de eterno endividado. No dia em que fui flagrado por Aninha enquanto vasculhava seu guarda roupa, Epitácio deveria ter avisado pelo interfone que ela estava subindo, como havia sido combinado de antemão.

Eu me encontrava, justamente, com meio corpo dentro do guarda roupa quando ouvi a voz débil de Aninha ecoar no móvel, como se estivesse sempre estado ali, suspensa por cabides.

"Quer ajuda, Edu?"

Os anos anteriores, dedicados à iniciação nas falcatruas sob a orientação do guru Alfredo, haviam me ensinado a permanecer frio e a ser calmo em situações de flagrante. Lenta e calmamente minhas pernas foram puxando o resto do corpo pra fora do armário, duas partes desarticuladas de um mesmo ser, como se houvesse um espaço vazio entre o chapéu e o esqueleto.

"Agora não mais — respondi. — Estava te procurando, e olha você aí." Disse com a cara mais deslavada do mundo.

27

"Moça, há quantos dias estou aqui?", perguntei para a enfermeira gordinha que eu via pela primeira vez. Ela puxou uma prancheta presa à cama por uma correntinha e conferiu.

"Você chegou anteontem... deixa ver... É, você chegou na madrugada de quinta pra sexta."

Não havia passado sequer três dias e eu tinha a sensação de ter nascido e vivido sempre ali, naquele hospital. Meu corpo doía em vários lugares, devido ao tombo no banheiro e as seguidas convulsões. Minha língua continuava gorda, eu falava normalmente mas não conseguia mastigar e engolir direito. Muita sopa, muito suco e muita papa. E o soro, claro. Meu organismo funcionava bem: fazia cocô sempre no mesmo horário e mijava de hora em hora. Não havia muita diferença entre as consistências do cocô e do xixi. Minha cabeça, ao que me lembro, também operava como um relógio; dez minutos para Aninha, outros dez para Suzete.

"Enfermeira, a garota que chegou comigo, Suzete, você sabe alguma coisa dela?" A gorducha deu uma leve bufada antes de responder, precisa e lacônica.

"Não."

"Certo... — pensei um pouco enquanto me vinha uma ideia. — Você sabe se o enfermeiro Jair está trabalhando hoje?" Ela olhou no relógio.

"O plantão dele está terminando. Ele deve estar na salinha de TV assistindo os gols, se é que já não foi embora."

"Você por favor poderia dizer que o amigo do Alfredo quer falar com ele?" Ela me olhou entediada.

"Ele não está trabalhando, está de plantão. Não sei se virá".

"Apenas dê o recado. Por favor, enfermeira, é importante.", supliquei.

"Amigo do Alfredo?", perguntou enquanto se retirava arrastando sua cauda entremeada de fel e mal humor.

"Isso, amigo do Alfredo," respondi para minha própria surpresa.

Quanto mais se tem pressa mais as coisas caminham lentas. Não sei se é uma sensação causada pela ansiedade ou se de fato a cronologia não é tão regular e constante como imaginamos. Pelo menos nos hospitais e repartições públicas. Quando o Jair chegou eu dormia.

"Garoto... garoto — me sacudia com cuidado. — Acorda, rapaz." Abri os olhos e dei com aquele negão de quase dois metros.

"Jair?", perguntei surpreso.

"Eu mesmo. Você deve ser o parente do Alfredo..."

"Exato — concordei a contragosto. — Ele me disse que seu tio é amigão dele."

"Amigão, hum... Bom, você deve bem saber o que é ser amigão do Alfredo — me examinou como se quisesse se certificar se eu era de confiança e até onde eu sabia das picaretagens do Alfredo, depois continuou. — O Alfredo é aquilo que a gente já sabe. Meu tio, por assim dizer, reza a mesma cartilha. Tio Carlão ajuda na limpeza, quando eles deixam sujeira pra trás."

"Sei bem como é. Quer dizer, eu não participo dos negócios do meu primo, mas, sim, ele me conta tudo."

"Então, como eu posso te ajudar?", foi direto ao assunto. Me concentrei por alguns segundos enquanto observava aquele jogador de basquete vestido de branco.

"É o seguinte, Jair, preciso que alguém neste hospital seja claro e objetivo comigo. As informações, quando vêm, chegam pela metade, ou mal contadas, entende? Eu quero saber da garota que chegou comigo, a paciente do Doutor Fleter. Ninguém me diz nada, estou desesperado."

"Sei como é isso — foi dizendo calmamente enquanto se sentava no banco ao lado da cama. — É foda, eu sei. Não quero defender o Doutor Fleter nem qualquer outro filho da puta passador de receitas. Mas os médicos não gostam de liberar informações enquanto o quadro do paciente não for devidamente diagnosticado, entende? E de certa maneira eles têm lá suas razões. Já vi neguinho dado como morto sair daqui dançando. E vice-versa. O quadro da sua noiva é muito complicado. Se o cara erra, a família vem pra cima 'ah mas o senhor disse, ah o senhor falou', e aí fica ruim pro médico."

Minha noiva. Era o que me faltava, pensei. Parente do facilitador e noivo da Suzete. Isso só poderia ser coisa daquele filho da puta do Alfredo.

"Olha, Jair, me diga apenas o que você sabe, cara. Isso é, digamos, extraoficial. Sei que qualquer coisa diferente do que você me disser poderá acontecer, sei disso. Mas preciso saber de *hoje*. Como ela está *hoje*, entendeu? Estou pouco me lixando pra minha saúde, mas eu tenho que saber da Suzete. Jair, eu te imploro, por favor, homem."

Ele pensou, pensou e pensou.

"Eduardo, é o seguinte cara. A sua noiva tem sorte de ainda estar viva. Ela chegou aqui e sofreu uma parada cardíaca, foi reanimada. Horas depois sofreu um derrame. Ainda não sabemos o quanto o derrame afetou seu sistema nervoso. Ela está sedada desde a cirurgia."

"Cirurgia? Que cirurgia?", balbuciei. Ele me olhou durante um tempo.

"Você não está a par de porra nenhuma mesmo, né? Caralho. Bom cara, lamento te dizer isso, mesmo, mas Suzete abortou assim que chegou ao hospital. Havia uma infecção enorme no colo do útero, certamente causada por um absorvente que estava alojado no fim do canal vaginal. Devia estar lá há quase vinte dias. Um absorvente tipo O.B., sabe? Numa dessas baladas vocês podem ter transado e o seu pênis empurrou o objeto lá pro fundo. Já tivemos um caso parecido aqui no hospital, mas foi diagnosticado bem mais cedo. Na caso da sua noiva o absorvente apodreceu e gerou a infecção que se alastrou. Ainda não se sabe se ela terá ou não o útero removido. Se a infecção se alastrar nem sei o que pode acontecer. Ela está muito fraca. Sinto muito, Eduardo, pelo aborto, por sua noiva... por você, cara."

Eu teria que postergar a minha dor. Se eu me permitisse sentir aquilo que se anunciava, certamente me abateria a ponto de desmoronar e sucumbiria à culpa e ao arrependimento. A dor eu iria adiar, sabia que não me esquivaria dela, mais cedo ou mais tarde suas garras bateriam à minha porta — como de fato veio ocorrer pouco depois — mas naquele momento eu tinha que tentar erguer minha coluna e sustentar meu peso o máximo que eu pudesse. Interrompi as condolências do enfermeiro.

"Jair, você deve estar sabendo que eu sairei daqui diretamente para uma clínica, assim como Suzete — caso a Justiça não reavalie o caso, porque certamente ela não pode sair deste hospital para outro pior — e eu não sei quando me darão alta. Ouvi dizer que seria entre amanhã ou depois. Jair, eu não posso deixar o hospital e ser confinado numa clínica psiquiátrica enquanto minha noiva agoniza, entende? Se sair eu não poderei estar ao seu lado e nem visitá-la.

Deve haver alguma maneira de retardar minha alta. Me ajude, Jair, eu te imploro. Me ajude e eu serei grato, como e da maneira que você determinar."

Então era daquele jeito mesmo. Simples. A vida bifurcou e eu teria que fazer a minha escolha. Talvez devesse mesmo seguir os meus instintos e abraçar a causa a que Alfredo se referia como sendo a aceitação da minha natureza. Sinto que na época eu não levei em consideração qualquer sentimento ou emoção que não fosse o ódio que eu sentia. Suzete não merecia aquilo. Pouco me importava quem havia feito aquele filho perdido. Eu o teria criado como nosso, meu e de Suzete. Se fosse necessário sacrificaria até mesmo o que sentia por Aninha — que àquela altura já admitia até a possibilidade de se tratar de amor. Legitimidade não estava em questão, como eu disse; Suzete e a criança teriam todo o meu respaldo. Eu não podia saber se a semente viera ou não de mim, mas de uma coisa eu tinha certeza absoluta: eu não tinha socado aquele absorvente em Suzete. E eu iria até o Inferno atrás do filho da puta que havia feito isso com ela. Mas para descer até os ínferos eu não fazia ideia do quanto iria precisar do Alfredo.

* * *

Do outro lado da rua eu observava Viviane servindo sorvete atrás do balcão. Em breve seria a mãe do meu filho, pensava. Não era Suzete, muito menos Aninha, era ela mesma, Viviane, a menina mais linda em que eu havia posto os olhos. O que não quer dizer nada, a não ser que ela era a menina mais linda eu já vira. Talvez bonita até demais, o que acabava por estragá-la um pouco. Uma extravagância, uma borboleta, ou um girassol, o tipo de beleza que enche o saco após cinco minutos. Eu já estava ali há dez.

Pra mim era óbvio que ela jamais seria uma mulher de trinta anos, a balzaquiana que atingiria o esplendor por merecimento, pelo conjunto da obra, por gestar aquilo que somente a lentidão de uma vida levada sem pressa pode fazer desabrochar. Sem dúvida que ela estava muito mais para Ceci do que para a Júlia sei lá das quantas, a tal balzaquiana de trinta anos. À maneira das índias, Viviane já estaria recolhendo as velas em breve. Algumas mulheres atingem a maioridade muito cedo, vítimas de uma plenitude temporã. Em questão de meses, dias, horas, Viviane estaria encarando sua estiagem. Até mesmo seu lindo e irresistível sorriso perderia a exuberância e cederia lugar para uma fileira de dentes esticada num rosto rechonchudo. Infelizmente algumas dádivas e bênçãos vêm atreladas a uma espécie de vitalidade púbere, são sinônimos de vigor, potência hormonal, e só permanecerão na medida em que prevalecer a súbita explosão da juventude.

A exemplo da maioria dos homens, previsíveis como a multiplicação das baratas — o escritor tcheco não teve a menor dificuldade em transformar um macho da nossa espécie num desses artrópodes — grande parte das mulheres, infelizmente, prenunciam logo cedo a sua derrocada, diferentes daquelas que, em minoria, parecem sempre estar em vias de acontecer, eclodir, romper, como deusas mantenedoras de um grande segredo, que pode ou não ser revelado ao longo de suas vidas. São as mais legais, eu acho.

Observando minha angelical e natipronta Viviane eu só pensava em me apressar. Atravessei a rua e me dirigi ao balcão.

“Oi, Vivi. Demorei?”

Ela me olhou aturdida, um pouco assustada até. Eu havia deixado o cabelo e a barba a cargo do meu desleixo. E estava visivelmente mais abatido do que quatro meses antes. Com certeza não era o que ela esperava ver.

“Não, não... — disse depois de me examinar por alguns segundos. — Pelo contrário, você tá adiantado. Quer dizer, tudo bem, não tem problema. Quer um sorvete? Pode escolher. Olha, tem todos esses... e calda de chocolate, caramelo, marshmallow... Isso, vou te fazer um sundae, é, um sundae, vai tudo. Escolhe um sabor — e derrubou a taça que acabara de tirar da prateleira. — Ai, desculpe Edu, desculpe”, repetia encabulada. Segurei seu braço e olhei com calma o seu rosto perturbado.

“Vivi, tudo bem. Agradeço, mas vamos deixar o sorvete pra depois. Estou te esperando na praça — disse e ergui as bochechas com dificuldade. A colega de trabalho que acompanhava constrangida o encontro se adiantou.

“Vai Vivi, pode ir, eu seguro aqui. Vai.” Todos os funcionários me examinavam dos pés à cabeça.

Enquanto Vivi se trocava eu me atinha ao final de tarde. O outono no litoral norte paulista é uma das fotografias mais bonitas do Brasil. “As luzes oblíquas do final de tarde” como gostava de repetir Amélia, aludindo ao grande escritor russo que ela não cansava de parafrasear. Observava a delicadeza das luzes, os contornos, a brisa, o cheiro da maresia. Às vezes me surpreendia como um ser humano normal. Mas não era hora de pensar em russos, muito menos em Amélia. Vivi me cutucou.

"Oi, estou pronta. Vamos?", disse sorrindo.

"Sim, claro. Pra onde?"

"Pra minha casa, ora, quero te apresentar meus pais."

É claro que o momento sugerido teria de acontecer cedo ou tarde. Mas era cedo demais.

"Vivi, quero conhecer sua casa, seus pais, seus irmãos, com certeza. Mas você não acha melhor conversarmos antes, digo, só nos dois?"

"Já tá querendo desistir, né? — perguntou e baixou os olhos. — E eu não tenho irmãos, sou filha única."

Era patético. Eu estava diante de uma completa estranha. Sabia tanto dela quanto da amiga de trabalho. Sequer me lembrava do sexo que fizéramos no réveillon, e que resultara naquele encontro entre um suposto vampiro e a Rainha do Sol de Verão.

"Desistir do quê, Vivi?"

"Do nosso... quer dizer, do filho. Você não vai assumir, já sei." Seu olhos marejaram enquanto ela conferia a ponta dos pés.

"Não se trada disso, Vivi, eu..."

"Eu juro — me interrompeu bruscamente. — Eu não transei com mais ninguém além de você nos últimos oito meses. Pode perguntar pra qualquer um aqui em Ubatuba, eu.."

"Vivi — foi minha vez de cortá-la. — Eu perguntei alguma coisa? Hein, me diga, perguntei?"

"Não — parou e pensou antes de continuar. — Então você vai me ajudar a criar ele?"

"Ajudar? Como assim 'ajudar'? Vou criá-lo contigo."

"Junto? Você quer dizer...."

"Juntos. Quero dizer juntos. Quero viver com você, estar do seu lado. Casar, claro, se você me aceitar, lógico."

"Se *eu* te aceitar?", perguntou incrédula.

"É, Vivi, se você me quiser. Dinheiro não será problema, poderemos..."

Ela voou no meu pescoço e desatou a chorar feito criança. A criança que ela era. Quando parou de engasgar afastou o seu rosto do meu e me encarou com aqueles incômodos olhos lindos e rasgados.

"Edu, era tudo o que eu mais queria ouvir."

Chorou por um longo tempo antes de finalizar.

"Você se incomoda de fazer a barba antes de conhecer os meus pais?"

* * *

"Aninha, eu nunca fui seu inimigo." "Eu alguma vez disse que você era?" "Não, Ana, você nunca disse...Aliás você nunca disse um monte de coisas. Você nunca diz nada." "E o que você quer que eu diga?" "O que eu quero que você diga? Hum...nada, oras." "Bem, então está tudo certo, ué." "Então é só isso?" "É, Edu, é isso." "Falou, então Tchau." "Tchau." "Eu poderia mudar" — tentei uma última vez. "Mentira Edu, ninguém muda. Ainda que perca o cheiro a merda continua sendo merda." "Então tá, fique aí com suas teorias de merda. Parece sua mãe, porra." "Vai se danar." "Já estou indo."

Virei as costas e fui embora.

Se eu pudesse mudar... Mas frases que começam com 'se' pertencem ao campo do hipotético, e eu sempre fui uma hipótese pouco provável. Pelo menos para Aninha.

Ela estava certa, a situação era um fato consumado, nada iria mudar, apenas agravaria. A tristeza e a lassidão sempre acabavam se impondo diante de qualquer tentativa de sorrirmos. Éramos assim mesmo, vários de nós. Um tanto tristonhos, em parte devido aos nossos temperamentos, meio nebulosos. E também, eu acho, por vivermos aqueles anos da ressaca. Uma década asfixiada, espremida entre outras duas mais legais.

28

Jair se aproximou acompanhado de Alfredo, os dois pareciam apreensivos. O facilitador como de costume se adiantou.

"Conde, não dá mais pra te segurar aqui. Eles vêm te buscar à tarde, te encaminharão para o Hospital Psiquiátrico Bairral, em Itapira, no interior, e lá..."

"O quê?! — interrompi desesperado. — Hospício? Você disse que era uma clínica para dependentes."

"Mas é, mas é — interveio um tanto reticente. — Hospital psiquiátrico é, digamos, o nome técnico. *Pro forma*, Conde, *pro forma*. É que o estabelecimento é antigo e naquela época os caras não separavam por categoria. Você é dependente químico, vai ficar com a sua turma. Relaxa, Conde."

"Relaxar, Alfredo, relaxar? Não, cara, não posso me dar esse luxo. Eu tenho que falar com Suzete mais uma vez... Jair — me dirigi suplicante ao enfermeiro. — Por favor, é a última concessão que eu te peço. Preciso falar com ela de novo. Por favor."

Cervicite, vaginite, salpingite, trompa de falópio, displasia, cauterização do colo do útero, HPV, alteração pré-cancerosa. Palavras aladas numa revoada circular sobre a minha cabeça, como uma nuvem de abutres a aterrorizar um animal moribundo. Ouvia aquele palavrório proferido a esmo por entidades trajadas de branco, cuspindo impropérios como se fossem perdigotos de uma cascavel albina. De que diabos aquela gente falava? De nada, absolutamente nada. Pronunciavam vocábulos com a mesma impropriedade com que descumpriam o juramento de Hipócrates. Decoreba, verborragia. O que a gente faz quando não sabe o que fazer? A gente fala. E aquela gente, deus, aquela gente falava. E nada acontecia.

Suzete piorava à medida em que a horda de doutores apurava seu léxico. Ela já não estava somente sob os cuidados do Doutor Fleter. Por uma série de motivos o caso de Suzete despertara a atenção do hospital. Primeiro, eu acho, pela forma torpe com que havia contraído a infecção. Segundo pela sobreposição de enfermidades, o que tornava difícil estabelecer um diagnóstico preciso, que definisse em poucas palavras o seu estado clínico.

Segundo Jair — o único naquele hospital a me trazer informações —, a infecção se alastrava a galope porque o aparelho genital de Suzete já estava desandado. Ela já trazia problemas no colo do útero, o que facilitou a propagação das bactérias. Os médicos? Bem, esses me pareciam um bando de doentes mentais numa sala de ludoterapia, tentando separar o amarelo do azul numa paleta de verdes. Brincando de médico, xeretando a xoxota de Suzete, exatamente como fizeram um dia com suas priminhas. E pensar que dois anos antes um médico sério havia isolado o vírus da AIDS.

O fato é que as informações não eram claras. Jair fazia o que podia, mas pelo que entendi o seu acesso ao quadro da paciente era restrito. Fora isso havia minha dificuldade em entender aquele emaranhado de complicações. Na verdade só me interessava saber quando ela ficaria boa. E claro, arrancar dela informações que me levassem ao filho da puta que a havia estuprado. Porque era óbvio que por mais louca que estivesse, ela não permitiria ser penetrada enquanto usava um O.B.

Suzete estava horrível. O derrame não era dos mais complicados, mas ela ainda tinha o lado esquerdo do rosto paralisado. Jair garantiu que aos poucos ela recobraria os movimentos. Além das dores, havia a culpa, a tristeza e ela parecia tomada por uma depressão profunda. Já havia estado com ela três vezes e não obtive de Suzete qualquer outra coisa que não fosse lágrimas. E eu sofria junto com ela. Jamais me sentira tão triste pela tristeza de alguém. Queria arrancar a sua dor e socá-la em mim, e depois talvez me atirar de uma ponte. É sabido que um homem não suporta sequer metade do que pode aguentar uma mulher. E eu não sou exceção. Ajudo a compor a regra.

Suzete dormia. Eu ia ter que acordá-la, mas fiquei ali um tempo em silêncio, observando sua respiração. Estava abatida, perdera momentaneamente sua beleza brejeira. Originalmente ela tinha os cabelos castanhos e ondulados, mas havia alisado e tingido de preto, desde que decidira dar uma de dark. O cabelo cortado estilo chanel crescera nas últimas semanas e dava pra notar os fios mais claros junto da raiz. Ao redor tudo invocava tristeza, como só poderia ser, tratando-se de um quarto de hospital que não é maternidade. Segurei sua mão e a acordei devagarinho. Ela abriu os olhos e ficou me olhando com uma expressão que eu desconhecia.

"Su — eu disse —, tudo bem? Está melhor hoje?" Ela arqueou as sobrancelhas como se dissesse "vai saber...".

A minha vontade era de desmoronar, mas eu já havia decidido deixar a dor para depois. Ainda assim estava difícil segurar. Eu me sentia culpado e responsável por ela. Aquela exuberância que fazia com que Suzete transbordasse por todos os poros, o seu vigor, a alegria e o sorriso que um dia me pareceu tão perene quanto o de uma bailarina de porcelana, a meninice e a zombaria, porra, tudo o que compunha a sua aura havia simplesmente desaparecido, evaporado tão rapidamente quanto a esperança de uma noiva deixada no altar, já sabendo de antemão que o consorte não virá.

"A gente tá junto?", sua voz saiu fraca da meia boca que se movia. Estranhei aquilo.

"Como assim *junto*?"

"A gente, nós dois, a gente é alguma coisa?" Entendi na hora, sou burro só na parte da manhã.

"Claro, Su — disse com uma convicção pouco comum nas minhas atitudes. — Claro que estamos, você é minha companheira. O seu lugar é do meu lado."

Eu ouvia minha voz e concordava com a mensagem. É claro que era daquele jeito. Só podia ser. Eu não tinha certeza nenhuma do que estava dizendo, mas parecia fazer sentido. Havia meses que não desgrudávamos, e esse era o fato. O que eu achava e o que ela pensava era irrelevante frente às evidências. Ela deu um meio sorriso, literalmente. Baixou o olhar e me pareceu envergonhada. Jamais a vira enrubescer. Segurei com força a sua mão.

"Você vai ficar boa logo, Su. Tenho certeza, pode confiar." Ela estava séria.

"Você vai me esperar, Edu?" perguntou com a voz ainda bem trêmula.

"É claro que sim, Suzete."

"E a gente ainda vai fazer a *Speranza Gialla*?"

"Vamos, lógico. Vamos montá-la, Su, e é você que vai tocar a casa. A pizzaria é pra você, Suzete."

"Sozinha? — perguntou decepcionada. — Mas e você?"

"Estarei por perto, não se preocupe, mas vou me dedicar a outros negócios. Conversaremos quando você sair, ok?" Ela me examinou ressabiada, não respondeu. Olhou durante um tempo para as nossas mãos entrelaçadas e depois perguntou: "Você ainda gosta da menina magrinha, aquela de cabelo preto?"

E tudo se estragou num segundo. Dizem que não se deve

acordar um sonâmbulo. Naquele instante tive certeza absoluta disso. Esfreguei os olhos e olhei para os lados como se procurasse as rédeas perdidas de uma biga. Tratei de ir direto ao ponto, ao mesmo tempo em que tentava conter os cavalos que ameaçavam disparar.

"Suzete, escute — disse sério, procurando disfarçar o susto. — Você precisa me ajudar num assunto. Fizeram uma coisa ruim com você, Su, e eu preciso que você me diga quem foi e como aconteceu." Ela tombou a cabeça para o outro lado a evitar meus olhos. "Suzete — continuei —, talvez você ainda não saiba..."

"Já sei de tudo, Edu — ela me interrompeu e voltou novamente o rosto na minha direção. — Os médicos já me disseram."

Começou a contar sua história. As lágrimas caíam e ela ia encaixando as palavras entre os soluços.

* * *

Aninha estava em Helsinque.

"Edu, viajo amanhã para Helsinque. Vou ficar fora quarenta dias e queria deixar o aluguel pago." Disse ao telefone sem a menor cerimônia. Enquanto ela ia dando informações sobre a viagem eu só me atinha a lembrar onde ficava Helsinque. Era longe, eu sabia, mas onde mesmo? Era na Europa, isso eu tinha certeza.

"Porra, Aninha — interrompi contrariado. — Então é assim? Você decide e pronto. Estou indo e acabou. Tchau, tô saindo. Engraçada você..."

"Edu — disse depois de algum silêncio. — Pensei que as coisas já estivessem bastante claras entre a gente. Não te devo satisfações, salvo aquelas que julgo pertinentes à nossa amizade."

Caramba. "Pertinentes à nossa amizade". Se foder, porra.

"Então que seja, Aninha, se não por qualquer outro motivo, que seja por amizade. Torço por você e quero que você cresça, faça o que tiver vontade. Desde que você retornou do seu retiro, há quase cinco meses, venho tentando me aproximar, conquistar o seu carinho, sua confiança. Mas você é um peixe ensaboado. Realmente, você não me deve satisfação alguma. Quanto ao aluguel não precisa se dar ao trabalho, pode pagar quando voltar."

Se foder, porra, pensei na hora. Vai pra onde quiser, vai pra China, pra Cuba, sua mãe iria adorar. Helsinque, Helsinque... Caralho, eu já tinha visto esse lugar no mapa.

"Tá bom, Edu, desculpe — baixou o tom de voz. — É que foi

tudo de repente, fiquei sabendo apenas há três dias. Até hoje de manhã eu ainda não sabia se a papelada ficaria pronta a tempo."

"Quem mais vai?", perguntei e temi pela resposta. Só faltava aquele punk de merda estar na bagagem. Aquele cara tava pedindo uma bala. Ah, se tava.

"Que eu conheço só a Patrícia, violinista, lembra dela? Então, nós nos inscrevemos para esse workshop na Finlândia. O resultado do edital saiu mês passado e eu não fui escolhida, mas aí houve essa desistência e me chamaram às pressas."

Finlândia. Claro, Finlândia, porra! Respirei aliviado, aquele país só podia ser uma merda.

"E vai ser bom pra você? Digo, profissionalmente falando." Procurei me mostrar interessado.

"Putz, muito mesmo. O curso será na Academia Sibelius, é um super conservatório, um dos mais prestigiados da Europa. Vai durar um mês e a bolsa é paga pelo governo."

"O nosso ou o deles?"

"O nosso."

"Caramba, hein, pra isso eles têm verba."

"Desculpe Edu, não entendi. Você acha errado o país investir em cultura, disponibilizar uma verba para os artistas?"

"De maneira alguma. Só não sei se é prioridade — respondi sem conseguir disfarçar o mau humor. — Tem gente comendo calango lá no nordeste."

"Como se por acaso você se preocupasse com isso, não é, Edu?"

"Isso o quê?", me fiz de besta.

"Com a fome no nordeste, porra. Quem você acha que engana? Vem com esse papo de que torce por mim. Acorda, Edu, acorda. Porque eu, meu filho, já estou de pé faz tempo."

"Você ainda não me respondeu sobre aquela proposta — mudei de assunto. — Pensou?"

"Edu, a sua ansiedade é broxante. Você está me sufocando. Me deixa respirar, Eduardo, por favor, finja que não está nem aí pra sobremesa. Eu preciso de espaço, de ar e você está sugando todo o oxigênio à minha volta. Por favor, Edu, por favor, eu não quero pegar bode de você."

Pegar bode logo de mim? Se foder, caralho, se foder.

Helsinque, bela merda.

Ela estava me machucando e eu pedindo pra levar porrada. Eu

perdera totalmente a autoestima, e quanto mais me prostrava mais humilhado me sentia. Daí para sentimentos alternados de amor e ódio foi um pulo.

Eu não sentia nada desde que Vivi se mandara com meu filho. Transitava incólume pela vida. Dor, culpa, remorso, prazer, alegria... nada, absolutamente nada. Observava a vida passar por trás das lentes de um binóculo invertido. Havia criado um distanciamento tão grande daquilo que se entende por realidade que nada me concernia ou me dizia respeito. Tudo era lá longe, acontecia fora do meu alcance. E quando eu feria — porque eu feri e muito —, a mão que baixava punhais e sentenças era apenas uma parte remota do meu corpo, autônoma e com vontade própria, assim como as orelhas de um cavalo que abanam moscas enquanto o animal está dormindo. Vivia a misantropia num elevador apinhado de gente, glândulas e ranços. Antidepressivos pela manhã e ansiolíticos ao deitar. Durante o dia álcool e três carreiras ministradas no decorrer do período. Apenas três. Nada de euforia, necas de depressão. Eu me reduzira a uma silhueta de ser humano, aos poucos obliterada, corroída nas bordas pela luz. E um homem visto contra o Sol é um espectro, uma mancha negra tentando obstruir a luz que fere a retina e revela verdades.

É, era basicamente isso. De resto, a vidinha prosaica e pacata, envolvida pela capa de um cotidiano devidamente sedimentado e chuleado nas orlas, parecido com as mantinhas que agasalhavam minha avó nas noites inverno.

Naqueles dias eu já não precisava virar as costas e ir embora. Simplesmente porque eu não havia estado.

* * *

Eu queria *notícias* de Suzete, não evasivas. Informações do paradeiro do filho da puta do estuprador. Saber se meu irmão havia concordado em comprar a minha parte do terreno da Cantareira e se Diógenes estava de fato desprovido de todos os recursos básicos para sua subsistência. Para tanto eu havia desenvolvido métodos eficazes, apesar de um tanto complexos. Planos para proteger Suzete, enfiar a mão no bolso do meu irmão, e dar cabo de quem merecia pegar o bonde com passagem só de ida. Mas Alfredo se opunha às minhas técnicas.

"Porra, mas que caralho, Conde. Caramba, não tem que inventar, complicar, o troço é simples e reto. Não dá pra inovar o que já é em si obsoleto. A respeito de pilantragem, falcatrua e *otras cositas más*, tudo já foi feito e testado. A receita todo mundo sabe: paciência, frieza e ajuda de custo. E basta, é isso — e ergueu o indicador para finalizar sua teoria. — Meia, Conde, é Lupo. Lenço, Presidente. E cobertor é Paraíba, porra."

"E o que isso tem a ver com a história?"

"Cacete, Conde, é uma metáfora. Você também não pesca nada, hein? Porra meu, puta cara subtraído — cobriu o rosto com as duas mãos e bufou. — Ok, vamos tentar mais uma vez — olhou pros lados e observou atento por um instante. — Cara, acho que estão te dando muito remédio aqui nesse hospício. Caramba, Conde, sou obrigado a concordar, você tinha razão. Olha, só tem maluco."

Olhei pros lados e ri. Se havia algum tipo de esperança naquele circo de aberrações, certamente ela não vinha dos psiquiatras, mas daqueles irmãozinhos. Eu gostava deles.

Era a segunda vez que Alfredo me visitava na clínica. O tempo era sempre curto para o monte de assuntos que agora tínhamos para tratar. O problema era que eu estava em busca do meu estilo e Alfredo não dava a mínima para o meu pendor artístico, queria impor seus métodos.

"Sabe por que o universo deu certo? — recomeçou. — Eu te digo. Porque Deus fez uma coisa de cada vez. É isso mesmo. Começou pelo começo: *Fiat Lux!*"

"Faça-se a luz." Dissemos os dois ao mesmo tempo. Porra, essa todo mundo sabe.

"Muito bem, garoto, muito bem — sorriu satisfeito. — Você tá pegando o jeito. Viu que quando você quer você consegue? É... e aí Deus foi fazendo no Seu ritmo, passo a passo. Era Deus, poderia ter feito do jeito que bem entendesse; de trás pra frente, de frente pra trás, tudo ao mesmo tempo, mas não, Ele quis nos ensinar, por isso demorou seis dias e fez a coisa toda passo a passo, *step by step*, entende?" — e me deu uma olhada rápida de canto de olho, como que para se certificar de que eu estava atento ao toque anglicano.

"E então?", tratei de apressar.

"E então que é assim que deve ser feito. Você passou anos da sua vida fazendo merda e agora quer resolver tudo em dez minutos, porra. Não dá. Etapas, Conde, etapas. Um, Suzete está estável. Consegui o principal: aliviar pra ela. Você vai assinar aqui e pronto, ela sai do hospital e vai pra casa te esperar, nada de internação. Tá bom assim? Então tá. Dois, o pilantra que sujou a Suzete, bem, não vai ser tão simples. O cara é playboy..."

"Playboy pras negas dele — interrompi furioso. — Esse filho da puta enfiou o pau na Suzete enquanto ela estava desmaiada. Entupiu o nariz dela até a coitada apagar, levantou a saia e socou o pau, Alfredo. Me diga, o que exatamente 'não vai ser tão simples'? Qual é o problema, a 'ajuda de custo', ou os seus amigos é que sumiram?"

"Ei — me cortou no ato. — Abaixa voz, abaixa a voz. A-bai-xa a voz! Tá maluco, rapaz? Achou o juízo, achou? É, porque pra perder o juízo desse jeito você deve ter achado um pouco em algum lugar, claro, você nunca teve. Escuta aqui, moleque, me diga só uma coisa, só uma, uminha: em que porra de time você joga? Não, não, por favor, eu quero saber, me diga bem devagar: em que porra de time você joga?"

"No nosso — disse constrangido, depois de não suportar mais o silêncio. — No nosso."

"Ahh... no nosso? Folgo em saber, Conde. Por um momento achei que você fosse Argentina — suspirou aliviado. — Nós somos Brasil, Conde, BRASIL!"

Essas afetações e alternâncias de humor vindas de Alfredo me deixavam louco e sem ação. O facilitador não suportava contestações de nenhuma espécie. Viver em harmonia com Alfredo era simples, bastava concordar com tudo o que dissesse. Foi só eu me retratar e ele retomou a palavra satisfeito, como se nenhuma tensão houvesse perturbado nosso diálogo. Isso ele tinha de bom, não levava assunto de almoço para a mesa do jantar.

"Conde, meu amigo, sabe de uma coisa? Eu sei o que você está sentido. E não tente me dizer que não sei, porque eu sei. Garanto pra você. O ódio, a revolta, essa sensação de que a justiça deve prevalecer a qualquer preço. A necessidade de remover o lixo do caminho para que possamos prosseguir. Varrer a sujeira. Facilitar a nossa vida e, por conseguinte, a vida daqueles que amamos. Mas essa minha vida de *facilitador*, *operário*, sei lá, chame como quiser, me fez ver que às vezes não podemos simplesmente dobrar a vida e submetê-la aos nossos quereres. Existem regras e maneiras, um *modus operandi* que deve ser seguido para que o resultado seja atingido. Um playboy, por exemplo, merece uma abordagem diferente da que empregamos com um pé rapado, um mané qualquer, entende? Por que pegaram leve com o garoto da rua Cuba? Por que político não vai preso? Porque têm costas quentes, Conde, é tudo peixe — coçou a cabeça, mordeu o lábio e prosseguiu. — Um bosta? Um bosta, claro. Mas um bosta com sobrenome, sócio do Clube Paulistano, estuda direito no Mackenzie e o pai é advogado criminalista. Prender um tipo desses seria o ideal, mesmo. Fazer esse merdinha catar sabonete debaixo do chuveiro lá na detenção. Só que isso não vai acontecer. Suzete não quer dar queixa, se esquivou dos exames de corpo de delito, alegou acidente de percurso e mesmo por que ela não se lembra de nada. Alegar de que maneira? E outra, também não é o que você quer. Filhinho de papai é sempre um problema. Uma coisa seria aceitar que Diógenes simplesmente desapareceu. Não acredito sequer que instalariam um inquérito. Mas o pai do playboy, ah, esse vai até o quinto dos infernos se o filhinho aparecer com uma unha encravada. Não estou dizendo que providencias não serão tomadas. Serão, meu caro, sem dúvida. Mas desde já respondendo a uma de suas perguntas impertinentes, sim, vamos precisar de uma boa ajuda de custos."

Queria eu mesmo meter uma bala no filho da puta, ou ao menos vê-lo morrer na minha frente. Desde que vi Suzete pela primeira vez naquele leito de hospital imediatamente abri mão da minha assepsia criminosa. Aninha que me desculpasse, mas 'glamour na morte' é um caralho. Mas caí na asneira de expor meu plano para Alfredo. "Inconcebível e inaceitável — foi categórico. — Quer ser preso, porra? É o plano mais estúpido que já ouvi. Qualquer perito de merda iria detectar a fraude. E outra, como você entraria no porta-malas do carro do cara sem ser visto?"

Na verdade eu copiara a história de um filme. Me esconderia no porta-malas do carro do playboy e uma vez na casa dele eu apontaria uma arma e obrigaria o desgraçado a injetar na veia uma superdose de *speedball*, uma mistura de cocaína e heroína que estava bastante na moda naquela época. Laudo: overdose. Simples.

"Como eu disse, Conde, vamos por etapas. Em primeiro lugar vamos esperar a poeira baixar, esqueça o playboy só por uns tempos. E Diógenes ainda pode nos ser útil. E se você quer mesmo saber, acho uma estupidez você perder tempo com aquele cara, espero que você não se arrependa, que tenha lá os seus motivos bem sedimentados. Bom, nessa aí eu não vou nem me meter, parece briga de marido e mulher. E quanto a venda da sua parte do terreno da

Cantareira para o seu irmão, faremos justamente o inverso. Você é que vai comprar o lote do seu irmão Sérgio. Melhor, ele vai abrir mão da parte dele."

"Como é que é, Alfredo? — perguntei aturdido. — Que história é essa?"

"Uma boa história. Começo, meio e fim. Não se preocupe — disse com inabalável naturalidade, depois me passou uns papéis. — Me assine isso, já está acabando o horário da visita. E essas bolachas são pro Zecão. Diga a ele que também deixei pago um pacote de cigarros na cantina."

E fez o que eu daria tudo para fazer: virou as costas e foi embora.

29

Em julho de 1980 transferi-me para o Colégio Objetivo. Naqueles anos intermináveis era o que fazia qualquer aluno que de antemão já previa levar pau no fim do ano. Se a coisa se complicasse no Objetivo ainda havia a possibilidade do Bandeiras. Tomar bomba no Bandeiras seria o equivalente a ser reprovado no atestado de óbito depois de morto. Não havia meios, maneira. Era impossível, embora ainda hoje há quem diga que conheceu alguém que conseguiu essa proeza. Deve se tratar de lenda urbana.

Acordar num colégio novo no meio do ano é como se tirassem uma venda dos seus olhos no meio de uma arena romana. Para um garoto tímido o desfecho dessa situação terminava invariavelmente com os polegares dos colegas apontados para baixo. Me sentei no fundo da sala e olhei fixamente para o quadro negro enquanto pressentia os cochichos à minha volta. Percebi durante as primeiras aulas que uma menina de cabelos lisos e negros se voltava com frequência na minha direção. Eu continuava atento ao quadro negro, temeroso, como se o negrume da lousa pressagiasse os próximos meses.

No recreio procurei o lugar mais distante que encontrei e ainda assim me pareceu o epicentro do terremoto. Para meu alívio naquele colégio as pessoas não olhavam pro lado. Pelo menos paro o lado onde eu me encontrava. Fiquei de canto, olhando pros meus pés, como se eles fossem uma espécie de alterego e não o conteúdo pouco importante do meu tênis All Star. Perdi a conta de quantas vezes apertei o cadarço.

"Oi, eu sou a Ana, tudo bem?"

Levantei a cabeça.

Abaixei a cabeça. Levantei a cabeça.

Levantei a cabeça e vi a pessoa mais emblemática em que eu poria os olhos ao longo da minha vida.

Imediatamente soube que tudo o que eu aprendera até então, as informações que acumulara, os coeficientes a que chegara, as deduções e inferências que ao longo de dezessete anos formaram o conteúdo daquela casca chamada Eduardo, tudo a partir dali deveria ser revisto. Quando bati os olhos em Aninha, a matéria que me compunha se transformou em massa falida. As informações que invadiram minha alma e fizeram tremer minha carne não tinham registros anteriores. Eu estava perplexo diante de algo absolutamente novo, e, por tal condição, instigante e inevitavelmente assustador.

Eu parecia um retardado mental. Simplesmente não podia equacionar aquela menina sob nenhum aspecto. Magra ali no caso, por exemplo, não se tratava de adjetivo, era apenas um dos aspectos de um *ser* que me parecia muito além da definição simplista de *humano*. Eu estava olhando para uma *halfling*, fada, divindade. Uma ninfa tão delicada que não sobreviveria se exposta ao vento. E eu o próprio sátiro tentando conter uma iminente ereção, ao mesmo tempo em que apertava mais ainda os cordões do tênis de modo a fixá-los aos meus cascos de cabrito. Eu era Pã e portanto ela deveria estar em pânico. Mas se alguém ali tinha os pelos ouriçados era o pobre bode Edu.

"Edu...", foi tudo o que pude dizer.

"Você é músico?", perguntou com aquela voz que eu nunca esquecerei. A voz que eu queria que minha mãe tivesse. Uma voz de Maria. Voz de todas as mulheres doces do mundo.

"Músico, e-eu? Não, p-por que?", eu ainda não sabia que todo mundo é um gago em potencial.

"Por nada... Engraçado, achei que você tocasse flauta."

"Não, não entendo nada de música" — disse e me retirei quase em disparada. Sem olhar para trás subi a escada rumo à sala de aula. Pela minha cabeça só passava uma ideia: eu precisava ir embora.

À noite custei a dormir. Acordei de madrugada tremendo de frio e podia sentir meu corpo quente. A febre persistiu por uma semana. Os médicos disseram que era uma virose. É o que eles sempre dizem para justificar febre acompanhada de diarreia.

No dia em que acordei sem febre me vesti e fui para o colégio. Antes do sinal tocar eu vi Ana sentada numa mureta. Me pareceu menor e mais magra, cheguei a cogitar se ela também não teria sido acometida pela tal virose. Me dirigi até ela.

Eu "oi", ela "oi". Sentei-me ao seu lado. Permanecemos em silêncio, sem que isso nos incomodasse. Subimos juntos para a classe enquanto eu constatava que ela era absolutamente real, tinha o ar ligeiramente melancólico, ainda que transmitisse simpatia e ternura. Era linda. Mas, sim, ela era apenas uma menina de carne e ossos, muitos ossos. Não se tratava de um anjo vestindo um corpo menor do que a alma. Ela não trasbordava como da primeira vez. Talvez eu já estivesse sob os efeitos da virose naquele dia em que a conheci. É, vai ver que era isso, eu pensei aliviado, mas com uma ponta de frustração. Só porque eu ainda não sabia que tornaria a ver aquela aura em torno de Aninha muitas vezes. Quantas? Ora, quantas eu lhe conferisse poderes e atributos divinos. Então foram muitas, pelo que me lembro. Se eu soubesse certamente teria ido embora. da mesma maneira que a sabedoria nos retém, a ignorância incita, nos impele a seguir. Passamos a caminhar lado a lado, e como duas respostas legítimas para uma mesma questão seguíamos em silêncio uníssono, endossados por nossas razões e aceitando o caminho que parecia ter sido traçado à nossa revelia.

Mas então passei a sentir muito medo e retardei o passo, permitindo que Aninha avançasse mais à frente, enquanto eu a seguia varrendo nossas pegadas, apagando pistas, ocultando provas ou qualquer indício que pudesse caracterizar namoro.

Foi assim que eu fiz. E assim me arrependeria. Mas naquela época eu nem desconfiava.

Autoajuda: não faça nada, evite qualquer ação, caso contrário tudo lhe será confiscado.

* * *

Viviane fala: "Se eu pedir pra gente se separar você vai me fazer alguma coisa?" Eu: "Já disse, não quero me separar de você." Ela: "Mas se eu voltar pra casa dos meus pais com o Junior, você vai me seguir, me machucar?" "Machucar?" "É, machucar. Tenho medo de você." "Medo?" "É, medo."

Olhei pro Junior, sentadinho no chão, brincando com um cavalinho...

"Não, Viviane, não vou te machucar."

Autoajuda: não prometa o que você não pode cumprir.

* * *

Alfredo tinha razão quanto à setorização da clínica. Tinha a ala dos loucos, dos meio loucos, dos superloucos — aqueles que comem cocô e tentam atravessar paredes —, os dependentes químicos, alcoólatras terminais e criminosos.

O mais peculiar em relação às clínicas é que elas se eximem de qualquer obrigação. Verdade, essas instituições não garantem cura ou recuperação definitiva. A internação não tem um fim. No caso dos adictos, ou dependentes, elas servem mais como um posto para desintoxicação. Um saco. É como ficar de castigo no recreio.

Como me garantira Alfredo eu estava na ala dos dependentes. O que não quer dizer que não houvesse viciados esquizofrênicos, salafrários, psicopatas e bipolares. Na minha opinião — justamente a única que me importava — eu era apenas um dependente chato e sem maiores atrativos. Mas quis a minha sorte, seja ela qual fosse, que a irmandade futuramente me conferisse atributos mais elevados.

Essas clínicas públicas recebem todo tipo de gente, menos, é claro, as ditas pessoas normais — seja lá o que tal condição signifique. Como em qualquer outra instituição onde a grande maioria é confinada a contragosto, a Bairral não deixava de ser um centro de detenção, não importando se a causa que a mantinha era digna ou não, necessária ou irrelevante. O fato é que estávamos presos. Locais que mantém homens confinados, seja um quartel, presídio ou concentração de time de futebol, costumam funcionar sob a disciplina e os códigos de conduta determinados por dois regimes tiranos; o estabelecido pela própria instituição e aquele que nasce da ética e da necessidade premente dos internos. Normalmente a ordem estipulada pelos cativos é muito mais rígida e complexa. Pra resumir: a lei dos detentos se pautava numa cartilha que poderia estar situada entre aquela que se vê em presídios e a vivida por alunos de um colégio interno. E as duas vertentes, a *nossa* e a *deles*, se faziam valer por meio da única maneira possível: hierarquia. Se respeitada, bem, o sujeito poderia cumprir sua pena sem maiores sobressaltos. Mesmo porque havia uma espécie de solidariedade tácita que de certa maneira nos impelia a seguirmos juntos. Unidos em torno de uma causa difícil e comum a todos ali: a dependência. Nossa dor era compartilhada e sentida de forma uníssona. Éramos todos perdedores, e quanto a isso havia um consenso.

Não existia uma nomenclatura. Não tínhamos chefe porque "quem tem chefe é índio", diziam. Nem patrão, porque "ali não era uma biqueira". E muito menos um comandante, porque ninguém queria comandar ninguém. O que havia e se impunha de maneira quase natural era uma escala onde o respeito se fazia prevalecer de forma hierárquica. O cara ascendia ou decaía pela sua atitude. Não havia eleições, o cara simplesmente ocupava o espaço que lhe era cabido, ou cabível. Ali cada qual estava no justo lugar. Nesse sentido a clínica era um verdadeiro exemplo de democracia.

Ali só havia os "alinhados", os "não alinhados" e os "contra". Ou seja, os que aceitavam esse estatuto informal e ao mesmo tempo rígido, os que não pertenciam a nada e não aderiam à *causa*, e os mencionados opositores; um grupo geralmente menor, composto por caras agressivos, que gostavam de medir força e preocupados em implantar sua própria ordem.

É difícil explicar um lugar como esse sem se deparar com um clichê atrás do outro. Relatar o dia de um interno é recitar um almanaque do ano anterior. É exatamente igual aos filmes que a gente assiste. Não sei se são os diretores que se inspiram nos fatos reais das casas de contenção, ou se são os encarcerados que assistem TV demais. Tudo o que eu disser aqui vai soar como familiar, pra não dizer plágio. Viver em caserna é como experimentar um ininterrupto *déjà vu*.

Na falta de uma terminologia adequada que fizesse jus à função de cada um, as tarefas eram muito bem caracterizadas pelos apelidos. O apelido do Biriba, por exemplo, era Zelador. Era o cara que sempre abordava o recém-chegado pra sacar qual que era a do novato; se era folgado, na dele, bandido, playboy etc. Já o apelido do Picolé era Zoio, uma espécie de espião, o Zoio vivia de espreita, xeretando por vãos de porta e fuçando a vida alheia.

Lá no alto, sentado no trono, estava o Zecão. O Zecão era *o homem*. Ocupava o seu espaço por merecimento, atitude e força. Estava internado por ordem judicial. O advogado conseguira transferi-lo de uma casa de detenção para a Bairral, alegando dependência química. Ele fora condenado no artigo 157, assalto a mão armada. Cheguei na clínica justamente no dia em que ele completava 50 anos. Zecão era forte, tinha físico de um homem de trinta. O rosto anguloso e vincado, duro, feito a machado. O olhar penetrante como uma flecha...

Quando cheguei, muitas informações a meu respeito já eram de domínio publico. O motivo da internação, também por ordem judicial, meu grau de escolaridade, estado civil, procedência etc. Zecão estava rodeado de gente, e um pastoso rolava de mão em mão. Eu observava de longe. O aniversariante me deu uma medida, segurou o braço do Zelador, sentado ao seu lado, e apontou com a cabeça na minha direção.

Meia hora depois estava sendo apresentado aos caras. A figura de Zecão me impressionou. Na hora vi que se tratava do cara que distribuía as cartas. O que eu não sabia é que logo mais seria eu a repartir o baralho antes de passá-lo a ele.

A primeira ideia que me ocorreu foi que Alfredo precisava conhecer aquele sujeito.

* * *

Passados três meses, Aninha ainda estava na Europa. Eu havia mandado cartas para o tal instituto. A única resposta que obtive foi um bilhete onde ela se desculpava pelo atraso do pagamento do aluguel, mas que resolveria por intermédio do primeiro portador que ela conseguisse.

Ana trocara as fechaduras antes de partir. Eu precisava entrar no seu apartamento, não me lembro bem para que fins, mas a ideia me obcecava. Eu tinha o cara pra me por lá dentro, abrir a porta. Mas como fazer isso sem ser notado? Não podia contar com Epitácio, o zelador era um vendido filho de uma puta.

Lá uma bela noite eu observava o prédio à distância, percebendo os movimentos da portaria, entradas e saídas, a garagem... Tinha que haver uma maneira. Foi quando para minha surpresa o punk parou na frente do prédio, tocou o interfone e o porteiro da noite abriu a porta. O desgraçado entrou e após dois minutos a luz do apartamento de Aninha foi acesa.

Naquela noite segui o miserável.

30

Passei o réveillon na clínica. Interessante passar a virada na Bairral. Exatamente dali a um ano eu estaria fazendo um filho na Ilha das Couves. E na virada seguinte me casaria com Viviane. Isso é começar um ano bem... ou terminar mal. Depende pra que lado você olha quando está no ponto zero.

Amontoados um sobre os outros disputávamos um espaçozinho nas janelas tipo basculante, com grades do lado de fora. Dali observávamos os fogos iluminarem o céu noturno da portentosa Itapira. Olhando a festa pela fresta. "Festa pela Fresta" daria um belo samba, desses que cantam a tragédia dos pobres, pretos e bêbados.

O ano de 1986 foi o mais filho da puta na década da ressaca. Começou com um plano Cruzado — de direita, no olho esquerdo da nação — e terminou com um torcicolo nacional, com a população tentando avistar no céu o tal cometa que ninguém viu: o Halley. Disputamos mais uma Copa do Mundo ridícula, tivemos a estreia do *Xou da Xuxa* e, para os palmeirenses em particular, a perda histórica do campeonato paulista para a Internacional de Limeira em pleno Morumbi. Isso por aqui. Lá fora a explosão da nave espacial Challenger, o fim do *The Clash* e o desastre de Chernobyl, foram alguns dos indicadores de que os terráqueos deveriam se cuidar. Claro, tudo foi assimilado e esquecido tão rapidamente quanto um aniversário de casamento após dez anos de união.

Foi um ano de esperanças que se acenderam e se apagaram com a mesma velocidade de um palito riscado contra o vento. Chegamos a pensar que tínhamos direitos, dinheiro, que éramos honoráveis fiscais em defesa de uma causa promissora. Mas numa fração de segundo nos vimos no centro de uma sala vazia, assim como crianças pobres que acordam no dia de Natal e se tocam de que o único velho carregando um saco nas costas é o pedinte que bate palmas em frente à porta semiaberta de uma casa escura. Tão oca que não se dão ao trabalho de passar o ferrolho, pois ninguém molestaria a sogra coberta de rugas e esquecida atrás do armário. Nada nos retratou melhor naquela época do que a musica "Inútil", do Ultraje a Rigor.

É, pelo menos foi um ano bom para o rock brasileiro. Eu sei, é apenas rock and roll, mas eu gosto.

Aninha continuaria foragida. Continuaria. Triste. Um verbo conjugado no futuro do pretérito sempre trás incertezas quanto a sua derradeira conclusão, justamente pelo fato da ação só se dar por concluída num futuro indeterminado, isso nos dá sensação de que o desfecho poderia ter sido outro. E naqueles dias eu achava que Aninha poderia mesmo aparecer a qualquer momento. E viver sob a instabilidade da expectativa leva ao desespero qualquer sujeito. É como passar os dias visitando a caixa do correio, na esperança de uma notícia que possa mudar o curso determinado pela irredutível vontade do Destino. Mas naquele início de ano Aninha ainda aguardava sua vez na lista de espera. Eu só pensava em Suzete.

Alfredo apareceu no dia dois, acompanhado de Diógenes. Trazia presentes para mim e para o Zecão, que pelo visto seria apresentado ao seu seleto rol de amigos assim que saísse da clínica. Chegou falando mais que o habitual e atribuí sua ansiedade ao fato de talvez estar constrangido por eu ter passado o Natal e o Ano Novo confinado. Depois de entregar os presentes pareceu um pouco mais tranquilo. Na verdade fui eu que me irritei.

"Alfredo, dá pra você me explicar por que diabos você me deu essa porra de camisa do Botafogo? — perguntei injuriado. — E ainda mais de manga comprida. Estamos em janeiro, merda. Ou você está querendo me dizer que eu vou ficar nesse presídio até o inverno?"

"Porra, Conde, já tinha comprado a do Palmeiras pro Zecão. Você disse que ele também era porco..."

"E sou mesmo — confirmou satisfeito enquanto já vestia a camisa. — Porra, agora aprumou. Valeu aí, Alfredo, obrigado pela intenção. Tá registrado."

Permaneci sentado de cara feia, segurando aquela camisa listrada que mais parecia uniforme de pierrô.

"Caramba, hein, Conde. Porra, é difícil te agradar. Eu não ia comprar duas camisas dessa droga de Palmeiras, nem fodendo. E tem outra, o Botafogo é o Brasil. Olha esse distintivo, saca só essa estrela. O Botafogo é que nem o Roberto Carlos, é o Brasil, é a voz do povo", concluiu inflamado.

"Ué, pensei que a voz do povo fosse o Flamengo — disse e imediatamente me lembrei de Amélia e seus camaradas. — Ou Corinthians, sei lá, um desses times aí que só tem negão na torcida."

"Não fala nada do Timão. E tem mais, vira essa camisa ao contrário, vira... Porra, Conde, larga mão de ser tapado. Eu disse ao contrário, não do avesso. — Fiz o que ele mandou. — Agora me diga, que número você tá vendo aí?"

"Sete", respondi já de saco cheio.

"Exatamente. E quem vestiu essa camisa, hein, quem foi?"

"Jairzinho?"

"NÃO, Conde. Quer dizer, ele *também*. Mas antes dele, Conde, antes. Diga lá, diga quem usava a sete?"

"Garrincha?"

"Porra, garoto, é lógico. Garrincha, pô. E o que é o Garrincha? É alegria, magia, sonho. Garrincha é o povo, Conde. É o Brasil, cacete. Já falei, você parece argentino. E veste aí pra ver se serviu."

Na verdade a minha irritação se dava por causa da presença de Diógenes. O simples fato de tê-lo ao meu lado, mesmo sem abrir a boca, já me irritava ao cubo. Mas ele *tinha* que falar.

"Ficou ótima. Viu Alfredo, eu não disse que era a média?"

Comentário mais imbecil. Fiquei imaginando ele ajudando Alfredo nas compras. Olhei pra ele de soslaio. Engraçado, havia alguma coisa de estranho.

"Conde, vamos dar uma caminhada — disse interrompendo meu voo. — Diógenes, espere aqui. Zecão, você se importa em apresentar a casa pro Diógenes?"

Saímos os dois enquanto o pizzaiolo nos olhava desesperado, como se visse partir o último barco em direção ao continente.

Caminhávamos desviando dos loucos e seus respectivos parentes. Nos intervalos, horários de recreação e em dias de visita, dividíamos o mesmo espaço. Era louco, drogado, psicótico, esquizofrênico, todo mundo junto. Se a gente prestasse bem atenção nos familiares não era difícil entender porque aqueles caras estavam curtindo umas férias ali.

"Tem alguma coisa de errado com Diógenes?", perguntei.

"Que eu saiba, não. Por quê?"

"Não sei, mas me pareceu estranho. Deixa pra lá, dane-se aquele idiota."

"Trouxe os cigarros — mudou de assunto. — Quatro pacotes. Três pra você e um pro seu sócio."

"Zecão não é meu sócio. Apenas me reporto a ele."

Nunca fumei, mas como é de conhecimento geral os cigarros servem de moeda nesses lugares onde tudo é confiscado e proibido. Cigarros e crédito na cantina significavam dinheiro em caixa. Alfredo depositava grana na conta da cantina semanalmente. O irmão do Zeca também fazia depósitos para ele, só que na conta de um funcionário do hospital. O nome do beneficiado o Zecão eu não diria nem sob tortura, mas eu desconfiava que era alguém do médio escalão. Nosso chefe — que embora não admitisse a alcunha adorava ser tratado como tal — conseguia quase tudo o que queria. Na semana anterior a casa havia recebido um trecheiro, como eram chamados os andarilhos que vagavam de cidade em cidade. Mesmo depois de quase duas horas de banho o cara ainda recendia a cachaça e mantinha seu repulsivo aspecto de homem das cavernas. No meu quarto havia um leito vago e eu ouvira qualquer coisa de o cara ser colocado ali. Corri pro Zecão, que imediatamente mandou chamar um dos funcionários. "Gil — foi logo dizendo —, esse cara que chegou hoje, o trecheiro. Deixa ele longe do 38, pode ser, irmão?" O Gil concordou, o Zeca sorriu e acendeu dois cigarros que ele e o camareiro fumaram calmamente enquanto punham em dia as fofocas dos bastidores do hospital. E era isso, assim as coisas funcionavam.

Enquanto caminhávamos, Alfredo se atinha a trivialidades: a festa de Ano Novo em Penápolis com a família, a inflação, e uma história sem pé nem cabeça que ouvira de um dos seus amigos, que, segundo ele, se tratava de uma fonte fidedigna. Era qualquer coisa a respeito de uma medida econômica radical que estava sendo arquitetada em Brasília. Na verdade eu não prestava muita atenção no que ele estava falando. E provavelmente ele também não estava lá muito concentrado no que dizia. Dávamos voltas presos à órbita do assunto que deveríamos abordar mas que, claramente, não conseguíamos iniciar. Finalmente me enchi daquela baboseira de congelar dinheiro — onde já se viu? — e fui direto ao assunto.

"Como ela está, Alfredo?", cortei seu raciocínio e ele pareceu ser pego de surpresa. Coçou a cabeça, tomou ar, me olhou de canto de olho e veio aos fatos.

"Na mesma, Eduardo, na mesma", disse sem disfarçar a preocupação. Quando ele se dirigia a mim como Eduardo é que a coisa era séria.

Eu ia para quatro meses de internação. Suzete permanecera quarenta e cinco dias no hospital antes de receber alta e voltar para a casa dos pais. Ela sofrera intervenções bruscas: três cirurgias e doses cavalares de remédios que iam de analgésicos, passando por antibióticos, morfina, e terminando nos antidepressivos receitados pelo psiquiatra que passara a atendê-la regularmente. Também iniciara o tratamento terapêutico com uma psicóloga que um dia eu viria a conhecer em condições muito peculiares. Uma daquelas coisas que se a gente conta ninguém acredita.

Eu sentia saudades de Suzete. Ela certamente precisava de mim e eu a tinha aceitado como companheira. Contrariando os prognósticos de Jair, ela não se recuperara totalmente da paralisia facial. Ao contrário, a melhora estava bem abaixo do esperado pelo Doutor Fleter. Segundo Alfredo, a mãe de Suzete dissera que ela passava a maior parte do tempo fechada em seu quarto, chorando à meia-luz.

"Escuta, Alfredo. Quanto tempo você acha que eu ainda tenho que esperar neste hospício? Porra, eu também vou acabar enlouquecendo. Olha pra isso — apontei o pátio. — Já deu, Alfredo, mexe aí os seus pauzinhos, caramba."

"Mais um ou dois meses, no máximo. Esse juiz é osso duro..."

"Alfredo, eu vou pirar. Suzete precisa de mim e eu estou completamente engessado. Esta é a pior situação que já vivi, a angústia e a ansiedade estão me matando. Você sabe, tenho assuntos pra resolver lá fora. E preciso resolvê-los logo, agora e não depois, caso contrário a tendência é a gana e a raiva arrefecerem conforme o tempo vai passando. E aí já era, vou acabar adotando de vez essa besta que você trás a tiracolo e terminarei meus dias trabalhando de motorista particular para aquele filho da puta do playboy. Você tem que acelerar, Alfredo. Eu quero a Suzete do meu lado, quero me casar, cuidar dela, ter filhos, enfim, essas coisas que mais dia menos dia a gente acaba querendo — respirei fundo antes de concluir com altivez e empáfia. — E tem mais, 'osso duro' é pleonasmo. Não existe osso mole. Se for macio não é osso, é cartilagem."

Alfredo pareceu não dar a mínima pra minha lição de osteologia. Estava distante, sério e um tanto nervoso. Tudo muito claro nas entrelinhas: ele receava em falar e eu em perguntar. Permanecemos quietos. E pro Alfredo calar a boca, somente tendo mesmo muito o que dizer.

Observávamos a turba ensandecida. A antessala do Inferno não poderia ser melhor frequentada. Um espetáculo. Ali existe de tudo, menos dissimulação. Um louco é exatamente o que ele é. Sem máscaras, *personas*, tipos ou papéis sociais. Ele simplesmente é. E ponto. Coisa que nenhum normal consegue ser. E já que nenhum normal pode *ser* e partindo do princípio que todo louco é, então todo louco é são e todo são é louco. Acho que está aí uma das razões pela qual a gente enchia a cara de cana e de droga; pra ficar doidão e poder *ser* o que se é. Pensando bem, olha, não é assim tão difícil ser um sábio chinês.

"Parece um circo, né?", perguntou Alfredo quebrando o silêncio.

"Parece mesmo", concordei.

"É, um circo. Então vou aproveitar o gancho — se animou. — Se a mulher barbada fizer o cavanhaque, o que acontece? Pense um pouco."

"Sei lá, Alfredo. Você aparece com cada uma. Não sei porra... arranja um namorado? Se casa, sei lá..."

"Não, Conde, nada disso. Ela perde o emprego, cara, é demitida. E se bobear por justa causa. Fácil, é isso, ela perde emprego, entende?" Olhou pra mim, olhou pros loucos e tornou a silenciar.

"E então?", perguntei depois de um tempo.

"E então o quê?", indagou com indiferença.

"Como assim 'e então o quê'? O que você quis dizer com essa história de mulher barbada?"

"Nada, ora. Tava só imaginando, ela fazendo a barba e tal. Seria engraçado, não seria?"

Deu uma gargalhada meio forçada e estancou de repente. O sorriso retrocedeu até se resumir a um monte de dentes espalhados num rosto redondo. Permaneceu assim por alguns segundos, estático, de olhos arregalados, como um alpinista encontrado morto num bloco de gelo. Em seguida, como se tivesse sido acordado por um tiro, retomou bruscamente a palavra, com a mesma rapidez de quem confessa um adultério.

"Conde, preciso te contar uma coisa — disse e agora muito sério. — Vocês não terão filhos, garoto, não terão. Suzete teve uma parte do útero removida. Não poderia mais gerar."

"Como assim, 'poderia'? O que você está dizendo, o que aconteceu? Diga, fale de uma vez, porra!"

Alfredo suava e eu pude ver seu pomo de adão subindo e descendo enquanto ele buscava inutilmente uma gota de saliva na sua boca seca.

"Olha, Conde, eu tinha combinado com Diógenes de esperar você sair..."

"Sair de onde, caralho? — interrompi desesperado. — Esperar pra quê, Alfredo? Fala de uma vez, porra, desembucha, filho da puta" — berrei angustiado.

Ele respirou fundo e aprumou a coluna. Me olhou nos olhos, e com impressionante firmeza e ao mesmo tempo deixando transparecer solidariedade na voz, abriu o jogo.

"Eduardo, me ouça e procure ficar calmo. Suzete chegou ao hospital quase morta, como você bem sabe. Seu quadro parecia uma mapa de guerra, pipocando em todos os cantos. Uma coisa levou a outra e a outra e a outra. Todos fizeram o possível, dos enfermeiros ao psiquiatra. Dos amigos aos pais, todos tentaram confortá-la. Mas no dia de Natal ela se enforcou na garagem da casa dos pais."

Cortaram o áudio e as imagens começaram a rodar em câmera lenta, como num recurso de cinema, desses usados nos segundos que antecedem uma catástrofe nuclear. Loucos sorriam no pátio, gritos surdos e inaudíveis moviam ondas que traspassavam as paredes e iam ecoar em algum lugar remoto mas real, onde gritos de gol explodiam em euforia. Um gárgula despencou da cumeeira e atravessou o pátio a galopes até sumir atrás dos eucaliptos. Um homem sentado num banco de cimento apoiava o violão nos pés enquanto o braço do instrumento descansava no seu ombro... Ou seria um violoncelo? Ao meu lado um facilitador movia os lábios e gesticulava numa espécie de mímica, como se alguém lá do alto movesse fios presos aos seus membros. Um batráquio ameaçava escapar do meu ventre, escalando as paredes do esôfago até se instalar na minha glote. O meu corpo resfriava, como se suasse para dentro, e uma pressão nos tímpanos me dava a sensação de esmagamento que poderia durar para sempre. Mas a palavra, ah, a palavra. Sempre mata ou liberta. Meio morto eu já me sentia, com custo enchi os pulmões, movido é claro muito mais por instinto do que por vontade. A palavra saiu baixa e quase sem vida, mas carregada da realidade necessária para que minha alma retornasse ao seu invólucro, e assim não dispersasse para finalmente se unir às tantas outras que penavam, arrastando seus chinelos podres, pelo céu congestionado de Itapira.

"Como?"

Os braços do facilitador caíram rapidamente pregando-se ao seu corpo, como se lá do alto o dono da marionete tivesse se cansado do brinquedo. Olhei pro Alfredo e uma pena de tudo e de todos constringiu meu peito. Não consegui segurar e vomitei nos seus sapatos. Alfredo dizia algumas palavras ao mesmo tempo em que eu via derreter o iglu onde costumava me recolher. Ele insistia em me consolar. Eu não sentia vergonha, medo, raiva — o ódio viria só depois —, apenas uma tristeza que desconhecia completamente. Alfredo parecia recitar um mantra incompreensível e infinito, enquanto eu escondia o rosto e enxugava as lágrimas, fazendo de lenço uma camisa do Botafogo Futebol e Regatas.

* * *

A minha cabeça não me dá um tempo. Penso & penso & penso. E nessas ausências em que flutuo de um lugar remoto a outro, nessas viagens inacessíveis a qualquer pessoa que não eu mesmo — um lugar chato e tedioso onde nada mais cabe além de um ego estilhaçado —, um lugar tão sinistro que faz São Paulo parecer uma ilha na Polinésia. Lá nos confins de um suspiro cinza-chumbo, cor de caixa d'água. Nos calabouços da inconsciência, quando me recolho encolhido como um animal acuado, quando não passo de um sóbrio inconveniente ou de um bêbado irrelevante, e um medo filho da puta me esmagava com a mão escura e gelada da insônia. Quando vejo a heresia já instalada no meu corpo, como o veredicto para um paciente terminal — e então dá aquele medo de Deus ter se esquecido da gente —, e é um lugar tão perto do Céu e tão perto do Inferno: o sanatório-disneylândia onde posso ver o Pato Donald de mãos dadas com um velho compulsivo sexual; quando me vejo nesse parque de diversões em que só há trens-fantasmas, chego até a pensar que a melhor coisa do mundo é ser um bom eleitor e ter um emprego de servidor público com férias remuneradas. Quando já nem sei o quanto os meus pés ultrapassaram a inútil linha que separa razão e loucura e choro copiosamente porque já não dou conta de amarrar os meus sapatos. Quando bato uma punheta e não consigo mais gozar. Quando tudo o que eu mais queria era ser um morcego numa caverna entulhada de ossos no centro da Terra e permanecer ali quentinho, dormindo enrolado nas próprias asas, e assim talvez eu pudesse abrir os olhos e pela primeira vez na vida observar o mudo do ângulo correto.

E me viro para os meus irmãos com a prepotência de um primogênito: "Que diabos vocês estão fazendo? Parem já de trabalhar, de frequentar clubes, comer salada... parem de foder, de parir, a raça humana precisa acabar, tire o maldito dedo do nariz, não se casem, parem de pensar em comer suas cunhadas, ***resistam, miseráveis!*** *Aprendam a viver sem respirar, parem de pintar, nunca mais escrevam, não há mais frases a serem sublinhadas e nem tirem essas estúpidas fotografias de seus filhos. Ateiem fogo em toda memória, em todo legado. Fodam com os malditos resquícios dessa civilização. Esqueçam suas crendices, as prescindíveis vírgulas & pontos, apenas exclamem e interroguem sobre suas tragédias... E depois apaguem tudo, esqueçam tudo o que vocês aprenderam, e então nascerá o livre-novo-homem."*

Vocês querem cura? Aí está A CURA A CURA A CURA.

Eduardo Conde, Clínica Américo Bairral, janeiro de 1986.

31

Viviane fez questão de que nos casássemos no dia 31 de dezembro de 1988. Exatamente um ano após o réveillon na Ilha das Couves. "É o nosso aniversário de um ano, vai ser perfeito." "Vai sim", concordei. Eduardo Salgueiro Conde já tinha três meses de vida. Sempre gostei muito dele, principalmente no começo. No futuro ele se mostraria uma criança ardilosa e imprevisível. Aí passei a gostar um pouco menos.

Nessa época estávamos ganhando dinheiro a rodo. E sim, dessa vez eu tinha um tipo de sócio: Alfredo. Não escolhi, simplesmente as coisas se desencadearam dessa maneira. Também não foi minha opção empregar Diógenes. Na verdade ele não era propriamente um funcionário, era um pau-mandado, uma espécie de lacaio. Raramente eu me dirigia a ele. Minha única preocupação era que Alfredo se afeiçoasse àquele jabuti de óculos. É, porque até esses animais podem inspirar carinho. Garantida a relação restrita à cordialidade empregatícia, eu ia postergando meus planos para o quatro olhos. Aprendi com as perdas, dores, e mais ainda, com o estrategista Alfredo, a ser paciente e cuidar para que a heterogeneidade de razão e sentimento fosse preservada a qualquer preço.

Alfredo insistira em reabrir a pizzaria, que agora era tocada por Diógenes e Darcy, que fora promovido a primeiro pizzaiolo. Diógenes sabia de tudo que rolava, mas não se metia e não dava um pio. Por dois motivos. Primeiro, ele não tinha onde cair morto. Segundo, se borrava de medo de Alfredo e seu exército de meia tigela. E, recentemente, mais ainda de mim. Num certo sentido era bom, não precisávamos pagar para o desgraçado ficar de boca fechada. Ele servia aos nossos interesses e enquanto essa condição persistisse ele ia garantindo uma sobrevida. Já Darcy e as meninas faziam questão de não saber de coisa alguma. Ganhavam bem para isso, embora Diógenes achasse seus salários aviltantes. Mas Diógenes não tinha que achar porra nenhuma. Bel e Claudinha passaram a trabalhar somente para nós.

A pizzaria jamais voltaria a ser o que fora um dia. A lacuna deixada por Suzete jamais foi preenchida. Tocar no seu nome era proibido. Nada de *Speranza Gialla*, a pizzaria se chamava *Suzu Bem*, e uma parte do faturamento ia para dona Vilma, sua mãe. O cegueta continuava morando lá, no mesmo quartinho dos fundos, a parte de cima ficou para os escritórios e um dos quartos servia de alojamento, caso fosse necessário alguém dormir por lá.

Meu tempo era dividido entre viagens de trabalho e a administração de um posto avançado no terreno da Cantareira. Aluguei um flat no centro que aceitava cachorros, e os finais de semana eram quase sempre em Ubatuba.

Desde junho Viviane já estava morando numa bela e ampla casa que eu alugara no bairro do Itaguá, a pedido da própria. Queria ficar perto da mãe. Nada mais justo, Vivi era uma criança. Uma criança carregando outra. E a mãe, uma velha carregando duas.

Passei minha Parati para Viviane e comprei um Escort XR3, o melhor da época, contrariando Alfredo, que priorizava sempre a discrição. Também adquiri, escondido de Alfredo, um Maverick v8 novo em folha, inteirinho original. O carro era uma bala. Cheguei a fazer São Paulo–Ubatuba em duas horas e cinco. Gastei um tanque e meio de gasolina. Era o preço a ser pago para ter um v8 302. Gostava de fazer essas viagens, com a música no talo e Treseu no banco do passageiro. Me garantiram que era de raça, mas pra minha sorte ele cresceu um simpático vira-lata. Cachorros de raça geralmente morrem cedo, adoecem com frequência e são tão dependentes dos donos quanto os playboys são de seus pais. Treseu tinha a autonomia de um gato e o companheirismo de um cão. Felizmente não era *fiel*, esse adjetivo tão estúpido e ansiado pelo gênero humano. Treseu era *leal*, e não *fiel*. E há um abismo separando esses dois conceitos. Fiel é a sua mulher, seu marido e o torcedor do Corinthians. Leal é aquele amigo que se esquece do seu aniversário, mas sempre te liga quando você toma um pé na bunda. Telefona até mesmo quando o seu time ganha do dele. Bem, sem rancores.

Parêntese: a historinha de Treseu.

Estávamos em Penápolis, eu e Alfredo. Naqueles dias — como diziam os evangelistas — o Senhor andava pelos campos. Se bem que o Senhor em questão não pregava, e sim cobrava taxas e dívidas a juros exorbitantes. Agiotagem era apenas uma das muitas aptidões que seu pai lhe concedera antes de o facilitador encarnar. Alfredo tinha muitos negócios naquela região. A família de

Soninha, sua esposa, era da cidade, e o casal e os filhos viajavam com frequência para lá.

Penápolis é prolífica em cachaças, usinas de açúcar, canaviais, políticos influentes e meninas bonitas. Nessa cidade, mais do que em outras, rola muita politicagem. Alfredo circulava pelos subterrâneos de Penápolis assim como um tatupeba se movimenta abaixo da terra dos cemitérios; num emaranhado de túneis interligados e que geralmente desembocam na cova de um defunto semifresco. É assim que fazem esses tatus, os pebas comedores de cadáveres, e é por isso que só é recomendável comer o tatu-galinha.

Comíamos tatu-galinha na casa de um usineiro e candidato a não me lembro o quê. Não sei o que conversavam aos cochichos, horas a fio. Sei que durante aquela manhã Alfredo havia me deixado sob os cuidados do cabo Augusto, onde nos dedicamos a lições específicas de tiro a média distância, com armas semiautomáticas e automáticas, no sítio do sogro do policial. "Alfredo tem razão, você leva bastante jeito — disse sorrindo e depois sugeriu. — Você poderia entrar para a polícia."

Lá pelo meio-dia Alfredo veio me apanhar. Conversamos a respeito de minhas habilidades, Alfredo ouvia animado os elogios de Augusto, enquanto passava a mão na minha cabeça, como se eu fosse um craque de futebol descoberto por um olheiro. "É isso aí, garoto, continue treinando, exercício nunca é demais".

Saindo do sítio, Alfredo pegou um pacote de dinheiro na casa de um comerciante local e entregou para o nosso anfitrião. Ganhou uma linda cesta de verduras frescas para entregar à dona Sônia, e eu ganhei um filhote de fox paulistinha, presente da filha do político. "Leva, por favor, meu pai não quer que eu fique com mais este. Já tenho quatro cachorros. Ganhei esse na rifa da festa junina — disse choramingosa. — Joguei no 13. Pra uns é sorte; pra outros, azar."

Cecília era uma menina linda, de pernas longas e mãos de pianista. Escrevia poesias e amava música e os animais. Foi impossível negar seu pedido.

"Então pra mim deu sorte. Sempre quis um cachorro", menti.

"Que nome você vai dar?"

"Treze, ora. Treze."

"Eu tinha pensado em Teseu, sabe, o que matou o Minotauro?"

"Sei, claro. Hum... Já sei — disse num lampejo de gênio. — Então vai ser Treseu. Que tal?"

À noite fomos a uma festa na cidade, e deixamos Alfredo e o pai dela fumando charutos e falando de política. No dia seguinte, assim que me viu, Alfredo me cumprimentou com sua delicadeza de hipopótamo.

"E aí, comeu?", perguntou dando uma piscadinha.

"Alfredo, eu já tenho família e vou me casar no fim do ano", desconversei.

"É, e agora tem o vira-lata pra engrossar a despesa doméstica", sorriu sarcástico.

"Só pra constar, ele é de raça", afirmei convicto.

"É, é sim. Exatamente que nem eu, com pedigree e tudo. Quero ver você explicar esse cão pra Viviane."

* * *

Dona Celeste, ou simplesmente dona Cel, mãe de Vivi, gostava muito de mim. E mais ainda da vida que, ao que tudo indicava, eu ofereceria a sua filha e ao seu neto. Já o pai, seu Agenor, parecia ter os dois pés atrás. Por várias vezes tentara conversar a respeito do meu trabalho e da minha família. "Meus pais já morreram, seu Agenor", "Importação e exportação, seu Agenor", "Não, seu Agenor, sou filho único, como a Vivi." Se eu não pretendia montar um escritório também em Ubatuba? "Claro, tudo a seu tempo, seu Agenor". E seu Agenor inspirava fundo como a farejar arroz queimado.

No dia do nosso casamento Viviane não sabia muito mais a meu respeito do que saberia do coroinha que assessorava o padre. Nunca a levei a São Paulo. Alegava que não era recomendado a uma mulher grávida subir uma serra tão acidentada e cheia de curvas. Com o nascimento de Junior, "pior ainda".

Foi uma cerimônia alegre e requintada. Casamos numa capela na Praia da Fortaleza e recebemos os convidados em nossa casa. Contratei um excelente serviço de bufê em São Paulo, com direito a conjunto musical, flores, muita comida e bebida. Treseu vestia uma roupinha especial, e, para minha suprema alegria e indisfarçável orgulho, eu caminhava por entre os convidados sempre seguido de perto por meu fiel escudeiro. Caramba, eu amava aquele vira-lata.

Para ressabiar mais ainda o velho Agenor, eu só trazia três convidados: Alfredo, Diógenes, este apenas para fazer número — embora, aposto, ninguém o tenha notado — e Cris, uma confidente que havia trabalhado no Ritz e de quem eu gostava muito. Naquele momento ela estava vivendo em Londres e eu mandei a passagem. Investimento mais do que ressarcido, já que se não fosse por ela eu teria me casado trajando um summer branco de faixa azul, sugerido com veemência por Alfredo. "Vai por mim, Conde, é o traje mais indicado para uma cerimônia diurna". Cris quase teve um ataque quando soube. "Você quer ser confundido com garçom?" — perguntou furiosa olhando para a roupa já alugada. Era antevéspera do grande dia. Ela não teve dúvida, me enfiou num táxi e me fez gastar uma pequena fortuna na rua Oscar Freire.

Ficou acordado entre nós quatro que a notícia do casamento de Viviane com Eduardo não subiria a serra. Por quê? Simples, porque assim eu queria que fosse. Não se falou mais no assunto.

Eu havia tomado meus cuidados. Naquela época antediluviana não havia celulares e suas indiscretas câmeras fotográficas. Também não era comum as pessoas andarem com câmeras pra lá e pra cá. Mas por precaução pedi para Vivi falar com seus parentes para não fazerem uso de máquinas fotográficas, já que eu detestava fotos. Mas tudo bem, ela não tinha com o que se preocupar, pois eu havia contratado um profissional, assim todos sairiam bem nas fotografias. Foi quando conheci Genari, fotógrafo da polícia civil, desses que registram cenas de crimes para perícia. Não preciso dizer, era amigo do Alfredo. Foi realmente uma pena que Genari, esse exímio fotógrafo, tenha deixado os filmes velarem no laboratório. Sem dúvida um erro irreparável. "Não chora, Vi, deixa pra lá. O importante é que estamos juntos."

Dizer que a noiva estava linda é tão patético e redundante quanto comentar que o noivo parecia nervoso e que a comida deixou a desejar. Viviane queria o vestido longo, de cauda e com mais bordados, salto alto e não sei mais o quê. De fato, por diversas vezes durante a festa ela veio me perguntar se a roupa não era muito pobre.

"Viviane, você está mais linda do que nunca. Não existe mulher mais bonita do que você neste planeta — disse, e Aninha atravessou por instante o meu pensamento, mas não se deteve por tempo suficiente para que eu reconsiderasse. — Você é a menina mais bonita que eu já vi na minha vida."

Eu estava dizendo a mais absoluta verdade. Ergui o copo pedindo um brinde. Ela tocou sua taça na minha. Fechei os olhos por um segundo para ver Suzete abrir seu sorriso nas escadarias da Catedral da Sé. Depois, só depois, é que sorri para Vivi, e desejei do fundo do coração que pudéssemos ser felizes juntos; eu, ela e o pequenino Eduardo. Mas talvez eu já soubesse que não tinha nascido para a felicidade. O princípio desse sentimento não está na estagnação – felicidade congelada só existe em fotografia. Ser feliz implica em certos rompimentos com o passado e no aproveitamento dinâmico e não sedentário de tal condição. Ninguém é feliz parado, justamente pelo fato de a felicidade também ser vivenciada em função da expectativa. A expectativa quase infantil de que aquele momento se eternize. E eu sempre fui muito preguiçoso e descrente das coisas vindouras.

A felicidade, antes de ser um estado de espírito é uma vocação. Isso não é autoajuda, estamos numa festa, mas vale dizer que o fato de você estar ciente disso pode te ajudar bastante.

Embora eu me sentisse muito mais um observador do que protagonista do evento, aquele foi um dia muito especial para mim. Eu estava quase feliz. Havia me esmerado pra que aquela data se tornasse inesquecível para Viviane. Ela era uma menina sonhadora, muito simples e extremamente inteligente, todavia lhe faltassem argúcia e perspicácia. Vivi estava vivendo a personagem que sempre sonhara para si, e que certamente ia ao encontro de tudo aquilo que eu supunha preencher seu imaginário. Depois do enorme susto que levara ao constatar-se grávida aos dezessete anos, via agora a vida abrir-se numa perspectiva generosa, com os caminhos floridos e convidativos, quase tão perfeitos quanto escadas rolantes na entrada de um shopping center recém-inaugurado. Passaríamos a lua de mel em Buenos Aires. Eu queria ter ido para o leste europeu, em particular para a Tchecoslováquia, mas os ânimos, diziam, andavam muito exaltados por aqueles lados. Verdade que se confirmou ao longo daquele ano e que resultou no maior acontecimento da década.

Eu vinha de um lar de classe média-média. Nem alta nem baixa. Mas salvo as boas escolas que eu e meu irmão pudemos frequentar, vivíamos uma vida pobremente parcelada; com eletrodomésticos, um bom automóvel e amparados pela confortável segurança de saber que os carnês seriam quitados ao fim de cada mês. Esse padrão se estendia às atividades familiares e à rotina diária. As relações interpessoais entre os membros da família eram alicerçadas pela desconfiança mútua, exatamente como ocorre entre funcionário e patrão, banco e cliente, médico e paciente. Nosso intercâmbio se dava muito mais em função das necessidades do que por empatia, afinidade ou apreço. Éramos como uma empresa cujas contas diárias deveriam bater no final do expediente. No mais, o bem-estar individual dos membros estava diretamente atrelado ao desempenho positivo do grupo. Tivesse naquela casa um departamento de RH e a família não teria durado cinco anos. Certamente seria constatado um déficit emocional digno de concordata. Sem grandes festas, sem muitas datas ou arroubos de euforia, íamos mantendo com severa eficiência a unidade daquilo que em outras casas era simplesmente chamado de vida em família. Já do ponto de vista do setor privado acumulávamos todos os vícios de uma empresa familiar.

Vivi pertencia a uma família na exata acepção da palavra. Com todo aquele calor excessivo e apego desmedido. Mas sem sombra de dúvida uma família. Dessas em que a mãe, inconscientemente ou não, até prefere que o filho invada a casa com os pés sujos de barro, pelo simples e legítimo prazer de armar o seu barraco. Ali o amor não imperava, se fazia imperar, é diferente. Este sentimento devia se elevar acima de tudo e de todos, independentemente de qual fosse a necessidade de cada um. Nesse sentido ela também abria mão dos próprios sonhos para vivenciar a expectativa onírica do seu bando. Na essência éramos famílias parecidas, diferenciadas apenas nas aparências e contornos. Talvez os pais de Vivi solucionassem suas diferenças no encontro de casais promovido pela diocese do bairro, ao passo que os meus certamente procurariam um curso de gestão empresarial. Mas no fundo era tudo a mesma porcaria.

Para mim aquele evento vinha realizar uma fantasia juvenil e para Viviane era a confirmação de sua crença: a de que no final o amor sempre prevaleceria. Porque não havia como negar, qualquer um naquela festa que olhasse à volta com atenção, certamente concordaria em chamar de amor aquele manancial de emoções que jorrava por todos os lados.

E naquele dia eu decidi amar, sorrir, beber e cantar.

Alfredo estava particularmente inspirado. As bochechas vermelhas de tanto vinho, esbanjava charme pra cima das tias da Vivi. Pediu umas três em casamento. Para alívio da Cris ele arrancou a gravata de crochê. E para meu desespero pediu uma tesoura e saiu arrecadando fundos para a lua de mel dos pombinhos. Para cada três pedaços vendidos da gravata ele cortava mais um e fazia um novo cheque. À parte a vergonha e o constrangimento, a questão dos cheques pouco me preocupava, certamente ele mandaria sustar no dia seguinte, mesmo com a garantia de que era impossível ele preencher corretamente aquelas folhas no estado em que se encontrava.

"Já chega, Alfredo, já temos o suficiente para três voltas ao mundo", disse, brincando.

"*Quod abundant non nocet*, meu caro Conde!", exclamou em altos brados, arrancado suspiros das tias mais pesadinhas.

"Como é que é, seu Alfredo?", perguntou o pai da Vivi.

"*Quod abundant non nocet*, caríssimo Agenor. O que é demais nunca excede. É latim, Agenor. Latim."

A festa foi bem bolada. Teve início às dez e meia da manhã e se estendeu até às seis da tarde. Para aqueles que não eram da cidade eu havia fechado uma pousada ainda em julho. Assim os convidados poderiam descansar e voltar mais tarde para a passagem do ano. O bufê se encarregaria de substituir a equipe e os músicos. Seriam quase 24 horas de festa.

E assim às oito da noite eu fui dar um cochilo, mas não consegui. Sentei na poltrona junto à janela e fiquei observando Viviane dormir. Sempre gostei de ficar vendo uma menina dormir, de me plantar ao seu lado e garantir sua segurança. Vivi dormia de bruços, ao deitar-se sua saia subira expondo suas coxas morenas. Seus cabelos eram tão negros e lisos quanto os de Aninha, só que mais fartos. Também era magrinha, mas não tinha ossinhos. Eram bem diferentes na verdade, digo, ela e Aninha. Viviane era morena, já Ana tinha a pele branca como alabastro. Porque eu estava fazendo aquilo de comparar as duas? Feio, pensei.

Tratei de expulsar Aninha do quarto e me concentrei na perfeição passiva e um tanto monótona de Viviane. Não precisava ser *tão* bonita. Aquilo de fato a tornava mais presente do que o necessário. Sem dúvida ela trazia a inquestionável beleza que se esculpe em carrara. Era uma escultura em carne e osso... Talvez com menos ossos do que eu gostaria.

32

Vesti rapidamente a touca, me aproximei e encostei a arma no vidro do carro. "Abre já, filho da puta!" Ele ameaçou dar partida. "Nem tenta, nem tenta. Eu estouro sua cabeça! Segura o volante com as duas mãos." A mulher: "pelo amor de Deus, deixa eu descer, eu te dou tudo." "Cala a boca vagabunda, cala a boca. Continua chupando o pau dele. Você é surda, sua puta? Eu disse pra você continuar chupando o pau desse viado. Já, porra!"

Enfiei a arma na cintura e tirei a câmera fotográfica da sacola que eu trazia a tiracolo. "Olha pra cá, filho da puta! Olha pra mim, caralho! E você, piranha, faz aí o seu trabalho. E bem feito!" Flash! "Continua olhando pra cá. Agora ri. Você é surdo, filho da puta? Mandei rir, caralho! Quer morrer, corno?" Flash, flash! "Isso, vai chupando, vai chupando. E você, punk de merda, deixa esse pau duro, tá ouvindo? Se ele amolecer eu te mato, desgraçado." Flash, flash! "Agora você, piranha, levanta o rosto e olha pra cá... Continua segurando o pau. Levanta o rosto. Agora ri. Ri, porra! Tô falando grego?" Flash, flash, flash!

Joguei a câmera na mochila e tornei a empunhar a arma. "Agora some, filho da puta. Vaza, caralho!" A mulher saltou do carro e sumiu na esquina. Eu ainda tive tempo de meter o pé na lataria antes de o desgraçado sair cantando os pneus.

* * *

Era um sábado à tarde. Aninha e eu tomávamos uma cerveja no balcão de um botequim no bairro de Pinheiros. Ao lado havia uma obra e muitos operários dividiam o balcão conosco. Ana bebia mais do que eu. Ela já tinha tomado umas tantas porradinhas. Estava bem ziriguidum. Era como gostava de se definir quando estava mais pra lá do que pra cá. Eu gostava de vê-la trelelê. Era quando justamente dávamos as melhores trepadas. Eu estava só esperando sua ordem: "vamos pra casa".

Mas naquele dia ela estava mais melancólica do que o habitual. Por duas vezes havia tocado no nome da mãe, e nas duas seus olhos marejaram. Sua expressão oscilava entre a tristeza pura e o ressentimento. Eu ainda não conhecia Amélia, e portanto não tinha como saber da veracidade que havia em cada palavra de Aninha.

Lá pelas tantas uma mulata gorda, mais parecendo um presunto bípede, passou pela calçada rebolando. O boteco veio abaixo. Assobios e ovações de toda sorte preencheram o ambiente. A cetácea intensificou o requebro, olhou sorrido pra trás e mandou beijinhos pra turma do balcão. A gritaria foi geral e as observações dispensam comentários. Por alguns segundos os homens fizeram referências às possíveis práticas das quais lançariam mão caso a boazuda lhes concedesse tal liberdade e honraria. Perniciosos comentários que certamente não fariam na presença de uma mulher. Mas Aninha era pequena e magra demais para se fazer perceber. De fato Ana raramente era notada fora do palco. Mas naquela época eu ainda não havia me dado conta desse fato.

"Isso nunca aconteceu comigo, sabia?"

"Isso o quê, Aninha?", estranhei.

"Jamais alguém assobiou pra mim. Nunca — mirou algum lugar distante por um tempo e continuou com sua voz baixa que podia me arrastar a qualquer lugar do universo. — É verdade, é muito louco isso que acontece comigo. Sei que não sou feia e quando eu quero posso ser legal, claro que eu sei. Mas ser uma mulher descarnada, sem peitos e bunda, aqui nesse país, é o mesmo que ser invisível. Todas as mulheres que eu conheço querem perder peso, e eu abriria mão do talento que me foi concedido para ter a mesma cintura que o instrumento que eu toco. Era o que eu mais queria de um violoncelo: ser parecida com ele."

Eu nunca havia pensado naqueles termos, sob esse ponto de vista. Se eu soubesse, ah se eu soubesse, teria assobiado pra Aninha no instante em que a vi pela primeira vez. Não, mentira, na primeira vez em que a vi eu sequer podia respirar. Não fazia sentido o que Aninha acabava de me dizer. Ela era linda, perfeita. Seus ossinhos me fascinavam. Ana era inteligente demais para não confiar em toda sua pujança. Ela só podia estar querendo chamar a atenção. É, era isso. Tinha bebido demais. Eu quis dizer tudo isso pra ela, mas aí ia virar namoro. Era apenas a segunda ou terceira vez que saíamos pra passear, embora já tivéssemos transado. Era uma pena que eu não pudesse dizer tudo o que pensava. Não queria iludir Aninha. Ela não era menina de namorar. Era legal demais para isso. E talvez, bem, talvez... Quem podia garantir que ela ia querer?

"Vem Ana, vamos pra sua casa.", disse interrompendo um provável pensamento melancólico que devia ocupar sua cabeça.

Transamos muito naquele dia. Depois conversamos e eu cozinhei para ela. Caminhávamos nus pela casa enquanto Amélia certamente corria a cidade atrás de pó para embalar seu sábado à noite.

Na minha mente um novo pensamento se acomodava com incrível conforto. Se o que Aninha havia dito era verdade, bem, por um lado isso era péssimo para sua autoestima. Mas por outro eu estava ali, para protegê-la e lhe dar segurança. Era só me chamar.

33

A morte de Suzete causou um rombo no meu peito muito maior do que o sentimento que eu tinha por ela. Assim eu pensava. O que não deveria acontecer quando perdíamos alguém que de fato amávamos? Eu não tinha respostas, só dúvidas, pavores tão imensuráveis que não caberiam em outro lugar que não no vazio de um peito dilacerado pela solidão. Era somente na aridez infinita desse deserto gelado que um sentimento tão vasto poderia achar espaço suficiente para se acomodar, e ali fincar raízes tão profundas que passavam a compor o próprio ser. Aquele destroço era eu, assim como as chagas plúmbeas de Aninha nada mais eram do que expressões dela mesma. Trocando em miúdos, eu havia absorvido a morte de Suzete tão completamente que passei a me sentir mais morto. Simples. É assim mesmo que acontece. Quanto alguém próximo bate as botas a gente também aproxima mais um pouco os próprios calcanhares. "Os sinos não dobram por ti?" Então, é assim mesmo. Só resta chorar ou sucumbir alagado em si mesmo.

Até aquele momento eu só me preocupara em dar cabo de quem estava empatando a *andata del mondo*. Jamais ocupara meus pensamentos com a saúde alheia, proteção e longa vida para os meus. Não, isso era lá com Deus e seus batedores, seu séquito de carpideiras e seus lacaios penitentes. Nunca quis de fato a existência quase sempre insalubre e desnecessária de um ser humano. Não até o dia em que Suzete chutou o banquinho e flutuou suspensa por uma corda, como um astronauta. Só que em sua garagem havia gravidade.

E pra onde ela havia ido? Não, não estou falando de Céu, Inferno, Purgatório ou qualquer outro lote sob a penhora de Deus. Me refiro ao contexto das coincidências mundanas. Suzete estava no Araçá. Esse maldito pedaço de terra que minha mãe teve que dividir com Amélia. Dos seus muros eu vi voarem ossos. Eu tinha seis anos e me lembro como se fosse hoje. Ossos rolavam ladeira abaixo, na Rua Major Natanael. Eram esqueletos de verdade, de gente, não eram ossos de galinha. E eu só tinha seis anos. De lá pra cá eles sempre me perseguiram, os ossos. Como no dia em que eu e Gonzalo, o boliviano, fomos cavar uma cova na Cantareira pra enterrar um idiota e encontramos o esqueleto de uma mulher. Como sabíamos que era mulher? As fivelas dos sapatos. Gonzalo quis fechar a cova e cavar outra. Porra, pensei, cavar outra um caralho. Jogamos o corpo do imbecil por cima dos ossos da mulher e cobrimos o buraco de terra. Com tanto lugar pra cavar e fomos ao encontro do tesouro sem sequer dispormos de um mapa. Por que não podemos dissociar um pirata de uma caveira? Eu seria um bom pirata. Porra se seria.

Mas nos dias que sucederam a trágica notícia eu era apenas um náufrago. Chorava pelos cantos e evitava os colegas da clínica. O período crítico da desintoxicação mal havia passado e eu mergulhava numa crise de abstinência muito mais cruel do que aquela gerada pela falta da droga e do álcool. E a contradição estava justamente aí. Muito mais do que nas primeiras semanas de tratamento, eu agora ansiava desesperadamente por uma dose de qualquer porcaria que aplacasse minha dor e me jogasse num profundo estado de amnésia. E pouco se me dava o fato de que isso só pioraria as coisas. Mesmo não sentindo a falta da droga, eu precisava da sua ação imediata e efêmera, e do seu melhor efeito colateral: a sorte de uma viagem sem volta. Sempre ouvira histórias desses irmãos que embarcaram numa trip muito louca e não voltaram, e sempre achei que se tratasse de folclore. Mas não, era tudo verdade. Havia uns três ou quatro caras nesse estado lá na Bairral. Era triste de ver, mas reconfortante saber que de certa maneira eles sofriam menos do que os aturdidos recém-chegados do paraíso, ainda envoltos na bruma e na ressaca do retorno, despertos na inóspita realidade das duplicatas em aberto. Eu estava mesmo a fim de me ausentar, de me abandonar por uns tempos, entregue à confortável malha da inconsciência. Seria com certeza minha opção para além dos muros. Mandei chamar Alfredo.

"Não dá pra sair, cara. Se o juiz me liberar eu vou me foder. Vou fazer merda, Alfredo, sei que vou. Me mantenham aqui por mais um tempo — disse e parei um instante para enxugar os olhos. — E por favor me garanta que Diógenes e o playboy gozem de perfeita saúde até que eu saia daqui. Cuide pra que aqueles dois ruminantes engordem para o abate".

Alfredo tentou me acalmar. Disse isso e aquilo, e mais um tanto disso. Tudo em vão. Eu não podia e nem queria me acalmar. Muito menos ouvir as explanações do facilitador a respeito das virtudes de Diógenes.

"Eu disse que não ia meter a colher em briga de marido e mulher. Mas vê se esquece essa desavença com Diógenes. O cara é aliado, ou no mínimo neutro, Conde. Se você crescer pra cima dele vai se arrepender, vai por mim, ele é muito próximo. Você vai se estranhar, rapaz, ah vai."

"Alfredo, preste atenção. Você tem seus procederes, suas maneiras. Eu tenho as minhas. Não há 'desavença' alguma com Diógenes. Há apenas o próprio. Sua existência contamina a minha. Isso é muito mais antigo do que você, ele ou eu. A incompatibilidade remonta aos primórdios. Antecede a criação da vida. Não me pergunte os porquês, mas é assim. Simplesmente não podemos ocupar o mesmo planeta. E se alguém vai deixar o recinto, esse pobre coitado você sabe quem é. Diógenes já era meu, apenas meu, muito antes de você dar os ares de sua graça. Portanto, Alfredo, não fique de conchavos e firulas com aquele miserável. Ele vem me ferrando e é o que vai continuar fazendo, a menos é claro, que eu interrompa sua trajetória" — disse e parei pra respirar. Estava em pauta um assunto que realmente me dava no saco.

"Conde, estou com você. Ponto. Já sei, é assunto seu. Mas eu realmente gostaria de entender o que esse infeliz te fez. Juro, é só pra entender. Diógenes é um peso morto, um zé-ninguém, não cheira e nem fede", disse e me encarou interrogativo.

"Pois é isso mesmo, Alfredo. Exatamente assim. Diógenes é transparente e volátil. É um três 'is': invisível, insípido e inodoro. Aliás, quatro. Ele também é idiota. Ou se faz de tal, já nem sei. Mas creia em mim, Alfredo, por trás dessa cara insossa, desse olhar vago e pusilânime, escuso e evasivo, há um ser perigoso, um inimigo astuto e letal..."

"Porra, me desculpe, mas já te falei mil vezes: para com essa porra de televisão. Desliga, Conde, desliga esse aparelho ou você vai enlouquecer. Aonde está o perigo, Conde? Me diga, porque eu te juro, não vejo mais perigo ali do que veria numa freira na menopausa. Diógenes é um surdo-mudo com problemas de visão. Já prestou atenção naqueles óculos, já? Aquilo é um cego sem cachorro e sem bengala."

"Eu não sou louco, Alfredo, sei o que estou dizendo. Aliás, me admira você, um macaco velho e escolado, não perceber a ação virótica camuflada por trás daquelas lentes. Aquela cara de cu-de-ferro é só fachada. Alfredo, me diga uma coisa: cupim faz barulho?

Bactérias, vírus, fazem barulho? Não, cara, não fazem, pelo contrário, agem silenciosamente. Quando você chega no médico já tá todo carcomido. Sabe como meu trisavô Francesco Conde morreu, lá em Monte Cremasco na Lombardia? Vou te contar. Era um domingo de Páscoa e o velho matava uma garrafa de vinho, sozinho na cozinha. A mulher e meu bisavô Agostino tinham ido até o mercado. Sabe o que aconteceu? A cozinha, Alfredo, a cozinha simplesmente desabou sobre sua cabeça. Provavelmente o velho deve ter morrido pensando ser a mão de Deus lhe punindo. Dizem que era um devasso. Mas não, cara, não teve nada a ver com Deus. Foram os cupins, Alfredo. Os desgraçados comeram as vigas do telhado. Cupim faz isso: come o recheio e deixa a casca. Você olha pra cima e vê a madeira, só que por dentro tá oca. É assim que Diógenes trabalha, sim, porque ele realmente 'trabalha'. Cupim trabalha, formiga também, e fodem com o que está em volta. Diógenes é o tipo de cara que pode te por pra baixo apenas te fazendo elogios. Ele suga a energia alheia. Tudo na minha vida começou a piorar desde que dei guarida para o infeliz. E você pode me perguntar 'por que?', e eu te digo que não sei. Não sei porque permiti que ele ficasse. Fui manipulado, persuadido, ludibriado, por esse 'cego sem bengala', como você acabou de dizer. E tem outra, Alfredo, tem uma parte da história que você desconhece. Segundo Suzete, o playboy deixou ela na porta da pizzaria às três e meia da manhã. Eu estava numa festa. Quando cheguei eu encontrei ela desmaiada no sofazinho do quarto de Diógenes, que havia saído. Virei as costas e fui dormir. Andava com raiva dos excessos de Suzete. Ela me disse que achava que ele a havia ajudado a entrar em casa. Talvez, ela mesmo não se lembrava direito. Mas o fato é que somente três pessoas estiveram a sós com Suzete naquela noite: O playboy, Diógenes e eu. E posso te garantir que eu não transei com ela naquela noite, e nem nas anteriores ou posteriores."

"Você não está suspeitando dele, está? — perguntou estupefato. — Ele... ele não é... Você sabe..."

"Não sei de nada, Alfredo, e nem quero saber. Não mais. Tudo bem, é uma possibilidade muito remota, verdade, mas ela existe." Olhei para Alfredo e ele me olhava como se eu tivesse enlouquecido de vez. Tentou dizer alguma coisa mas desistiu. Coçou a cabeça, caminhou pra lá e pra cá. Depois de um tempo voltou ao assunto, com cuidado e pisando devagar.

"Sabe, Conde, não vou me meter, mesmo. Já disse, não me meto em briga doméstica. Mas apenas sugiro que espere. A gente pode tudo se souber esperar o momento. Olha, Conde, você tem me ensinado muito, sabia?", perguntou espiando de esguelha a minha reação. Era comum essa sua tática, digo, bajular pra que o outro baixasse a guarda. Fingi não perceber. Ele continuou. "Vamos dar um tempinho. Tenho planos pro Diógenes..."

"Você tem planos pra ele? — interrompi. — Não, Alfredo, você não está entendendo. *Eu*, meu amigo, *eu* é que tenho planos para aquele imbecil" — disse enquanto pensava comigo mesmo: cinco "is".

"Calma, Conde, calma. Isso é que nem fila pra comer divorciada, todo mundo vai ter sua vez. Você é muito afoito, garoto. Cuidado, cara, cuidado com a 'maldição do escriba'. Assim você se lambuza antes da hora."

"Que maldição, Alfredo? Do que você está falando?" Lá vinha ele com uma das suas.

"Porra, a 'maldição do escriba', ora bolas. Vai dizer que nunca ouviu falar?"

"Não , cara, te juro que não", respondi cansado, segurando a testa com as mãos.

"Deixa pra lá, esquece."

"Não, agora eu quero saber. O que é 'maldição do escriba'?" Ele fez um certo suspense antes de vir com uma das maiores tolices que ouvi na vida. Alfredo respirou fundo e proferiu com ar solene:

"A 'maldição do escriba' — repetiu. — Ejaculação precoce para o homem e frigidez para a mulher."

Aquilo era estúpido demais. Pra minha surpresa me surpreendi em meio a uma gargalhada. Eu não ria desde que recebera a notícia da morte de Suzete.

"Eu posso saber quem inventou essa merda?" — e agora ria mais ainda. Alfredo consultou a memória por um instante, mas voltou de mão vazias.

"Quem inventou? Porra... Sei lá. Certamente o escriba. É, com certeza o escriba. E é real, pode crer, é sim. Quando a pessoa fica muito, mas muito ansiosa, ela é possuída pela maldição. É sabido, Conde, é sabido. Os judeus conhecem bem. Parece que a maldição vem daqueles lados. O escriba era uma espécie de escrivão, lá dos semitas. Fazia cópias, lavrava documentos públicos, enfim, chatices burocráticas. Um trabalho bem cacete. E se o sujeito ficasse apressando o escriba, enchendo o saco dele enquanto ele fazia suas cópias, aí bem, o escriba lançava a praga, a maldição. Acho que era assim. É, era assim mesmo. "

Naquela noite, antes de dormir, ao invés de chorar, como vinha ocorrendo, sorri ao me lembrar da maldição. Eu sempre fui ansioso, gozava nas preliminares e tinha medo de escuro. A maldição já se instalara no meu corpo havia tempos. E ainda assim eu pude rir em meio à dor. Já era hora de secar as lágrimas e retornar aos trilhos.

Ficaria no hospital mais um mês ou dois, e então iria embora.

* * *

O telefone tocou. Era Genari, desesperado. "Cara, você mexeu na câmera? Eu te disse que era só apertar o botão, Edu. Puta merda, tá tudo fodido." Montei na moto e voei pro estúdio do fotógrafo.

Fazia dez dias, eu seguira o punk desde a casa de Aninha até a pocilga do miserável. E foi só isso. Sabia o modelo do seu carro e onde ele morava, e daí? O que eu iria fazer, socar o desgraçado? Meter uma bala nas fuças do enxerido? Matar os outros não é assim, vai matando e pronto. Tem que ter todo um procedimento, que envolve razões, motivos e responsabilidade. Pra matar neguinho a gente tem que ter responsa.

Fiquei na cola do imbecil uns três dias, mas a vida de punk não é muito mais movimentada que a de um porteiro de asilo. Minha paciência esgotou e decidi recorrer a Genari. O paparazzo fazia trabalhos "por fora", dividindo o tempo entre as fotos de cadáveres para a polícia e serviços investigativos.

"Não, Edu — foi logo dizendo. — Desde que deixei a polícia só me dedico à moda. Fotografia de moda. Nada de morto, nada de traição, de corno. Gente bonita, energia positiva. Sempre te ajudei, você sabe. Mas tente entender, essa fase acabou, já era. Quero chegar no topo. Tipo um J.R. Duran, já ouviu falar?

"Claro, o italiano. O cara das peladas."

"Ele é espanhol — disse enquanto abria uma revista Playboy. — É isso, Edu, se esse cara pode, por que eu não?"

Como eu poderia dizer pra Genari que ele era um cara chinfrim, filho de português de padaria, que por mais que estudasse jamais poderia entender a moda e suas sutilezas? Com muito esforço talvez desse um bom repórter fotográfico. Mais do que isso era difícil. E outra, certamente ele não sabia dirigir uma modelo. Todos os modelos que ele fotografara até então estavam mortos. Preferi ficar quieto.

"Pode anotar, meu nome ainda vai rodar no mundo da moda. Mário Genari. Ou M. Genari, o que você acha?"

"Eu acho que você está perdendo tempo. Suas fotos de presuntos são do caralho. Cada uma é um caso, uma onda diferente, sei lá. Atropelamento, tiro, estupro seguido de morte. Favela, condomínio de alto luxo, suicídio... Porra, lembra aquela que você me mostrou, a do cara que enfiou o revolver no cu do amante da mulher e disparou? Porra, e ele largou a arma lá, enfiada no cu do infeliz. É um belo trabalho, Genari, falo sério, posso ficar horas vendo suas fotos. Agora, isso aí — apontei a revista — é tudo igual, só muda a mulher, mas é tudo a mesma coisa. A gente abre a revista, dá uma olhada, bate uma punheta e vai ler a Gazeta Esportiva, que é mais interessante."

"Porra, Edu, cê tá de sacanagem, né? Cara, eu fazia esse trabalho porque precisava. Com ele consegui muita coisa. Tenho orgulho, sabia?"

"Caramba, Genari, mas é pra ter mesmo. Estou falando sério, você é bom no que faz. Suas fotos são muito mais legais do que essas merdas feitas pra onanistas."

"Pra quem?"

"Onanista, Genari, punheteiro. É a mesma coisa. É pra esse povo que você vai fotografar. E moda, cara, pra que serve a tal da moda? Isso é coisa pra louco. Toda vez que minha amiga Cris vem de Londres ela me faz gastar uma fortuna em roupas de grife. E dá uma olhada, eu pareço sempre um molambo. Nunca fico na moda. Isso não é pra gente que nem a gente. É pra outro tipo de gente. Gente diferente da gente."

"Olha, Edu, fale por você. Eu quero subir, sempre — disse com confiança injustificada. — Sempre."

Olhei bem pro Genari e senti um pouco de pena. Na verdade ele não queria subir. Ele *sonhava* em subir. Bem diferente. Era evidente que a sua trajetória no mundo da moda não iria vingar. Às vezes eu fico pensando em como é fácil adivinhar a vida dos outros, resolver o problema dos outros, saber o que é melhor para os outros e até acabar com os outros. E essa porra vicia mais que pó, digo, acabar com os outros. Eu tinha meio que tirado o pé do acelerador nesse quesito. Dois anos antes aquele punk já teria ido pro saco aos cinco do primeiro tempo. De certa maneira eu queria, assim como Genari, tentar ser o que não poderia, fazer o que não conseguiria.

Eu também sonhava. E o fotógrafo certamente identificava em mim a mesma falta de bom senso que eu via nele.

"Edu, porque você veio aqui? — perguntou de súbito, como que tomado por um lampejo de clarividência. — Quero dizer, porque você quer armar pra esse cara com um planozinho de criança de pré-primário? Faça como sempre fez, como você e Alfredo sempre fizeram. Você quer o cara fora do caminho? Pois bem, você sabe muito bem como fazer isso. Inclusive sem machucar ninguém. Quem anda pra trás é caranguejo, velho."

"Não te interessa — fui cortando secamente. — Diga quanto. Vai, Genari, você me deve essa. Escolhe aí um equipamento que eu mando vir de fora. Anda, cara, vamos resolver essa porra de uma vez."

"Uma trezentos 2.8, Nikkon?"

"Pega uma caneta, uma folha de papel e a caixa de fósforos. Estamos perdendo tempo, essa porra tem que rolar esta semana."

Cheguei no estúdio e ele já me esperava no portão. Tava na cara que tinha dado tudo errado.

* * *

"Voltou a beber, Conde?", perguntou num tom de curiosidade, não de censura.

"Quem disse que algum dia eu parei, Alfredo?"

Meti uísque no copo. Balancei e ouvi o tilintar das pedras de gelo. Esse som é um canto de sereia, meu deus.

O segundo turno da festa havia terminado. O novo ano entrara embalado ao som dos fogos e das taças de champanhe. Eu tinha ido deixar Alfredo, Cris e Diógenes no hotel. Observávamos a noite da sacada do apartamento, com vista pra praia das Toninhas. Aqui e ali, uma e outra fogueira. Som de festa vindo de longe, aquele zum-zum-zum distante, parecido com o que a gente ouve quando assiste o Carnaval de Salvador de um saveiro ancorado a meio caminho entre a capital e a Ilha de Itaparica. Sempre gostei dessa sensação, de estar de canto tomando um drinque sozinho, mas com a garantia de que muita gente se divertia em grupo fazendo o mesmo. Acho que aliviava minha consciência. Eu olhava para o uísque feliz da vida. Porra, como beber é bom. Uma pena eu nunca ter aprendido essa arte. A cor, o cheiro do malte, o som das pedras e a extrema sensação de leveza que as três primeiras doses proporcionam. Era um bom jeito de finalizar a noite; tomando algumas doses, antes de acordar Vivi com a minha língua entre as suas pernas. Tentei não pensar em Aninha. Sempre pensava nela em datas festivas, porque é fácil supor o que uma pessoa está fazendo no Natal, Réveillon, aniversário ou Carnaval. Normalmente são datas em que as pessoas bebem, se divertem e fazem sexo. E eu realmente odiava ter que me lembrar que as pernas de uma mulher volta e meia se descruzam. De "uma mulher" não, as de Aninha, vamos ser práticos. Fazer muito sexo com Vivi na virada do ano, antes de ser um prazer, era um alívio. Eu não estava só enquanto Ana se abria em espacates em alguma praia do nordeste. Pelo contrário, eu transava com a mulher mais bonita do Brasil.

"Bela festa, rapaz. Beeeeela festa. Olha, foi difícil eu convencer a Sônia de ela ir pra Penápolis com as crianças e me deixar em São Paulo. Você inventa de casar escondido e a gente é que tem que passar por mentiroso... "

"Como se isso fosse um problema pra você, né, Alfredo?"

"Porra, Conde, não fode. Eu não sou mentiroso. Apenas crio e invento fatos quando necessário. Cacete, isso é só o *modus faciendi*, não tem nada a ver com ser mentiroso. É como você fala em relação ao Diógenes; dá pra contar uma puta mentira apenas dizendo verdades. Verdade é não conseguir esconder o que você de fato é, mesmo distorcendo fatos. Todo mundo sabe *quem* e *o que* eu sou. E se você sabe que eu minto, logo eu deixo de ser um mentiroso. É, basta você inverter o que eu disse. Pegou, pegou o espírito?"

"Peguei, Alfredo, peguei", respondi distante, lá do lugar onde eu me encontrava. Numa sala de estar em uma casa no Alto de Pinheiros, onde certamente uma família chorava a perda recente do filho do meio. Nenhuma tristeza pode ser mais triste do que aquelas vividas em dias de alegria e festa. Tratei de afastar o pensamento. Me lembrei do que em certa ocasião me dissera Amélia: "Nunca misture alegria e tristeza, porque a tristeza nunca se alegra, é a alegria que entristece." Aquele era um dia de alegria, dei uma chacoalhada no corpo pra mudar a sintonia e ergui o copo na direção do meu amigo.

"Um brinde a este dia. Ao ano próspero que tivemos. E ao ano que entra e que será melhor ainda."

Entrávamos no último ano da década da ressaca, loucos pra que ela terminasse de uma vez por todas, porque assim somos nós, os terráqueos: uns idiotas místicos. De alguma maneira atribuímos às datas algum tipo de poder capaz de transmutar as desgraças. Por isso, repetidamente, ao longo de nossas vidas desejamos ao próximo um feliz ano novo. Votos feitos com real sinceridade, a cada novo 31 de dezembro.

Ao sair do hotel o porteiro da noite me informou que um barco turístico acabara de naufragar entre Niterói e o Rio de Janeiro e várias pessoas perderam a vida.

Já estávamos em 89. Sediaríamos a Copa América, competição que não vencíamos há quarenta anos, e, incrível, prometeram eleições diretas para presidente no final do ano. Havia expectativa, apreensão e a possibilidade de fechar a década com o mínimo de dignidade.

Isso no coletivo. Eu mesmo desandara a cheirar como um retardado.

34

Havia na clínica um buraco mal iluminado e entulhado de livros velhos e empoeirados. Era a biblioteca. Mais parecia um sítio arqueológico. Tudo ali fora doado, e como normalmente as pessoas doam justamente aquilo de que podem abrir mão sem maiores arrependimentos, o que se via ali era um amontoado de tomos descartáveis. Afinal é uma estupidez achar que o que não serve pra gente vai ser útil para o outro. Encontrar ali alguma coisa que prestasse era trabalho para garimpeiro. Fora a coleção encadernada de *Os bichos* — lançada havia mais de dez anos em fascículos semanais, — e o *Almanaque do Zé Carioca*, ambos em bom estado, o resto se resumia a uma meia centena de Bíblias mal cuidadas, alguns exemplares de *O evangelho segundo o espiritismo*, vários fascículos desordenados e em péssimas condições da *Enciclopédia Conhecer*, um punhado de autores desconhecidos e uma infinidade de revistas velhas e desbeiçadas. Mas foi na esterilidade desse solo pouco fecundo que encontrei uma verdadeira joia da idiossincrasia humana. Em uma antiga publicação da revista Seleções, a matéria intitulada *Os ossos de Sedlec.*

Estamos no pequeno povoado de Kutná Hora, na Tchecoslováquia do século XIII, para onde acaba de retornar de uma peregrinação na Palestina o jovem abade chamado Henrique. Reza a lenda que o devoto trouxera consigo um punhado de terra do Gólgota. Gólgota? Sim, é o monte onde o Cristo foi crucificado, com direito a pregos e coroa de espinhos, bem, a história que todo mundo conhece. Ao chegar, o pároco salpicou o solo do cemitério da abadia com a terra trazida do sagrado calvário. Logo a notícia se espalhou pela Europa Central, fazendo do cemitério de Sedlec, no subúrbio de Kutná Hora, o destino preferido dos mortos, se é que isso é possível.

Por várias vezes, nos séculos que se seguiram, a necrópole teve que ser expandida. Em épocas de guerra e durante o período da Peste Negra, os corpos eram empilhados aos montes sobre o solo sagrado. Centenas, milhares de defuntos apodreciam no verão sem que se desse conta de enterrá-los antes de se deteriorarem, expelindo gases fétidos e nocivos. O necrochorume escorria dos corpos causando insalubridade e levando mais moléstias à já debilitada população. Um miasma dos ínferos se alastrava sobre a superfície do solo. Os ratos se multiplicavam em proporções ainda maiores do que as mortes que causavam, passeando sobre os cadáveres e deles se alimentando. Era difícil recrutar coveiros e poucos eram os que se atreviam a se aproximar de um lugar tão maldito. O cheiro se arrastava por quilômetros, levando o pavor, causando náuseas e arrancando vômitos daqueles que insistiam em viver. Uma mancha escura como jamais se vira até então cobriu a Europa, como se São Pedro, o pescador e Senhor das tormentas e intempéries, lançasse sua tarrafa negra e arrastasse a gente sofrida em sua rede de malha fina e viscosa. Um terço da população morreu vítima da peste ou de doenças associadas. E nas valas do cemitério de Sedlec os corpos sumiam sob a terra, deixando como testemunho de suas desgraças o único legado possível: seus ossos.

No início do século XV, provavelmente durante um dos raros períodos de calmaria naquela Europa intercalada por guerras, foi erigida uma Igreja gótica no centro do cemitério, e no subsolo uma capela foi construída para servir de ossuário para os milhares de ossos que vieram à tona durante as escavações que deram lugar à igreja. Ali permaneceram empilhados até o século XIX, quando enfim surge o protagonista vivo dessa história de mortos e seus ossos: František Rint, o xilógrafo contratado para organizar os ossos. O porquê de um xilógrafo, bem, não faço a menor ideia, mas acredito que devia se tratar de um artista de mão cheia, haja vista a proeza que esse sujeito conseguiu. O Ossuário de Sedlec é sem dúvida uma das intervenções mais bizarras e macabras levada a cabo por um ser humano e que, a despeito do caráter funesto e da questionável ética da obra, ainda pode ser taxada de arte. Colunas, candelabros, sinos, altar, revestimentos e mobiliário, confeccionados com os milhares de ossos humanos. Em um dos cantos da capela é possível ler a assinatura de Rint, escrita, claro, com ossos. Uma obra tétrica a ponto de arrancar calafrios do próprio Belzebu.

O que mais me estarreceu na matéria, mais ainda do que as fotos, foi saber que a palavra "gólgota", numa livre tradução do aramaico, quer dizer "lugar da caveira", ou, simplesmente, "caveira".

Havia dias que eu estava extasiado por conta da minha nova descoberta. O ossuário de Sedlec foi a primeira luz no meu caminho depois da morte de Suzete.

“Zecão — eu disse mais uma vez. — Eu quero conhecer esse lugar, de qualquer jeito.”

“Porra, Edu, vai tomar no cu! Faz três dias que você só fala nessas bosta de esqueleto, caralho — disse com a sua habitual impaciência. — Porra, cara, quer ver osso vai cavar buraco na M’boi Mirim. Você parece doente. Se foder, meu — bufou e foi até à janela acender um cigarro, depois continuou. — E larga essa bosta dessa revista, se não eu vou rasgar essa merda. E cadê minha carta que você ia escrever em inglês? Porra, Edu, eu tô agindo na paciência porque eu tô ligado aí na sua tristeza, por conta da mina e tudo. Eu sei que é foda. Foda mesmo. Mas aí, caralho, cê tá atrasando o meu lado, Edu. Tu é o escritor ou não é?”

Na Bairral havia muitos analfabetos, semianalfabetos e alfabetizados que não sabiam ler nem escrever. Nos intervalos e após o jantar, quase sempre aparecia alguém me pedindo pra escrever uma carta pra família, um bilhete romântico pras drogaditas do pavilhão feminino e até um hino evangélico eu tive que compor. Fazia com prazer, mas por conta do ocorrido o serviço estava acumulado. E, claro, a carta do Zecão era prioridade. Tinha que resolver aquilo ou ele não ia parar de me encher o saco.

“Ok, Zeca. Vamos escrever pra gata. Ou é pro cara? Já nem sei como é a história.” Ele fez uma careta antes de explicar mais uma vez.

“Cara, presta atenção que eu não sou papagaio pra ficar repetindo. Então, me deram o sinal que a minha mina, a Helô, tá de enrosco com uma bosta de um americano. Vaca, filha da puta, dou tudo pra desgraçada e ela me metendo corno. Deixa estar. A gente vai fazer o seguinte: você vai escrever uma carta em inglês que eu vou ditar. O Cal tá saindo depois de amanhã e vai por a carta numa caixa de correio, com um remetente maluco que a gente vai inventar. O que vai acontecer? Fácil, ela vai ver a carta em inglês e vai pedir pro mané do americano traduzir. É aí que ela vai se foder”, sorriu sarcástico.

“E se ela desconfiar?”, eu disse.

“Desconfia porra nenhuma. Aquilo é burra que nem batente de porta, só sabe abrir a perna, isso ela sabe — e deu um soco na janela que até esmagou o cigarro. — Então vai, escreve aí. Caro americano otário, aqui quem fala é o macho dessa vagabunda que tá aí do seu lado. No momento, por umas questões que não vêm ao caso, eu estou interditado, mas logo mais eu vou sair, e aí seu cuzão, você... — silenciou ao perceber que eu havia parado de escrever. — Que foi, Edu, por que parou, caralho?”

"Espera Zecão. Preciso pensar como eu vou traduzir."

"Porra, mas você não fala inglês, caramba?!"

"Não. Quer dizer, me viro bem. É que tem coisa que tem que ser dita de outra maneira", expliquei.

"De outra maneira um caralho. Escreve exatamente do jeito que eu tô falando. Não tem que suavizar", reclamou.

"Não é questão disso. É que tem palavra que não tem tradução literal, Zeca. Por exemplo, não existe 'cuzão' em inglês."

"Como não? Cuzão tem no mundo inteiro. Como é que é cu em inglês?"

"*Ass*. É *ass*.", disse tentando organizar as ideias.

"E um cu grande?"

"Hum... *Big ass*, mas..."

"Então põe aí *big ass*, porra."

"Mas não é assim que funciona, cara. Ele não vai entender, Zeca."

"Sei, já entendi, já entendi. Então qual é o equivalente de cuzão em inglês?"

"Pode ser... *asshole*."

"Então põe esse tal de 'asrou' do caralho, e não me enche mais o saco."

Nessa toada fomos escrevendo a carta, entre socos, pontapés e ameaças de morte. A bem da verdade eu me divertia. Qualquer medida que ajudasse a quebrar a rotina e a acelerar o relógio era bem-vinda. Zecão gostava de mim, confiava, coisa difícil para um cara como ele. Dizia que eu era humilde, e esse adjetivo no universo quase carcerário que vivíamos, tinha uma conotação magnânima. Ser humilde era antes de mais nada uma atitude de desprendimento, justamente porque segundo essa tradição marginal, somente os grandes e audazes é que podem dar-se o luxo de serem humildes, uma vez que o humilde por definição literal, nada mas é do que um bundão... um *asshole*.

Eu tinha deixado o 38 e me mudado pro quarto do Zeca. Era um dos únicos com apenas dois leitos. Varávamos madrugadas filosofando, inventariando nossas vidas, fazendo planos para quando saíssemos dali. Havíamos perdido algumas causas, mas não lamentávamos o leite derramado; ao contrário, reafirmávamos nossas virtudes, claro, sempre na humildade, mas nos fortalecíamos devagar e aos poucos. Zeca me falava da prisão, da rua, do sentimento de abandono que nunca lhe dava trégua. Dos amores, todos perdidos, ora por drogas, vezes por canalhice e quase sempre por falta de grana. Tinha um respeito beatífico por sua mãe, a quem punha acima da Virgem Maria. Tinha no braço o nome dela tatuado com respeito e reverência: Dona Tereza. Zeca era temente a Deus e se curvava aos orixás e às cousas do Além. Trazia a triste história do irmão gêmeo morto afogado aos sete anos quando os dois nadavam na represa de Nazaré Paulista, onde ele cresceu. E por sinal, bastante. Era, como disse, um homem feito no machado, forte e de ossatura larga e saliente em algumas partes do corpo. Por dentro sempre me pareceu cálido e bom, embora se envergonhasse em expor essa segunda virtude. Antes de mais nada éramos leais e solidários um ao outro. Nos tornamos íntimos, cúmplices e parceiros. Poderíamos ter sido, eu acho, grandes amigos. Mas naquela época nenhum de nós sabia como efetivar tal relação. Mas foi apenas com ele, e uma única vez, que eu conversei verdadeiramente a respeito de Aninha com alguém.

Três semanas após o Cal ter deixado a clínica a tal da Helô veio visitar o Zecão. Ele estava sentado na mureta ao lado da quadra. Ela atravessou o pátio furiosa e parou na frente dele. Levantou o braço e lhe enfiou uma porrada que fez o Zeca cair do outro lado da mureta. Sem dizer uma palavra ela virou as costas e bateu em retirada.

Rapidamente tratei de espiar do lado de lá do muro. O Zeca tava caído de costas, cagando de tanto rir.

* * *

"Vai explicando, Genari, vai explicando", disse enquanto passava reto por ele no portão e ia invadindo sua casa. Ouvi a porta da rua bater atrás de mim e me voltei enfurecido para o fotografo que veio saltitando nervoso logo atrás. "Desembucha, Genari, o que foi que deu errado?", perguntei enquanto tirava minha arma da cintura para batê-la com força sobre a mesa de jantar.

"Você certamente mexeu na velocidade de sincronismo do flash", disse ao mesmo tempo em que fitava de soslaio o revólver em cima da mesa.

"Quer falar português, porra! Que velocidade, Genari, que merda é essa? Eu não toquei em nenhum botão a não ser no de clicar, lógico. O que aconteceu? Onde estão as fotos? Quero ver essa merda agora, já!"

Foi e voltou correndo com uma prova de contato nas mãos. A folha tremia enquanto ele engolia seco. Passou a mão de cima a baixo pelo rosto e se pôs a explicar. Eu na verdade não estava lhe dando ouvidos, apenas examinava sem entender por que os negativos só tinham sido expostas pela metade, ou menos que isso, um terço talvez.

"... então, você certamente mexeu no obturador. A velocidade tinha que estar no máximo em 1/125 e na câmera mostra que você fotografou com 1/250. O que acontece? A velocidade da cortina é superior à da deflagração do flash. Então..."

"Então é o caralho, Genari — interrompi aos berros. — Então eu vou te dizer o que é 'então'. Então é que era *você*, Mário Genari, que devia estar lá fotografando o flagrante pra mim, desgraçado. Mas não, agora o senhor Genari é fotógrafo de moda, de mulher pelada, de boceta, de peito. Cadê, Genari? Me mostra uma, só uma, quero ver suas fotos de modelo — ele baixou os olhos de maneira a evitar as labaredas que saíam dos meus. — Você não tem nenhuma, Mário, nenhuma. E nem vai ter. Eu poderia te ajudar nessa sua empreitada descabida, poderia sim. Mas e aí? Você me ajudou? Não, Genari, você simplesmente jogou uma câmera nas minhas mãos e disse 'se vira, nego'."

Ao ouvir a gritaria, Malu acordou e veio até nós, com cara de quem tinha fodido a noite inteira. Vestia uma camiseta curta branca e uma calcinha cor de rosa enfiada na bunda. Cruzou os braços e se apoiou no batente da porta que dava pra cozinha. Permaneceu ali emburrada, olhando pro chão, enquanto mexia com o dedão do pé um taco solto no assoalho. Vai ser gostosa assim na puta que o pariu, pensei na hora, mas não tinha tempo a perder com putaria.

"E o que eu faço com essa merda agora? — disse mostrando a prova de contato. — Todo esse esquema montado, Genari, foi pro lixo, pro lixo, cara."

"Eu fiz minha parte — interrompeu Malu, sem mover os olhos do piso. — Não tenho nada com isso, quero receber o combinado. Não vim do Rio pra chupar pau de graça."

"Ah, é mesmo? — perguntei irônico. — Mas parece que você abriu uma exceção pro nosso amigo aqui — acenei com a cabeça na direção do lambe-lambe. — Ele já te fotografou peladinha, já?"

Ninguém se atreveu a responder.

Eu gostava da Malu, ela tinha estilo. Mas só que era puta. E putas gostam mais de dinheiro do que os judeus. Fico imaginando como seriam as prostitutas judias, devem cobrar até pra dar boa noite. Aqui no Brasil não tem putas judias. Pelo menos as profissionais assumidas. Nunca soube que houvesse. Acho que só em Israel. Mas judeu comedor de puta brasileira tem de monte. E foi justamente através de um deles que eu conheci Malu, a puta fina mais desbocada do Brasil. Imediatamente passamos de amigos a clientes um do outro. Seria uma ótima parceria comercial, não fosse pelo fato de que eu nunca cobrei pelo pó e ela jamais me deu de graça.

Ela tinha me cobrado quatro mil dólares, fora despesas, para vir do Rio, arrastar o punk pra fora do Satã, enfiá-lo no carro, parar numa ruela do Bexiga e chupar o pau do miserável até que eu aparecesse com a câmera numa mão e a arma na outra. Já em São Paulo ela cobrou mais mil para cortar o cabelo e tingi-lo de preto. Ainda tive de pagar pelos coturnos, indumentária e acessórios punks. Um dia de produção e Malu figurou na noite paulistana como a punkzinha mais linda da primavera de 89. Vista uma única vez na capital paulista, a desconhecida punk carioca roubou a cena e circulou por um bom par de semanas na boca da galera outsider, sob o pseudônimo de Tina Tonk. Tamanho sucesso e a filha da puta foi dar de boa vontade pro Genari. Olhei para os dois, para a prova de contato e pra minha cara de idiota refletida no espelho atrás da mesa de jantar. Mas que caralho eu estava fazendo?

* * *

As coisas haviam mudado tão repentinamente quanto uma virada de tempo numa tarde de verão. A chuva forte me cegava e o vento, definitivamente, não soprava a meu favor naquele ano marcado por enxurradas. Eu me encontrava atolado no aluvião, e meus membros, assim como minha mente, pareciam impossibilitados de qualquer reação capaz de reverter aquele quadro. Eu vivia a vida de um ascensorista: subindo e descendo, alternando momentos de euforia e depressão. Foi naquela época que pela primeira vez ouvi o termo "transtorno bipolar", anomalia sensorial que em pouco tempo estaria na boca do povo com a mesma recorrência de "síndrome do pânico" ou "déficit de atenção". Isso pra não falar de "disfunção erétil", até então definida pura e simplesmente como "brochada". Em questão de poucos anos a gonorreia se juntaria à outras doenças venéreas para formarem as DST. Mundo mais besta, a gente muda a fuselagem mas os aviões continuam caindo. Sempre seremos densos, sujeitos a panes e pesaremos muito mais do que o ar que a duras penas respiramos.

Alfredo e Zecão, desconfiados do meu comportamento, sobretudo depois da maneira vil como dei cabo de Diógenes, aos poucos iam me pondo pra escanteio. Já não me consultavam para nada, todos os contatos que eu tinha eram agora gerenciados pelos dois. Eu tinha virado o cara da faxina, o homem da vassoura e da pá. Para isso eu contava com Gonzalo, sempre fiel. Mesmo o boliviano andava cabreiro com as minhas frequentes oscilações de humor e atitudes radicais. Foi quando resolvi mudar de vida, deixar os negócios pesados e me dedicar a qualquer atividade em que não fosse necessário cavar tantos buracos. Por isso eu tentava ser, digamos, gentil com o miserável punk, e então tomar a mão de Aninha para sempre. Era só o que importava.

O grande problema dos negócios escusos não está em entrar e fazer parte deles. A grande dificuldade é sair. As razões são inúmeras. Primeiro porque o desertor tem que abrir mão da contravenção. E aquilo que é ilícito, todo mundo sabe, vicia. De assalto a bancos ao consumo de heroína, passando por tráfico, assassinato ou simplesmente uma mentirinha inofensiva, o comportamento subversivo nos arrebata com a mesma rapidez e intensidade de uma paixão fora de hora. Porque assim são as paixões, elas sempre aparecem antes das nove ou depois das vinte e três.

Outra questão que dificulta o abandono de cargo numa empresa como a nossa é que uma vez dentro dela você está protegido pelo bando. Fora você se torna um alvo em potencial, claro, após anos fazendo inimizades e prejudicando o próximo, não será exatamente uma loira numa Lamborghini que estará te esperando do outro lado do portão. E mesmo o seu próprio pessoal — principalmente esses —não se sente muito à vontade em saber que você circula solto por aí, arrependido do que fez e com informações capazes de incriminar até um monge trapista.

Alfredo nunca acreditou que eu seria mesmo capaz de mandar Diógenes pro beleléu. A minha atitude fez com que ele começasse a prestar mais atenção no meu comportamento. Passou a agir com os dois pés atrás. O tempo das risadas, perdões e até a amizade que foi aos poucos sendo construída, de uma hora pra outra ruiu. Ele já não me convidava para finais de semana em Penápolis, pra beber conhaque e nem mesmo me chamava para as putarias na casa do Zecão, no Embu.

Fechamos a decadente pizzaria imediatamente após a morte de

Diógenes. Eu e meu irmão vendemos a casa rapidamente. Eu já tinha dinheiro guardado e três imóveis. No dia do enterro do infeliz eu decidi que iria mesmo parar. Sairia atrás de Aninha pelo Brasil afora e começaria uma vida nova. Mas nem foi preciso, ela já estava em São Paulo e eu ainda não sabia.

Como previra Alfredo naquele dia na clínica, o estrago que a morte de Diógenes fez em mim foi devastador. O dia do seu enterro foi mesmo o mais estranho da minha vida. "Você vai se estranhar", havia cantado a bola o facilitador. Não fazia ideia do quanto. Mas um dos efeitos da minha decisão de assassinar Diógenes foi o estado de inércia em que me prostrei. Matar por justa causa havia perdido completamente o sentido. Deus sabe o quanto me arrependi de ter matado o verme. Não se tratava de culpa ou remorso, mas de perda de identidade. Diógenes era o ser humano que mais me colocava em contato comigo mesmo. Durante o enterro as pessoas me espreitavam indignadas. Claudinha e Bell choravam inconsoláveis, e Darcy, que aprendera com o finado a arte de assar pizzas, me encarava com um olhar que exprimia raiva e indignação. Eu encarava a todos por trás das lentes escuras do mesmo falso Vuarnet, que por mais incrível que possa parecer, eu ainda mantinha desde os tempos de Jane. Por onde andaria Jane? Me lembro de ter pensado nela durante o enterro. Caramba, a cabeça do ser humano é realmente uma piada de velório.

Quando os coveiros passaram a despejar a terra sobre o caixão eu comecei a sentir cheiro de buraco e minha vista escureceu.

Virei as costas e fui embora. Precisava encher a cara.

Autoajuda: evite o primeiro gole.

* * *

Olhei mais uma vez para o imbecil do Genari e depois para a ordinária da Malu.

"Acabo de ter uma ideia. Me tragam uma folha de papel, uma caneta e a caixa de fósforos". Eu tinha que agir rápido.

* * *

Pouco depois de encerradas as aulas eu entrei em depressão. No início de dezembro Aninha e sua mãe viajaram para o Rio de Janeiro, onde a mãe dela tinha muitos amigos. Passariam o Natal e a virada de ano em Niterói. Naquela época eu desconfiava seriamente que Aninha fosse órfã e Amélia algum tipo de projeção fantasiosa.

Nos encontramos dois dias antes da viagem no pátio do colégio, onde ficava fixado o quadro de notas. Aninha ficara de recuperação em três matérias. Eu tinha passado direto. Não fazia ideia de como aquilo acontecia. O maldito Netuno, que naquela época eu nem fazia ideia de que habitasse também o firmamento, parece que só não fodeu com a minha vida num único quesito: estudos acadêmicos. Minha memória era prodigiosa quando o assunto era fórmula, teorema ou datas históricas. Também memorizava facilmente palavras, tinha um vocabulário extenso para um garoto de dezessete anos, embora eu mal fizesse uso dele. Também ia muito bem em inglês, apesar de não conseguir trocar duas palavras. Mas em quase todas as provas durante os anos escolares eu tirei nota dez em inglês. Com certeza eu não era burro ou totalmente idiota, e eu tinha plena consciência disso. O que de fato eu não conseguia entender de maneira alguma é o porquê de eu me comportar como um autêntico limítrofe. Eu podia ser tão tacanho e canhestro quanto um índio trabalhando de recepcionista no Café Photo — a bela casa noturna que seria inaugurada em 84 pelo fotógrafo Luiz Tripolli, no princípio um espaço *cult* e que depois daria lugar a um... digamos, espaço mais *cult* ainda. Eu era uma espécie de peixe bípede usando nadadeiras pra não me afogar. Bem, só eu é que sei o que eu era.

Quando Aninha chegou eu já estava no pátio.

Ela: "Passei?"

Eu: "Não sei, ué."

Ela: "Você não teve a curiosidade de saber?"

Eu: "Tive."

Ela: "E por que você não foi olhar?"

Eu: "Fiquei com medo."

Ela: "Medo?"

Eu: "É, medo."

Ela: "Então eu não vou dizer o que eu ia te dizer... Você sentiria mais medo ainda".

Virou-se e se dirigiu aos quadros. Voltou sorrindo. Um sorriso que não se decidia pela alegria ou pelo alívio. Talvez ela sorrisse por ambos. Parou bem perto de mim, agora sorrindo de verdade. Me abraçou de repente e enfiou seu narizinho no meu pescoço, colando seu rosto no meu. Fomos lentamente nos encaixando, como na acoplagem de uma nave à base espacial. Até nos consolidarmos de maneira quase siamesa. Uma mitose às avessas. Não sei se existe encontro de almas. Nem mesmo se alma existe. Mas naquele dia eu soube que havia encontro de corpos, de massas tão afins que pareciam ter sido moldadas na mesma forma. E Aninha era tão magrinha e a gente se apertava tanto que quem passasse ao nosso lado não veria mais do que um único corpo se contorcendo de maneira esquisita.

Arrastamos os rostos até que nossas bocas se colassem entreabertas, e, qual batedores que rastejam pela relva em missão de reconhecimento, ordenamos às nossas línguas que esquadrinhassem até o último milímetro do território desconhecido.

Então era assim que acontecia? Era isso? E, deus, como podia ser tão fantástico vasculhar alguém! E o coração, por que tinha tanta pressa? Como aquilo terminava? Parava sozinho ou a gente tinha que brecar? Qual dos dois termina? Quanto tempo esse estado de furor pode durar? E depois do beijo o que fazemos na sequência? Como que a partir de uma ação quase involuntária podia explodir uma miríade de perguntas inescrutáveis? Caramba, até beijando eu conseguia ser um pentelho.

E como que acordados por um despertador que a gente esquece de desligar no domingo, fomos interrompidos pelo bedel. "Aqui não é lugar de namorar", latiu o miserável. Despedaçado meu sonho, minha primeira reação foi querer cuspir na cara do idiota. Se fizesse isso as consequências teriam sido muito mais amenas. Fiz pior, encarei o desgraçado e disse a maior estupidez que poderia ter dito naquele momento: "Nós não somos namorados".

Assim, com a sensibilidade de um feitor. Aninha baixou os olhos e não se dirigiu mais a mim, se limitando a me responder com monossílabos.

Acompanhei-a até a sua casa. Não permitiu que eu passasse do portãozinho que dava acesso ao pequeno jardim. "Tchau, Edu. Boas festas. A gente se vê ano que vem", disse sem o menor tom de indignação ou raiva. Foi a frase de despedida mais impessoal e fria que ouvi em toda minha vida. Virou as costas e entrou.

Do céu ao inferno em quatro segundos. Nem uma Ferrari fazia isso:

Os dias seguiam tristes e melancólicos. Eu sentia um vazio e um aperto no peito que só sentiria novamente quando da morte de Suzete. Não comia e meus olhos lacrimejavam o dia inteiro, como se eu já tivesse nascido constipado. Chorar mesmo não chorei, mas passei a semana vertendo água pelos olhos. Não comia e dormia mal.

Então, no dia 9 de dezembro de manhã o telefone tocou às sete e meia. "Acorda, Eduardo. Telefone", berrou minha mãe da cozinha. Desci as escadas despencado dos degraus e cheguei ofegante ao aparelho. "Alô?" Houve um longo intervalo antes de ela dizer com a voz baixa, "Sou eu..." Meu coração disparou. "Oi, Aninha. Que bom falar com você..." "Edu — me interrompeu suavemente. — Você já tá sabendo?" "Sabendo? Sabendo o quê"- e senti que coisa boa não era. "Mataram o John Lennon ontem à noite." Aquilo não fazia o menor sentido, pensei. "Como é que é, Aninha?" "Assassinaram o John Lennon em frente à casa dele, lá em Nova York... Minha mãe está chorando lá na sala."

Aninha também chorava, ao mesmo tempo em que se esforçava para não deixar transparecer.

Bem, naquele dia um monte de gente chorou pelo mundo afora. John Lennon morreu numa segunda feira às 23:07 do dia 8 de dezembro de 1980. Com essa notícia triste fechávamos pra balanço o primeiro ano da década da entressafra.

35

O Destino, administrador implacável e inflexível do nosso livre arbítrio, tratou de concretizar tudo aquilo que eu tinha profetizado em relação à Viviane. Nos seis primeiros meses de casamento ela já havia engordado onze quilos, volume impossível de ser disfarçado em uma menina de 1,56 m. Minha pequena Ceci parecia um ovo de Páscoa. Mas como eu já esperava por aquilo, não me decepcionei muito. Apenas perdia o interesse por ela na exata medida em que seus ossos se distanciavam da pele. Tecido conjuntivo adiposo. O fantasma da obesidade, mas fossem as células adiposas vendidas em cápsulas e Aninha não sairia da farmácia. O que sobra pra uns falta pra outros. Isso é quase uma lei da física.

Mas a insatisfação não tinha só a ver com ganho de peso e flacidez epidérmica. Não. Era resultado de uma campanha mal sucedida: irregularidade, ações precipitadas, decisões urgentes que eram postergadas e um desinteresse de minha parte por todo e qualquer assunto que dissesse respeito às trivialidades mundanas do dia a dia. Envolver-me em questões como a demissão da babá, ou a escolha do tema da festinha de um ano do Junior, eram assuntos que me tiravam do eixo na mesma intensidade de quando Diógenes batia na porta do banheiro e perguntava se eu ainda ia demorar. Nada leva o homem à sua efetiva derrocada com tanta propriedade e rapidez como o cotidiano e seus presumíveis desdobramentos. O cotidiano é letal. Mesmo se vivido a distância.

Eu morava em São Paulo de segunda a sexta-feira e passava os finais de semana em Ubatuba. Descia pela Rodovia dos Imigrantes. Santos era uma das bases mais importantes das nossas operações e envolvia gente que não acabava mais. Era um emaranhado e complexo sistema de contrabando, onde cada um fazia exclusivamente o que lhe era devido. As operações eram setorizadas, como numa loja de departamentos.

A importação ainda não havia sido liberada, o que ocorreria apenas no governo Collor e de maneira gradual. Nenhum de nós tinha acesso completo às informações que se cruzavam como linhas de uma rede. Mas alguém, bem mais acima de nós, puxava a corda. Quem seria? Impossível saber. A engrenagem, o *modus operandi*, por assim dizer, lembrava um pouco o organograma do IRA, lá na Irlanda. Cada membro conhecia apenas a pessoa que o aliciava e as outras cinco que fechavam o grupo. Esse método antigo — mas eficiente — engessava as ações policiais. Alfredo recebia ordens de alguém que ele só conhecia por telefone. Dessa maneira nosso grupo de seis se circunscrevia, começava e terminava nele mesmo. Eu, Zecão, Gonzalo, Dida e Villano formávamos um time que se reportava ao Alfredo. Posteriormente aliciei um cara chamado André. Da mesma maneira ele não me conhecia, recebia ordens e cumpria. Por sua vez André montou sua equipe, e eu não fazia a menor ideia de quem seriam tais pessoas, mas sabia exatamente o que faziam, pois André me punha a par de tudo. E dessa maneira piramidal o sistema se abria sabe-se lá até onde. O único que detinha todas as informações era o sujeito na ponta da pirâmide, a quem chamávamos Tubarão, o homem no topo da cadeia alimentar. Muita coisa se dizia a respeito do Tubarão, inclusive que ele estivera por trás do roubo da taça Jules Rimet, e que usava no pescoço uma enorme corrente confeccionada a partir do ouro derretido do troféu. A polícia rebolava, pois era praticamente impossível desmontar uma estrutura estratificada onde não havia mobilidade social. A única maneira de acabar com a quadrilha seria de cima para baixo, capturando o Grande Predador Branco, já que ninguém saberia dar informações que levassem a polícia a um degrau acima.

Alfredo fora contatado para expandir os negócios no campo no narcotráfico. Até ali ele era apenas e tão somente aquele facilitador chinfrim, vivendo de suas pequenas falcatruas. Mas o peixe que Alfredo vendia era bem menor do que a barracuda que ele afirmava ter no freezer. E ele sabia mesmo vender seu pescado. Eu mesmo acreditei durante um bom tempo que Alfredo fosse uma espécie de líder chefiando uma bem armada e inexpugnável estrutura criminosa. Mas na verdade o esquadrão de elite ao qual Alfredo acreditava pertencer se limitava a uma dúzia de vigaristas truculentos, alguns policiais corruptos sem nenhuma voz ativa no metiê policial, despachantes metidos a falsificadores, um matador que só havia eliminado uma única pessoa — e por incrível que pareça era o alvo errado —, o enfermeiro tio do Jair, o engraxate, meia dúzia de putas, um oficial de justiça gago e um Juiz do Tribunal de Contas em vias de se aposentar e beirando a senilidade. Enfim, o mais próximo que o Alfredo tinha de uma equipe poderia ser entendido como um tropel digno de Brancaleone.

Ninguém ali sabia de fato o que era trabalhar pesado, pôr a mão na massa. Todos, do engraxate ao próprio Alfredo, sustentavam a empáfia de um ditador. Todo mundo ali tinha nascido pra mandar. Mas ninguém tinha as mãos calejadas e conhecimento profundo. Principalmente no que se referia a tráfico de drogas. E eu também não era lá grande coisa, muito pelo contrário. Mas era o que o Alfredo tinha para o almoço, e me encontrava na hora errada e no lugar errado. Um passador meia boca, é o que eu era. O resto se resumia a um pouco de boa vontade e uma sede sanguinolenta que nascera em mim de um dia para o outro, como a fúria corrosiva de uma úlcera. A única moeda de valor que de fato eu trazia no bolso era a tal da rota invertida. Essa eu conhecia em detalhes.

A mercadoria normalmente saía da Colômbia, entrava no Brasil e descia, quase sempre em direção ao interior de São Paulo, de onde era direcionada tanto para o território nacional quanto para o exterior. Eu sabia de um esquema onde a pasta saía da Colômbia e vinha atravessando a floresta, segundo diziam, em lombo de anta puxada por índio. Depois a mercadoria seguia até às imediações de Boa Vista em caminhões. Era um trecho onde a polícia normalmente se dedicava mais à fiscalização de madeira extraída irregularmente, o que facilitava o trânsito da droga. De lá ela saía do Brasil para a Guiana Francesa. Era onde entrava o Capitão Malvado, codinome de um militar da aeronáutica responsável pelo passeio da pasta nesse percurso. A droga então voltava para o Brasil pelo Amapá. E de algum lugar da costa desse extenso Estado seguia em saveiros turísticos até Salvador. Uma vez na Bahia a pasta era destilada e nós tínhamos que garantir a chegada do material até uma determinada doca em Santos. Daí pra frente já não era mais assunto nosso.

Normalmente eu descia na sexta pela manhã, fazia o que tinha que fazer, almoçávamos e seguíamos viagem felizes da vida. Eu e Treseu. Às vezes eu bebia demais da conta no almoço, então era obrigado a parar no acostamento da Rio-Santos pra dar uns tirinhos. Em Ubatuba passava mais tempo nos quiosques e botecos do Itaguá e da Praia Grande do que ao lado da família. Cheguei a ficar sócio em um quiosque na Praia Grande. Comprei trinta por cento do negócio num dia em que eu estava bêbado. Viviane nunca soube. Se bobear ainda sou sócio, vai saber. Foi um contrato verbal, sem testemunhas, mas o Zé Paulo me pareceu um sujeito bem legal. Não creio que me roubaria.

Vivi, além de engordar, passou a se arrastar pelo assoalho vestida com um par de chinelos velhos e um vestido que me parecia sempre o mesmo da semana anterior. O sorriso lindo ela ainda mantinha. Do pescoço pra cima continuava sendo a menina mais bonita do Brasil.

* * *

Deixei o Hospital Bairral no dia 21 de junho de 1986, um sábado à noite. O clima era de luto total. Naquela tarde o Brasil caíra diante da França de Michel Platini nas quartas de final da Copa do Mundo do México, o mesmo país onde 16 anos antes Carlos Alberto havia levantado o caneco do tricampeonato, o tal derretido por agentes do Tubarão.

Dei um abraço apertado mas pouco entusiasmado no Celso. O professor de educação física havia me deixado mesmo em forma. A gente se alimentava bem na clínica e me dedicar exaustivamente aos exercícios ajudava a não pensar em Suzete e Aninha. Me despedi de alguns poucos médicos e camaradas.

Fazia frio e Alfredo usava um sobretudo preto e um chapéu de feltro da mesma cor. Encostado no carro ele parecia o motorista do Dick Tracy. Alfredo fazia o impossível para encarnar os personagens que criava para si mesmo. Eu achava aquilo fantástico.

"Viu que merda? — foi dizendo antes mesmo de me cumprimentar. — Esse porra desse Zico só sabe jogar bola no Maracanã.", disse emputecido, e eu imediatamente me esqueci do pênalti mal cobrado e me lembrei de Amélia. Bem feito, devia estar rolando no túmulo.

"Boa tarde pra você também, Alfredo — ironizei. — A família vai bem?"

"Ô Conde, desculpa aí. Tudo bem, rapaz? É que é foda, porra, perdi uma puta grana nesse jogo. Eu vou parar com futebol, isso é pior que droga, nunca vi. Deixei meu filho em casa, coitado, chorava que nem uma criança."

"Alfredo, o seu filho é uma criança, porra."

"Então, mas tá lá sofrendo, o pobrezinho. País de merda, viu..."

Quando abracei Alfredo espiei por cima dos seus ombros e vi que havia alguém no carro. Gesticulei interrogativamente com a cabeça.

"Ah, cacete, é o Zecão. Tá com medo de descer do carro e os caras trancarem ele de novo", disse e soltou uma gargalhada espalhafatosa. Dei a volta no carro e fui cumprimentar meu chapa. Zecão deixara a clínica quinze dias antes. Os dois não perderam tempo.

Enquanto assinava a papelada de saída eu experimentava uma sensação nova. Foram quase dez meses de internação e até aquele momento eu ainda não via outro motivo para aquela estadia que não fosse a de me livrar da cadeia. Era como se tivesse esquecido que eu era um alcoólatra e cheirador contumaz. Estava eufórico por readquirir minha liberdade e ao mesmo tempo uma leve insegurança me apertava um pouco o peito. Quando o cara está confinado ele não tem de se preocupar com nada, exceto com uma boa maneira de burlar as leis rotineiras e de subverter a ordem vigente. Me lembro de quando cheguei na clínica. A única coisa que me passava pela cabeça era dar no pé dali o mais rápido possível, e naquele momento eu nem sequer havia atravessado as grades e já sentia uma saudade que não era bem saudade. Uma estranheza parecida com aquela que se sente no instante em que finalmente decidimos deixar a casa dos pais, e nos surpreendemos atravessando a porta da rua em direção ao abismo que separa um lar do resto do mundo. Mas foi pôr o nariz pra fora e a brisa arrastou aqueles pensamentos melancólicos numa fração de segundo, e a certeza de que tudo seria novo e diferente me encheu de coragem e esperanças. Dali pra frente minha vida seria escrita de uma maneira totalmente nova. Disso eu não tinha a mínima dúvida. Eu já me sentia um fora da lei e agora viria a parte mais legal: viver como um deles.

Já no carro eu observava silencioso a tristeza que preenchia cada centímetro das ruas por onde passávamos. Até no futebol aquela década passaria em branco. Quatro anos antes o Brasil havia montado uma das equipes mais fantásticas da história do esporte bretão. Mas parece que só mesmo o joio é que deu o tom nos gramados por onde a esquadra brasileira desfilou seus craques. Alfredo tinha razão, esse jogo era igual ou pior do que droga. As ruas estavam praticamente desertas, mas aonde houvesse um infeliz chorando numa esquina, o que se notava era um farrapo de ser humano que não diferia em nada de um viciado em situação de abstinência.

Não era nada daquilo que eu havia imaginado para o dia em que eu saísse do purgatório. Sim, porque quando se está confinado, a gente sempre faz um filminho de como será o dia da saída; as ruas, o sol, o reencontro com os conhecidos, essas coisas. O que se via era um cenário desolado naquele início de noite gelada. As casas enfeitadas de verde e amarelo, com bandeiras, bexigas, faixas, e pelas ruas onde passávamos podíamos ver o vento arrastar sobre as calçadas vazias restos de confete e fitas de papel crepom nas cores da bandeira nacional, dançando desnorteadas ao ritmo do vento, no mesmo compasso dos poucos bêbados que ziguezagueavam sem rumo, procurando em vão o caminho de casa.

É incrível como a derrota tem o cheiro, o sabor, a cor e a forma do fracasso. Somos um povo obcecado por festas, comemorações e algazarras. Sempre fomos. Poucos países no mundo contam com um calendário tão repleto de feriados, datas comemorativas e quintas-feiras enforcadas, como o nosso. Ao contrário de outros povos, parece que nós nascemos para vivenciar exaustivamente a baderna e a esbórnia e relaxarmos apenas nos dias úteis. E quando essa possibilidade de festejar nos é tirada é como se roubassem o ar que respiramos, e então gritamos a esmo e praguejamos a vida com palavras inaudíveis, pois todo mundo sabe que sem o ar o som não se propaga. Podem espernear à vontade, brava gente brasileira, ninguém vos ouvirá. O luto generalizado vivido nos anos oitenta foram bastante didáticos ao nos mostrar que não morreríamos asfixiados se não tivéssemos ao que brindar.

E eu queria comemorar. Foda-se o Zico e o Brasil, pensei na hora.

"Zecão — quebrei abruptamente o silêncio. — O que temos aí pra amenizar essa tristeza?"

Zecão sorriu. Parecia que estava esperando a pergunta. "No bolso escuro ou no bolso claro?", perguntou sorrindo.

"No claro, claro", respondi. Zecão sacou do bolso do casaco um saquinho com uma meia dúzia de papelotes. Alfredo foi pego de surpresa e ficou tão aturdido que quase furou o sinal. Parou o automóvel e armou um verdadeiro banzé.

"Não. Não, não e não! — foi gritando — Vocês só podem estar de sacanagem, não é possível, caralho. Conde, filho de uma puta, você acabou de sair de uma internação, cacete. E você também Zecão. Vão se foder, os dois. Vocês acham o quê, porra, que estão de férias? É isso? Hein? Fala, Conde!

Não tinha muito o que falar. Puta escarcéu fora de hora. Que porra de beatice era aquela? E a história de assumir minha natureza?

O que o Alfredo pensava, que passar uns meses numa clínica de loucos ia me curar? A começar que eu não fui parar naquele hospício atrás de cura. Aquilo me pareceu uma puta de uma demagogia. Quando Alfredo começou a berrar, e eu cheguei a pensar que ele estivesse zoando com a gente.

"Ué, Alfredo. *Abusus non tollit usum*, meu caro. Foi você que me ensinou, ha ha ha!"

"Para de palhaçada, Conde. Brincadeira tem hora."

Caramba. "Brincadeira tem hora". Aquilo era a cara do Alfredo. Nunca vi tamanha vocação pra professor ginasial. O que ele pensava? Dar um tirinho tinha tudo a ver com aquele momento. Por que diabos nós tínhamos que velar os corpos daqueles onze incompetentes que deviam estar à beira da morte de tanta tequila que certamente deviam estar enxugando lá no México? Se foder. Porra, a gente cansa de ver na televisão. Qual é a primeira coisa que o bandido faz ao sair da prisão, antes mesmo de dar uma bela trepada? Ora, ela procura os comparsas pra armar um assalto a banco. Deve haver uns mil filmes que começam assim. Então por que é que um cheirador não pode sair da clínica e dar um tirinho? Coisa à toa, só a título de pilantragem, por quê? Porque o tiozão Alfredo acha feio, é isso? Se foder. Vender pode, tudo bem, tá liberado. Mas consumir nem pensar. Só que se eu levasse essa incoerência ao Alfredo é claro que ele viria com uma idiotice do tipo "onde se ganha o pão não se come a carne."

"Porra — recomeçou. — Será que só eu é que percebo as coisas por aqui? A gente tá nessa parada pra vender, e não consumir e ser consumido por essa merda. Se vocês querem cheirar, vão cheirar na casa do caralho. Não no meu carro. Não no meu carro, fui claro?"

Claríssimo. Assim que entramos em São Paulo pedimos pro Alfredo nos largar no primeiro boteco aberto.

"Quero os dois na pizzaria às oito da manhã. E de cara limpa, fui claro?", e saiu cantando pneu.

Claríssimo. "Amanhã às oito" estaríamos muito bem. Agora era hora de tirar o atraso, e tentar não pensar em todas as providências que eu jurara a mim mesmo tomar, assim que pusesse os pés fora da clínica.

Mas até "amanhã às oito" tinha muito pó pra cheirar. Eu sabia que teria muito trabalho pela frente. Precisava de pelo menos uma noite para esvaziar a cabeça. Acabamos com o pó do Zecão e matamos uma garrafa e meia de Smirnoff. Saímos andando pela madrugada fria e oca da capital paulista.

Zecão havia reatado com a Helô, mas andava cabreiro, me contou. "Essa é o tipo de mulher, Edu, que pode pôr a mão em ouro e transformar em merda, te tirar das nuvens e te cobrir de pó. Só abrir a perna e foder, Edu, é só o que ela sabe fazer. E pra minha desgraça infelizmente é isso o que eu mais preso numa fêmea: a boceta e o que a dona da dita cuja pode fazer com ela. Deus sabe o quanto já tentei me acertar com mulher decente, mano, mas não rola, não tem acordo com meu pau. Esse bosta aqui — segurou o pau por cima da calça e deu uma balançada —, esse cabeça dura, esse infeliz, só se mexe quando vê uma vagabunda. Aquilo ali é uma mulher que tem cacete, que bate o pau na mesa. Sério, pra ser um traveco só faltava mesmo o pau. Mas não. Quis o destino que ela nascesse uma ameaça, e Deus lhe deu aquela boceta dentada que não aquieta nem com o pau de um cavalo — parou um instante e olhou pro céu nublado, antes de sentenciar. — A nossa história, minha e dela, já tem o final escrito. Um dia ela vai se mandar com outro, só vai. Tá na cara", e silenciou. Pressenti a deprê se aproximando e me antecipei.

"Porra, Zeca, pensa assim não, cara, deixa quieto. A gente nunca sabe o que pode virar."

"Sabe sim, Edu — me cortou. — Claro que a gente sabe. Todo mundo sabe tudo. Eu sei e ela sabe. Sabemos, os dois, que mais dia menos dia ela terá que fugir com fulano ou cicrano. Caso contrário eu mato aquela vagabunda... ou ela me mata. Tanto faz."

Depois calamos, já cansados. Eu pensava em Aninha. Olhei admirado pro Zeca. Com certeza ele não era perseguido por Netuno. O que ele acabara de profetizar fazia total sentido. Ele sabia, ou melhor, conhecia as nuances e sutilezas daquilo que lhe tocava. Podia descrever, explicar. Eu, ao contrário, era incapaz de dar nomes ou qualificar qualquer sentimento que não viesse de antemão etiquetado. Quando me envolvia com alguém eu normalmente já definia antes o que eu deveria ou não sentir. Pelo menos era nisso que eu acreditava.

O dia amanheceu em silêncio. As "oito horas" chegaram antes do previsto, e eu e Zecão seguimos rumo à pizzaria para aquela que seria a nossa primeira reunião de grupo. Já era dia 22 de junho e eu mal podia imaginar o que aquele domingo me reservava. Dali a pouco mais de doze horas eu enveredaria de fato e de direito pelo quase sempre irreversível caminho do crime. Por que até ali eu era apenas um passador de drogas. E isso aqui no Brasil nunca foi e nem será crime. Crime é matar uma mulher. Mesmo que seja por amor. "Quem ama não mata?" Bobagem, claro que mata.

* * *

Enfiei a mão no bolso e tirei um maço de notas verdes que refletiram nos olhos verdes de Malu, que sorriu um sorriso vermelho e estancou hipnotizada. Chacoalhei o maço como quem mostra uma coleira pro cachorro antes do passeio. E a cachorra correu na minha direção abanando o rabo e estendendo os braços e arrancou o punhado de dólares das minhas mãos, e examinou tão de perto que os números verdes das notas refletiram saturados no verde dos olhos dela, como que pintados por um impressionista ávido por cores e receita.

Clim-clim. Quase pude ouvir o barulho da máquina registradora que era o coração daquela menina alucinada por qualquer coisa que fizesse volume nos bolsos da calça de um provedor generoso. A protuberância que eventualmente poderia emergir entre essas duas saliências laterais, raramente lhe arrancava suspiros, ou lhe despertava qualquer interesse. Gostava mesmo é de grana. Como gostava de dinheiro.

"Olha aqui Malu, você não vai se aposentar à minha custa, está ouvindo? E muito menos eu irei sustentar a Dona Malu enquanto ela trepa de graça com o emergente Genari, o novo Don Juan da moda, e cruza as pernas para o seu mecenas: o bondoso e desprendido Eduardo Conde. É isso que você está vendo e mais um tanto igual a isso quando a senhora acabar o serviço. E isso sou eu que decido, digo, quando acaba tudo."

"Só isso?", mostrou o monte de notas.

"Como só isso? Tá louca? Estou te pagando mais mil e quinhentos dólares e te pagarei outros mil e quinhentos quando a gente acabar. Porra, Malu, para e pensa em quanto cacete você tem que levar pra tirar o que você já me arrancou em duas semanas."

"Ai, gato — disse contrariada. — Como cê tá chato, bravo, credo — enfiou a grana bolso do short e sorriu toda faceira. — Vem cá meu gatiiinho, deixa a Maluzinha te cuidar, deixa." Me abraçou e mordeu minha orelha, enquanto ia abrindo o botão da minha calça. Segurei-a pelos braços e afastei calmamente seu corpo do meu.

"Porra, Malu — disse entediado —, dá um tempo, vai."

"Ih... tô te estranhando, hein. Essa tal de Aninha de *inha* não tem nada. Te deu mesmo uma bela chave de xoxota, isso sim. Paixonou, foi? Ha ha ha..."

"Cala a boca, Malu. Cala a sua boca."

Jane certa vez havia me contado que quando a gente sente medo do cachorro, exalamos um odor que o animal identifica como medo. É quando ele geralmente ataca. Segundo a moça, basta não sentir medo pra que o bicho não voe no seu pescoço. Mas olha como é a cabeça da gente: assim que tomei conhecimento dessa questão metabólica, o que aconteceu? Simples: toda vez que eu via um cachorro eu ficava com medo de ficar com medo. E uma vez com medo eu já passava a ser um alvo em potencial. Tudo isso pra explicar que Amélia jamais poderia ter me contado a respeito do Netuno. Eu passei a ter tamanho pavor da neblina, que no final das contas eu já nem sabia o que de fato era bruma mandada por Netuno e o que era apenas uma breve confusão mental. Em vez de manter a calma e tentar enxergar com clareza, eu simplesmente aceitava aquela condição anuviada como se fosse uma maldição.

Com ou sem Netuno, o fato era que eu havia enfiado completamente os pés pelas mãos. Hesitar em matar Diógenes era absolutamente compreensível. Um dia fomos amigos. Mas economizar bala com o punk, porra, em razão do quê? Eu me perguntava como se não soubesse a resposta. Porque, é claro, eu sabia muito bem os porquês. No fundo eu sabia, mas certamente eu estava sob os efeitos da influência do Netuno.

A começar que eu sentia um ciúme que jamais experimentara até então. Passava dias seguidos me consumindo nas brasas desse sentimento que dispensa explicações. Mesmo por que não há explicação para tamanha insanidade. Eu já não conseguia trabalhar direito. Alfredo, Zecão & Cia. se mostravam cada vez mais inseguros em relação ao meu comportamento. O poder de concentração se dissipava com a mesma velocidade com que as pessoas se esquecem das nossas boas ações, e eu vagava entre uma obrigação e outra me desviando de fantasmas, no centro de um pântano sombrio e inconsistente, como num sonho prolongado, desses que se arrastam a noite inteira redundando sobre um mesmo tema. Resumindo: acordava e ia dormir com Aninha e o punk na cabeça.

Matar o infeliz estava fora de cogitação. Aninha desconfiaria na mesma hora. O plano original, antes de Genari dar pra trás e cagar com tudo, era obter as tais fotos da felação e enviar para Ana. Pronto. Mesmo que ela desconfiasse de mim seria aquele magrelo fedorento que sairia como vilão da história. Eu, claro, estaria por perto para consolar Aninha. Mas o golpe não funcionou e nós não tínhamos o plano B. O jeito foi improvisar. Dispúnhamos apenas de duas cartas. A primeira: ele não havia visto meu rosto. A segunda? eu contava com a cumplicidade de Malu, ou melhor, de Tina Tonk, a carioca arrasadora que fora vista saindo do Satã com um punk inexpressivo.

Aninha finalmente havia regressado de sua "turnê" pelas europas. Decerto também traíra o punk por lá, além de mim, lógico, sempre preterido em benefício de algum idiota um pouco menos idiota do que eu. É claro que só soube que ela tinha voltado por meio de um telefonema do Epitácio, o porteiro vendido.

"É, chegou sim, senhor. Ela mais aquele cabra do cabelo espetado, num sabe? (...) Então, seu Eduardo, esse um mesmo, o de sempre (...) Dormiu mais ela sim, senhor (...) Hoje cedo, foi, saíram os dois (...) Cabelo molhado? Ôxe, reparei não, senhor..."

Pra não dar bandeira peguei emprestado o Fiat do Genari. Soquei Malu no banco de passageiros e colamos na esquina da kit na mesma noite em que soube do retorno. Certamente Ana ainda não retornara ao trabalho. Era sexta-feira, nos plantamos ali e esperamos, esperamos e esperamos. Já eram quase dez e meia quando os dois saíram no Passat do punk. Seguimos o carro até o Spazio Pirandello, na rua Augusta. Demos uns vinte minutos e subimos de braços dados as escadas do bar.

Tem certas passagens nessa vida sedimentada por momentos descartáveis que são tão sensacionais e gratificantes que é como se déssemos a missão por cumprida: "Thank you, Lord. Thank you, Jesus. Já estou satisfeito, podem levar os pratos."

A cara dos dois ao nos ver adentrar o bar foi realmente algo impagável. A começar que ambos pareciam vestir máscaras de teatro kabuki. Mais brancos do que bunda de albino. Espetacular. Cada qual por seu motivo e suas razões estava petrificado.

Malu usava um vestido curto, preto, com botas pesadas no estilo dark, e uma belíssima jaqueta de couro. Eu nunca a vira tão linda e deslumbrante. A prostituta realmente transbordava naquela noite. Aquilo era uma fêmea em toda sua inteireza e perfídia. Tudo o que uma mulher pode, sonha, mas dificilmente consegue ser, acabava de entrar no Pirandello. E tudo aquilo que um homem ***não*** pode, mas sonha e só consegue ter se pagar, acabava de entrar no Pirandello. Essa era Malu, a vagabunda mais chique, sedutora e filha da puta surgida no cenário underground do sudeste brasileiro desde que Kátia Flávia, a Godiva do Irajá, fora vista cavalgando nua um cavalo branco em Copacabana. Eu, claro, não estava à altura da diva, mas felizmente me encontrava num dos meus melhores momentos; bronzeado, com os cabelos calculadamente desalinhados e vestindo Giorgio Armani dos pés à cabeça. Não, na cabeça além dos cornos postos por Aninha eu sustentava um clássico chapéu Borsalino, comprado em Milão, presente de minha querida parceira e confidente Cris. Pela primeira vez na vida eu não me sentia um molambo. Com um braço entrelaçado ao de Malu e o outro segurando um belíssimo sobretudo Comme Des Garçons, acenei com a cabeça e sorri para Aninha, enquanto Malu fingia-se surpresa ao encarar o punk, que, sem ter outra opção, deixou que o queixo lhe caísse até o meio da barriga.

Nos dirigimos até a mesa do casal.

"Oi, Aninha, que surpresa. Então você já está de volta?! Que bom... Oh, que tolo, me desculpe. Ana Leite, Tina Tonk. Tina Tonk, Ana Leite."

As duas se cumprimentaram. Uma sorria, enquanto a outra não sabia muito bem o que fazer com a expressão.

* * *

Era antevéspera do meu casamento. Eu havia acabado de chegar da rua Oscar freire com a Cris. Ela me fizera gastar uma pequena fortuna, alegando que eu deveria aproveitar as liquidações de Natal. Era dia 29 e já havíamos encerrado as atividades profissionais. Todo mundo tinha se mandado. O Zeca estava em Cancun com a sua mais recente vagabunda, a Socorro. Pediu mil desculpas, mas não estaria presente no meu casamento. Na verdade achei ótimo, não queria muita gente testemunhando a cerimônia. Os outros caras, nem me lembro onde se esconderam naquele final de ano. Fazia muito calor e Cris, recém-chegada de Londres, queria mais era bagunçar e ir pra rua.

"Edu, vamos no show do Akira S hoje à noite?"— olhei pra ela durante algum tempo antes de responder. Meu pensamento estava longe. E o que era essa porra de Akira S?

"Hoje não dá, Cris. Tenho um compromisso. Desculpe."

"Ok, vou ligar pra Lala, então.", disse ao mesmo tempo em que me dirigia um olhar estranho. Adorava a Cris, mas ela tinha esse jeito investigativo que me incomodava muito. Ela precisava sempre estar a par de tudo.

"Faça isso. Prefere que eu te deixe no hotel ou na casa dela?"

"Mas já, agora? Ainda são quatro horas."

"É, Cris, mas casar dá trabalho. Ainda tenho que resolver alguns detalhes."

"Sei... então tá" — concluiu ressabiada.

Cris só caía em mentiras se não estivesse a fim de pensar, ou se realmente achasse que a verdade não valia a pena. Creio que aqui a segunda hipótese prevaleceu. Ela sabia que eu estava mentindo. E também sabia que eu sabia que ela sabia.

Deixei Cris no Hilton e me mandei pro Bulevar do Eldorado, na av. São Luís. Tomei quatro dozes de Old Parr, enquanto repassava mentalmente o plano que eu havia elaborado durante tanto tempo. Às nove horas André me ligou num telefone público, como havíamos combinado.

"Ele já saiu, Santo. Faz uns dez minutos."

"Valeu, André. Farei o depósito em grana amanhã."

"Ok, e bom Ano Novo, Santo."

"Pra você também."

Santo era como me conhecia o André. Quer dizer, ele não me conhecia, apenas executava o que eu determinasse. Ele era o cacique da frente que eu abrira nos negócios. Assim como Alfredo era o nosso cacique.

Às dez horas eu entrei na casa da rua Orobó, no Alto de Pinheiros, munido de uma lanterna de bolso e uma Walther P22 alemã, semiautomática com silenciador. Eu havia estudado cada detalhe daquela ação.

O playboy viajaria no dia seguinte pra Recife. A família já havia descido para passar o réveillon no Guarujá. André também garantiria o atraso do vigia noturno aquela noite.

Sentado na sala escura eu bebia uísque da garrafa de bolso que trouxera comigo.

Pensava em Suzete, na noite das Diretas Já, no seu sorriso contagiante e nos seus planos sem pé nem cabeça para eliminar Diógenes. O *Speranza Gialla*, as guerras de almofada, as noitadas do início, com pouca cocaína e muito embalo. Ela chegando com sua CG azul, o capacete enfiado no antebraço. Não havia meios de convencê-la a meter o maldito capacete na cabeça. O dia em que ela fizera o bolo de maconha. As nossas trepadas, sempre divertidas e alegres. Ela gostava de vestir minha cueca depois de transar. Virava de bruços e eu enfiava a mão por dentro da cueca e coçava sua bunda até ela dormir. Então eu fazia carinho nas suas costas e tentava imaginar o que ela sonhava. Não era muito sonhadora, a Su. Não, era uma menina de ações, era assertiva, focada e bagunceira. Havia seus dentes, as molecagens e as gargalhadas que poderiam acordar até defunto. E ela já não desejava todo mundo, não, queria a mim. Teríamos filhos e uma casa grande com quintal. Foram momentos felizes, onde eu pude algumas vezes não pensar em Aninha. Cheguei mesmo a acreditar que poderia haver uma possibilidade longe de Ana e do seu sorriso a meio caminho do Céu.

Mas daí para o pior não demorou. Vieram as lembranças da fase pesada. Suzete vomitando sem parar, a criança abortada, seu rosto abatido num leito de hospital, onde os imbecis de branco se reuniam para especular sobre as causas da infecção que devorava seu útero. E ela enforcada numa garagem. Dizem por aí que aquilo que os olhos não veem o coração não sente. Não sei, tenho cá minhas dúvidas, poucas coisas me parecem tão incômodas e aflitivas quanto uma lembrança desacompanhada da imagem real, e substituída por outra, geralmente pior: aquela que damos forma por meio da nossa funesta e sinistra imaginação. Mas sim, sempre existirá uma fotografia mental para cada sentimento, ideia, memória. Não existe pensamento destituído de imagem. E dessa maneira eu pude ver o maldito playboy em cada detalhe sórdido do estupro de Suzete. E nesse pensamento eu me detive. A vileza, a podridão. O nariz do miserável entupido de pó. Suzete desacordada e um monstro entorpecido e furioso num vai e vem frenético, entrando e saindo de uma menina, com a mesma displicência com que enfia e tira seu carro importado da garagem. Quando finalmente esporra na vagina ensanguentada da mulher, ele sai de dentro dela saciado e enojado. Bate na cara da menina e se certifica de que está viva. Joga o corpo dentro do carro e arranca uma informação da vítima semiconsciente. Dirige em transe até o local balbuciado pela moça. Para o carro, abre a porta e despeja o corpo na calçada, como se fizesse uma entrega para Exu. Toca a campainha e se manda antes que alguém abra a porta. Em casa ele despenca exausto e desmaia sem se limpar. Apaga com o pau sujo de sangue e de porra. Acorda no outro dia e corre pro chuveiro, se esfrega até quase sangrar, ao mesmo tempo em que faz promessas a um ente invisível, em troca de que a moça — como ela se chamava mesmo? — não venha lhe criar problemas e pedir dinheiro.

E na tela de uma sala de jantar escura, eu assistia e retornava a fita, repassando quadro a quadro, cena após cena, incansável — setenta vezes sete vezes... E a cada nova sessão a minha indignação e ódio eram alimentados com colheradas de sangue, fel e uísque quente. Quando finalmente as luzes se acenderam e o protagonista da película em pessoa surgiu diante de mim, eu já não sabia a qual dos demônios que encarnaram no meu corpo eu delegaria a honra de levar para suas searas este recém-chegado que, em questão de segundos, se juntaria àqueles que me habitavam.

Me lembro apenas da boca do miserável se movendo. As mãos espalmadas na minha direção. Nos meus ouvidos os uivos dos mil demônios que me acompanhavam. Havia três anos que eu ensaiava aquele momento todas as noites, escrevia a peça como se orasse para os santos no silêncio do meu quarto. Todas as noites, durante três anos.

Todo o discurso que eu trazia na ponta da língua, a tortura psicológica, a crueldade no momento derradeiro, o anúncio da morte iminente, minha voz fria e impessoal como a de um carrasco... Nada, absolutamente nada do que fora planejado durante os três anos anteriores se cumpriu. A sede de sangue da Legião — sim, porque eram muitos — era tanta, e seus urros e gemidos tão autoritários e exigentes, que não me permiti nenhum tipo de delonga.

Surdo, mudo e cego. Foi nessa configuração básica que eu simplesmente me levantei lentamente da poltrona, apontei a arma, me certifiquei do pavor crispado nos olhos daquele maldito verme, e disparei sete vezes no meio da sua cara, enquanto ele desabava.

E me enchiam o saco dizendo que a 22 era arma de criança.

Assim que atirei pela sétima vez, o zumbido cessou, o som da noite penetrou a sala, um cachorro latiu no quintal do vizinho, um calafrio me arrancou arrepios. Levei a mão à nuca, que estalou após eu jogar a cabeça pra trás. Por fim olhei para os meus braços e pernas. Tudo ok, meu corpo novamente me pertencia.

Enfiei a Walther na cintura, fui até o lavabo, lavei as mãos. Matei o restinho de uísque e apaguei as luzes da sala.

Hecho, como diria Gonzalo.

Virei as costas e fui embora.

36

A gente é nessa vida o resultado do que fez na véspera. Ponto. A ressaca, por exemplo, é a prova mais irrefutável dessa teoria. E não há ser humano que algum dia na vida não tenha se esquecido de puxar a descarga. Basta ter uma pá em mãos e sair farejando, sempre há de se encontrar um lugar a ser cavado.

Alfredo era um especialista em achar pelo em ovo. Aliás, o miserável vivia disso, ora. Ela passava o dia vasculhando prontuários, para em seguida aparecer com a solução.

Tanto o inventário do meu pai quanto o de mamãe, haviam sido conduzidos por meu irmão e a advogada: ninguém menos do que a Mulher. E aquilo de fato sempre me pareceu o melhor a ser feito. Com a aquela *faccia* de bom moço, eu poderia esperar qualquer coisa dele, menos um pequeno deslize moral. Mesmo assim eu ainda prefiro acreditar que tudo não passou de um *engano*, como os dois insistiram em denominar a falcatrua.

Foi quando o advogado de Alfredo contatou a Mulher, que, segundo ele, gaguejava mais do que criança mijona em confessionário de padre velho. Mas ele dissera a ela que não se preocupasse, que sob hipótese alguma eu estaria disposto a pedir a revisão do inventário. Bastaria que fosse me passada a parte que lhes cabia do terreno da Cantareira.

Fiquei com o lote inteiro e nunca mais falei com meu irmão. Os aluguéis da casa e da kit, ou qualquer outra pendência que surgisse, seria a partir de então conduzidas por nossos advogados. No caso dele o advogado era a Mulher. Puta merda, às vezes eu penso: como tem gente especialista em escolher mal.

Iniciamos a obra na Cantareira uns dois meses após a minha saída da clínica. A princípio não sabíamos muito bem em razão *do quê* e *pra quê* estávamos investindo ali. Mas Alfredo intuía — e intuitivo de fato ele era — que deveríamos ter uma base afastada, que servisse a vários fins. Quais exatamente? Segundo Alfredo as necessidades surgiriam "naturalmente". Começamos com uma piscina e uma edícula com dois quartos, dois banheiros – masculino e feminino

– uma sala ampla e uma pequena sala de TV. Posteriormente e após várias tentativas de reposição tivemos que nos curvar diante dos fatos e nos contentarmos apenas com uma saleta. Uma semana era o que durava uma TV lá na serra. Ô lugar pra ter ladrão. O freezer e a geladeira nós tivemos que chumbar. E claro, um quiosque com churrasqueira e forno à lenha. E, por incrível que pareça, apenas o projeto fora desenvolvido por Diógenes, a execução ficou a cabo de um empreiteiro que eu trouxera de Ubatuba. Quanto menos pessoas soubessem do Lugar ao Sol, melhor.

Lugar ao Sol, era assim que chamávamos a base.

Foi na época da obra que recebi uma ligação a cobrar da Bolívia.

"Edu, no puedo creer que seas tú! ¿Es tú mismo, hombre?"

Ainda faltava um homem pra fecharmos o grupo. Alguém a quem não seriam delegadas funções de maior responsabilidade, mas que fosse discreto e absolutamente confiável. Havia convivido cerca de um mês com Gonzalo, apesar do pouco tempo ele sempre me pareceu um sujeito daqueles a quem você pode contar seu maior segredo, abrir o coração. Gonzalo era um homem bom e transparente, estava estampado no seu rosto, no brilho quase ingênuo do seu olhar. Quanto à questão da discrição, bem, aí eram outros quinhentos. Como esperar discrição de um boliviano, com cara de boliviano, tocador de flauta e que falava naquela velocidade estelar comum aos falantes do idioma castelhano?

Gonzalo, me dissera, estava *jodido* — ou *rodido*, em sua fonética —, sem um centavo. Queria saber se haveria *quien sabe, talvez una oportunidad... un trabajo, sí un trabajo, todo vale, cualquier cosa, hago um poco de todo, sabes...*

Mandei uma passagem, depois pensaria no que fazer com ele. Dois dias depois do telefonema o boliviano desembarcou em Guarulhos.

"Hola, ¿que tal?"

Autoajuda: ajude antes a si mesmo para, então, ajudar ao próximo. Ou ao distante. Vai depender de onde você se encontra.

* * *

Foi apenas no enterro de Diógenes que eu me dei conta de que o endereço oficial do Cemitério do Araçá é av. Dr. Arnaldo, 666. Quem poderia imaginar um número mais pertinente para a necrópole?

Tia Núbia, irmã da vovó, morava na rua Itajubá, de frente para os fundos do cemitério. Aliás, morava um monte de gente na casa.

A minha tia, filha dela, e as filhas dessa tia, o marido da Tia Núbia e o marido da minha tia, filha da tia Núbia e pai das minhas primas. Também moravam ali o motorista, duas empregadas domésticas e alguns animais de estimação.

Eu era bem pequeno, meu nariz não passava o cinto de couro velho que meu pai usava. Lembro da fivela. Não gostava muito de lá. Era uma casa onde nada era permitido às crianças. Eu era tímido e não ousava desobedecer aos mais velhos. Salvo quando meus intrépidos primos estavam por lá, normalmente nas festinhas de aniversário das minhas primas.

Escapulíamos e nos lançávamos cemitério adentro, e como quem penetrasse as páginas de um livro de histórias de terror, caminhávamos reticentes e atentos à iminente possibilidade de cruzarmos com alguma alma penada. Deus sabe quantos pesadelos tive por conta dessas aventuras que sempre acabavam mal, fosse pela fuga em disparada — sempre, é claro, após o anúncio de fantasma à vista —, e que inevitavelmente resultava no tombo de alguém. Ou pelos esporros que levávamos dos pais, quando invadíamos a casa esbaforidos e apavorados.

Coisas terríveis aconteceram naquela casa e, crendices à parte, as tragédias cessaram após a venda do imóvel.

A história da família Marturano teve início no Brasil com vinda do meu bisavô Giuseppe. A velha história de um menino pobre do sul da Itália, que chegou ao país dividindo os porões do navio com ratos e criminosos. Ao chegar na América, Giuseppe desembarcou na terra das oportunidades. Então, esse garoto trabalhou, trabalhou, trabalhou e finalmente envelheceu pobre, doente e sem um mísero centavo no bolso. Exatamente como 98% dos seus conterrâneos, com o agravante de que *nono* Giuseppe foi corno da *nona* Antonieta por muitos anos.

Entrementes era corneado, vovô Giuseppe viu sua filha mais velha, Núbia, casar-se com um bem sucedido médico paulistano de boa família, o Dr. Ademar. Para a casa dos dois ele se mudou após ser deixado em definitivo pela vovó Antonieta, quando já beirava os oitenta anos. Dizem que a maldição da casa da rua Itajubá vem dessa época. Contam que o *nono* roubava ossos de túmulos saqueados por ladrões lá no cemitério e os enterrava no quintal da casa. Verdade ou não, o velho vinha enlouquecendo a galope, e coisas sinistras começaram a acontecer. São muitas as histórias ligadas à casa, mas talvez a mais louca de todas tenha sido a do tio Anselmo, ocorrida já muitos anos após a morte do *nono*.

Anselmo, o filho mais velho de tia Núbia, então com 24 anos, fora esquecido no altar pela noiva no dia do casamento. Foi um deus nos acuda na Igreja de São Domingos, no bairro de Perdizes. Eu tinha uns dez anos, mas me lembro do bafafá, as juras de vingança proferidas a plenos pulmões por tia Núbia. Anselmo sendo conduzido para a sacristia, de cabeça baixa e amparado pelo pai e pelos tios. Me lembro de ter tomado um tapa na boca de minha mãe porque perguntei se ainda ia ter festa.

Dois meses depois, Palmeiras e Corinthians fizeram a final do Campeonato Paulista de 1974. Eram tempos em que as famílias frequentavam estádios e não havia polícia malvada e cordas de isolamento. Era comum ver três gerações; avô, pai e neto, de mãos dadas subirem as rampas do Morumbi.

Anselmo abandonara o emprego e amigos, mergulhando numa depressão profunda. Naquele 18 de dezembro, tio Ademar, a muito custo, conseguiu reunir os homens da família e convenceu Anselmo a tomar um banho, fazer a barba e nos acompanhar até o estádio do Pacaembu, para o primeiro jogo da grande final. Me lembro de mal ter posto os olhos no gramado. Passei quase que o jogo todo olhando de esguelha para aquele homem combalido, com a típica curiosidade mórbida das crianças. Ele passou quase todo o tempo tirando caca do nariz e fazendo bolinhas, mecanicamente. Eu me perguntava se ele já era porco antes de ter sido humilhado por Ana Alice, ou se aquilo era uma sequela.

O jogo acabou empatado em 1x1 e o campeonato só seria decidido no domingo.

Por parte de mãe sou de uma família de origem calabresa e decididamente palestrina. Eu fui o único a cometer um deslize, com aquela breve história do Flamengo da Amélia. Fazíamos festa no gol do Palmeiras e o tio Ademar abraçava e chacoalhava Anselmo, como quem tenta arrancar um orgasmo de uma boneca inflável. Impossível. Eu entendia tudo, porque as crianças entendem tudo. A gente cresce e perde a perspicácia.

Se a Academia de Ademir da Guia, Leivinha & Cia. não podia arrancar Anselmo do seu estado de torpor, bem, talvez somente o arrependimento de Ana Alice o fizesse. Mas se havia uma remota possibilidade disso ocorrer, Anselmo a destruiu naquela noite.

Numa atitude completamente insana, ou por puro ódio e vingança, um pouco antes da meia noite daquela quarta-feira, Anselmo tocou a campainha da casa de Ana Alice e passou reto quando ela abriu a porta. Invadiu a casa e se dirigiu até o quarto dos pais. Sacou uma arma e matou os dois, deixando viva a moça.

Anselmo foi preso naquela mesma madrugada enquanto vagava enlouquecido pelos arredores da casa da ex-noiva.

Foi julgado e condenado. Cumpriu pena num manicômio judiciário. E completamente alheio ao mundo, não se reportava a ninguém. Sua única resposta em reação ao mundo que o cercava era gritando "gol" quando passavam jogos na televisão. Não importando o time que assinalasse. Gritava "gol" várias vezes e depois retornava para as dimensões que normalmente habitava.

Acredite quem quiser: Anselmo morreu exatamente vinte anos após o crime, no dia 18 de dezembro de 1994. Corinthians e Palmeiras faziam mais uma final e novamente empatariam em 1 a 1. Desta feita o Palmeiras sagrou-se campeão naquele dia.

Anselmo, contaram depois os enfermeiros, morreu no intervalo do jogo. Só conseguiu comemorar o gol de Marques, para o Corinthians.

Quanto a mim e o cemitério, dois fatos marcaram a minha infância. Num deles eu devia ter seis ou sete anos. Como sempre, comemorávamos uma data especial com um belo almoço dominical preparado pelas mucamas de tia Núbia. Foi justamente no anúncio de noivado entre tio Anselmo e a futura tia Ana Alice. Então se for pensar, a história deles já teve início num dia no mínimo esquisito.

A poucos metros dali, na rua Major Natanael, um caminhão perdeu o freio e foi de encontro ao muro do Araçá, justamente na parte onde, do lado de dentro, ficam os ossários, pequenas caixas de cimento presas às paredes internas do cemitério. Voou osso pra tudo que é lado. Vieram rolando ladeira abaixo, até a esquina da Itajubá.

A visão que tive daqueles ossos espalhados pela rua me tiraram o fôlego. Aquilo era resto de gente. Era osso de gente. E se aquilo acontecia com a gente, então um dia eu também seria um esqueleto. Aqueles ossos estavam mortos, eu pensava. Me lembrei das pessoas que eu conhecera e que já tinham morrido; *nono* Giuseppe, tia Carmem, vovó Enrica e até o Aurelinho, um coleguinha da escola que havia morrido naquele ano de câncer. Senti uma enorme vontade de chorar e estanquei paralisado. Olhei ao redor e meus primos saltitavam por entre os esqueletos. Caio deu um pontapé num crânio e saiu correndo. Tive certeza de que Deus iria castigá-lo. Eu não conseguia me mexer e sentia repulsa e atração alternadamente por aqueles ossos. A morte era mesmo real e feia. Aquele foi o dia em que eu soube que Papai Noel não existe, que a vida não foi feita pra durar, e que a cabeça da gente pode virar bola de futebol. Aquela podia ser a cabeça do Aurelinho. Ali eu perdi minha virgindade, a ignorância que chamam de inocência. Depois da tarde dos ossos, *brincar* nunca mais teve para mim o mesmo significado. Eu fui iniciado naquele dia, a partir dali eu me tornei um homenzinho.

Olhei pros meus pés e vi um osso pequenino. Fiquei olhando pra ele durante um tempo, e nunca consegui entender ao certo o porquê de eu ter apanhado aquela microssobra de gente e tê-la enfiado no bolso. Esse talismã me acompanhou por muitos anos e eu nunca quis saber de que parte do corpo era aquele ossinho minúsculo.

Continuei parado olhando a correria das pessoas, enquanto girava meu amuleto com meus dedinhos, dentro do bolso da bermuda.

Senti uma mão no meu ombro e tomei um baita susto. Era o meu pai.

"Vem filho, não fica aqui não. Vamos pra casa", disse e saímos os dois em silêncio.

Naquela noite eu sonhei com Aurelinho. Ele aparecia como das últimas vezes em que eu o vira, já sem cabelo e um pouco abatido. Ele disse: "Você é um menino muito bom, Edu. Mas vai ter que se esforçar muito pra ser bom quando virar gente grande".

* * *

"Por favor, Alfredo, me perdoe. Não sei explicar como a situação chegou a esse ponto."

"Conde, você saberia me dizer a diferença entre *relevar* e *perdoar*?"

Lá vinha Alfredo. O esporro sempre era antecedido por algum tipo de advertência de cunho moral.

"A diferença entre o quê?", perguntei distraído. Ainda tinha minha cabeça em Helô caída no chão da cozinha.

"Entre *relevar* e *perdoar*?", perguntou, e dessa vez com impaciência.

"É meio que a mesma coisa... Só que diferente, né?"

Alfredo me olhou surpreso.

"Olha Conde, às vezes eu chego a pensar que você é um gênio, sabia? Que resposta, que resposta!", disse ainda com as mãos na cintura, balançando negativamente a cabeça e sorrindo decepcionado.

Permanecia de pé, atrás da mesa de seu escritório, andando pra lá e pra cá. Eu e Zecão sentados defronte da escrivaninha, de cabeça baixa e braços cruzados. Exatamente como dois alunos idiotas que foram pegos colando e agora aguardavam a sentença do diretor.

"Relevar, Conde, você releva quando sua mulher te trai. Agora, perdoar, você perdoa quando ela te trai com o seu melhor amigo — disse ao mesmo tempo em que apoiava as duas mãos sobre a mesa para me encarar mais de perto. — É isso, rapaz, simples assim, do jeito que estou te falando."

Enxugou a testa pontilhada de gotículas e prosseguiu depois de suspirar.

"Eu não tenho que perdoar vocês dois, Conde. Por favor, não seja ridículo. Não sou nem a mulher e nem a puta de vocês. E fiquem os dois sabendo que eu sou muito bom em relevar as coisas. Sou mesmo, podem ter certeza. Passo o dia inteiro fingindo não ter visto nada — incrível aquelas palavras terem vindo de alguém que vivia de fazer justamente o contrário do que acabava de apregoar. — Verdade — prosseguiu, — vivo deixando as coisas pra lá, sou legal até demais. Já minha irmã, por exemplo, a Dedé. Você conhece ela, Conde. Ô mulher boa, não é não? Aquilo é só bondade. Capaz de perdoar até o Diabo, e ao mesmo tempo é impossível para a Dedé relevar o que quer que seja. Nada, absolutamente nada. É a toalha molhada em cima da cama, o chinelo fora do lugar, a tampa da privada que ficou levantada, o pé molhado, a luz acesa, o pão que era pra ser de centeio em vez de integral, e por aí vai. Passa o dia infernizando a vida do meu cunhado e dos meus sobrinhos. Vai acabar sozinha, já disse isso pra ela, você vai acabar sozinha, Dedé, vai sim. E ela liga? Porra nenhuma. Ser cricri é mais ou menos como ser fofoqueiro. É um vício. É sim. É um impulso muito parecido com o que sente um viciado em jogo. Isso quem me falou foi o Valdeir, um despachante lá de Penápolis viciado em pôquer. Aliás eu quero te apresentar esse cara, Conde..."

A voz de Alfredo foi sumindo aos poucos até se tornar um chiado ininterrupto, como um rádio fora de sintonia que ficou ligado em algum cômodo da casa. Meus pensamentos pareciam circular dentro da minha cabeça e eu não conseguia raciocinar linearmente. As imagens iam e voltavam, se repetindo de maneira aleatória e desordenada.

Aquele dia tivera início às oito horas da manhã, com a nossa primeira reunião de grupo, onde fomos todos apresentados formalmente, o que quer dizer que todos ali faziam cara de bandido e procuravam se mostrar mais malvados do que de fato eram. A exceção de mim e de Zecão, que vínhamos emendados de uma balada, o resto da gangue se mantinha atenta e concentrada nos vários pormenores expostos por Alfredo ao longo do dia. Foi a reunião mais exaustiva de que participei na vida. A porra toda era mais complexa do que um plano de fuga num presídio de segurança máxima. Zecão ainda interagiu até que bastante, com sugestões e correções onde ele acreditava haver erros de interpretação. Eu me limitei a ouvir praticamente quase tudo. Digo *quase* porque volta e meia minha cabeça divagava. Expliquei como funcionava a rota de tráfico invertida, e esta foi minha única contribuição concreta para o grupo. No mais passei o dia sem emitir mais do que duas ou três opiniões. O bando parecia bom e o pessoal experiente e sério. Mas desde o primeiro instante ficou mais do que claro que Zeca não foi com a lata do Villano e vice-versa.

Alfredo pediu uma caixa de fósforos e queimou todas as anotações. Uma frase de efeito em latim e por volta das oito da noite, ou seja, doze horas depois, bateu o martelo e deu por encerrada a reunião. A partir daquele momento estava de fato formada a quadrilha.

Uma vez na rua e eu não tinha a menor ideia de pra onde ir. Eu havia saído da clínica na véspera e ainda não tinha me instalado em nenhum lugar. Na Pizzaria nem a pau. Não queria pensar em Suzete, o que seria inevitável, e muito menos cruzar com o sempre onipresente Diógenes. Zeca estava numa pensão de quinta, segundo ele. "Vamos para o Hilton, eu pago — eu disse. — Precisamos de uma noite bem dormida".

Uma chuva incomum para aquela época começou a se armar no céu noturno de Gotham City. Tomamos um táxi, mas Zecão insistiu em pegar seu carro na pensão. No caminho eu ia cantando "... no céu de Gotham City há um sinal, sistema elétrico nerrrvoso contra o mal... Cuidado!"

"Cala a boca, Edu. Tu canta mal pra cacete."

Zecão entrou na pensão enquanto eu esperava do lado de fora. Saiu com cara de poucos amigos. Ele: "Preciso passar num lugar antes." Eu: "Mas agora?" Ele: "É, agora, já."

O carro do Zecão era um Fiat 147 caindo aos pedaços. Montamos na charrete e partimos.

Me pareceu que nos dirigíamos pra Zona Sul, mas não tinha certeza. Olhava de soslaio pro motorista e era óbvio que ele não estava a fim de falar, ou simplesmente não queria responder a pergunta alguma. Zeca estava bastante tenso e eu comecei a me preocupar. Depois de uns quarenta minutos dirigindo ele parou diante de uma casa geminada, numa rua estreita e sem pavimentação. Tocou a campainha, um sujeito baixinho abriu e Zeca entrou. Saiu dois minutos depois e veio até o carro.

"Desce, Edu, vamos trocar de carro". Dessa vez era uma Brasília, no mesmo estado do Fiat. Eu agora estava bem preocupado. Conhecia meu parceiro o suficiente pra saber que ele não queria ouvir um piu. Mesmo assim tentei uma pergunta de viés.

"Zeca, isso que você quer fazer, precisa mesmo ser feito hoje?" Ele não respondeu. Dirigiu por cerca de mais meia hora e parou numa rua parecida com a outra e que era praticamente igual a todas por ali. Desligou os faróis e passou a observar uma casa de alvenaria sem acabamento, com aquelas janelas marrons de alumínio. A chuva já caía pesada e depois de cinco minutos eu apaguei.

Acordei não sei quanto tempo depois, com Zeca me cutucando. Olhei confuso e um sujeito saía da casa, segurando um casaco sobre a cabeça para se esquivar da chuva. Atravessou a rua correndo, entrou num automóvel e sumiu na esquina.

"Me espera aqui, se eu não voltar em dez minutos você pode ir embora." Disse muito sério.

"Porra Zeca , qual que é, cara? O que você vai fazer?"

"Nada demais, relaxa. É a casa da Helô. Se eu não voltar é porque vou dormir aí. Nesse caso a gente se fala amanhã."

"Mas Zeca...", ele saiu apressado. Eu tentava acompanhar seus passos, mas era difícil por causa da chuva. Percebi quando ele entrou.

A maior parte dos crimes passionais acontece na cozinha e não na cama.

E o Alfredo me vem com a aquela: "Quem ama não mata". Mas meu deus, é claro que mata. O que nos impede de dar cabo de alguém não é o amor, porra, é o medo, a culpa e a moral. E isso ocorre em todas as camadas sociais. A gente só vê menos crimes hediondos entre os ricos justamente por isso. Não que os abençoados sejam mais éticos, pelo contrário, rico não tem moral, é moralista, o que é bem diferente. É que os abonados já nascem culpados, e o peso dessa carga os engessa por inteiro. Porra, às vezes eu sinto uma desesperança dos diabos. Olho ao redor e vejo meus semelhantes vivendo sob o efeito constante de uma piada de velório: rindo para não chorar. E isso, meus irmãozinhos, só tem um nome: insanidade. Pura insanidade.

Por essas e outras é que Amélia costumava dizer que "a gente só não faz verbo intransitivo". A gente não faz chover, acontecer, nevar e não doemos e nem transbordamos. Quanto àquilo que for transitivo, direta ou indiretamente, somos capazes de tudo; matar, esquartejar, torturar, mentir... Sobretudo mentir.

Quantas vezes eu não mentira para Aninha e para mim mesmo. Há muitos anos, quando pela primeira vez uma fagulha de pensamento macabro em relação a Ana traspassou minha mente numa fração milionésima de segundo, aquilo teve muito mais a ver com amor do que com ódio.

Mas naquele tempo eu não era capaz de uma coisa nem de outra. Digo, amar ou odiar, sempre me pareceram sentimentos derivados da mesma genealogia. É como observar uma escala cromática de cores e tentar estabelecer o ponto exato em que o verde deixa de ser verde e passa a ser amarelo. Engraçado, era sempre na imprecisão desses lugares vagos e indefinidos que eu tentava me posicionar em relação à Ana. Ah, Aninha, Aninha....

A chuva castigava. Meia hora, quarenta minutos. Mais um pouco e a luz acabou. O Inferno não poderia sem tão sombrio. Mesmo porque lá tem lareira. A luzinha débil e oscilante de uma vela começou a tremular no que me parecia ser a cozinha da Helô, na lateral da casa para a qual eu estava voltado. Raios, trovões e sombras fantasmagóricas se moviam no cômodo da casa. O que parecia ser a sombra de um gigante ia e voltava pela parede, com a cabeça disforme já no teto do recinto. Depois uma sombra menor, então as duas e depois as duas juntas e novamente separadas.

Mais uns minutos e a porta da rua foi semiaberta. Pude ver através da água o que parecia ser meio corpo do Zeca para fora. Mas rapidamente a metade do meu amigo desapareceu e a porta foi novamente fechada. Aquilo já estava cheirando a merda muito antes de a digestão começar. Fazia um frio de congelar sangue de espanhola. São Pedro não parava de mijar lá do seu banheiro a céu aberto. Iansã girava sobre seu próprio eixo de maneira a gerar um ciclone. Era uma daquelas noites em que homens, deuses e entidades decidem ir a campo para por em dia os seus atrasos. Com certeza aquela não era uma noite hospitaleira. E certamente eu não ficaria ali esperando os vivos ou os mortos traçarem planos para o meu amigo. Ir embora estava fora de cogitação.

Sem me importar com a chuva, escuridão e com os buracos da rua de terra, desci do carro e caminhei até a soleira. A água transbordava das cumeeiras. Me abriguei um instante sob o pequeno alpendre e colei meu ouvido na porta, mas o barulho da água caindo não deixava que eu ouvisse porra nenhuma. Meti a mão na maçaneta e a porta se abriu ao meu movimento. Entrei na casa e à medida que caminhava em direção aos berros da Helô o som da chuva sobre as telhas de zinco faziam com que eu me sentisse dentro de um barco à deriva em alto mar, com um rádio zunindo alto a perseguir uma frequência. Caminhei titubeante e tateando em direção da luz, que de fato vinha da cozinha. Colei meu corpo à parede junto da porta.

"Sabe por que, Zecão? Porque você gosta. Você gosta, cara, gosta de ser corno. Cê tem vocação pra ser chifrudo. Sabe qual é a diferença de você pra mim Zeca, hein, sabe? É que eu, meu filho, sou uma vagabunda assumida. Eu sou safada messsmo. Assumo e estou pouco me lixando. Quero que se foda, você e o resto do mundo. Agora você... você é um corno manso que não se assume. É corno sim. CORNO, tá entendendo? — fez-se um pequeno silêncio antes de ela prosseguir. — Olha que ridículo, você aí, segurando essa faca de cozinha. Acorda, Zeca, você não vai fazer porra nenhuma. Essa sua sombra na parede me assusta mais do que você, babaca".

Não resisti e dei uma espiada com o olho colado no batente da porta. A sombra de um titã segurando um punhal se erguia do chão até às folhas de zinco do teto da cozinha. Não fazia sentido eu ficar ali parado como um dois de paus. Aquela louca estava brincando com fogo. Zeca era feroz, destemido, violento e segurava uma arma. Pouco me importava a vida daquela vagabunda da Helô, mas eu tinha que impedir o meu amigo de fazer uma grande besteira. Inspirei fundo e entrei na cozinha, calmo e tranquilo como quem sai da missa. Parei do lado do Zeca e apoiei minha mão esquerda no seu ombro. Ele se virou na minha direção lentamente e me olhou como se já me esperasse ali. Parecia meio que numa espécie de transe. Helô botou as mãozinhas na cintura, sacudiu a cabeça pros lados e riu debochada.

"Bom... Muito bom, ha ha ha... Quer dizer que soltaram o drogadinho? Agora já entendi. Vocês fumaram um baseadinho, não fumaram não? Ha ha ha..."

"Zeca — eu disse em voz baixa, chamando meu camarada e ignorando completamente a cadela. — Zeca, simbora cara. Esquece isso, velho, não vale a pena."

Ele me olhava aturdido, como se não pudesse reagir. Mas o que estava acontecendo? Pensei. Aquele cara não era aquele cara. A vagabunda continuava a xingar e ridicularizar o Zeca. Será que a estúpida não tinha noção de perigo? Desci minha mão até o punho de Zeca e com calma fui abrindo seus dedos.

"Isso mesmo, seu ponta de agulha de merda — disse a louca se dirigindo a mim. — Leva o seu namorado corno embora daqui. Vai lá espetar o seu bracinho, vai, se é que ainda tem veia aí — e depois riu ironicamente e continuou. — Você sabe que o seu amigo aqui, drogado, gosta de ser corno, né? Aposto que lá no covil de vocês ele é macho pra caralho. Aposto. Mas aqui, drogado, aqui ele é só um doente frouxo e esquisito. Já peguei esse filho da puta se masturbando pelo vão da porta enquanto eu fodia com o primo dele..."

Aquilo, é lógico, era loucura daquela destrambelhada. A gente sempre sabe do que uma pessoa é ou não é capaz. A Helô estava pedindo pra morrer. Mas para meu espanto Zecão não reagia. Lentamente eu tirei a faca da sua mão. Em seu torpor ele não ofereceu resistência.

"E tem mais...", ela ia continuar mas eu cortei. Não precisávamos ouvir aquele monte de merda.

"Cala a boca, filha da puta. Você tem sorte de estar viva".

Helô soltou uma gargalhada sonora, que por alguns segundos fez frente aos zunidos de Iansã, que rodeava a casa, envergando galhos e sacudindo as folhas de zinco. Estancou subitamente e continuou, como a zombar perigosamente de um louco desacorrentado.

"Sorte de estar viva? Foi isso que você disse? Se enxerga, pau-mandado, se enxerga. Quem tem sorte são vocês. Porque com essa chuva não adianta eu gritar. 'Sorte de estar viva', ha ha ha... piada. E olha, seu bosta — agora se dirigindo ao Zeca. — A próxima vez que você que você me apontar uma arma, seu viado, todo mundo vai saber o que você me pede pra te enfiar enquanto..."

"Cala a boca! — gritei. Eu não queria ouvir aquelas mentiras. Aquela era uma mulher má e venenosa. Um ódio súbito começou a percorrer minha coluna, subindo e descendo, subindo e descendo. — Mandei você calar a boca!", berrei mais alto ainda. Helô pareceu momentaneamente surpresa. Parou de falar.

"Vamos, Zeca". Puxei meu amigo pelo braço como que conduz um sonâmbulo de volta à cama.

O que mata, o que destrói. O que de fato fere e é muitas vezes responsável pelas grandes merdas é o último ato. É sempre por ele que seremos julgados e sentenciados. Nós já cruzávamos a porta da cozinha em direção da rua. O assunto estava liquidado. Eu conversaria com Zeca no dia seguinte e com certeza aquela história teria fim ali, naquela barulhenta e imunda cozinha. Mas não. Faltava a última palavra. Porque tem gente que é justamente assim: prefere morrer a fechar a boca. Helô era uma dessas pessoas.

"E vê se não vai chegar em casa e bater uma punheta, seu viado!"

"Eu mandei você calar a boca, piranha!"

Não sei por que, mas eu ainda tinha a faca na mão. Talvez um pressentimento. Girei sobre os calcanhares. Um ódio cego e surdo me jogaram noutra dimensão. Havia apenas eu e um par de lábios que insistiam em se mover freneticamente diante de mim. Acho que ela ria, não tenho certeza. Parado diante da mulher eu fixava o olhar naquele rosto empertigado, cujos lábios haviam sido tirados de um boneco de ventríloquo e colados naquela cara.

Depois vi o sorriso desmanchar devagar. Tão devagar quanto era a maneira como eu enfiava a faca no ventre de Heloísa. Torci o punhal e pude constatar a dor nos olhos dela, sem que aquilo me despertasse sentimento algum. Pelo menos que eu me lembre. Retirei a faca e ela tombou de costas no chão de cimento. Depois eu me ajoelhei sobre um joelho apenas e enfiei a faca algumas vezes no estômago da cadela. Tudo bem devagar para não fazer muita sujeira. Me levantei e vi que, fora minha mão, o resto do meu corpo estava tão limpo e molhado quanto antes. Enxuguei as mãos num pano de prato. Limpei a faca, muito menos preocupado em remover digitais do que propriamente em manter o recinto o mais habitável possível. Detesto sujeira. Zecão observava tudo impassível e distante.

Virei as costas, tomei Zecão pelo braço e fomos embora.

Meu amigo permaneceu mudo até muito tempo depois de termos acordado Alfredo. A única coisa que disse foi:

"Você não acreditou naquelas coisas que ela disse, acreditou?"

"Claro que não, parceiro. Claro que não."

37

Fizeram a gente acreditar que amor mesmo, amor pra valer, só acontece uma vez, geralmente antes dos trinta anos. Não contaram pra nós que amor não é acionado, nem chega com hora marcada. Fizeram a gente acreditar que cada um de nós é a metade de uma laranja, e que a vida só ganha sentido quando encontramos a outra metade. Não contaram que já nascemos inteiros, que ninguém em nossa vida merece carregar nas costas a responsabilidade de completar o que nos falta: a gente cresce através da gente mesmo. Se estivermos em boa companhia, é só mais agradável. Fizeram a gente acreditar numa fórmula chamada dois em um: duas pessoas pensando igual, agindo igual, que era isso que funcionava. Não nos contaram que isso tem nome: anulação. Que só sendo indivíduos com personalidade própria é que poderemos ter uma relação saudável. Fizeram a gente acreditar que casamento é obrigatório e que desejos fora de hora devem ser reprimidos. Fizeram a gente acreditar que os bonitos e magros são mais amados, que os que transam pouco são confiáveis, e que sempre haverá um chinelo velho para um pé torto. Só não disseram que existe muito mais cabeça torta do que pé torto. Fizeram a gente acreditar que só há uma fórmula de ser feliz, a mesma para todos, e os que escapam dela estão condenados à marginalidade. Não nos contaram que estas fórmulas dão errado, frustram as pessoas, são alienantes, e que podemos tentar outras alternativas. Ah, também não contaram que ninguém vai contar isso tudo pra gente. Cada um vai ter que descobrir sozinho. E aí, quando você estiver muito apaixonado por você mesmo, vai poder ser muito feliz e se apaixonar por alguém.

John Lennon

Aninha terminou de ler o texto e fechou o caderno. Os olhos marejados. Os demais, em silêncio, enxugavam as lágrimas ao som de "Give peace a chance". Eu fazia o possível para parecer consternado, segurando a testa com o indicador e o polegar, mantendo a cabeça baixa.

Era 10 de dezembro, dois dias após a morte de Lennon. Eu havia saqueado minhas economias e comprado uma passagem para Aninha. Naquela manhã fui buscá-la de ônibus no aeroporto de Congonhas. "Tava péssimo lá no Rio. Obrigada".

Me estendeu o Caderno B, do Jornal do Brasil. Havia uma foto de John e Yoko na primeira página, seguida de um longo texto abordando a morte absurda do cara. Do lado esquerdo da página eu vi bem grande: "Ultralar. Forno eletrônico Sanyo pelo menor preço" e a foto do forno, igualzinho o que meu pai acabara de comprar para mamãe de Natal. "Putz — eu disse. — Meu pai comprou um desses pra minha mãe ontem". Aninha ficou estarrecida, olhando catatônica pra minha cara. Não comentou nada. Ela parecia mesmo tocada com o assassinato do ex-Beatle. E eu, bem, era mesmo difícil para um "menino de mentalidade mediana" entender tal sofrimento. Me identificava mais com o Jorge Ben.

"Vão cremar ele hoje e entregar as cinzas pra desgraçada da japonesa". Caramba, ninguém gostava da japa. Ninguém. Acho que o assassino deve ter mirado nela, só que errou, pensei na hora.

Enquanto Aninha silenciava eu ia pensando no desperdício que era incinerar uma pessoa. Jamais permitiria que fizessem isso comigo... se é que é possível um morto permitir seja lá o que for. Precisava fazer meu testamento urgentemente, e meus ossos seriam meu legado à humanidade.

Aninha apenas acabara de chegar e já tratou de organizar o evento: um tributo a John Lennon. Uma espécie de solenidade "engajada". A entrega, a causa e o sofrimento. Era sem dúvida filha legítima de Amélia. No ar pairava o espírito inconformista dos irredutíveis, que tratariam de outorgar posteridade a John Lennon, da mesma maneira como haviam feito três anos antes os fãs de Elvis Presley. Um sarau-velório, quarup, kadish. E eu, assim como Ana, descobri o prazer quase orgástico daquele ritual fúnebre. Ao longo daqueles anos repetimos a cerimônia por ocasião da morte de Elis, Marvin Gaye, Júlio Barroso... A galera se reunia na casa dela, recitava poesias, tocava, chorava. Muita maconha e vinho barato.

Aquelas experiências me pareciam extremamente mágicas e excitantes. E foi nesse estado absorto que naquele dia 10 de dezembro eu subi as escadas da casa de Aninha e a esperei deitado em sua cama, certo de que ela viria em seguida. Em questão de minutos estávamos nus, como se houvéssemos acordado ali naquela cama nessas condições. Não me lembro de tê-la despido, ou mesmo de ter tirado minhas roupas. Tampouco sei do que aconteceu e como aconteceu. Num determinado momento me vi com Aninha enroscada no meu corpo, dormindo como um anjo. Eu acabara de acordar de uma vida sem sentido.

Eu nunca mais voltaria a experimentar alguma coisa sequer parecida com o que senti naquele dia. Mas assim como um guerreiro de passagem que acorda no leito de uma donzela cujo nome desconhece, me senti impelido a repetir o mesmo movimento que parecia reger minha vida em todas as ocasiões relevantes: me vesti e fui embora.

O que Yoko fez com as cinzas de John ainda permanece em segredo.

Autoajuda: escolha hoje quem vai te enterrar amanhã.

* * *

"Malu, vá urinar. O idiota vai te seguir. Arranque o que puder desse imbecil."

Nós ocupávamos uma mesa próxima do balcão. Aninha e Olegário estavam mais pro fundo do bar. "Ólegário". Cacete, aquilo só podia ser piada. Um punk com o nome Olegário é a mesma coisa que um judeu chamado Tanaka. Na mesa ao lado da deles, acompanhado de uma mulher mal vestida e de óculos parecidos com os de Diógenes, estava o músico e compositor Arrigo Barnabé. Caralho, Olegário & Barnabé daria uma bela dupla caipira. Aninha estava sentada de lado pra mim.

"Oi, Tina, prazer — retribuiu Aninha. — Edu, esse é o Olegário, um amigo". "Um amigo", ela dissera. "Um amigo." Se foder, porra. Minha cabeça zunia enquanto os lábios do punk se erguiam trêmulos numa tentativa malsucedida de um sorriso. Me lembro de ter feito um esforço enorme para não embarcar naquela nave que me tirava do contexto em situações de extrema tensão e me remetia a alguma dimensão onde eu parecia me ver fora do corpo. Isso sempre acontecia um pouco antes de eu matar alguém quando me deixava dominar pelo ódio, por exemplo. Estendi a mão pro miserável e não disse uma palavra.

Passei aquela noite nesse limiar, no estreito vácuo existente entre a realidade física e a subjetividade fantasiosa dos pensamentos obscuros. Meio parecido com aquela música "foi pra roda-gigante, foi girando, o amigo Olegário, foi girando..." Não sei se era minha cabeça que firmava enquanto o cenário girava veloz ao meu redor ou se era ao contrário. Mas o fato era que eu me sentia como um dado dentro de um copo nas mãos de um crupiê, como se meu cérebro estivesse chacoalhando solto dentro da minha cabeça, pronto para ser cuspido do corpo sobre o patíbulo.

Alea jacta est. A sorte está lançada, me dissera Alfredo no dia em que matei Helô. Só fui entender o significado das palavras dentro daquele contexto muito tempo depois. Na ocasião do crime, pela primeira vez na vida eu me senti dono e artífice do meu destino. Até então os desdobramentos das minhas ações vinham sempre acompanhados das contribuições do Destino, quanto agente da Vontade Suprema. Mesmo as mortes de Amélia, papai e mamãe, foram fruto do trabalho em conjunto com esse eficaz e ao mesmo tempo imprevisível funcionário do Criador. De arma em punho a vontade própria sempre me pareceu sobrepujar os caprichos de um destino que se cumpria por meio de forças alheias à minha vontade. Isso poderia ser mesmo verdadeiro num primeiro momento. Mas o que na época eu não sabia é que quanto mais radical é a atitude, mais os seus desdobramentos passam a depender de fatores que estão muito além da sua capacidade de controle. E a verdade é que eu nunca fui muito bom nesse negócio, digo, em controlar e administrar as consequências dos meus atos. Sempre tinha o tal Netuno atrapalhando. Aninha e Suzete, cada qual a sua maneira, conduziam a vida com a maestria e precisão de um relojoeiro suíço, ao passo que eu sempre me senti uma cabeça mal tarraxada num corpo que poderia, ou não, ser o meu. O trabalho em equipe me fez melhorar um pouco. Eu cumpria bem minhas funções, com rapidez e eficiência, e os comparsas confiavam nos meus critérios e eu transmitia segurança para o grupo. Mas então Aninha sumiu, Suzete morreu, Vivi começou a dar para um cara casado e eu matei Diógenes. E eu nunca passei a depender tanto da sorte.

Como eu disse, atravessei aquela noite num estranho estado de torpor. Malu falava ininterruptamente enquanto eu divagava por perigosos labirintos. Aninha sorrindo para Olegário, Aninha fodendo com Olegário, chupando Olegário, beijando Olegário na boca...

Olegário. Caralho, vai pra puta que o pariu!

"Oi, cê nem imagina". Malu voltou do banheiro toda eloquente e esfregando o nariz com as costas da mão. Como eu previra o miserável fora atrás dela. Sentou e ia começar seu discurso, mas interrompi.

"Você não disse que o cara chamava Olegário."

"Mas você nem me perguntou o nome dele — depois coçou a

cabeça e me olhou contrariada. — Olegário? Ele disse que o nome dele era Paco... Bom, foda-se, o cara ainda tá apavorado ."

"Ele deu queixa?"

"Nada. Perguntou se eu tinha dado e eu disse que não. Então..."

"Faz tempo que eles estão namorando?", interrompi.

"O quê?"

"Como 'o quê ' Malu? Você ouviu: há quanto tempo eles namoram?"

"Namorar? Sei lá, ora, não perguntei isso."

"Malu, você é burra ou está se fazendo de tal? O que foi que a gente combinou de você especular? Hein, sua idiota?!"

"Ei, calminha aí. Não sou suas negas não. Estou aqui te ajudando. Te prestando um serviço. Maneira aí, pô! A conversa descambou praquela noite. Nem podia ser diferente, você apavorou o cara, Edu".

"E você nem sequer perguntou se o namoro é sério?"

"Que namoro, Edu? Eles não são namorados. Ele pode até estar a fim dela. É, acho que está sim. Mas a magrela? Hum, não tá nem aí pro cara — fungou, deu uma rápida olhada na direção da mesa deles e depois voltou-se novamente para mim. — Caralho, Edu, o que foi que você viu nessa mulher? Olha, parece um esqueleto! Nunca vi uma mulher tão magra. Minha mãe sempre diz que a gente tem que desconfiar dessas pessoas muito secas, estriadas..."

Um ódio cego subiu pela minha nuca, dilatando minhas têmporas. Sem saber muito o que estava fazendo, enfiei a mão por dentro da saia de Malu até chegar na sua boceta, e apertei inutilmente aquele pedaço de carne, numa esperança infundada de encontrar um par de bolas para então torcê-los até matar Malu de asfixia. Ela torceu a boca numa expressão que ia da dor à perplexidade. Encarei enfurecido a vagabunda.

"Não sabia que puta tinha mãe. A não ser, é claro, que além de puta você também seja uma filha de uma puta, o que confesso, não me surpreenderia em nada — e antes que ela pudesse balbuciar o que fosse, continuei. — Pega o resto dessa porra que você acabou de enfiar no nariz e põe aqui nessa mão. Caso contrário eu vou continuar apertando até fazer descer sua menstruação antes da hora".

Ela enfiou a mão por dentro do sutiã, arrancou uma embalagem plástica de cigarros com alguns papelotes e levou até a minha mão. Soltei sua boceta, peguei o bagulho e fui pro banheiro.

Nada como o primeiro beijo, o primeiro dia, o primeiro sorriso, o primeiro gole e o primeiro tirinho da noite. A segunda vez só serve para conferir e constatar. Para nos certificarmos de que aquilo não era tudo aquilo; que a ilha de Marajó parecia mais bonita da primeira vez, que o segundo beijo não serviu a outra coisa a não ser preparar o terreno para o terceiro e o quarto e o quinto, e assim por diante, até enjoar. Apenas duas coisas nessa vida previsível e enfadonha me pareciam melhorar com o decorrer dos anos e dos fatos: Aninha e a musica "Eleanor Rigby", que nem sequer era do meu tempo, mas que parecia ter sido composta com a única finalidade de um dia alegrar um pouco meus dias quase sempre cinzentos. E engraçado, uma música que fala de gente morta. Não fosse pelos dois e eu certamente já teria jogado a toalha e sucumbido, alvejado pelos riscos de uma vida hedonista, inconsequente e sujeita a toda sorte de imprevistos e retaliações.

Voltei pra mesa mastigando as orelhas, coberto de razões e porquês. Assertivo como um tiro à queima-roupa. Malu desatou a falar, me xingando e me taxando de qualquer coisa que lhe viesse à cabeça.

Ao contrário da maioria das pessoas, quando eu cheiro costumo ficar ainda mais silencioso do que habitualmente já sou. A cabeça vai a mil, mas língua trava... e no fim, claro, *tudo* trava.

Eu escutava a voz de zangada de Malu, mas não ouvia o que ela dizia. Pedi um Jack Daniels seco. Agora eu havia me posicionado de maneira a poder observar melhor a violoncelista. Sob o efeito do pó, Edu-o-homem-melhor encarava Aninha sem despregar os olhos dela. Ela percebeu minha atitude e de tanto em tanto dava uma espiada rápida para se certificar de que eu ainda a tinha sob minha mira. Malu me sacudiu pelo braço.

"Caralho, cê tá ouvindo o que eu estou falando?"

Virei lentamente o rosto na sua direção. Porra, aquela puta era mesmo a puta mais bonita do Hemisfério Sul. Mas só isso.

"Edu, porra, cadê o resto do bagulho?"

Levantei um pouco o rosto, mostrando o nariz.

"Caralho, Eduardo, caralho! Você sabe que não pode. Cara, cê tinha parado..."

"Parado o quê, Malu? Parado o quê? Não enche o saco."

"Edu, você não tem controle, não sabe a hora de parar. Você anda armado..."

"É claro que eu ando armado, *Tina Tonk* — interrompi. — Eu sou um assassino, se esqueceu? As-sas-si-no. Escutou ou quer que eu fale mais alto? Quer que eu grite? — disse aquilo e me enchi daquele orgulho muito próprio de quem acaba de liberar dopamina pra mais de trinta dias. — E, por favor, Malu, sorria. Somos um casal alto-astral, lembra?"

Aninha olhava para o Arrigo Barnabé a cada cinco segundos. Um frouxo, aquele Olegário. Nome de corno da porra. Uma vagabunda a Aninha. Ela sempre fora assim? Não, claro que não. Mas em que ponto do caminho ela desandara? Eu era o único cara que podia trazê-la de volta. De onde? Ora, de lá de onde ela se encontrava. Merda. Eu podia meter uma bala, aliás, duas. Uma pra cada um e mandar aquela dupla caipira pro Inferno.

Era engraçado, eu gostava desse jogo quando eu estava louco. O Arrigo e o Olegário iriam morrer um dia, sem saber que poderiam ter morrido muito antes. Talvez tivessem mesmo, bastava que eu tivesse mais pó, ali naquele momento, eu acho. Ou não, na verdade eu não queria mais matar ninguém; Olegário, Arrigo, Fulano, Beltrano e nem a mulher que já estava encomendada para dali a dois dias. Desde que dera cabo de Diógenes, matar os outros havia perdido completamente o sentido.

Do jeito que veio, a brisa se foi, como é de costume. Comecei a "embicar". Olhei pros lados. A mulher de óculos continuava a falar sem parar. Malu agora estava trombuda. Os caras não tiravam os olhos de Tina Tonk. O punk Olegário continuava perdido. Aninha boquiaberta não despregava os olhos do Arrigo. E eu, bem, apesar da indumentária impecável, seguia despercebido e incólume como de costume. Joguei um maço de notas sobre a mesa e me levantei.

"Vamos nessa, Malu".

"Pra onde?"

"Pra onde? Pra biqueira, porra. Mas antes vamos passar em casa, quero pegar o Maverick".

Olhei para Aninha, mas ela continuava entretida com o músico. O plano não tinha funcionado como eu esperava.

Arrigo Barnabé e Olegário, o Punk. Realmente, não dá pra levar um mundo desse muito a sério.

* * *

Por conta do acidente com Heloísa nós tivemos de remanejar as funções de cada um dos caras do grupo. Já daí a relação entre Villano e Zeca começou a se adensar. A princípio Villano seria o homem fixo em Salvador, a pedido do próprio. Acontece que Zecão passara a ser o principal suspeito pelo assassinato da manicure Heloísa, e o juiz já havia expedido uma ordem de prisão contra ele.

Antes de começar a reunião, Alfredo conseguiu irritar mais ainda o preterido.

"Conde — disse ele quando já estávamos sentados à mesa —, você conhece um pouco de italiano, não conhece?"

"Pouco, muito pouco na verdade", respondi reticente. Conhecia bem o jeito insidioso de Alfredo.

"Você poderia nos explicar o que quer dizer *villano* em italiano?"

"Vilão", respondi.

"Muito bem, exatamente: vilão — e espiou de esguelha o já ressabiado Villano. — Pois bem, senhor Villano, o senhor acha pertinente este apelido, digo, considerando nossas atividades?"

"Não é apelido, é sobrenome. Não acho nada. É o meu nome."

"Sim, percebo. Mas, porra, é muita bandeira. Isso é mesma coisa que o sujeito ter um heterônimo com o próprio nome, caramba."

"Não sei o que é isso", concluiu secamente Villano.

"Isso o quê?", estranhou Alfredo.

"Esse heterônimo, não sei o que é."

"Deixa pra lá, deixa pra lá."

Se existe algum obstáculo que realmente atrasa o passo da humanidade, ele não se chama fome, ódio, guerra, ignorância. Pra tudo isso dá-se um jeito. O que efetivamente trava o caminhar da espécie tem um nome: reunião. Se eu soubesse que matar Helô nos custaria mais dez horas de reunião dois dias depois da primeira, olha, eu teria pensado duas vezes.

No dia seguinte eu, Zecão e Alfredo embarcamos para Salvador. Eu havia conversado superficialmente com o Dirceu Vela, o meu contato no nordeste. Eu dera a entender que se tratava de coisa graúda e queria que ele me colocasse em contado direto com Papa Mu. Esse era o homem forte. Na verdade Papa era venezuelano, mas morava no Brasil havia trinta e dois anos. Vinte e seis em Salvador. Dirceu disse ser praticamente impossível. Ele próprio jamais estivera com o venezuelano. Eu disse que conversaríamos quando chegássemos. Eu e meus sócios. Dirceu chegou ao local marcado na hora exata, porém cercado de mais quatro caras.

"Posso saber o porquê disso, Vela?", perguntei assim que entraram no saguão do hotel.

"Você não trouxe os seus sócios? Pois é, eu trouxe os meus."

"Faz o seguinte, Dirceu, dispensa sua turma e eu dispenso a minha. Vamos dar uma volta."

Assim fizemos.

Quando eu falei o número-base para Dirceu, ele quase caiu pra trás. Eu sabia que ele não dava conta de assumir nem 20% daquilo.

"Você tá entendendo agora, Vela? Você não tem que fazer porra nenhuma. Vamos te pagar 5% do bruto nas três primeiras remessas. Você só tem que arranjar um jeito de colocar meu chefe em contato com o cara."

"Só? Foi isso o que você disse: só? — baixou um pouco os óculos e me olhou por cima das lentes. — Edu, eu não conheço o cara, o meu irmão não conhece o cara. Eu conheço um cara que conhece um cara que é contraparente de um cara que *parece*, veja bem; eu disse *parece*, que conhece o Papa".

"Ok, Vela, então você faz o seguinte: Varre esse monte de lixo do meio do caminho, se vira e dá um jeito de chegar no Papa sem envolver metade da Bahia no negócio. Estou aqui falando com você porque estamos na *sua* casa, entendeu? Em respeito a você e aos que te cercam. Porque nós vamos chegar nele com ou sem você, Dirceu. Eu te aconselho a se esforçar um pouco, colar na gente e calar o bico. Isso é mais grana do que você verá nos próximos quinze anos, se continuar com seus negócios no mesmo ritmo. Acontece que o meu chefe não vai fazer um negócio desse tamanho com alguém que só existe na imaginação do povo baiano e que certamente um dia vai virar personagem de Jorge Amado. Eu mesmo não faço a menor questão de conhecer o *Papa*, a *Mama*, ou a *Abuela* que vende pó na Bahia. Mas meu chefe faz — enxuguei a testa, caralho, pensei, essa cidade é movida a carvão. — Ache o cara, mostre esse número e diga a ele que em sinal de confiança e respeito nós pagaremos as seis primeiras remessas adiantadas. Ah, e a mercadoria tem que ser 80% pasta base e 20% destilada e ensacada bonitinha."

"Posso saber como vocês vão fazer essa massa sair daqui?"

"Não, Vela, não pode — disse enquanto abria a pequena mochila que trazia comigo. Tirei um pacote. — Isso é um agradecimento pra você, Vela, independentemente do negócio virar ou não. É pela sua atenção."

Seus olhos se iluminaram. "Vou fazer o possível", disse.

"É pouco — retruquei. — faça o impossível. E uma última

orientação, Vela. Fecha o bico, entendeu? Diga aos seus 'sócios' que viemos tomar um sorvete. Meu chefe leva a discrição muito em conta."

Voltamos pro hotel, tomamos um uísque e eu evitei as antigas brincadeiras a que nos permitíamos. Dirceu parecia um pouco ressentido, magoado. Paciência, as atitudes tinham que acompanhar o novo ritmo. Não dá pra subir na vida falando de boceta, futebol e assobiando marchinha de carnaval.

"Ficamos assim — eu disse finalmente. — Esperamos um comunicado seu até domingo, caso contrário teremos que buscar outros meios. Até mais, Dirceu. E boa sorte."

Passei os detalhes da conversa para Alfredo, que elogiou meu procedimento. Zeca, ainda abalado com a história da Heloísa, pouco se manifestava.

Tomamos mais um uísque e fomos dormir. Tínhamos muito trabalho pela frente.

* * *

Havia passado na pizzaria rapidamente. Porque agora era assim, não suportava ficar ali mais do que quinze minutos. Bel me viu e veio na minha direção com um papel na mão.

"Uma mulher ligou, mas não quis se identificar. Disse pra você ficar esperto e passou essa informação: Souza Imóveis, Ubatuba, José Carlos."

"Só isso?"

"Só..."

"Obrigado Bel", virei as costas, passei reto por Diógenes e fui embora.

38

Mamãe sempre dizia que eu tinha nascido paro o trono, com vocação para reinar. Infelizmente ela não se referia a nenhuma qualidade fidalga, tratava-se apenas de um comentário ácido pelo fato de eu passar horas seguidas no banheiro. E sim, boa parte desse tempo era gasta enquanto eu despachava e tomava decisões importantes sentado no trono. Sempre gostei de ver a vida sob a ótica da realeza.

Tem gente que se amarra em cozinha, outros que não saem do quarto. A poltrona da sala de nossa casa havia de tal maneira se moldado ao traseiro do meu pai que era quase impossível alguém sentar ali sem ter a sensação de que está ocupando o assento de uma senhora grávida num ônibus lotado. Mas o meu negócio sempre foi o banheiro.

Quando eu disse anteriormente que havia matado Diógenes por motivos tão sórdidos e banais quanto é banal uma existência, não citei o fato de que o imbróglio teve início justamente por uma questão que envolvia o gabinete real. Mas isso agora não vem ao caso.

Banheiro é sinônimo de privacidade. Minha avó, por exemplo, chamava o banheiro de "privativo". Isso mesmo: "privativo". E poucas medidas revelam tanto da natureza tacanha do gênero humano quanta a sua obsessão descomunal em assegurar-se do anonimato conferido pelos portões inexpugnáveis da intimidade, que nada mais é do que o reduto inviolável para o exercício físico ou mental de tarefas e devaneios que, por vergonha, pudor ou constrangimentos, evitamos desesperadamente que venham à tona e caiam no domínio público. Das ingênuas expressões de machão arriscadas diante do espelho, passando pela compensatória prática onanista e podendo chegar até a morbidez das experiências coprofágicas, o tão ansiado anonimato poderia ser garantido por uma simples e a princípio eficaz sinalização: ocupado. Só que no Brasil ninguém respeita placas, a começar pelo nosso rei, o Rei Roberto, que segue ignorando o aviso que diz que é proibido fumar.

Acontece que nos anos 80 o banheiro passou a desempenhar um novo e importantíssimo papel social: o cheiródromo. As filas para usar os banheiros praticamente dobraram de tamanho nas noitadas paulistanas. Era comum observar pelos bares da pauliceia o aviso na porta dos banheiros: seja breve. Mas como eu disse, ninguém se presta a ler avisos por essas bandas. Pedir pra um sujeito ser breve no banheiro é o mesmo que sugerir a um dentista que ele demore com a anestesia: um avilte, não tem o menor cabimento. Todo mundo sabia quem era quem nas ininterruptas filas de espera, onde a ansiedade aliada à satisfação de quem traz no bolso o passaporte da alegria, faziam daquelas antessalas uma espécie de sala de embarque da America Airlines com destino a Orlando. Havia, é claro, quem quisesse furar a fila, ou mesmo aqueles que tentavam decolar sem as passagens. Isso gerava tensão. Certa vez no Barbarô eu quase tomei uns tapas de um cantor pop, na época apelidado mui oportunamente de Zé Descarga. Acho que somente os ancestrais banhos romanos tenham cumprido papel histórico mais importante do que os *water closets* dos anos 70 e 80. Quem quisesse urinar que fosse atrás de um poste ou mesmo o fizesse nas calças. Banheiro não era lugar para se aliviar.

Fazia um calor senegalês em São Paulo, o próprio Diabo pediria pra subir o vidro e ligar o ar. É, porque o homem lá de baixo de bobo só tem o chifre. No portal do Inferno a trava é elétrica e a sala do Cara é mais refrigerada que a do advogado dele. Eu entrei no banheiro e enquanto enchia a banheira de água fria e me concentrava para as minhas reflexões diárias, Suzete veio atrás de mim. Ela gostava disso, nunca entendi por quê. Banheiro para Suzete nunca fora um recinto para práticas reservadas. Não trancava, e sequer encostava a porta para fazer o que quer que fosse. Certa ocasião a flagrei tomando banho com a cortina do boxe aberta ao mesmo tempo em que Diógenes fazia a barba e trocava amenidades com ela. Dei-lhe um tapão na orelha e mandei que fosse fazer sua toalete na casa do caralho. Suzete ria divertida. Aquelas coisas me emputeciam.

Estávamos só nós dois na casa, mas o fato da porta estar aberta me incomodava. Sempre me preocupei em passar chaves e encostar as portas atrás de mim. Suzete entrou na banheira e tratamos de trepar rapidamente. A cada hora trocávamos a água, comíamos, urinávamos, tudo dentro d'água. Brincávamos felizes como crianças; a criança que ela era e a que eu me esforçava em ser, seguindo seus movimentos. Lá pelas tantas ela decidiu me masturbar sob a água. Queria ver como é que a porra saía no meio líquido. Quando conseguiu teve um acesso de riso. Depois brincamos de adivinhar datas. Eu era ótimo nesse jogo. A minha memória para assuntos fúteis associada ao fascínio quase compulsivo por almanaques faziam de mim uma verdadeira excelência em cultura inútil. O nome verdadeiro de Marilyn Monroe? O único mês do ano que não tem a letra O? O nome dos três reis magos? A capital de Honduras? O inventor da penicilina? A raça da cadela Laica, que foi enviada ao espaço? Eu acertava todas, enquanto Suzete ia conferindo as respostas no Almanaque Abril. Isso a excitava visivelmente. Ela atirava o almanaque longe e partíamos em busca de uma nova posição na banheira.

Sempre que ela me surpreendia com suas práticas não convencionais e excitantes eu lamentava não ter vivido a experiência com Aninha. Anotava mentalmente cada detalhe, na esperança de repetir a putaria com Ana. Acho que Suzete intuía o que passava comigo, mas não se manifestava, embora se mostrasse contrariada. Uma vez falei disso com Alfredo, digo, essa coisa de nunca estarmos plenamente satisfeitos como que quer que seja. "Podia ter sido com fulana...", "Ele não me elogiou...", "Faltou mais um golzinho pra humilhar de vez o adversário...".

"A insatisfação humana é um fator congênito, Conde. Me admira você ainda não ter se dado conta dessa nossa condição. Por isso a gente vive no banheiro, 'fazendo justiça com as próprias mãos ', entende?"

É, eu entendia, claro que sim. Mas quando se é jovem a gente sempre acha que pode reverter esses quadros, fazer a coisa diferente, é só uma questão de tempo, pensamos. Até nos certificarmos de que *tempo* é do que menos dispomos nessa vida. A questão não está em nos tornarmos pessoas boas, melhores. Isso é quase inevitável, o aprendizado fatalmente acaba se impondo, seja por amor, seja pela dor. A questão não está no aprimoramento, mas apenas no exíguo espaço de tempo que nos é concedido para essa ascese. Dispuséssemos de tempo e seríamos exemplares filhos de Deus.

Quando Suzete foi dormir, cercada de ventiladores, eu voltei ao banheiro, tranquei a porta e me masturbei pensando em Aninha, com as pernas magrinhas para fora da banheira, batendo os calcanhares no azulejo, gozando, gozando, gozando sem parar. Então eu passei a mão no seu pescoço e afundei sua cabeça na água, até que ela começasse a soltar bolhas de ar pela boca e desfalecesse imóvel sob a água translúcida da banheira.

Às vezes eu lamentava ter conhecido Aninha.

* * *

As pessoas pareciam não mais me reconhecer. Quero dizer, me identificar como o Eduardo que um dia associaram a este corpo: um homem titubeante de cabelos castanhos, olhos claros e atitude temerosa. Magro e de reações lentas. De pele clara e manchas subcutâneas, bem escamoteadas. Aparentemente um sujeito dócil e de fácil condução; um cara relativamente bom e de sorriso contido. Mas de nariz afinado e modos tão prosaicos e pacatos que era óbvio: tal temperamento não poderia ser outra coisa que não a película delgada que envolvia um organismo complexo, tentando sobreviver a duras penas, sob a fina carapaça que mais dia menos dia romperia para dar lugar a uma criatura faminta e repulsiva. Mais ou menos como se eu fosse o hospedeiro daquilo que de fato eu era. Uma espécie de casca que continha a mim mesmo. E *eu mesmo*, era algo feio, disforme, prestes a nascer para o mundo e contribuir para sua desgraça. É, acho que era isso mesmo.

Um dia você mata porque este é o seu trabalho, e quando se dá conta está matando porque as linhas que separam trabalho e lazer já não são tão claras. Mais ou menos como se você fosse um cantor de rock, que além de desempenhar muito bem nos palcos remunerados, também desse lá suas canjas num botequim qualquer por puro amor ao que faz. E no fundo este é o verdadeiro sonho daquele que de fato ama o seu ofício: vivê-lo vinte e quatro horas sem que as ações pesem como tarefas, ou obrigações fastidiosas.

"I love what I do!", dizia Alfredo e dava um soquinho no ar, sempre que uma de suas maquinações truculentas resultavam em êxito.

Eu não sabia ao certo se amava o que eu fazia. Nem mesmo se aquilo me dava prazer. Acho que não. Mas era o que eu tinha para o almoço, e que me conferia identidade e me habilitava diante dos outros e de mim mesmo. Mais ou menos como o Genari, quando virou fotógrafo de moda. Era muito mais o que ele acreditava ser do que o que de fato era. A única coisa que separava Genari de um autêntico fotógrafo de moda eram as fotos, que ele não acertava muito. Mas isso era detalhe; as roupas, o comportamento, e até mesmo o estilo — o que eu sempre duvidei — ele pegou rapidinho. Portanto, eu me tornei aquilo que fui construindo. Mais: o que eu pensava ter construído. Porque no fundo eu nunca fui lá grande coisa. Sempre estive muito mais pra funcionário do Alfredo do que para um destemido justiceiro. Um batedor de carteiras com pretensões a gângster.

Antes de a casa cair de vez eu havia voltado a beber e cheirar que nem um filho da puta. Ao contrário do que eu acreditava, cheirar e beber não me faziam mais corajoso, as drogas apenas me remetiam a pontos cada vez mais perigosos e a situações irreversíveis. Agia impulsivamente e de maneira inconsequente. Passava o dia fazendo merda e acordava com uma vassoura numa mão e uma pá na outra. Me punha a limpar a sujeira como quem tenta desesperadamente apagar uma trilha de sangue com uma borracha escolar. O que eu tentava em vão, Aninha conseguia com extrema eficácia: sumir sem deixar rastro.

Desses meses derradeiros as lembranças são turvas e desordenadas. Era tanta droga e álcool que, por mais que eu tente, fato e fantasia se misturam com a mesma rapidez com que sonho e realidade deixam de ser uma incompatível dualidade para se fundir numa incontestável resultante, como uma corda que só se manterá tesa e esticada se puxada nas extremidades por duas forças opostas. E sobre essa corda eu caminhava nas alturas, assim como um equilibrista, sempre diante da possibilidade da queda fatal.

Foi dessa corda que saltei para terra firme, no Lugar ao Sol, na Cantareira. Assobiei como de costume. Assobiei de novo, de novo e de novo... "Treseu?" "Treseu?" Olhei dos lados e um silêncio sepulcral parecia fazer jus a este adjetivo. Dois minutos depois me aparece Gonzalo correndo, ao mesmo tempo em que subia as calças e tentava afoito fechar o cinto. Veio logo gritando "Eduardo, dios, hombre, una tragedia, una tragedia! Treseu murió, Eduardo, murió atropellado por un coche!"

E tudo despencou. Caralho, pensei desesperado, Treseu *murió*.

Simplesmente *murió*.

* * *

Viviane fala: "Se eu pedir pra gente se separar você vai me fazer alguma coisa?" Eu: "Já disse, não quero me separar de você." Ela, "Mas se eu voltar pra casa dos meus pais com o Junior, você vai me seguir, me machucar?" Eu, "Machucar?" Ela "É, machucar. Tenho medo de você." Eu, "Medo?" Ela "É, medo."

Olhei pro Junior, sentadinho no chão, brincando com um cavalinho...

"Não Viviane, não vou te machucar."

Virei as costas e fui embora.

Aqueles assuntos me aborreciam; separação, guarda de filho, você é isso, você é assado. Uma merda. Fui pra barra, perto do mercado de peixes. Comprei quatro quilos de camarão pistola e entrei num botequim próximo ao cais. Pedi pra usar o banheiro, dei dois tirinhos de um pó chutado. Na minha condição eu podia cheirar uma mercadoria tão pura como a que usava o cara do *Scarface*. Mas a gente fazia questão de consumir umas bem batizadas. No nosso caso quanto pior, melhor. O Dida preparava: nível 1, 2 e 3.

Pedi uma cachaça local e uma cerveja – na hora o humor já melhorou. Eu prestava atenção na conversa de uns marinheiros com um sujeito enorme de barba e cabelos loiros longos e compridos. Tinha um sotaque acentuado, que eu não soube identificar. Podia ser alemão, russo, qualquer coisa que não fosse espanhol.

"... então, a gente tem esse barco veleiro. Fica lá no Oslo. Uma vez por ano eu e meus amigos fazemos viagem de um mês. Nesse último, o barco já navegava no piloto automático fazia já um monte de dias. A gente sempre bêbado. Era três, quatro garrafas de uísque todo dia. Uma hora eu achei que a gente tava perdido e fui fazer cálculo de posição do barco; latitude, longitude, todo esse. Quando acabei chamei amigos e disse: 'Gente, vocês não vai acreditar. Por favor tirem os chapéus, porque nesse exato momento estamos dentro do Catedral de Londres!' Ha ha ha... Puta que pariu! Ha ha ha..."

Risada de gringo sempre é mais engraçada, eu pensava. Quanto mais o cara ria mais vermelho ia ficando. Que história sensacional, pensei. Idiota quem se preocupa com a veracidade das baladas dos homens do mar. O mais bacana nesses casos é que geralmente os depoimentos são tão fantásticos que antes de mais nada nós queremos é que tudo seja verdade. É só o que interessa, porra. Quer pescador mais mentiroso que Jesus? De sete peixes fez sete mil, pode isso? Pro caralho. Mas eu acredito; em Jesus, Jonas, Gepetto, Melville, Hemingway. Por que diabos um peixe tem que ser do tamanho que ele mede? Eu daria tudo naquele momento pra mandar tudo pro Inferno e tripular pra sempre com aqueles homens. Que belo pirata eu não daria, viajando para sempre sob a insígnia da caveira!

"Quem pode confirmar é o finado marujo Josias — agora quem falava era um velho caiçara de nome Piá. — Isso foi no ano de 1953. O presídio ainda funcionava na ilha. Eu tinha 19 anos e tava embarcado no Estrela. Aquilo era barco. Era tanta imponência que a sardinha até se oferecia pra vir a bordo. A gente tava no parcel da

Ilha Anchieta. Isso se deu depois da revolta dos presos. A maior da história dos presídios, segundo os mais experientes. Hoje cê pode reparar, os presos são tratado tudo na manteiguinha. A gente trabalha pra sustentar esses vagabundos. Naquele tempo não tinha direito humano, fiscalização. Os presos eram torturado de tudo que é jeito. Eu mesmo conheci o finado Virgílio, bandido sangue ruim, tio avô do mestre Caneco, lá da Ribeira. Esse Virgílio teve preso lá dois anos. Foi torturado de tudo que era jeito. A primeira coisa que os home fazia era enfiar agulha feita de farpa de bambu debaixo das unhas do infeliz. Então queimavam os presos com maçarico, bituca... Se o preso era jovem e tinha feição, aí já sabe, né, esse um não dormia nunca. Nessa época do Virgílio o nome da ilha ainda era Ilha dos Porcos. E antes de ser Ilha dos Porcos era... o nome não me vem, mas era outro. E mais pra trás ainda, lá pros tempos dos portugueses, a ilha era dos índios tamoios e dos tupinambás, que eram canibais de gente. Mas a turma só passou a aceitar o nome Anchieta de uns tempos pra cá. Naquela época que eu tô descrevendo, a turma usava Ilha do Diabo... é, do Diabo.

"Pois bem, a gente tava fazendo a volta por fora do parcel da ilha e o mestre Vidal decidiu de baixar a rede de malha grossa de modo a cercar anequim, que tem muito ali na Ilha. Esse tubarão tinha de monte no em torno da ilha. Muito fugitivo foi parar na barriga dos anequim. Sortemo a rede e não deu dez minutos e ela pesou. O Estrela até apontou a proa. Catorze homens pra subir o peixe. Nós gritava mais que mulher em culto de cura de obsessão, he he... Não demos conta de trazer o peixe a bordo. Melhor, o anequim ataca até fora d'água, no convés. Matamos ele dentro d'água, no porrete e no facão. Poiteamos a uns 50 metros do lado de fora da Ilha, numa prainha, que se não me falha a matemática se chamava Praia do Dois, mas não tenho mais certeza.

"Trouxemos o anequim amarrado no caíque até a praia. A gente ia limpar o peixe na areia porque o bicho era grande que só ele. Devia de ter mais de quatro metros. É, com certeza cinco. Já era tarde e tava todo mundo bêbado. Cortemo a cabeça e deixamos pra abrir o tubarão no outro dia. Mas quando a turma acordou o peixe tinha estufado, parecia mulher grávida, como se a barriga tivesse inflamada. Foi meter a faca e uma catinga pior que da gambá empesteou a praia toda. Eu tive de fazer força pra não devolver o café. Os únicos que ficaram foram o veio Dito Coruja e o mestre

Vidal. O resto deu foi no pé, tapando a boca e o nariz. Quando os dois rasgaram o bucho do anequim, acharam uma perna de gente, inteirinha. Uma perna tão preta que se jogasse pra cima na lua nova ninguém nunca mais achava. Preta, preta que nem breu. E peluda. O cozinheiro Cebídio, cagão que era, tratou foi de correr, dizendo que era perna de lobisomem. É assim que nasce boato. Mas a perna era de um negão peludo. Só que era peludo demais, e pelo cálculo do mestre, a tomar a medida da perna, o negão devia de ter mais de dois metros. A estranheza foi tanta que a tripulação tratou de embarcar o mais rápido que pôde, contrariando o veio Dito, que achava por bem enterrar pelo menos a perna do preto.

"Seguimos caminho pro norte, quase até Cabo Frio. Lancemos a rede pra mais de cem vezes. Quinze dias e não matamos nem uma única sardinha, porquinho, carapau, nada, só pedaço de madeira e lata de óleo enferrujada. A gente cruzava embarcação quase emborcando de tanto peixe. E a gente nada. Foi quando o veio Coruja teve uma evidência, intuição, visão, essas coisas que nem Deus explica. Disse que se a gente não voltasse pra enterrar a perna, não teria mais peixe. Disse até mais: que a gente corria perigo de vida. Ora, os mais velhos sabem coisas que a gente desconhece, têm lá suas razões, seus saberes. Quem tem juízo obedece. E o mestre Vidal tinha.

"Quando tornemos na Prainha do Dois, bom, do peixe só tinha a carcaça. Os urubus tinham dado conta de tudo. Mas a perna...hã... tava lá, inteirinha. Até mais preta ainda, por causa do Sol, eu acho. Enterramos a perna e fizemos uma oração. Dois dias depois nós chapamos o barco de corvina.

"É a ilha, rapaz. Aquele lugar é amaldiçoado. Tem mais osso enterrado naquela ilha do que borrachudo voando nas praias. A turma diz que é a maldição do Portuga, o presidiário que liderou a revolta em 52. Não teve como fugir, foi encontrado morto debaixo de uma amendoeira. Dizem que até hoje tem alma vagando por lá. Não é um lugar bom pra se dormir. Não, senhor."

Passei a tarde cheirando, bebendo e ouvindo. Histórias desse e de outros mares. Se havia algum sentido na vida eu o via ali, e não numa prefeitura chefiada por um velho decrépito, alcoólatra e senil, mais preocupado com ortografia do que com benfeitoria. Quem eram os loucos do Brasil? Ah, deus, eu queria ser um marinheiro, como o velho e sábio Piá. Me curvar apenas às vontades e exigências do mar.

O marinheiro estrangeiro agora piscava e falava sozinho numa mesa de canto, completamente embriagado. Os últimos bravos deixavam o recinto. Estava pagando a conta quando um carro estacionou em frente ao bar. Um sujeito bonitão desceu e se dirigiu até o gringo.

"Te achei, sem vergonha — disse sorrindo e foi tratando de erguer o grandalhão. — Vai, vamos embora, vou te levar".

"Zé Carlos!", gritou o gringo.

Zé Carlos? Pensei. Zé Carlos? Olhei com mais atenção e li na lateral do carro estacionado: SOUZA IMÓVEIS.

Então era esse o filho da puta que comia minha mulher!

Duas semanas depois o veleiro de Zé Carlos foi encontrado por pescadores, à deriva e sem condutor. O corpo do velejador apareceu após dois dias na Praia da Enseada, inchado e parcialmente devorado por peixes.

Coisa de anequim, sem dúvida, coisa de anequim.

No mês seguinte eu e Viviane estávamos oficialmente separados.

39

Havíamos chegado no Papa. Quem exatamente teve o privilégio de conhecê-lo, nós não tínhamos ideia. A tarefa foi subindo de escalão. Creio que foi o próprio Tubarão que negociou com o venezuelano.

Por conta da condição de procurado da polícia, Zecão estava morando na praia de Arembepe, com uns primos do Dirceu Vela. Arembepe é a praia que ganhou fama no final dos anos 60 e início dos 70, na condição de reduto de cabeludos e maconheiros que ali se instalaram em comunidades.

Eu estava lá fazia uns três dias e apesar da beleza do lugar, já estava de saco cheio. Zeca, que era incapaz de viver sem uma mulher a tiracolo, já havia se enroscado com uma local. Rosa Maria era uma negrinha de uns dezenove anos, com cara de safada e fodedora. De espírito comunitário me pareceu não ter nada. Zecão a cobria de supérfluos, drogas e grana, para despeito e desgraça das concidadãs de Arembepe.

Rosa tinha um irmão de uns doze anos, um negrinho de modos lentos, mas observador e sagaz. O próprio baiano. Se chamava Menino. Isso mesmo, Menino, da mesma maneira que um jacaré se chama Jacaré e um extraterrestre se chama Extraterrestre.

Zeca me recebeu bem, me deixando à vontade. À vontade até demais. Fez uma salinha na minha chegada, me apresentou os parentes do Vela e logo se trancou no quarto com Rosinha. As paredes da casa eram de taipa e não havia forro. A baiana gemia e grunhia como se tivesse sendo currada pela infantaria de elite do Zimbábue: "Ôxe... ai, ai, ai... misericóóórdia!", um troço realmente espantoso. Quando saíam do quarto arrastavam atrás de si um cheiro de borracha queimada que empesteava a maloca. À mesa do almoço Zeca sorria e bradava triunfante: "Eu ia pro Piauí e já não vou mais, não sou couro de pica pra tá pra frente e pra trás", e gargalhava satisfeito. Após a refeição retornavam à alcova. Parecia ter mesmo exorcizado Heloísa em definitivo.

Eu me inteirava dos negócios na medida em que o furor de Rosa Maria cedia algum espaço. No mais eu tomava banho de mar, observava os hábitos locais e circulava com Menino de cicerone.

"Diga uma coisa, Menino, você é hippie desde que nasceu?"

"Ôxe, sou hippie não. Painho disse que não tem mais hippie não. Isso foi lá no passado. Hippie acabou".

"E o que vocês são então?"

"A gente é alternativo."

"Alternativo... sei."

"É sim, e a gente estuda e tudo. Meu tio Lula tá estudando pra médico."

Enquanto caminhávamos eu me deslumbrava diante da beleza da Bahia. Não conhecia muitos lugares, é verdade, mas duvidava que algum dia conheceria algum lugar no mundo mais bonito do que a Bahia. Até hoje ainda não vi nada igual à Terra dos Orixás.

"Tá vendo aquela casinha ali, tá? Então, painho disse que uma vez o diretor de cinema Polovsky mais o ator Jack Nicos, ficaram ali."

"Quem, Menino?"

"Polovsky e Jack Nicos — repetiu surpreso. — Conhece não? Rapaz, painho disse que Jack Nicos ganhou até Oscar, aquele prêmio, não sabe? Painho até falou um pouco com eles... mas pouco, eles só falavam em americano."

Caetano, Gal, Gil, Dorival Caymmi, Jorge Amado, um tal de Paulo César Caju, que jogou no Fluminense, e até a Miss Brasil. Uma lista de personalidades que Menino garantia já ter visto ali em Arembepe... Além, é claro, de Polovsky e Jack Nicos, que ele não conhecera mas não tinha dúvidas: se painho havia dito era certo que estiveram ali.

Um garoto com uma bola nas mãos acenou de longe para Menino e ele saiu correndo. Fazia um final de tarde esplendoroso. Sentei na beira da praia, num local afastado e observava, um tanto melancólico, as cores de Arembepe. Eu poderia viver ali para sempre, se Aninha viesse comigo. Mesmo sem amá-la, eu pensava, poderia viver ao seu lado para o resto da vida. O amor, ora, todos sabem, viria com o tempo. A convivência resulta em amor, nem que seja no pior dos amores: aquele que se impõe por meio da incontornável força do hábito. Viveria para ela, desarmado, ouvindo seu violoncelo ao cair da tarde. Assim como Zecão, passaria horas fazendo amor. À maneira de Ana, claro, nada daquela cacofonia absurda regida por Rosa Maria. Deus, como a felicidade e a tristeza podem conviver tão intimamente? Aquilo me parecia um sonho tão possível quanto distante e inatingível. Por que Aninha havia fugido? Por onde andava? Eu não merecia aquilo. Não queria ser o bandido, digo, não em relação ao meu ofício e àquilo que eu fazia — traficar era só um trabalho, mas eu queria ser inocente aos olhos de Aninha. Ela escapulira tão de repente que eu sequer podia imaginar o que passava em sua cabeça. Seria tudo uma elucubração fantasiosa? Eu pensava que não. Eu poderia, sim, ser feliz ao lado de Aninha onde quer que fosse. E mais ainda ali, em Arembepe, levando uma vida simples, ao estilo hippie, ou *alternativo*, se painho preferisse.

Algumas lágrimas escorreram no meu rosto, e antes que o Sol se pusesse totalmente, me levantei e me dirigi até umas pedras grandes e bonitas, que pareciam estar ali desde antes de Deus nascer. Marquei uma que seria fácil reconhecer. Cavei um buraco fundo. Enfiei a mão no bolso e tirei meu ossinho que sempre carregava comigo, desde aquele dia em que o apanhei na frente do Cemitério do Araçá. Enterrei meu amuleto ali e fiz um juramento de um dia — não importava quando — voltar ali com Aninha e recuperar meu talismã. Então eu diria a Ana que a amava de todo o coração, ainda que não fosse verdade. Aliás, quando se juramenta o improvável, o que menos pesa é a autenticidade da declaração.

Voltei pro bangalô e esperei pacientemente Zeca e Rosa terminarem o ritual de acasalamento. Depois me dirigi a ele:

"Você tem que sair daqui. Agora."

"Por quê?", perguntou espantado.

"Vela está falando demais, Alfredo pediu para eu dar um jeito nele. Os parentes vão fazer perguntas. Pegue a sua preta, sua escova de dentes e arranje outro lugar."

"Escuta aqui, Edu, cê não acha que está falando grosso demais?", botou as mãos na cintura e me encarou com seu olhar rapino, capaz de fazer o próprio Cão borrar as calças.

"Desculpe, meu amigo, mas é o único jeito de te fazer ouvir quando tem um rabo-de-saia envolvido na história."

Dei uma grana pro Menino, virei as costas e fui embora. Mas com a certeza de que um dia voltaria com Aninha pra resgatar meu ossinho. E com sorte talvez jamais saíssemos dali novamente.

Muitos anos depois, eu abro uma revista qualquer e vejo uma entrevista com o diretor de cinema Roman Polansky, onde ele dizia ter zanzado pelo nordeste do Brasil durante alguns meses, no início dos anos 70, acompanhado pelo ator Jack Nicholson... Mas não se referiu a Arembepe, especificamente.

* * *

Uma das principais características do vício e da dependência é a repetição dos hábitos, modelos, comportamento. Havia dois dias que eu estava com Malu no mesmo Bixiga fuleiro onde estivera com Suzete, na trágica ocasião das nossas internações. Se era o mesmo hotel? Não saberia dizer. Provavelmente não. Com certeza teriam barrado a minha entrada.

Olhei no relógio, onze horas da manhã. À tarde eu deveria me encontrar com Gonzalo para tirar de cena uma fulana que veio encomendada lá de cima. Não tínhamos a menor ideia do que a desgraçada havia feito. Mas era código F, o que significava supressão. Enfim, tínhamos que matar a dita cuja. O que eu mais odiava no meu trabalho era justamente isso: foder com uma pessoa sem saber o motivo, a razão. "Sem perguntas", dizia Alfredo. "Por que eu mais uma vez?", "Você está desocupado".

Eu costumava levar o trabalho a sério. Quanto a parada era difícil eu dormia cedo, procurava não me drogar, tomava apenas uns três ou quatro uísques para relaxar a musculatura e não tremer. Eu perdia em reflexo e velocidade, mas ganhava em frieza e tranquilidade. Pelo menos era nisso que eu acreditava. Naquele domingo eu estava completamente fora de eixo. Se eu parasse de cheirar e beber, a rebordosa iria baixar e a deprê me jogaria no chão.

Desci até o Maverick, peguei um saco plástico com dólares que eu tinha debaixo do estepe. Era padrão ter dinheiro socado em tudo que é canto, pra casos de emergências. Voltei ao quarto, Malu estava dando um teco sobre o criado-mudo. Tirei do saco um punhado de notas e entreguei pra ela.

"Malu, não quero mais te ver. Nunca. Pegue essa grana e suma. É muito mais do que aquilo que combinamos. Pegue e dê o fora. Você me enoja. E se eu cruzar com você aqui em São Paulo eu te fodo a vida. Se você quiser trepar com o Genari, vá fazer no Rio de Janeiro. Aliás, você tem o Brasil inteiro pra desfilar sua boceta com um pires na mão. Esqueça esta cidade, fui claro?"

"Vai se foder, Edu. Eu vou aonde eu bem entender. Quem você pensa que é, meu cafetão? Vai tomar no cu, babaca, no meio do seu cu. Você acha que eu tenho medo de você? Se enxerga, cara. Vai vasculhar aquela pilha de osso branquela e vê se acha uma boceta lá no meio. Aproveita e palita o dente com aquela coisa escrota."

(Hoje, passados todos esses anos, eu penso o seguinte: de fato, o momento onde eu desrespeitei a faixa, não obedeci o semáforo, e definitivamente descarrilei foi quando eu matei Diógenes. Ali eu vendi a alma pro Diabo, por assim dizer. Foi onde comunguei debaixo da terra e dificilmente tornaria a ver a luz, embora ainda acreditasse que Aninha poderia me devolver à vida, assim como um candeeiro no fundo de uma mina escura e prestes a desabar, oferece um fiapo de esperança ao mineiro perdido. Ainda hoje carrego comigo esta questão. Acho sinceramente que eu poderia ter matado qualquer pessoa no mundo, menos o mais suprimível dos seres que conheci: o absolutamente prescindível Diógenes. Mas à parte esta questão arquetípica que envolve o assassinato do pizzaiolo, em termos práticos e objetivos, foi a atitude que eu tive após ter ouvido o desabafo de Malu o que deflagrou a série de acontecimentos que culminaram na minha derrocada final. O que fiz com Malu — associado ao uso ininterrupto de drogas e álcool em quantidade cada vez maiores a partir daquele incidente —, foram os responsáveis pelo desdobramento dos fatos que então se sucederam a partir dali).

Acho que não levou meio segundo entre Malu emitir a última vogal da frase e eu catá-la pelo pescoço com a mão direita, num golpe de puro reflexo, e tão veloz que eu jamais seria capaz de repeti-lo. Tina Tonk ainda tentou se desvencilhar, mas meu punho e meus dedos pareciam feitos de pedra. Ela não pôde gritar, reagir, debater-se, tamanha a força com que eu apertava sua garganta. Lentamente foi dobrando os joelhos, até cair de lado, com os olhos arregalados e a língua entre os dentes. Ainda permaneci um bom tempo apertando seu pescoço após ela ter apagado.

Apanhei todos os papéis com pó e joguei sobre o seu corpo. Tomei um longo banho, meti a roupa e me dirigi até a porta. Olhei pra trás e vi seu corpo nu estendido, os olhos arregalados. Caralho, pensei, até morta a desgraçada é bonita.

Eu já ia saindo, mas um incômodo me fez voltar. Olhei mais uma vez para Malu. Eu precisava ir até lá e fechar seus olhos. É, isso é assim mesmo, exatamente como nos filmes, não dá pra ser diferente. Quem já passou por isso sabe, é impossível virar as costas para um defunto de olhos abertos. É como sair e não encostar a porta, urinar e não fechar o zíper, mais ainda: é tão incômodo quanto beijar de olhos abertos.

Deixei Malu devidamente morta. Na recepção acertei as contas e dei uma bela gorjeta. Peguei os meus documentos, falsos claro. Depois do que aconteceu com Suzete nunca mais entrei numa espelunca usando meu nome verdadeiro. Paguei uma diária e disse que minha amiga não queria ser incomodada. Precisava descansar, pegaria o avião no dia seguinte muito cedo.

Virei as costas e fui embora. Gonzalo me esperava.

* * *

"Hey, anos 80, charrete que perdeu o condutor..."

O Raul Seixas compôs essa música durante os anos da ressaca. E era assim mesmo; ninguém tinha a menor ideia de para onde estávamos marchando. Sim, porque a sombra do militarismo ainda nos impelia a avançar como soldados, obedientes em nosso passo sincronizado, servis e temerosos, receávamos diante da possibilidade de agirmos por conta própria. Rezávamos descrentes nessa charrete sem cocheiro. A grande sacanagem daqueles anos, é que nos foi tirada toda e qualquer possibilidade de vislumbrar o que quer que fosse. Até o direito de saber que estávamos indo de encontro a um muro, até mesmo a certeza de que somente mais e mais merda nos aguardava pela frente, nos foi negada. Acenaram com um plano econômico milagroso, um rock and roll meio nonsense, e um time de futebol do outro mundo. E acabamos na sarjeta esperando o cometa passar, assim como um torcedor atônito que permanece em silêncio nas arquibancadas até as luzes se apagarem após a derrota, como se a qualquer momento a partida pudesse ser reiniciada e a história do jogo reinventada. E completamente perdidos na noite, cumprimentávamos a Rainha do Frango Assado pelos muros da cidade, vagando atrás de pó, enquanto o Fausto Silva assinava com a Globo, e neguinho ia tombando de AIDS, overdose e tédio.

"Hey, anos 80, melancolia e promessas de amor. Melancolia e promessas de amor..."

E a gente andava de saco cheio das promessas. Mas como ninguém sabia bem o que fazer, era mais fácil acreditar que o prometido seria cumprido. Mas era como seguir um cego, tentar alcançar a esquina correndo numa esteira rolante no sentido contrário. As formas eram inconsistentes e voláteis, assim como o lastro da nossa moeda; que podia ser Cruzeiro, Cruzado, Cruzado Novo ou Cruzeiro Velho mais uma vez. Ninguém sabia ao certo com que nota pagaria a próxima prestação... desde que pudesse pagar, claro. Era uma vida de caranguejo, dávamos um passo pra frente e dois pra trás. E drogas & AIDS & mortes.

Pra mim a melancolia tem gosto de Leite Moça, forma de sofá, cheiro de cachorro molhado e é baça como a luz catódica — essa que sai da TV. Melancolia é ter a mãe por perto. Perto por demais. Toda vez que a sinistra ideia de eu poder ter prolongado a vida de mamãe quer me arrebatar, eu penso imediatamente nas tardes diante da televisão. Salvei-nos daquilo tudo. Eu podia ter ido e mamãe ficado... Sim, é verdade, mas isso é irrelevante. Tem gente que toma decisões e tem a maioria: os que esperam passivamente que alguém decida por eles. Era muita tristeza camuflada em conforto, melancolia entrecortada por comerciais e frustrações dribladas com novidades e lançamentos. Um modelo novo de walkman, o último cassete do Loyd Colle e dava pra aguentar mais quinze dias. É, tinha o walkman. Coisa do Diabo. Inventaram o tal brinquedo, que é só reparar: é o símbolo do alheamento e do autismo social. De lá pra cá ele só veio se adaptando às novas tecnologias, mas o princípio ativo é o mesmo: você liga essa porra e deixa que o mundo inteiro buzine e esperneie atrás de você: foda-se! No futuro descobririam uma maneira de juntar esse rádio ambulante com um aparelho telefônico, e deu no que deu. Meu deus, há coisas que são tão presumíveis e evidentes que sua obviedade acaba ofuscando, tamanha clareza. Como eu nunca pensei nisso antes? Não me refiro é claro, a ter *inventado* o troço. Mas eu já devia saber que inventariam. Mas nada, como eu já disse, sempre vivi dez minutos antes do meu tempo. Alfredo conseguia ser pior, quero dizer, não era capaz prever nem a data do próprio aniversário.

Certa vez estávamos em Penápolis.

"Conde, você saberia me dizer o que difere o arrojo da precipitação?"

Caralho.

"Não, Alfredo, eu não saberia dizer o que difere o arrojo da precipitação", saco.

"É, imaginei. Você nunca sabe nada mesmo... Está aí, nas suas fuças", e indicou a TV com um movimento de cabeça.

Era mês de maio. Mês de Maria. Mês das mulheres. Fazia muito frio e a manhã era linda, com a luz delicada característica do outono. Eu e Cecília dividíamos o sofá, cada um enrolado em seu cobertor e mantendo uma distância respeitosa. Se bem que a distância jamais foi garantia de respeito. Tanto é verdade que estávamos de mãos dadas, fazendo carinho um no outro com os polegares, por baixo do cobertor. Aquilo estava me excitando a ponto do meu pau quase trincar dentro das calças. Até Alfredo aparecer com sua incrível sensibilidade e oportunismo. Merda, pensei. Assistíamos à corrida de Formula 1, em Mônaco. Ayrton Senna liderava a prova até as últimas voltas, estava quase um minuto a frente de Alain Prost, e sem ter absolutamente ninguém que o ameaçasse, o piloto conseguiu ir direto contra o guardrail. Sozinho e a poucos minutos do final, Senna conseguiu essa proeza. Acho que nem ele entendeu aquela porrada.

"O cara é arrojado quando convida a menina mais bonita do colégio pra sair. E precipitado quando diz à moça que ela acaba de torná-lo o homem mais feliz do mundo, logo após ela ter aceitado o convite. Pronto, o babaca estragou tudo. E sabe o que faz isso? A ansiedade, Conde, a ansiedade. O que esse piloto é: um cara ansioso e precipitado. Deve ter ejaculação precoce, o desgraçado. Ele é tido como arrojado e impetuoso, mas no fundo é precipitado e inconsequente."

Continuávamos de mãos dadas. Cecília, como disse, tinha mãos de pianista. Lindas, os dedos longos, a forma delicada, branquinha como porcelana, e se não estivesse segurando um copo, normalmente mantinha as mãos sobre o colo. Suas mãos eram muito parecidas com aquelas das pinturas que eu vira lá em Florença. Mãos renascentistas. Mas as mãos de Cecília eram maiores do que as minhas, e isso me causava um constrangimento dos diabos. Portanto, não poderia haver situação melhor para estarmos de mãos dadas: invisíveis sob o calor dos cobertores.

"É por isso que eu digo e repito, caro Conde: Senna jamais será campeão mundial de Fórmula 1. Jamais. A prova está aí. Olha esse acidente. Um absurdo! O brasileiro precisa tanto de heróis que força a barra, me entende? Senna demorou mais de um ano na Fórmula 1 pra ganhar aquela corrida sem graça em Portugal, debaixo daquele toró. Você sabia que o Fangio foi primeiro colocado já na sua segunda corrida, sabia disso? Pois é, aquele era um campeão... melhor: pentacampeão. E a suas marcas jamais serão superadas na história do automobilismo, nunca. Porque o único homem que poderia tê-lo feito chamava-se Jim Clark, mas infelizmente esse ás morreu heroicamente na pista, num acidente espetacular, quando um dos pneus de trás do seu carro estourou."

"Alfredo, o Senna corria com uma Toleman. E mesmo assim quase venceu, aí mesmo em Monte Carlo".

"*Quase* não faz um vencedor, meu amigo. E pode escrever: Senna sempre será um *quase* campeão. *Quase*, por que você pode apostar que ele não vai chegar lá. É precipitado. Ayrton Senna é e sempre será o cara que poderia ter sido, mas não foi... Injustiçado, dirão no futuro. Mas é assim mesmo, a história do mundo pode ser contada apenas do ponto de vista dos injustiçados: Puskas, Van Gogh, Fernando Pessoa, a Seleção Brasileira de 82, eu, você. Outro dia eu vi uma entrevista do Ronnie Von onde ele se dizia o maior injustiçado da Jovem Guarda... Conde, infelizmente no trono só cabe um rei. E quando se fala em música você bem sabe quem é o Monarca. O Senna será o homem por trás da lenda, será sem nunca ter sido, se é que você me entende. Posso imaginá-lo velhinho, rico e perspicaz, dando entrevistas, explicando sem o menor constrangimento que o título não faz o nobre... É o tipo de cara que morrerá fumando cachimbo, essa ferramenta que na velhice confere nobreza e autoridade a quem recorre às suas baforadas."

Cecília tinha o olhar fixo num pato de madeira sobre a mesa de centro. Ela era linda, inteligente, poetisa, fantasiosa. Vivia ali, mas certamente não no lugar real, mas naquele criado pela sua rica imaginação. Ela me remetia ao que mais havia de mágico e misterioso em mim. Eu a via como uma princesa presa ao seu palácio. Ao que me parecia, nada do que a cercava tinha a ver com ela. A ideia de esquecer Vivi, e levar Cecília para bem longe num cavalo branco, se apresentava como a única alternativa para mim, para ela, e para que as nossas vidas ganhassem algum sentido. Por conta das idas frequentes a Penápolis, estreitávamos cada vez mais nossos laços. Sim, eu queria roubá-la e sumir. Foi o próprio Alfredo que sacou o movimento e me disse, rápido e certeiro: "Essa menina, Conde, só existe aqui dentro, por trás das cercas dessa fazenda. Não faça o que eu estou pensando que você quer fazer. Ela é só um sonho. Viva esse sonho e acorde pra realidade. E no mundo real não cabe uma Princesa Cecília". Filho da puta. Como alguém podia ser tão assertivo e equivocado ao mesmo tempo?

"O problema, Conde, é que brasileiro pensa que é o povo escolhido. Se o cara for judeu e brasileiro então aí ferrou de vez. É difícil pro brasileiro aceitar que o maior piloto da história é argentino. E fica aí esse idiota desse narrador: Brasil! Brasil! Brasil!, cara mais estúpido e boçal. Caramba, Conde, você sabe que eu sou Brasil. Mas a gente tem que saber separar... E tem outra, hein?! Pode anotar aí:

o Brasil nunca mais vai ganhar uma Copa. Nunca, tá entendendo? Se não ganhou com Falcão, Zico, Batista, Cerezo e Sócrates, porra, esquece. Esquece. Daqui a dois anos a Copa será na Itália, então tá na cara que essa os carcamanos já levaram. É da Azurra, não tem por onde. A de 94 vai ser nos Estados Unidos. Conde, nos ESTADOS UNIDOS DA AMÉRICA, amigo. Você acha que os americanos iriam realizar uma Copa do Mundo em casa pro *Brazil* levar a taça? Por favor, convenhamos, estamos falando da maior potência mundial. Se eles estão organizando um campeonato de *soccer*, pode ter certeza de que é pra não perder. Nem que para isso eles tenham que dar cidadania e naturalizar metade da América Latina. Nem que tenham que montar um time só com cucarachas e tupiniquins. É, Conde, eu sei das coisas."

Quando Alfredo deixou o recinto nós não estávamos mais de mãos dadas. Cecília olhou pra mim com desesperança e cansaço.

"Edu, porque ele sempre te chama de Conde?"

40

Era véspera da grande data. No dia seguinte o Brasil elegeria o seu Presidente da República. Metalúrgico versus Playboy. Era tudo o que eu sabia a respeito daqueles cartazes e santinhos que inundavam as ruas da cidade. Acho que nunca estive tão alienado como naqueles dias. O partido do Lula era o PT, todos sabiam, mas o de Collor poderia ser PDT, PMDB, ARENA ou qualquer combinação aleatória de vogais e consoantes. Foda-se, eu acabara de matar uma menina, não era justo interromper meu luto para me ater às necessidades e obrigações civis. Além do mais eu tinha trabalho à tarde.

Cheguei no Lugar ao Sol para apanhar Gonzalo.

"Treseu? Treseu?"

Treseu *murió*.

Simplesmente *murió*.

Eu não podia matar Gonzalo. Primeiro, precisava do boliviano para me ajudar a empacotar a mulher encomendada. Segundo, seriam três mortos num único dia. Eu acabara de estrangular Malu. Terceiro, eu estava sozinho, não podia me dar ao luxo de ceder aos meus caprichos sanguinolentos. Dentre os seres que respiravam, Gonzalo parecia ser o único que ainda se importava com a minha existência, sim, porque Treseu acabara de *morir*, e sem dúvida por um descuido do idiota do boliviano.

Alfredo só me procurava se não pudesse evitar de forma alguma. Villano era um idiota tão desprezível que mais dia menos dia seria encontrado enrijecido no leito de um rio, com a boca cheia de formigas. Dida era sempre cortês e gentil, mas era o tipo de personalidade que se mantém hermética e distante, talvez para parecer inocente. Zeca era difícil de encontrar. Dividia seu tempo entre Salvador e as praias da Estrada do Coco. Eu vinha tentando falar com ele havia mais de um mês. Se tinha alguém no mundo que eu poderia considerar um amigo era ele, o Zecão, embora nunca tenhamos oficializado a relação. Naquele tempo eu ainda não sabia que tais vínculos dispensavam qualquer tipo de cerimônia protocolar. É bem provável que já fôssemos mesmo bons amigos. Só que eu não cogitava essa possibilidade. Pelo contrário. Após a morte de Diógenes eu encarnei o próprio esquizofrênico. O mundo parecia dedicado exclusivamente a farejar meus calcanhares, numa ação conspiratória complexa e ramificada, onde Bel, Claudinha e Darcy encabeçavam as ações que culminariam, na melhor das hipóteses, com a minha prisão, mas tudo indicava que eles queriam vingar Diógenes. O quanto Aninha e Olegário estavam envolvidos nessa conspiração era justamente o que mais me deixava inquieto e apreensivo.

Gonzalo era o único que ainda não estava envolvido no complô. Mas naquele dia eu tive que me segurar para não meter uma bala na cara do filho da puta. Despenquei sobre a cadeira da mesa de jantar. O Lugar ao Sol jamais me pareceu tão sombrio. Meus olhos mais marejados do que no dia em que Aninha flertou com um ator do grupo do diretor proeminente, bem debaixo do meu nariz. Gonzalo tropeçava no portunhol, numa espécie de cacofonia babilônica, como se murmurasse um mantra universal e marcado em *prestíssimo*. Um metrônomo. Gonzalo parecia um metrônomo. Aos poucos eu ia sendo arrastado para outras dimensões, onde ordem, espaço e tempo apresentavam-se como num devaneio, um sonho daqueles em que você é você só que não é você. Fazia tempo que minha identidade descia latrina abaixo. Foi neste estado de torpor onírico, potencializado pelo pó que vinha cheirando havia três dias — intercalado por talagadas de uísque — e ainda sentido as jugulares de Malu na ponta dos dedos, que retornei parcialmente daquela espécie de umbral, acordado por alguém que me sacudia pelos ombros. Passei a mão sobre o rosto, como quem limpa um quadro negro, mas a imagem permaneceu diante de mim.

"Zeca?"

Levei alguns segundos tentando recobrar nem que fosse uma migalha de lucidez. Quando consegui focar meu amigo, me perdi no vórtice que eram seus olhos. Pareciam girar, como aqueles círculos espiralados que os hipnotizadores de circo usavam antigamente. Não tive dúvidas: alguém estava mais louco que alguém. Só não sabia quem. Porque ninguém sabe quem é quem quando tá todo mundo aquém.

Emboscada, pensei, e imediatamente me pus de pé.

"Por que você tá aqui?"

"Vai votar em quem?, ele perguntou esbaforido, e antes que eu respondesse ele saiu andando.

Zeca se atirou numa cadeira, bateu sua 9 mm sobre a mesa e enfiou a mão no bolso. Sacou um tubo de filme fotográfico, abriu a tampa e despejou o conteúdo sobre o tampo de vidro.

"Maluco, cê tem que experimentar isso!"

As pedrinhas rolaram pela mesa. Eu já tinha ouvido falar, mas era a primeira vez que eu punha os olhos no tal do crack.

Autoajuda: divida e pague no cartão, porque provavelmente você não precisará pagar a conta inteira.

* * *

Aquilo devia ser uma espécie de tribunal. Não se tratava de um procedimento padrão do submundo do crime, com seus códigos, regras e leis. Estava mais para um cirquinho mambembe improvisado por Alfredo, que caminhava em círculos com as mãos entrelaçadas às costas. Me rodeava enquanto eu permanecia de cabeça baixa, sentado numa cadeira estrategicamente colocada no centro da sala. Os outros, de pé, sentados, ou apoiados na parede com os braços cruzados, pareciam aguardar algum tipo de sentença.

"Sabe, Conde, você me impressiona. Mesmo. Você é capaz de urinar fora da bacia mesmo se estiver mirando num tanque da Petrobras. É brincadeira, nunca vi! Você erra até xoxota de prostituta. É como pagar adiantado um agiota e esperar que ele deposite a grana na sua conta. Coisas assim, não sei se me entende. Você faz tudo às avessas, como se lesse uma cartilha em japonês: de trás pra frente. Só que as regras, meu caro, foram estabelecidas em bom e claro português. Caramba... Uma vez você me disse que não tem sorte. Sorte. Vem do latim *sors*, que está ligado também a destino, fortuna... Sabia disso, sabia? Não, claro que não. Você nunca sabe de nada, né? Aliás, se a ignorância é uma bênção, como alguns dizem, porra, Conde, você é um dos caras mais abençoados que eu conheço..."

Levantei os olhos rapidamente, mas pouco consegui enxergar. Meu olho direito mal abria. Acho que nenhum dos homens me olhava diretamente. Eu ainda voltava da campanha pró-drogas. Sentia dores, ânsia e minhas ideias não concatenavam.

O que decidissem a meu respeito pouco se me dava. Aliás, até aquele momento eu não fazia a menor ideia do que Alfredo esperava daquela, digamos, conferência. Mas fosse lá o que me aguardava, eu cumpriria *volentieri*, desde que me deixassem primeiro falar com Aninha.

"Mas enfim: o que o Senhor reserva pra você é problema do Senhor. A minha questão é muito mais urgente, acredito eu. Não disponho da paciência e nem do tempo do homem lá de cima. Se ainda há óleo pra queimar na sua lamparina nós saberemos agora. Se Deus te dará mais uma sobrevida, bem, Ele o deverá fazer agora, por intermédio desses homens presentes. E a não ser que eu esteja muito enganado, você já esgotou o crédito com o Pai dessas ovelhas aqui — permaneceu um longo tempo com o olhar fixo na parede descascada do teto, então prosseguiu. — Conde, você nem tem ideia do tamanho do problema que você criou, pra você mesmo e pro grupo. E você sabe muito bem o que te levou a isso, além é claro da sua total falta de bom senso — disse e caminhou na minha direção, apoiou as mãos nos meus joelhos e aproximou seu rosto do meu. — Foi a droga, filho, foi a droga — disse num tom mais baixo. Depois se ergueu e brandiu para o grupo. — Droga. Isso é o que essa merda faz! Essa desgraça é o mal deste século. E será também do próximo."

Taí algo que de fato eu nunca entendi bem. Esse moralismo de Alfredo não fazia o menor sentido. Uma coisa seria ele simplesmente proibir o uso por uma questão prática e de cunho profissional, do tipo "não pode porque não pode e pronto". Seria justo, justíssimo, a droga e o álcool com certeza me levaram a cometer um monte de cagadas. Mas a questão não se resumia a uma quebra de protocolo e conduta inoportuna, apenas. Não, havia claramente um julgamento moral. Alfredo vivia repetindo que seus filhos não fumavam, não bebiam e tinham ojeriza às drogas. E ao mesmo tempo ele abastecia metade da Escandinávia com cocaína todos os meses. Antes de me ver como uma ameaça ao grupo, devido ao uso abusivo de entorpecentes, Alfredo já me tratava como um bandido menor. Um criminoso duplo. Chegara a pedir ao pai de Cecília para mantê-la afastada de mim, pois se tratava de um viciado degradado e perigoso. Era antes de mais nada um filho da puta. Preconceituoso e moralista por um lado. Libertino e devasso por outro. Alfredo era mais dissociado dele mesmo do que o tal do Edson era do Pelé.

"*Abyssus abyssum invocat! Abyssus abyssum invocat!* — proferiu solene e aguardou que alguém se manifestasse. Ninguém se apresentou, ele deu de ombros e prosseguiu. — É bíblico, Salmo 42, versículo 7. A tradução mais oportuna para a ocasião seria *cagada atrai cagada*. E nessa sequência escatológica, Conde, você se mostrou um perito.

Pra não falar em Diógenes, você é responsável pela morte de uma moça absolutamente inocente, segundo Genari. Estupro de uma inimiga que você deveria ter eliminado e sumido com o corpo, mas como se não bastasse sua vileza em violentá-la, ainda deixou a cadela escapar com vida. E o pior e mais hediondo de seus atos: é o principal suspeito do assassinato de um dos irmãos do grupo. E é por isso, que a partir de agora, serão esses irmãos, sempre como instrumentos do Senhor, que decidirão o seu futuro."

Levantei o rosto e com dificuldade passei a vista por todos os camaradas. Nenhum deles me devolveu o olhar.

Fechei os olhos e me pus a pensar em Aninha. Que aqueles idiotas fizessem o que bem entendessem.

* * *

"A pior coisa que Deus fez com a gente foi nos dar o livre arbítrio, Edu. Essa opção de escolha é um engodo, uma mentira. A decisão só fará sentido se fizermos a escolha 'certa', considerando como 'certa' a opção que nos garanta a menor dor de cabeça."

"Mais ou menos, né, Aninha. E aquela história de que a gente aprende mais com os erros do que com os acertos?"

"A premissa já é errada. Quem foi que disse que gente *tem* que aprender alguma coisa? De que aprendizado, exatamente, nós estamos falando? Esse conceito de certo e errado é o quê? Não podemos nem dizer se o conceito *em si* é certo ou se é errado. Se classificarmos esse conceito nessas bases, automaticamente estamos legitimando o princípio de certo e errado. Isso tudo é um absurdo greco-romano potencializado pela Igreja Católica: uma escolha, uma renúncia e a culpa como resposta a qualquer decisão."

Estávamos num bar chamado Cerveja Gelada, na rua Lisboa. Aninha havia tomado umas a mais e desandara a filosofar. Eu aplaudia, a inteligência de Aninha me fascinava. Esse tipo de diálogo não era muito recorrente naqueles anos de muito neon, farinha, pressa e *game over*. Aquela seria uma conversa típica de vinte anos antes. Papo de maconheiro, assunto cabeça. Eram viagens que não pretendiam, necessariamente, atingir resultados e chegar a conclusões. A graça estava justamente em exercitar as possibilidades além da esfera cartesiana. Normalmente essas conversas derivavam quase que inevitavelmente para a livre associação de ideias. E aquilo era Amélia do princípio ao fim. Era o gene da mãe, sem a menor dúvida.

Aninha era de uma linhagem intelectualmente requintada. O avô exercera o cargo de ministro no governo Dutra, a avó fora doutora em sociologia e a mãe, bem, a mãe a gente já conhece a história. Nada mais justo, portanto, que Ana fizesse uso de sua inteligência e perspicácia. E mais, que exteriorizasse seus pensamentos sem se constranger. Mas não era assim tão simples. As reflexões em demasia eram muito ridicularizadas naqueles anos miseráveis. As cabeças pensantes quase sempre viravam alvo de chacotas, e suas ideias associadas a devaneios de gente comprida, chata, excessiva. Caras como Caetano, Gil e mesmo o Raul, quase sempre adquiriam uma forma caricatural no imaginário da gentalha de então.

A ideia que tenho dos anos 80 e de seus participantes é a de uma década onde se correu demais e se produziu de menos. É como se vivêssemos todos num estado de constante devir. Simplesmente buscávamos recuperar um tempo que não havia sido perdido por nós. Aliás, nenhum tempo havia sido perdido, ou gasto inutilmente, embora fosse essa a opinião quase que unânime. A crença infundada de que as experiências e sonhos acalentados nos anos 60 haviam ruído como numa implosão, era absolutamente equivocada e injusta. Sobretudo para com aqueles que fizeram a história. Dizer que os anos mais prolíficos do século vinte não serviram de nada é um absurdo tão grande quanto dizer que a chegada do homem na Lua não prestou pra porra nenhuma, já que não encontraram nem petróleo e nem ET lá no espaço. Mas infelizmente, essa imagem de sonhos ingênuos e pueris sempre permearam de forma injusta as ideias revolucionárias dos anos 60. Na era yuppie o que se lia nas entrelinhas era o seguinte: Chega de brincar de castelo encantado, de paz e de amor. É hora de trabalhar. E trabalhar para si. O sonho coletivo cedeu espaço para o individualismo. Nos anos 80 a esperança vinha de fábrica sem assento para acompanhantes. A palavra de ordem já havia sido dada dez anos antes: "O sonho acabou". A frase tinha um intuito, mas foi apropriada da maneira mais estúpida e leviana possível. Essa ideia de sonho desmantelado continha o suposto fracasso, o teor da derrota e a força repulsiva dos axiomas — que nos mais das vezes nos impele a aceitar como verdade aquilo sobre o que sequer ousamos refletir a respeito.

Claro que isso tudo eu falo hoje, olhando do quentinho, repetindo e copiando o que já foi dito por muita gente, e de forma bem mais clara. Na época eu não percebia nem o meu talento para o fracasso.

Nada, eu era um desses idiotas correndo como um louco atrás do próprio rabo. Isso também contribuiu muito para que eu e Aninha nos distanciássemos. Eu era um típico idiota em tempos de idiotas. Aninha, mesmo sem saber, seguia com seu comportamento gótico e melancólico, quase sempre quieta, sem poder defender suas causas, como fizera sua mãe. Mas era uma artista nata e absolutamente adequada ao seu tempo e à sua época. Eu, bem, eu era o efeito colateral da ansiedade característica dos anos 80. Traficante, acelerado, egoísta, viciado e antissocial. Correndo, sempre correndo. Ia fazendo, para em seguida me arrepender. Mas não no sentido de rever algum equívoco, me arrependia apenas porque achava que sempre fazia a escolha errada. É, o tal do livre arbítrio. Acho que se me pedissem para me descrever em poucas palavras, bem, eu diria que sou um sujeito que passou a vida atirando e correndo atrás da bala para tentar segurá-la a tempo. A tempo do quê? Sei lá, apenas a tempo.

"Aninha, acabe a cerveja e vamos pra sua casa."

"Mas já?"

"Esse assunto me deu fome. Estou louco pra te comer."

Ela bateu o copo na mesa e nem se deu ao trabalho de virar o último gole. Ana parava qualquer afazer pra dar uma boa trepada. Como eu adorava essa disposição. Quando o assunto era sexo, bem, não havia assunto. Uma das grandes virtudes de Aninha era não verbalizar o tesão, o furor, o sexo. Aquilo era coisa de se fazer, e não de se dizer. Nem se foi bom, nem se foi ruim. Bastava que tivesse sido.

Engraçado, pra mim o sexo tinha tudo a ver com livre arbítrio.

41

Se a gente simplesmente morresse de uma vez, acho que a história seria mais simples. A questão é que a barata-humana é persistente. Quando se fala em dependência, vício, adição, o sujeito deixa vir à tona toda sua tenacidade, teimosia e capacidade de sobrevivência. Se o cara não morre de cagada, over, acidente, tiro, tombo, engasgado no próprio vômito, enfim, se o tipo não escorrega na casca da banana, bem, aí ele se arrasta até arrancar a pele do abdome, se curva em posição fetal, se degrada até condições subumanas. Rasteja, se corta, se suja, se humilha, vive o inferno em vida, e não satisfeito, transforma a vida dos que estão ao redor também num simulacro dos ínferos. Mas o problema é que não morre. Se morresse logo era mais fácil, mas não: tem que entrar na festa de bico e ser o último a sair, carregando um cinzeirinho de lembrança mocozado na cueca. Entra sujo e sai imundo.

Acordei naquela casa estranha com alguém chutando meu estômago. Eu não fazia a menor ideia do porquê de eu estar nu, estendido no assoalho. Havia dois caras que pareciam ter saído de um filme dos anos 70. Um deles usava costeletas e era muito parecido com o ator Alan Alda, que mamãe adorava e que tinha trabalhado na série MASH. O outro era um preto que tanto poderia ser o Shaft como o negão que perdeu pro Rocky Balboa. Deus, aquilo tinha cheiro de sangue. Sangue já derramado e ainda por verter.

O que não era o negão me ergueu do chão como se eu fosse de isopor e me atirou no sofá. Caí sentado e ainda grogue. O cara juntou minha roupa espalhada pela sala e atirou em cima de mim.

"Se veste — ordenou e eu tratei de obedecer. — Você tá todo mijado. Tá fedendo..."

"Posso me lavar?"

"Ha ha ha... Tá ouvindo, Juca? O pouca-merda quer tomar banho. Você prefere morno ou quentinho? Escuta aqui seu cagão filho de uma puta, você vai ser enterrado exatamente do jeito que viveu: imundo. E na mesma cova que o seu desafeto ali", e apontou pro canto da sala. Do arco de comunicação que dava acesso à sala de jantar eu pude ver um par de pernas estirado. A parede escondia o resto do corpo. Eu conhecia aquele tênis. Era de Gonzalo.

* * *

Pra entender o que é uma paulada de crack, só enfiando o focinho na lata. Aquela porra sobe tão rápido quanto lança perfume. E o barato passa da mesma maneira: rápido e deixando um gosto de novidade, como uma foda fantástica, que deve por força ser repetida. A grande marca dessa droga é que ela é pautada justamente pelo tempo que você *não* está sob o efeito do barato, e sim acometido por uma ansiedade incontrolável de obter mais. Hoje, quando me lembro da minha incursão na pedra, me recordo muito mais dos intervalos do que das viagens.

No segundo tapa eu olhei pro Zeca e sorri. No ato eu senti que aquela merda poderia foder de uma vez com a minha vida. Mas isso era só um detalhe. Abri uma garrafa de vodca e estiquei meia dúzia de taturanas sobre o tampo da mesa. Um tapa na lata, um tirinho, vodca no gargalo e uma encomenda pra ser efetuada. Zeca falava pelos cotovelos, eu alternava picos de euforia com indícios de rebordosa. Ao menor sinal de *bad trip* eu dava logo uma paulada na pedra. Gonzalo, que assistia tudo de canto, resolveu dizer qualquer coisa, e eu mandei ele calar a boca. O boliviano insistiu.

"Eu mandei você calar a boca. Você é surdo?"

"Mas, Edu, nosotros tenemos que hacer la..."

"*Hacer* um caralho, seu bosta. Você matou o Treseu, Gonzalo. Matou. Deixou ele solto. O que eu falei pra você, hein?! — perguntei aos berros. — Eu disse que era pra deixar ele preso, caralho."

Um ódio já conhecido me subiu pela coluna e se instalou nas minhas córneas. Catei Gonzalo pela parte de trás da gola da camisa e vim puxando até a porta.

"Aonde você enterrou meu cachorro?", gritei.

"Eduardo, por favor, hombre, tu és como un hermano..."

"*Hermano* uma porra. Cadê meu cachorro?"

"Zeca, por favor, hable com él, por favor..."

"Edu, baixa a bola — disse Zeca, que vinha logo atrás. — Deixa o cara, ele não teve culpa."

"Ah, não teve culpa? Não teve? Mas eu acho que teve sim. E eu quero ver o Treseu, porra, agora! Vai desenterrar o meu cachorro já, desgraçado, se não eu te enterro junto com ele, tá ouvindo?"

Gonzalo começou a caminhar de costas na direção do portão da chácara. Saquei minha arma e puxei o cão.

"Parado aí, seu bosta".

Zeca veio na minha direção e eu apontei contra ele.

"Não se mete, Zeca, isso não é assunto seu".

Os olhos dele faiscaram de ódio. Ele andou naturalmente na minha direção, até colar seu peito no cano da arma. Num gesto preciso arrancou a arma da minha mão e atirou-a longe. A pistola atravessou a porta de entrada e foi cair na sala. Zeca me desferiu um soco como eu jamais havia levado. Caí de costas, completamente aturdido. Ele pisou no meu pescoço e cuspiu de lado.

"Nunca mais na sua vida me aponte uma arma, seu bunda-mole. Moleque, escroto, babaca".

Ele entrou na casa e saiu logo em seguida. Eu continuava no chão. Zecão olhou pro Gonzalo.

"Simbora, gringo, entra no carro. Deixa esse merda se acalmar."

"Gracias, Zeca. Pero non puedo. Tengo de aiudar Edu. Tenemos que encomendar una mujer logo más..."

"O que? Esse filho da mãe tem trabalho e tá enchendo a cara de crack e de pó, é isso? Quem é a encomendada, Gonzalo?"

O boliviano olhou para mim e permaneceu em silêncio.

"Uma tal de Patrícia Cappa. Advogada.", eu me adiantei.

"Advogada? O que ela fez? A mando de quem?"

"Não sei, não sei, não sei, porra. Não é coisa nossa, a ordem vem de cima".

"Quantos degraus?"

"Já disse, Zeca, não sei de nada. Não sou curioso que nem você. Não me interessa saber o porquê de eu estar matando. Quanto menos eu souber, melhor pra mim. Só sei que é advogada e deve ser rica. Mora sozinha numa casa no Morumbi".

"Morumbi? — perguntou espantado. — É pra lá que vocês vão?"

"É... pra casa dela. Meu aliciado vai tratar de deixar a porta aberta."

"Que horas vocês têm que chegar?"

"Não sei... tem que ser antes das sete. Mas por que tudo isso?"

"Faz sentido — ele disse. — Olha, Edu, você tá realmente fora do centro. São duas da tarde. Você tem que sair daqui até às duas e meia. Você não se informou de bosta nenhuma. Hoje é a final do Campeonato Brasileiro. São Paulo e Vasco. Certamente os caras que encomendaram sabiam. As atenções vão estar focadas no jogo e ela não deve sair de casa por conta disso. Mas vai ter polícia enfiada até em escapamento de Kombi."

Zeca veio até mim.

"Escuta aqui, Eduardo, eu vou embora que é pra não fazer uma merda, e você já me tirou do sério. Vê se toma um banho gelado, tente comer e vá cumprir com suas obrigações... — Deu um tempo e depois concluiu. — Se você fizer qualquer coisa pro gringo, se você machucar, xingar, falar alto, o que for, eu mesmo, Edu, vou acertar a parada com você. Tá entendido?", gritou e chutou minha coxa. Concordei com um sinal. Ele aproximou seu rosto do meu e sussurrou, "Faça o que eu estou dizendo, precisamos desse cara vivo, entendeu?"

Não, eu não tinha entendido.

Gonzalo abriu o portão e Zeca saiu com o carro. Na volta parou do meu lado e segurou meu braço para me ajudar a levantar.

"Vamos, Edu, oíste Zeca, tomes una ducha."

Num gesto brusco, soltei meu braço. "Vai se foder, Gonzalo".

Levantei e fui fazer o sugerido. Mas antes parei na sala e cheirei mais duas carreiras.

* * *

Ao atravessar o portão do cemitério enfiei a mão no bolso do short e segurei meu ossinho. O mesmo que pegara ali do lado de fora alguns anos antes. Era aniversário do tio Ademar e tia Núbia fizera um almoço na casa da rua Itajubá. Havia quase um ano que tio Anselmo assassinara os pais da noiva, e seu pai certamente não tinha muito o que comemorar naquela data especial. Tio Ademar havia deixado de exercer a medicina, tornara-se um homem amargo e de poucas palavras. Eu percebia tudo, nos menores detalhes. Foi com o passar dos anos que fui me tornando uma pessoa desatenta e anacrônica. Acho que Netuno só apareceu na minha vida no final da adolescência e início da fase adulta. As impressões que trago até hoje da minha infância são muito mais claras, concretas e definidas do que, por exemplo, aquelas que experimentei ontem. Hoje eu me dou conta do quão sensível e frágil eu era.

A tristeza mal varrida da nossa casa, os pelos pubianos mais claros de minha mãe, que eu tentava inutilmente não ver, e me envergonhava a ponto de quase vomitar ao perceber, ainda aos seis anos, que esses cabelos curtos e retorcidos me causavam ereções. E eu não entendia aquilo. Mas compreendia muitas outras coisas, como por exemplo, que as pessoas enganavam as pessoas. Que as pessoas juntas eram muito diferentes das pessoas sozinhas. Que eu podia até gostar de uma ou outra pessoa, mas não admitia o seu coletivo. Mamãe não era a mesma pessoa em nossa casa da que na casa da tia Núbia. Eu ficava constrangido e contrariado com aquela musicalidade esquisita na voz da minha mãe nos almoços na casa da rua Itajubá. Aquilo era a família. E eu deveria aceitar e, se possível, construir uma parecida no futuro.

Aos onze anos eu já havia testemunhado muito mais do que precisava dos bastidores da família. Inclusive minha mãe se roçar com o motorista da tia Núbia. Foi muito rápido, mas eu vi. Vi e entendi. E vi que meu pai havia visto. Viu , mas ao contrário de mim, não deve ter entendido, pois continuou a obedecer a e acatar as decisões de minha mãe com passividade e subserviência canina, embora vez ou outra perdesse a cabeça. Aquilo me causou uma sensação de estranheza que ainda hoje posso senti-la se pensar muito na cena. Na minha angústia solitária, decidi dividir com meu irmão aquele pesadelo. Ele já era um miserável desde o berço. Foi direto até meu pai, que por sua vez me surrou até quase me fazer perder os sentidos. Motivos: calúnia, má-fé e bisbilhotice.

Durante o almoço meu pai parecia distante e evasivo. Triste até. Depois de comermos ele me chamou para dar uma volta. Queria me mostrar algo no cemitério. Me levou até o túmulo da família Conde e me falou de seu irmão Paulo, que morrera aos quinze anos e que, sem a menor dúvida, teria sido um grande jogador de futebol profissional. Depois, sem mais nem menos, passou a me fazer perguntas íntimas: se eu já gostava de alguma menina, se já tinha feito "coisas" e que isso e que aquilo, que muita masturbação podia fazer mal. Me disse que era comum no interior os meninos fazerem um tal de troca-troca, mas aquilo era feio e errado. Quando chegasse o momento ele mesmo me levaria a uma casa de mulheres. Cacete, eu não tinha a menor intimidade com meu pai. Nosso momento de maior proximidade havia sido justamente aquela surra que ele me dera quando ainda tinha oito anos. Aquela era uma situação canhestra e desagradável. Quieto meu pai já me irritava, dizendo aqueles absurdos ele era mais invasivo do que um padre de escola Jesuíta. Eu apertava cada vez mais forte o meu ossinho.

Depois ele se calou e caminhamos ziguezagueando as alamedas

do cemitério. Já próximos da saída vi um túmulo coberto por várias coroas de flores, quase obstruindo a passagem. Papai parou e me apontou o túmulo. "Família Feola".

"Anteontem, Edu, dia seis, foi enterrado aqui Vicente Feola. Sabe quem foi? O técnico da Seleção Brasileira de 1958, campeã do mundo na Suécia."

Continuamos quietos. Aquela informação era tão irrelevante e sem sentido quanto aquela dos malefícios da masturbação.

Papai passou o resto daquele dia meio esquisito. Pouco falou. Parecia tão taciturno quanto tio Ademar. Quando chegamos em casa ele nos mandou brincar na rua, ao que rapidamente nos prontificamos, eu e meu irmão, felizes da vida.

No dia seguinte, mamãe tinha uma marca roxa no lado esquerdo do rosto. Batera no corrimão da escada, dissera.

Era um domingo. Era a nossa família.

42

Quando Aninha voltou do Rio, já no final de janeiro, o assassinato de John Lennon já tinha perdido espaço na mídia. Agora se falava muito da vitória do ator/candidato Ronald Reagan ao cargo de Presidente dos Estados Unidos. O presidente, cuja imagem era frequentemente confundida com a do Rambo, era um republicano chato, que governaria durante toda a década de 80. Mas apenas dois meses após sua posse, o honorável líder sobreviveria a um atentado a tiros. E passados mais dois meses, seria a vez do Papa João Paulo II. Tudo levava a crer que a morte de Lennon havia aberto um precedente e criado um padrão. Me lembro que no colégio o pessoal apostava em quem seria a próxima vítima. Alguns diziam que seria a princesa Diana, que estava de casamento marcado com Charles para o mês de julho, para grande descontentamento da rainha. Forças ocultas estariam trabalhando para estragar a festa, diziam.

O presidente assumiu no dia 20, mesmo dia em que Aninha chegou do Rio de Janeiro. E Reagan já assumiu comemorando o aniversário, junto comigo, em 6 de fevereiro.

Eu roía as unhas à espera de Ana. Por mais que me esforçasse eu não conseguia lembrar dos detalhes da nossa primeira transa. Mas ao chegar Aninha não se atirou nos meus braços como eu imaginava — e já de antemão me preparava para me esquivar, justamente pra não sair namorandinho. Pra minha surpresa Aninha iria vender caro seu diamante. Nós saíamos, nos grudávamos pelos cantos mas na hora do mergulho ela retrocedia, como se temesse a temperatura da água. Então eu tratava de também fazer um cu doce. Não ligava e desaparecia, mas depois de dois dias eu telefonava e me emputecia com sua voz monocórdia. Eu acordava e ia dormir me masturbando. Já estava a ponto de estourar quando enfim chegou o dia 6 de fevereiro.

Acordei com minha mãe cantando parabéns ao lado da minha cama. Não poderia imaginar uma maneira pior de iniciar o dia da celebração do nascimento. Mas assim que as palmas descompassadas cessaram veio a notícia.

"Chegou um pacote e flores pra você."

"Como? Quem? Quando?"
"Veio de uma floricultura."
Desci as escadas aos tropeços. Na mesa de centro da sala havia um vaso de orquídeas envolto em papel de seda branco, com um laço amarelo, minha cor predileta. Ao lado um pacote grande embalado lindamente. Parei e observei durante um tempo, meio sem saber o que fazer. Não estava habituado àquilo. Segurei o pacote receando abri-lo, como se o presente se concluísse naquele embrulho. Eu poderia passar minha vida repetindo o momento; ameaçando abrir o pacote sem jamais fazê-lo. Antes que minha mãe chegasse pra se meter, saí para o quintal com meu presente.
Não sei quanto tempo levei para abri-lo, não faço ideia. Na caixa havia um livro e uma camisa branca. A camisa mais linda que eu já tive. O livro era uma edição americana de um autor que Aninha gostava muito e sempre citava. De John Fante, *Ask the Dust*. Abri na primeira página e como já imaginava havia uma dedicatória. "Nunca pergunte ao pó. Pergunte ao seu coração." Assinava A.L.
Quando abri a camisa contra a luz para examiná-la melhor, caiu um envelope no chão. Abri e não era exatamente uma carta, como imaginei assim que bati os olhos. Retirei a folha e li.
"Edu, esse soneto foi escrito pelo meu bisavô Affonso, certamente para minha bisavó. Achei num antigo jornal guardado em meio às coisas empoeiradas e esquecidas por minha mãe. Dou para você, de todo coração."

AMAR
Amar é ter-se n'alma um fogo ardente,
Que o frio inverno da descrença aquece;
E' ter-se n'alma a planta que floresce
Mil esperanças de uma só semente.

Amar é ter-se um vulto preso à mente,
Que nunca mais dalli desapparece;
E' dar-se a um anjo em quotidiana prece,
Num psalmo triste, a dôr que o peito sente.

Amar, emfim, senhora, é ter-se a vida
Nos accéssos nervosos da loucura,
Ou então em lethargo adormecida.

Se a vida é um fojo immensamente fundo,
Onde a Mulher como um clarão fulgura,
O Amor é o rubro sol que aquece o Mundo.

Perdi a conta de quantas vezes li e reli o poema, antes que ele se fixasse na minha mente com a mesma força adesiva de um mantra. Eu ainda não sabia que meninos podiam chorar, e ainda que não pudessem o fariam, querendo ou não. E fariam por razões muito menos nobres. Engoli o que não havia na boca e sobrava no meu coração. Me perguntei que mãe seria aquela, que chorava a morte de John Lennon e esquecia coisas tão belas largadas pelos cantos. Isso incluía uma filha. Dois anos depois, quando tive o prazer equivocado de conhecer Amélia, foi que pude entender a solidão de Aninha, o soneto deixado às traças e o egoísmo travestido de virtude.

Amélia não chorou a perda de um homem visionário e a falta que ele faria ao mundo. Pranteou sua própria lágrima. Também não defendia a *causa* como propósito e solução para desigualdade, não, Amélia lutava pela *causa dela*, Amélia. Lutava por aquilo que ela, sempre ela, acreditava, e não por aquilo que de fato era, como condição absoluta e acima das suas interpretações. Amélia parecia conhecer-se apenas por meio do seu reflexo nas águas de um lago. Ela era apenas superfície e bastava um pingo de chuva para que a imagem que tinha de si mesma se desfizesse. Mas logo era substituída por outra igual. Porque Amélia eram muitas, quadrigêmeas vezes quatro. Foi um pouco de tudo: guerrilheira, professora, colega, camarada, amante e — por que não? — mãe. Que Deus as tenha. Que Deus as tenha.

Uma vez na casa de Aninha, ela me disse que o dia era só pra mim, que eu poderia fazer e pedir o que eu quisesse, "Mas só hoje, hein? Não é pra acostumar". Não me lembro de ter pedido nada, mas de ter recebido tudo. E tudo é tudo quando transborda, quando excede, quando escorre pelo queixo como calda de chocolate. Tudo é tudo quando a gente se lambuza, se sacia, se farta. Tudo é tudo quando simplesmente esgota, acaba e não resta mais nada a ser dito ou feito. E tudo só pode ser, quando de tão pleno, o espaço ainda que vazio é ocupado por ócios e éteres, perfumes inodoros e despretensões. Quando a gente pode preencher o ar com vácuo, calar o silêncio com a surdez, e permitir que nossa cabeça continue à mercê da guilhotina ao invés de pleitear uma coroa. Tudo é tudo quando nada se tem — controle, rédea, assunto, causas e porquês. Tudo é tudo quando nem mesmo sorte se tem, nem amor, nem senha ou cartão de embarque. Nada: vidro elétrico, ar, direção ou borda de catupiry. Acho que tudo é simplesmente estar nu.

E nus passamos o dia e a noite. Cheios de tudo que pode preencher e saciar alminhas ainda jovens, cheia de brechas, lacunas e possibilidades. Foi sem dúvida um dia inesquecível, pois em nenhum momento, nem por uma fração de segundo, passou pela minha cabeça ir embora. Foi um dia sem véspera ou amanhã. E quando não sentimos o peso paquidérmico daquilo que chamamos *responsabilidade*, aí sim pode ser que a gente arrume as gavetas, organize as contar a pagar e se aventure pelas pernas de uma mulher sem temer que essa empreitada seja uma viagem só de ida. Em nenhum outro lugar na minha vida senti tanta paz como a que experimentava entre as pernas de Aninha. As esquálidas coxas que não ultrapassavam em espessura os ossos dos joelhos. E ainda assim, nem mesmo uma sereia poderia ser tão eloquente da cintura para baixo.

Será que eu já sabia disso naquela época? Só posso pedir a Deus que não. Seria como morrer na miséria tendo passado a vida com um bilhete premiado na carteira.

* * *

Foi a última vez que fomos para Penápolis. Estava na piscina com Cecília e alguns amigos dela. Ia ter churrasco. E claro, sempre tem o cara que põe fogo no carvão, o sujeito que detém o grande segredo da melhor picanha, os truques e macetes pra se chegar àquela costela que "derrete na boca", essas coisas. Normalmente o especialista já vem munido do seu próprio jogo de facas e na maioria das vezes mal toca na comida. Não, o Rei da Carne se alimenta basicamente dos elogios e cumprimentos dos convidados.

É claro que esse cara só podia mesmo ser o Alfredo. Era a cara dele, essa história de servir uma fatia de fraldinha mal passada e esperar pelo sorriso maravilhado do degustador. Um exibido. Alfredo, antes de mais nada, era um exibido de tablado. Vela acendida na sua frente virava holofote. Entre uma peça de carne e outra, ele vinha puxar conversa na piscina e se mostrar pras coleguinhas da Cecília. E claro, sempre que possível me usando de escada.

"E como eu ia dizendo, eu tive essa sacada, e um dia quero escrever um livro, na velhice quem sabe... Vejam vocês, o Conde sabe, ele me conhece; minha cabeça gira tão rápido, são tantas informações se sobrepondo, tantos insights que, sério mesmo, no mais das vezes eu acabo me perdendo na profusão de tantas ideias, e termino por não levar a cabo meus intentos. Não sei se me entendem...”

Não aguentei.

“Porra Alfredo, acho que o problema é que você é tão inteligente, sua sagacidade te ocupa tanto, que você não tem tempo de pensar direito”, disse e o pessoal riu. Pensa que Alfredo se apertou?

“Veto! — interrompeu indignado. — Veto! *Reductio ad absurdum*, isso é desonesto!”

“Quem?”, perguntou uma garota. O lobão sorriu de meia banda. Era só o que ele precisava.

“*Reductio ad absurdum*, boneca. É latim. Trata-se de uma falácia lógica que consiste em estender os argumentos de uma pessoa a proporções ridículas, para então alvejar a ideia central. Uma espécie de silogismo às avessas. Coisa de gente espirituosa e engraçadinha, como o nosso querido Conde aqui.”

Claro que ninguém entendeu bulhufas, mas era exatamente isso o que Alfredo mais gostava, justamente porque lhe permitia prosseguir com seu ar professoral.

“Mais ou menos o seguinte, baby. Eu digo, por exemplo, que as mulheres mais bonitas são as mais magrinhas, assim como você, meu anjo... — e deu uma piscadinha canalha pra menina. — E então o simpático e espirituoso Conde emenda: ‘Já que é assim, Alfredo, você devia ir mora na Etiópia’, e aí todo mundo cai na gargalhada, rindo do pobre e bem intencionado Alfredo. Entendeu, fofura?”

“Fofura”, “boneca”, “baby”. Alfredo era completamente sem noção. Ele nem era assim tão velho. Mas era. Uma vez eu ouvi minha mãe dizer pra minha tia que “cabelo branco não é sinal de velhice. Velhice é juntar jornal velho na garagem”. Com certeza ela falava do meu pai. E Alfredo era um velho. O jeito de professor, a porrada de verdades e máximas que ele repetia como se decorasse um texto, as certezas que tinha a respeito de qualquer assunto, as opiniões formadas ainda no berço e petrificadas ao longo da vida, as roupas elegantes. É, porque é só reparar: cara velho é elegante. O cara com o espírito jovem é apenas mal trajado ou bem vestido. Elegância é coisa de quem acabou de sair de uma barbearia, de quem compra sapatos que duram, traz sempre um guarda-chuva e tem jeito e aparência fidedigna. Alfredo não era propriamente um cara antiquado, não, ele era *antigo*, é diferente. O meu irmão também é assim, já nasceu velho, antes dos trinta anos ele já furava bola de criança que caía no quintal. Não sei o que realmente torna uma pessoa velha; se é o fato de ela usar chinelos e pijama, ou por se agarrar às ideias que tem de si mesma e da vida, com o mesmo desespero de quem chacoalha um cofre de cabeça para baixo, na tentativa trêmula de arrancar uma moeda que já garanta a próxima refeição. É, o melhor é se prevenir.

"Cecília, você já reparou que a maioria dos velhos não é saudosista?", perguntei enquanto o facilitador seguia impressionando as convidadas.

"Meu, você não vai acreditar, mas eu estava pensando nisso, incrível!"

Não, não havia nada de "incrível". Com Cecília aquelas sintonias eram recorrentes. Com Aninha, então, eram o padrão.

"Pode observar, Cecília, saudosista o cara é quando ele começa a se despedir da juventude, quando ele chega lá no meio da vida. Aí o cara já não tem muita disposição pra aprender muita coisa, digerir o novo e etc... Então a banda boa vai ser sempre aquela que tocou na sua formatura, a melhor pizza ficava no mesmo lugar onde hoje está aquela agência bancária. E carro então? Esse nem se fala, não sei por que trocam tanto, já que os bons mesmo sempre foram prensados há mais de vinte anos. Canso de ver isso. É anomalia de meia-idade. Mas quando o homem já tá velho, bem, acho que a maioria ou se esqueceu, ou se cansou de engatar a marcha ré. Verdade, repare bem: velho se preocupa com o futuro... O futuro imediato, lógico. Quer saber se o neto vem almoçar no sábado, paga a conta de gás um dia antes, fica olhando o pote de mel contra a luz pra ver se vai dar mesmo para o mês inteiro, folheia o calendário o tempo todo. Pode observar, se tem coisa de que velho gosta é calendário. Nunca vi gostar tanto de folhinha... e pedaço de fio desencapado também. E não me pergunte o porquê, não faço a menor ideia."

"Você tá falando do Alfredo, né?"

"Sim e não. O Alfredo é com certeza um velho. E isso independe da sua idade. Alfredo é um dinossauro porque seu DNA é neandertal."

"Quantos anos ele tem?"

"Alfredo? Quarenta e... oito... É, ele fez quarenta e oito faz duas semanas."

"Nossa , eu achei que fosse bem mais."

"Justamente. Alfredo faz parte dessas pessoas que parecem que já nasceram concluídas. Você consegue imaginá-lo soltando pipa aos oito anos? Brincando de esconde-esconde?"

Ela pensou um pouco e sorriu. "Hum... sem chance. Acho que só consigo imaginar Alfredo no final da adolescência. Meio gordinho e já manipulador, em um *drive in* tentando deflorar uma aluna do Colégio Marista, ha ha ha... Sabe assim? Tipo aqueles caras que a gente vê em filme dos anos 50, ha ha ha..."

"Boa! O pior é que deve ter sido exatamente assim", disse e caímos na gargalhada. Cecília era mesmo especial, pensei. Ela me olhou curiosa.

"Você gosta dele, né?", perguntou de bate-pronto. Com certeza eu não tinha uma resposta no bolso ou na carteira. Aliás, eu geralmente não tinha respostas pra questões do tipo sim ou não.

"A questão, Cecília, é que eu não sei se devo. Digo, gostar do Alfredo."

"Entendo...", ela disse. E entendia mesmo. Costumava brincar com ela, dizendo que deveria fazer medicina. Cecília batia o olho em alguém e instintivamente fazia uma varredura. Ela não tinha opiniões a respeito das pessoas, tinha diagnósticos. Poucas pessoas com quem cruzei na vida podiam compreender tanto da natureza humana quanto Cecília.

Eu estava a duas semanas do meu casamento. Havia perdido Aninha para mim mesmo, Suzete para ela mesma e agora teria que me afastar de Cecília. Eu sempre soube que o projeto Cecília não sairia do papel. O que não quer dizer, em absoluto, que a nossa relação não fosse íntima. Era. Mas era mais onírica do que qualquer outra coisa. Enquanto eu estava ao seu lado eu vivia um conto de fadas. Mas era só virar as costas e a certeza de que ela pertencia apenas ao seu mundo fantástico me trazia à realidade instantaneamente. Eu não aguentaria passar mais que duas semanas em Penápolis, e tirar Cecília dali seria o mesmo que esperar que aquele cavalinho de madeira lá da minha infância viesse se transformar num alazão de verdade à medida que eu crescesse. Alfredo tinha razão, a Princesa Cecília viraria pó se cruzasse os limites fronteiriços de Penápolis. Mas o problema ali era justamente esse. No fundo é muito mais fácil desistir de uma carreira ou de uma família, do que renunciar a um sonho, abrir mão das fantasias. Pelo menos era isso que eu sentia aos vinte e cinco anos.

Fui embora sem saber que nunca mais veria a princesa.

* * *

Já fazia um bom tempo — sei lá quanto — que eu não pisava em Ubatuba para ver meu filho. Viviane me pedira quase de joelhos para que eu aparecesse pelo menos uma vez por mês para estar com o Junior. Mas sei lá, eu simplesmente não conseguia.

Da última vez que havíamos nos encontrado, fomos os três passar o dia em Itamambuca, como um civilizado casal recém-separado. Junior devia estar com dois anos e alguns meses. Levamos uma piscininha de plástico pra ele, brinquedos, guarda-sol, isopor, cadeiras, toalhas, repelente, protetor e mais um amontoado de objetos inúteis que sequer tiramos das sacolas. Assim era a vida familiar. E justamente por essas exigências faraônicas que a atividade doméstica nos impinge — que transformam o simples ato de tomar um sorvete em algo tão empreendedor quanto abrir um túnel no Canal da Mancha — que eu desisti tão facilmente da vida conjugal. Eu era apenas um corpo preenchendo uma vaga para pai numa empresa estatal. Batia o cartão, vestia meu Vuarnet, que incrivelmente já durava mais de cinco anos, me plugava no walkman, cercado de duas caipirinhas e sabendo que se a parada ficasse ainda pior, o que sempre é possível, eu ainda poderia contar com alguns tirinhos que sempre trazia comigo. O único alento naquelas tarefas épicas era a presença de Treseu. E ele adorava o Junior.

Viviane me pareceu um pouco mais magra naquele dia. Mesmo de biquíni. Estava ainda acima do peso, mas mantinha as curvas, não tinha celulite, os peitos continuavam lindos e dos ombros pra cima ela ainda era o que havia de mais belo do Oiapoque ao Chuí. Sem falar que ela tinha dezenove anos, se mantinha bronzeada e estava todinha besuntada de óleo protetor e suor. Exalava um cheiro de rosas que devia ser essência aromática do protetor solar. Resumindo: afrouxaram o torniquete e o sangue desceu. Depois da quarta caipirinha eu já não conseguia desgrudar os olhos da xoxota de Viviane, que assava sob o sol abrasador do início de verão, sentada de frente para mim numa dessas cadeiras de praia reclináveis, com os olhos fechados e as pernas entreabertas. Duas prioridades romperam a calmaria daquele dia com a mesma potência letal com que um pênis acordado de seu sono letárgico rompe com fúria incontrolável a resistência pouco eficaz de uma camisinha. Primeira, eu precisava desesperadamente comer Viviane. Segunda, tinha que dar um tirinho imediatamente para me acalmar. O problema é que não havia a menor possibilidade de eu me levantar daquela cadeira, de sunga e na condição que me encontrava. Eu mordia as bochechas e enfiava os punhos no gelo semiderretido do isopor. Viviane ouviu o barulho das pedras e abriu os olhos.

"Edu? Parece criança. Fecha isso, querido, pare de brincar com o gelo. Vai derreter. Fecha essa tampa."

Obedeci. "Querido", ela disse "querido", eu tinha ouvido muito bem. Talvez ainda gostasse um pouco de mim. Pode ser que já tivesse até mesmo esquecido a história da morte do Zé Carlos. Nossa, que morte terrível, talvez devorado vivo por terríveis tubarões Anequins. "Uma tragédia a morte desse rapaz", comentou na ocasião seu Agenor, o pai de Vivi. "Sem dúvida, seu Agenor. O mar é realmente imprevisível", comentei. "Olha, moço, a polícia investiga a possibilidade de assassinato..." "Não me diga seu Agenor! Que coisa absurda... Esse rapaz, o...." "Zé Carlos, José Carlos", interveio o velho. "Isso, o José Carlos. Ele era envolvido com drogas? O senhor sabe, narcotráfico, agiotagem, esse tipo de negócio escuso?" "Realmente não posso dizer. Ele era casado. Bem casado. Mulher, filhos, ganhava bem... Mas sabe como é, nos dias de hoje a gente vê de tudo." Olhei de relance para Vivi, sentada numa cadeira mais recuada. Ela tinha os olhos sérios pousados em mim. Naquela noite decidimos nos separar.

Agora lá estava eu, quase arrependido.

"Edu, vou dar um mergulho. Você olha o Junior?"

"Claro, Vivi. Vai lá."

Observei ela se afastar até a água. Se há um atributo nas fêmeas que eu realmente sempre achei de tirar o fôlego é essa falha anatômica que faz com que seus quadris não permaneçam alinhados enquanto elas caminham. O requebrar das ancas é sem dúvida algo admirável. Até mesmo eu, que sempre me considerei um desafortunado com baixo teor de testosterona, me rendo enrijecido diante dessa falha genética que escapou aos olhos de Deus, mas que se agiganta aos olhares perplexos dos mortais do sexo masculino. Se a mulher não requebra, pra mim trata-se de uma sapatão em potencial.

Enquanto Vivi se banhava eu abri a carteira e tirei um papel. Dava pra esticar umas quatro, mas fiz duas taturanas das gordas. Estiquei em cima da própria carteira. Na hora de cheirar, caralho, as notas estavam, justamente, na carteira. Merda, pensei e fui tratando de abrir a carteira da Vivi. Não havia um centavo. Nisso ela vinha vindo. Caralho, Eduardo, tu é uma anta mesmo. Imbecil. No desespero eu arranquei uma folha de cheque do talão dela e fiz um canudo o mais rápido que pude. Virei de costas e em menos de um segundo: Snif! Snif! Assim que virei o pescoço Vivi estava diante de mim.

"Nossa, agora vai você, tá uma delícia — e reparou na carteira. — Oba, me empresta a carteira. Quero tomar um sorvete", disse sorrindo.

"Ah, quer matar a saudade dos tempos de sorveteria, né?, disse enquanto disfarçava, tirando o restinho de pó da carteira. Com a outra mão amassei o canudo e enterrei rapidamente na areia. Na trave, pensei. Eu adorava aquelas situações de risco.

Lá pelas duas da tarde Vivi decidiu dar um último mergulho antes de irmos. Do nosso lado um casal acabara de abrir seu guarda-sol. Júnior dormia tranquilo na sombra. Eu já estava bem lelé. "Ei — chamei o casal. — Vocês se importariam de dar uma olhadinha aqui no meu filho enquanto eu dou um mergulho?" "Claro", responderam. Vivi me olhou intrigada. "Vamos juntos, quero ir com você". E com a maior naturalidade do mundo segurei sua mão e seguimos de mãos dadas pra água.

Comecei com umas gracinhas, jogando água nela. "Para Edu, para!", e cá-cá-cá e hi-hi-hi, e dá caldo e afunda, e mais água. Finjo que sou tubarão e ataco suas coxas por baixo d'água. E num ataque mais letal eu e Vivi nos engalfinhamos e demos início a uma sensacional performance de carícia explícita. Começamos nos beijando feito loucos, num vai-e-vem de mãos subaquático digno de parque temático, um Sea World para adultos. Puxei o biquíni de lado e penetrei sua boceta com fúria de detento. Havia gente por perto, havia. Mas a que distância, bem, juro que não nos importamos.

Gozamos e continuamos abraçados nos beijando. Demorou ainda um tempo para que a situação voltasse ao normal e eu pudesse desfilar de sunga pela praia. Ao chegarmos na barraca o casal sorria sem disfarçar, cientes de que haviam nos prestado um grande serviço.

Paramos em frente da casa dos pais de Vivi, apenas o tempo necessário para que ela deixasse Junior e Treseu com a minha sogra, e seguimos para o hotel em que passáramos nossa noite de núpcias.

Pegamos a melhor suíte, mandei subir champanhe — a única bebida alcoólica que Vivi tomava —, lagosta, uísque...

"Edu, não vai ficar muito caro?"

Vivi não tinha a menor ideia, e nem poderia, do tanto de dinheiro que eu ganhava. Resolvi impressionar. Pedi meia dúzia de garrafas e dei um banho de champanhe em Viviane. O líquido descia pela xoxota e eu engolia, enquanto metia a língua fundo dentro dela. Chupei Viviane até perder o movimento do maxilar. Ela gozava sem parar. Então fiz algo de que me arrependeria um pouco, mas só um pouco. Abri um saco de pó sobre a mesa de vidro e apresentei a cocaína pra ela. No primeiro momento ela se mostrou um tanto reticente, mas foi dar o primeiro teco pra não parar mais. Bebíamos, cheirávamos e fodíamos. Aquela foi a melhor noite de sexo que tivemos.

Eu olhei nos olhos dela, "Vivi, você é a menina mais bonita que eu já vi na minha vida. Eu estou adorando estar aqui com você. Estou feliz até não poder. Sabe, eu queria que essa noite não terminasse".

Falei. E era verdade. E era mentira. Porque verdades que não podem ser cumpridas normalmente são inverdades. Não estou me referindo àquelas certezas que não são levadas a cabo por motivos de força maior. Falo daquelas promessas subentendidas numa afirmação, e que simplesmente nos recusamos a trazer para o plano das experiências possíveis de serem vivenciadas. É justamente quando damos a entender que seguiremos numa determinada direção e simplesmente mudamos o traçado sem sinalizar, sem avisar a *outra parte*, por assim dizer. Você diz que ama a pessoa e some sem deixar vestígios. Então era melhor não ter dito nada, mesmo sendo verdade. É o que minha amiga Cris chama sabiamente de "sincericídio".

Passava das dez da manhã quando troquei Vivi por Treseu, na porta da casa da mãe dela. Dali seguiria viagem pra São Paulo. Ela me beijou longamente, depois falou.

"Edu, estou super feliz da gente ter voltado", sorriu e entrou na casa sem olhar pra trás. Permaneci algum tempo paralisado, enquanto Treseu lambia minha cara. Voltar, pensei, voltar pra onde? De que diabos ela estava falando?

"Sai, Treseu, quieto!" Engatei primeira e saí devagar. Viviane nunca me perdoaria por aquele dia. Talvez até me desculpasse se a coisa toda tivesse se limitado à bagunça dentro d 'água, mas a noite passada entre o pó e as meias-verdades, disso jamais ela se esqueceria.

Fui embora. Subi a serra sem saber que aquele fim de semana seria o último que eu passaria em Ubatuba.

* * *

Ao que tudo indicava, logo mais eu estaria diante de São Pedro, mas acho que nem pra ele eu teria de responder a tantas perguntas. Eu estava tonto. Todos haviam me abandonado. Vivos e mortos. Nem Aninha, Suzete, minha mãe, Cris... Os únicos que não saíam da minha cabeça eram Junior e Vivi. Acho que é porque eu sabia que iria morrer. E quando pressentimos a malvada Morte, os únicos que verdadeiramente importam são o sangue do nosso sangue e a mãe dos nossos filhos. Deve ser isso mesmo.

Eu continuava na cadeira, no centro da sala. Mais pessoas haviam chegado. Alfredo, o inquiridor, se aproximou de mim e se agachou na minha frente, de maneira a ter seu rosto no mesmo nível do meu. Insistiu mais uma vez em voz baixa.

"Conde, vamos tentar novamente — disse e passou a mão pela testa enxugando o suor. — Filho, você fez muita merda. É evidente, Eduardo, que você não está em posse de seu juízo. Mas preciso que você me ajude, para eu poder te ajudar. A ordem veio lá de cima. Os caras não querem mais você no negócio, mais que isso, eles querem a sua cabeça. Se você está sendo sincero, se de fato não matou Gonzalo, se nos disser onde está o Zecão e onde foi parar os quarenta quilos de pasta que simplesmente evaporaram na rodovia Imigrantes, eu assumo a sua bucha. Se você puder provar sua inocência nessas questões, bem, pode ser que esses caras aqui votem a favor da sua vida. Te dou um passaporte falso e te mando com passagem só de ida pra algum sítio no sudeste asiático. Caso contrário, filho, creio que você nunca mais cruzará o portão do Lugar ao Sol... Não vivo."

"Já disse tudo que eu sei, Alfredo. Não me lembro de mais nada — repeti já exausto, pela milésima vez. — Se você não acredita, pode me torturar." Alfredo riu.

"Conde, Conde... Você e a maldita televisão. Quem falou em tortura? Alguém aqui falou em tortura?", disse e olhou ao redor. Todos permaneceram em silêncio.

Contei Dida, Villano, os dois sujeitos que haviam me trazido da casa da mulher, Genari, um sujeito de uns cinquenta anos que eu desconhecia, mas que parecia familiar, e Jair, o enfermeiro, junto com o tio. Jair era o que mais evitava me encarar. Então o irredutível enfermeiro não resistiu às facilidades oferecidas por Alfredo, e decidir seguir os passos do tio. Engraçada, a vida.

"Conde, pelo amor de Deus, não quero te ver morto — disse

Alfredo, quase suplicando. Havia verdade nos seus olhos, decerto que sim. — Pense, homem, vá. Você tem memória de elefante, Conde, você mesmo reconhece. Como é que você não se lembra? Me ajuda, porra. Tenta lembrar, caralho — enxugou mais uma vez a testa, e sussurrou no meu ouvido. — Conde, eu não vou deixar ninguém te encostar um dedo, muito menos vou te torturar. Mas se você não for convincente, aquele grandalhão ali — apontou Jair — vai te dar uma injeção, e aí, rapaz, a gente só vai se encontrar lá no Céu. Diga o que aconteceu com Gonzalo e aonde foram parar Zecão e a porra da pasta. Me diga e eu garanto que Junior e Viviane receberão o dinheiro da venda dos seus imóveis e mais o que você precisar."

"No Céu?!", pensei.

"Sinto muito, Alfredo. Faça o que tem que fazer".

Ele se levantou pesadamente, segurou a cintura e chacoalhou a cabeça em negativa.

"Conde, definitivamente, você é mais previsível do que retrato falado de um japonês — disse contrariado, depois se dirigiu ao grupo. — Tem papel e lápis sobre a mesa. Podem votar."

43

O ácido bateu.

David Lee Roth surgiu como um demônio recém-saído do seu cativeiro. Voando no palco do Ginásio do Ibirapuera, agarrado às notas precisas e cáusticas metralhadas pelo guitarrista Eddie. Então era aquilo o Van Halen? Exatamente.

Ainda garoto eu havia estado no show do Gênesis, Rick Wakeman, depois Queen e até no Police, onde por sinal caí no espetáculo de paraquedas. Foi pelas mãos de Jane, um ano antes, que fui parar no Maracanãzinho em fevereiro de 82 para ouvir a banda, que me lembro bem, achei pop demais. Mas diante do Van Halen, aí sim, eu de fato estava assistindo a um concerto de rock da melhor qualidade.

A sublinhada e desgastada frase "já não se faz tal coisa como antigamente" sempre me soou estúpida e de um saudosismo sem propósito e doentio. A princípio acho que a expressão só tem serventia se o assunto em pauta for múmia ou dinossauro. Mas com certeza os ácidos eram diferentes há trinta ou quarenta anos. Pra começar, hoje já não é ácido, é *doce*. Um ácido das antigas era pura lisergia, o doce é quase que apenas anfetamina. Nada que se compare aos micropontos fabricados às escondidas na USP, aos patetinhas, tigrinhos etc.

Além de ouvir, eu podia *ver* o som. Não sei das outras bandas, mas o do Van Halen era azul, pelo menos naquela fase da banda. Amélia me falara de Huxley, Timothy Leary, caras interessados em *abrir as portas da percepção*. Pois é, era isso, "perceber" nunca mais teria o mesmo significado para mim. As portas não apenas se abriram, tinham sido escancaradas. Deus, quantas possibilidades havia numa existência, eu pensava. Quão pouco um homem sabe do mundo e de si mesmo. Eu não estava vivendo uma experiência mística e transcendente apenas, não, eu estava diante da solução para todas as limitações e pequenezes da condição humana. Aquilo era a realidade, claro, e não a degradante experiência do cotidiano, vivida mal e porcamente em uma casa mal iluminada no bairro da Pompeia. Eu estava cara a cara com a realidade.

Olhei para Aninha e ela cintilava. Ana era a forma mais bela num mundo de abjeções e desaforos estéticos. Havia uma luz, como se fosse um halo, contornando seu corpo. Perguntei se ela via o mesmo em mim. Disse que não, mas que eu estava muito engraçado. Na hora me passou pela cabeça que quando estão loucas de ácido, as pessoas deviam se mostrar como de fato eram. Mas eu não era engraçado, pensei, e então deduzi que ela quis dizer que eu estava ridiculamente caricatural, digno de riso. Mas não deixei que aquela constatação estragasse meu barato. Eu estava feliz demais pra que alguma bobagem dita fora de hora pudesse interferir naquele momento de luz e plenitude.

Nos beijávamos muito. E era como se fôssemos um só. Tinha a sensação maravilhosa de que a minha pele se fundiria com a dela a qualquer instante, e que seríamos *um* para sempre. Nunca em minha vida eu sequer pude imaginar que alguém pudesse sentir tanta alegria, bem estar e prazer, como eu sentia naquele momento. Sim, pensei, aquilo era AMOR. Então de fato existia, e eu queria pra mim. Eu nunca mais iria embora, houvesse o que houvesse, eu jamais arredaria os pés do lado de Aninha. Eu agora sabia o que era a verdadeira felicidade. E o melhor: a descoberta não me assustava.

Há experiências impossíveis de serem repetidas. Creio que nós, terráqueos, erramos justamente aí: ao tentar ao longo de uma vida, experimentar a mesma excitação e perplexidade que sentimos ao ver nossas primas nuas pelo buraco da fechadura quando tínhamos seis anos. Não rola, impossível. É como passear pela vida com um daqueles lápis que vem com a borracha atrás, tentando sublinhar as frases legais e apagar o que não prestou. Seria bom... se funcionasse.

Toda aquela turma do oriente já bateu nessa tecla. É tudo ilusão. Nada perdura, nada é estático, tudo é volátil e etéreo. A gente quer comer o doce sem que ele termine. Quer sentir pela mulher o mesmo tesão que sentia no começo do namoro. Pior: além de não conseguir, exige dela que também se sinta cheia de vontade e desejo. E a gente não aceita, quer porque quer, porque quer e pronto. Talvez funcione lá na Índia, mas é muito complicado de Greenwich pra cá. E o que é ruim, o que não serve, queremos esquecer e suprimir, como se fosse possível apagar uma cicatriz de traição, como se houvesse analgésico pra dor de corno. Dá pra tentar uma lobotomia. Só. E assim a gente segue. E quando eu digo "a gente" é porque é todo mundo mesmo.

Esses sintomas são muito recorrentes quando o assunto é droga. Quantas vezes tentei repetir experiências suprassensoriais recorrendo às drogas. Perdi a conta. Impossível, os malucos sempre dizem, *cada viagem é uma viagem*. E justamente por isso, por tentar recobrar algo que jamais virá à tona novamente, que lá um dia neguinho se dá conta que virou um dependente. Da mesma maneira, há pessoas que dependem tanto do passado, quanto um viciado do seu baque de heroína.

O show já ia terminando quando Aninha se virou pra mim, "Abre a boca". Tomamos mais meio ácido cada um.

Saímos do ginásio flutuando. Tudo colorido, lindo. Aninha, sempre informada de tudo, sugeriu que fôssemos pro Carbono 14, no Bixiga, assistir a uma sessão do filme da turnê do *Tattoo You*, dos Rolling Stones.

Vale lembrar que estamos no tempo das diligências. Não havia YouTube, MTV e DVD. Nem todo mundo tinha vídeo cassete, e tampouco havia um mercado de filmes piratas. As notícias do showbiz chegavam de conta-gotas, e eram poucas as bandas que incluíam o Brasil em suas turnês. Os programas de música pop legais normalmente não duravam um ano. O que havia mesmo era Edson Curi, Chacrinha, Eli Corrêa, Lolita Rodrigues e seu "Almoço com as Estrelas". Os filmes exibidos no Rock Show do Call Center e no Carbono 14 eram verdadeiros eventos. As sessões se estendiam madrugada adentro, fazia fila na porta que ia até a esquina pra assistir *Joe's Garage*, do Zappa.

Subimos a Brigadeiro a pé, como se pisássemos em nuvens. Ríamos como crianças e de tanto em tanto parávamos pra beijos e amassos. Descemos a 13 de maio felizes da vida, de balcão em balcão, tomando porradinhas e bombeirinhos.

Assistimos ao show de Jagger e sua banda. De eletrizados a contemplativos. A excitação ia sendo substituída por uma calma doce e cheia de amor. Um acariciava o outro, com muita entrega e afeto. Até restar apenas aquela lombra suave e um amor tão diferente de tudo que eu já havia sentido, que simplesmente não sabia o que fazer com ele. Não era amor de sexo, não era de verbalizar e não era de se fugir. Era de se deixar operar no coração. Eu não era bom nisso, não mesmo. Não me pergunte como, mas naquele dia eu consegui. E cheio de toda a felicidade que pode preencher o coração de um homem, eu simplesmente *fiquei*. Como em nenhuma outra ocasião em minha existência esquiva, naquele dia eu estive absolutamente presente.

Tempos depois, quando em nome da minha própria sobrevivência, as circunstâncias me obrigaram a exercitar cada vez mais o desapego, exigindo de mim que eu esquecesse e colasse cada vez mais as páginas do passado, eu fui obrigado a deixar pra trás muitas recordações. Posso até dizer que Netuno me ajudou bastante nesse sentido. Mas os detalhes e as sensações de tudo que eu vivi naquele dia, estão impressos na minha memória e na minha alma assim como uma digital indelével numa ficha criminal.

Pra sempre.

* * *

A gente sabe que a casa vai cair e não tem muito o que fazer a respeito. Olhamos para as mãos paralisadas como faria um recém-divorciado, já pensando em derreter as alianças, seja para estancar o sangue que verte do passado ou pra amenizar o prejuízo, tanto faz. É, estamos imobilizados. Aquele par de mãos espalmadas sobre as coxas já fizeram o que podia ser feito. Exatamente como o povo gosta de repetir: já não está em minhas mãos. Não mesmo. Aliás, muito provavelmente nunca esteve. Já é difícil manter a fleuma e o sorriso educado estando sóbrio. Louco de tudo que dilata as pupilas, aí meu irmão, é que a rédea escapa mesmo.

No fundo do poço você já esteve e, incrível, conseguiu voltar. Agora é pior, você já subiu até o último degrau da escada. Acima de você a cumeeira, abaixo o seu destino. E Deus, bem, quem pode dizer é Ele, se Ele *houver*, que fique claro. Até então Deus é apenas uma *possibilidade*. O que de fato existe é a altura, a vertigem, uma escada bamba, e um filho da puta lá em baixo torcendo contra você.

Eu acredito em Deus. Mesmo. O problema é que eu não creio no Deus misericordioso e benevolente, não, caralho, eu cresci frequentando a paróquia da Pompeia, quando o bairro mais parecia uma vila do sertão do Piauí. Acredito naquele Deus malvadão, que vai arrancar suas calças e te entregar só de sunga pro Cara lá de baixo. Foda. Foda pra caralho.

Você olha ao redor e se dá conta do que construiu: Nada. Em que bases a gente edifica a vida, acho tudo se resume a isso. No mais é viver o dia a dia como se disputasse uma divisão de acesso, tudo vira expectativa. O que não é esperança é sombra, e a Morte como um grande pano de fundo pra vida. Depois são os ossos. Muitos. E então o pó. "Porque do pó vieste e ao pó retornarás". Está escrito, ou foi o Alfredo que inventou, agora já não sei direito. Isso é comum quando se está no patíbulo aguardando a vez pra te laçarem o pescoço, quero dizer, confundir as coisas; cronologia, fatos, invenções, o que existiu realmente e o que não passou de uma fantasia.

Eu me perguntava se meteriam uma pá nas minhas mãos, me obrigando a cavar a própria cova. Talvez Alfredo estivesse mesmo certo, eu assistia muita televisão.

A ideia de cavar o buraco e dar de cara com o corpo de Treseu, num macabro desfecho para uma vida bizarra, me passou pela cabeça. Tremi e tentei não chorar.

Eu não queria morrer. A vida valia a pena, pensei. A vida vale a pena até com dor de dente. Até na segunda divisão.

Até sem Aninha.

* * *

André era um cara eficiente e transmitia segurança. Ele e mais dois do seu grupo haviam passado a madrugada e o dia vigiando a casa da advogada. Liguei pra ele no número que ele havia me passado. Provavelmente um orelhão.

"Pra que tanta gente, André, ficou louco?"

"Santo, eu não sei por que vocês decidiram visitar essa mulher justo hoje. Imagino que deva haver um bom motivo, porra. Isso aqui tá um inferno, polícia pra todo lado. A gente teve que se revezar pra não dar na vista. Os três fantasiados de são-paulino, caralho."

"Pra que time você torce?"

"Eu? Sei lá. Nenhum."

"Ótimo, agora você já tem um time. Aproveite a camisa. E então?"

"Ela chegou ontem às três da manhã. Sozinha. Ninguém entrou ou saiu."

"A que horas ela chegou?"

"Às três, acabei de dizer".

"Sei... E não chegou ninguém?"

"Já disse: não. Você já está perto?"

(...)

"Santo, tá na linha? Santo?"

"O quê, caralho?"

"Você já tá chegando?"

"Já... Dá uns dez minutos e pode sair."

"Tem certeza?"

"Do quê?"

"Como 'do quê'? De que quer que eu saia em dez minutos?"

"Ah, claro. É, dez minutos está bom. É... Escuta, que horas ela chegou mesmo?"

"Caralho, Santo, às três da manhã. Escuta, você tá legal cara? Tá tudo bem?"

"Sim. Obrigado, a gente se fala amanhã".

Pra falar a verdade eu não sei se a conversa foi assim desse jeito que eu contei. Acho que foi. Me lembro que estacionamos o carro bem longe da casa. Nunca soube onde. Foi a última vez que vi o Escort.

Depois disso me lembro de ter enfiado várias bolachas na cara da mulher, ao mesmo tempo em que eu mandava ela calar a boca. Mas acho que não estuprei a infeliz. Por que diabos eu faria aquilo?

Acordei com aquele imbecil me chutando. Eu tava todo mijado, isso era verdade. Mas não tinha vestígio de porra no meu pau. Depois foi aquilo: as pernas estiradas de Gonzalo, braços amarrados pra trás, uma porrada na nuca. Quando recobrei a consciência logo percebi que estava no porta-malas de um carro. Minha cabeça parecendo que explodiria se a gente passasse mais rápido numa lombada. Depois o Sol na cara. Olhei ao redor e imediatamente reconheci o Lugar ao Sol. Alfredo e mais alguém estavam ao lado da porta da casa. Por um momento fiquei feliz ao vê-lo e por saber que eu estava em casa. Acenei com a cabeça na direção do facilitador, mas ele não retribuiu. Pior: dessa vez ele não faria jus ao apelido.

Depois montaram o circo. No centro do picadeiro, Eduardo Conde, o palhaço.

Eu sentia dor por todo o corpo. Vomitei algumas vezes.

Alfredo me encarou mais uma vez, triste e sério. Se aproximou. Permaneci mudo. Alfredo levantou o braço e me enfiou um tapão na cara.

"Você é realmente o maior idiota que eu já conheci — e me encarou decepcionado. — Não posso te ajudar — virou-se para o grupo e ordenou: — Me passem o saco com os votos."

"Voto", pensei. Poxa, então a coisa era democrática. Alfredo ainda circulou um ou dois minutos pra lá e pra cá com o saquinho plástico na mão antes de dar continuidade àquela bobagem. Sempre teatral e solene, repassou os tópicos.

"Conde, você sabe por que está sendo julgado. Na verdade por uma porrada de cagadas que você vem cometendo há meses. A pior é a traição. É óbvio que no meio da sua insanidade você matou Gonzalo por causa de uma bosta de um vira-latas. A ordem que veio de cima foi clara: amarrar um paralelepípedo nessa cabeça oca e desová-lo num rio qualquer. Mas não, eu sou um homem bom. Se aqui nessa sacola estiver a sua clemência, você a terá. Mas não antes de nos dizer exatamente o que sabe do Zeca e da droga evaporada. Aliás, essa informação você vai nos dar, condenado ou absolvido, não interessa. Você não sairá daqui, seja por aquela porta ou pela porta do Céu sem antes nos dizer tudo o que sabe. Pode ter certeza disso".

Então a história de que ninguém iria me encostar um dedo era tudo conversinha. Eu já deveria saber. Não, eu não assistia televisão em excesso. Apenas o necessário pra me situar.

No canto da sala um aparelho de TV sem o som exibia flashes do jogo da tarde, intercalando as imagens da partida com cenas de comemoração da torcida do Vasco da Gama, lá no Rio de Janeiro. Então o São Paulo havia perdido o campeonato em pleno Morumbi, pensei. Bem feito, disse pra mim mesmo. Como eu podia me importar com tal besteira num momento como aquele?

"Culpado... Culpado... Culpado...", Alfredo contava os votos. Sua voz ecoava pelos quatro cantos do recinto, pesada e impessoal, intercalando o silêncio mais audível e abafado que eu já sentira. Era como se uma única e ininterrupta nota estivesse sendo tocada por um contrabaixo. Como se o silêncio entre as sentenças pronunciadas por Alfredo fosse a própria campainha do Inferno.

Agora a TV exibia imagens dos candidatos e o resultado das pesquisas. Davam a vitória de Fernando Collor com margem pequena. Algumas figuras públicas surgiam na tela e pareciam dar suas opiniões sobre o grande pleito. Na sequência veio a chamada para o programa de final de ano: *Retrospectiva 89*. Flashes de um jogo entre Botafogo e Flamengo. Brasil e Uruguai pela Copa América. Imagens das campanhas dos candidatos à presidência. O naufrágio do Bateau Mouche. E o maior acontecimento do ano, da década, e sem dúvida um dos mais importantes momentos do século XX: a queda do Muro de Berlim. Era verdade, pensei, já fazia mais de um mês desde o dia histórico na Alemanha. Aquilo sem dúvida era importante, mas todos deram as costas pra TV assim que interromperam as notícias do futebol.

Até que Alfredo sentenciou:

"Conde, os seis primeiros votos já te condenaram. Não há necessidade de lermos o restante".

Olhei ao redor e todos, exceto Villano que me encarava, mantinham o olhar baixo. Então era aquilo, eu tinha perdido. Um pavor como eu jamais pensei que pudesse existir percorreu minha coluna e senti como se cada vértebra estivesse vibrando numa frequência diferente. Comecei a suar e tremer, e num ato de puro reflexo eu tentei me levantar e correr, correr, correr como um animal acossado. Mas fui segurado rapidamente por um dos brutamontes que havia me sequestrado na casa da advogada. Pensamentos desordenados traspassavam minha mente numa velocidade estroboscópica, enquanto eu olhava afoito para todos os cantos, numa tentativa desesperada de cruzar um olhar solidário, de achar uma saída, de acordar daquele pesadelo. Alfredo e mais alguém tentavam falar comigo, mas eu não ouvia nada. Então o facilitador me segurou pelos ombros e me chacoalhou até que eu voltasse de lá de onde eu estava.

"Conde, presta atenção! — gritou. — Acabou, entendeu? Acabou, você perdeu. Chega, não quero fazer isso ser pior do que já está sendo. Me diga agora, onde está o Zecão, e que fim levou a pasta. Eu disse agora, entendeu? Se você quer que seu filho e sua mulher tenham sossego e segurança, desembuche já. Caso contrário eu te garanto que eles viverão numa penúria que fará você implorar ao Diabo pra que ele te cegue, só pra você não ver lá de baixo o inferno que eles experimentarão aqui em cima".

Eu não conseguia emitir um silvo. Balançava a cabeça desesperadamente. E quando vi Dida se aproximar com um maçarico nas mãos, eu urinei nas calças e vomitei. Alguns já ameaçavam deixar o recinto, certamente para não presenciarem o show de horror que teria início. Mas foi aí que verdadeiro espetáculo começou. Uma cadeira voou da porta da cozinha e se espatifou na mesa de jantar. O estrondo foi seguido de uma gritaria.

"Porra, caralho, todo mundo no chão! No chão, porra! Se tentar, leva bala. Nem tenta, nem tenta!"

O negão que tinha me prendido à tarde tentou. Zeca disparou e o negro caiu.

"Porra, bando de filho da puta! Eu tô falando grego, caralho? *Puti de gans daum! Puti de gans daum!* Se mais algum filho da puta quiser ir pro Inferno é só sorrir pra mim. Bando de cornudo filho da puta..."

Zeca e mais um cara de boné estavam na porta que dava para a cozinha e apontavam suas armas em várias direções. Do meu lado direito apareceu uma loira vinda não sei de onde. Empunhava uma 9 mm apontada pro Alfredo. Zeca deixou cair dos ombros uma sacola, que chutou na direção do Genari.

"Você mesmo com cara de playboy. Cuzão de merda. Pega essas algemas e vai algemando um por um... Agora, porra! Parece surdo!"

Genari obedeceu. Enquanto ele ia de um em um, bem, eu tive uma crise de choro. A loira fez menção de vir ao meu encontro, mas o Zeca acenou com a cabeça pra que ela se afastasse. Então, sempre atento à movimentação, ele caminhou até a cadeira onde eu estava e sem dizer nada segurou meu ombro até que eu me acalmasse um pouco. Então ele aproximou a boca do meu ouvido.

"Tá tudo bem, fica tranquilo. Você ainda tá louco?"

Neguei com um movimento de cabeça.

"Ótimo — ele disse. — Porque eu, parceiro, to virado no diabo. Preciso de você careta."

* * *

Foi um pouco antes de Aninha regressar de sua peregrinação de três anos pelo Brasil. Era madrugada de uma quinta-feira e eu vinha de uma balada na casa da Fatinha, uma maluca que comprava droga de mim desde os tempos do Hitz. Ela tinha me convidado para ir ao show do Itamar Assumpção. Um primo dela tocava na Isca de Polícia, a banda que acompanhou o músico por muito tempo. Só que a gente começou a cheirar na casa dela e o show foi pro saco. Fazia quatro graus em São Paulo e eu rodava a Bela Vista e a Praça Roosevelt atrás de mais pó, mas não havia um filho da puta nas ruas.

Era engraçado, eu traficava aquela merda e sempre me via sem farinha, de mãos vazias. Eu evitava andar com muita coisa em cima. Meu nariz já tinha sangrado e agora estava entupido. Abri o porta-luvas, tirei um vidro de Privina e pinguei umas gotas no nariz. A cada dois segundos eu virava o retrovisor a conferia se minha cara estava no mesmo lugar. Continuava lá, estúpida e patética. Rodei pelo centro e parei num botequim nojento na rua General Jardim. Sempre tinha algum filho da puta vendendo por ali. Mas naquela madrugada nem vampiro dava as caras. Desci e pedi ao garçom que completasse minha garrafa de bolso com conhaque. Enquanto tomava uma dose no balcão eu me lembrava de Suzete e de nossas andanças pela madrugada paulistana. Ora alegres e divertidas, ora paranoicas e esquizofrênicas, guiando com um olho no retrovisor externo e o outro no interno. Normalmente era o passageiro que olhava adiante e indicava o caminho, sob a expectativa sempre iminente de uma trombada.

Hoje eu sinceramente credito a um efeito colateral da má digestão de Deus o fato de eu ainda estar vivo. Em sua azia colérica, o Criador certamente me deixara para o dia seguinte. Mas como tudo aquilo que procrastinamos acaba não sendo cumprido, certamente o Senhor simplesmente deve ter se esquecido de baixar o polegar e torcê-lo sobre minha cabeça.

Eu nunca cheguei a uma conclusão definitiva a respeito dos meus sentimentos. Netuno? Medo? Vergonha? Não sei, decididamente, não faço a menor ideia. Nos anos que se seguiriam eu teria tempo de sobra para refletir e até mesmo sentir, mesmo que tardiamente, o que eu senti naqueles anos. Senti mas não senti, no sentido de não sentir o que eu estava sentindo. Quero dizer, de não sentir os sentimentos que eu erroneamente julgava sentir. E sentir é uma questão de sentimento. E eu teria tempo pra refletir a respeito de tudo o que vinha acontecendo desde que eu tivera a primeira ejaculação. Mas ao contrário do que eu imaginava, minha mente embotava ainda mais à medida que o tempo ia me distanciando dos fatos. Ou talvez eu não quisesse esclarecer nada.

Racionalmente, sim, cheguei a conclusões com a mesma velocidade precoce com que ejaculava. Sentir é pra quem tem coração. E eu nunca tive um, no sentido daquilo que se espera desse órgão. Não sabia fazer uso dessa bomba incansável; fosse para resfriá-la antes de um crime, fosse para entregá-la a alguma alma desavisada, quente e transbordante. Não, o que eu tinha mesmo era um fígado surrado e um cérebro já um tanto carcomido por drogas, álcool e acessos de esquizofrenia. Só me lembrava que havia o tal do coração quando ele disparava de medo, ou se fosse estocado pela lâmina ácida e gelada do ciúme. Quer dizer, do coração eu nunca tive uma notícia boa.

Naquela noite eu me empenhava em descobrir se eu teria sido feliz ao lado de Suzete, claro, se tudo não tivesse descambado daquela maneira. Aninha ainda zanzava pelo mundo afora, talvez nunca mais aparecesse. E eu não podia me lembrar se era feliz ao lado da Su, mas com certeza eu vivia contente. Suzete levava alegria e contentamento onde quer que ela pisasse. Então por que, meu deus, por que diabos ela fizera aquilo? Laçar o próprio pescoço e chutar a cadeira, onde já se viu tamanha insanidade? Porra, eu pensava, como eu sinto a sua falta, Suzete! Você se instalou na minha vida com a mesma impertinência e cara de pau de quem se senta na única poltrona vazia de um teatro lotado, sabendo que o lugar não é seu, mas sem a menor dúvida de que ninguém mais vai te tirar dali. Você saiu de cena antes de Aninha voltar. Sei lá como teria sido. Ia ser difícil, claro, não dá pra dar um teco e assoar o nariz ao mesmo tempo.

Tudo na minha vida tinha ficado pra trás, mas sem nunca deixar de visitar o presente. Suzete, Ana, Jane, Cecília e agora a Vivi. Eu ia deixando miçangas e contas caírem ao longo do caminho. Eu não era diferente de Amélia, se pensar bem. Uma vocação assombrosa para o desleixo e o descaso. Prescindia de pérolas da maneira mais perdulária e egoísta que se possa imaginar. Eu tentava erguer, edificar o que quer que fosse, mas antes mesmo de atingir a metade eu já estava pondo tudo abaixo. Eu era alguém que feria, unhava e desconstruía, exatamente como uma comunista desmiolada que descredita a família como célula legítima e delega ao Estado — veja bem, ao Estado Brasileiro — os cuidados da filha. Alguém que abandona, alguém que mata, desiste e circula pela vida apostando em causas perdidas, porque ao botar suas fichas num cavalo cocho você já é um vencedor, porque claro, a culpa sempre recairá sobre o pobre pangaré. Eu devia era ter me casado com a maldita Amélia e assinado meu atestado vitalício de tristeza. Ter cheirado com ela até morrermos. Mas não sem antes nos certificarmos de que toda e qualquer poesia fosse largada pelos cantos da casa. Não sem antes termos a certeza absoluta de Aninha viveria só e infeliz para o resto de sua vida. Porque na verdade eu era isso. Já estava mais do que na hora de parar de brincar de caubói. Eu era um fora da lei, frio e calculista, sem o charme de Lúcio Flávio e sem o coração de Robin Hood. Mesmo por que, como já disse, eu nem tinha um coração de verdade.

Eu me sentia cansado, exausto. A cabeça acelerada. Olhei ao redor e a cidade era um cenário apocalíptico, com crateras, sulcos, abismos e minas enterradas. Aquele lugar certamente estava coalhado de almas penando no frio cortante da noite. Havia um mendigo caído num canto, um pouco mais adiante. Talvez ele tivesse uma chance se eu o pusesse no carro e o deixasse em um abrigo. Mas não faria aquilo, claro que não, não havia uma razão. Além do mais naqueles anos ninguém morria de fato. Elvis não morreu, John Lennon não morreu, Elvis sempre continuará vivo, e até Tancredo Neves não morreu. O Punk Rock não morreu!, cantavam nos subúrbios. Era uma festa, estava todo mundo vivo: Cazuza, Lauro Corona, Janis Joplin, o costureiro Dener, Jesus... — esse então não morria nem de velhice. Todos vivos e contentes. Mas os pobres e incógnitos talvez morressem, não sei bem. Olhei mais uma vez para o mendigo e tive pena, mas nada que justificasse um ato de solidariedade.

Saí rodando de carro, o som no talo. Marcelo Nova berrava no rádio as únicas palavras que pareciam fazer sentido diante da evidência de tantos fatos: "Não vai haver amor nesse mundo nunca mais!"

São Paulo tem a cor do mimetismo. A cor desbotada da alma sombria dos seus habitantes. Cheiro de água sanitária. Era difícil saber se a minha cidade era mais assustadora no caos do rush ou no anonimato da madrugada deserta. Desliguei o rádio, abri a janela e deixei que o frio e o silêncio fizessem seu trabalho. A rebordosa e a depressão pareciam virar do avesso a minha alma. Eu bebia o conhaque, o frio aumentava e a dor descia cada vez mais fundo garganta abaixo. Eu me esforçava para sentir culpa, dor e a febre tísica que antecede a morte de um tuberculoso. Fiz tanta força que acabei conseguindo. E senti a dor envolver confortavelmente cada célula do corpo, e uma pena de mim mesmo me enchia de autocomiseração, me isentando de toda e qualquer responsabilidade que eu deveria ter para comigo mesmo. Eu era tristeza dos pés à cabeça, um organismo cinza-chumbo, denso e de baixa combustão, condenado a viver uma vida pacata e insípida, marcada por crimes vulgares e irrelevantes. Eu nunca picaria ninguém, não esquartejaria uma mulher grávida depois de estuprá-la, e tampouco alvejaria um político com um merecido tiro no meio da testa. Não, eu apenas prosseguiria como um previsível matador de gente chata e por si mesma condenada. Nada que você mesmo não fizesse se estivesse com seu relógio ajustado aos seus instintos. Eu era um homem comum, no pior sentido que se pode atribuir à palavra. Pelo menos dessa vez eu estava inteiramente triste, e fazia muito tempo que eu não era algo por inteiro.

Eu queria desistir, mas não tinha coragem. Eu devia fazer algo a respeito, pensei. Tinha que deixar as malas prontas, pagar as faturas, doar as roupas velhas, cortar as unhas dos pés, fazer um testamento e escovar os dentes. Não, eu não podia ter pendências. Eu precisava tomar uma atitude, e começaria justamente por aquilo que mais me mantinha preso àquela realidade absurda e sem sentido. Olhei no relógio: quatro e meia da matina. Diógenes devia estar acordando para ir ao Ceasa.

Fiz meia-volta e acelerei rumo à casa da Pompeia. Faria o que tinha de fazer e depois mandaria estampar uma camiseta: DIÓGENES NÃO MORREU!

44

"Oi, você ligou para Ana Leite, deixe o recado após o sinal. Obrigado. Piii..."

"Edu, larga essa bosta. A gente tem que vazar", me chamou o Zecão. Ele mexia nos papeizinhos que a turma tinha usado pra me condenar. O pessoal estava sentado no chão com os rostos virados pra parede, como a gente vê na televisão, quando um bando é preso e conduzido pra delegacia. Zeca ordenou que se virassem de frente. Alfredo rompeu o silêncio.

"Vocês sabem que não tem por onde. A casa não caiu só pra gente não, vocês tão fodidos e o senhor sabe muito bem que eu estou falando a verdade".

"*Valis tomalis no meius do seu culos*, Alfredo. Isso é latim, caso você não saiba. Idiota. Você é um picareta, ladrão de ladrão, rapaz. Esse cara aí esticado — apontou o corpo do negro no chão — tá aí por sua culpa, Alfredo. E todo mundo aqui vai ser preso por sua culpa, Alfredo. Se tem algum traidor aqui, esse traidor é você, Alfredo. Então *valis tomalis no meius do seu culos,* Alfredo!"

"Como é que é, Zeca? Ser preso, foi isso o que você disse? Vai chamar a polícia? — disse e soltou uma gargalhada. — Olha, Zeca, você é bem mais idiota do que eu pensava. Além do próprio Tubarão você vai ter o secretário de segurança pública no seu encalço. Vá em frente, faça isso. Só é uma pena que eu não poderei dividir a mesma cela com você, meu amigo. Lamento, mas eu tenho curso superior, irei pra prisão especial".

"Especial de cu é rola, filho da puta. Cala essa matraca que eu já tô no grau pra disparar. Cara chato. Você é um puta de um chato, Alfredo. Todo mundo sabe. Até sua mãe não deve te suportar. Cala a boca que cê ganha mais".

Alfredo olhou pro chão, um tanto constrangido. Eu não estava gostando nada daquilo. Que história era essa agora de mandar prender os caras? O Zeca estava a ponto de trincar, não podia tomar decisões. Ao que tudo indicava, o grande traidor era ele mesmo. Quem eram aqueles dois, a loira e o cara? Como ele sabia que eu estava ali, com todos reunidos? Caramba, eu pensei, tá tudo errado. Eu não tinha raiva daquelas pessoas. Aquilo era trabalho, fazia parte do jogo. Alfredo sempre me aconselhou, e ele gostava mesmo de mim, eu podia sentir. Que ele era um picareta, ora, isso todo mundo sabia, e essa condição não fazia dele um sujeito pior, ou melhor, não, fazia dele o que ele *era*. Assim como eu era o que eu era: dependente químico, medroso e esquivo. Eu tinha ido longe demais, e isso não era culpa do Alfredo. Naquele ponto eu nem poderia dizer se tinha ou não matado Gonzalo. Eu achava que não, mas vai saber...

"Edu, recolhe todas as armas e enfia nesse saco onde estavam as algemas", pediu Zeca. Obedeci. Ele continuava examinando os papeizinhos. Quando eu terminei com as armas, Zecão olhou sério para o grupo e falou:

"Quero ver quem é macho nessa merda. Bando de cuzão. Agora eu quer ver quem é homem nesse covil de rato. Aqui temos esses votos, que nem foram abertos. É, não foram mesmo. Eu quero saber quem votou a favor e quem votou contra", disse e ficou aguardando a resposta. Todos permaneceram quietos. Eu interferi.

"Foda-se, Zeca, o que isso importa? Já foi, deixa quieto. O que isso muda?"

"Muda tudo. Vou perguntar mais uma vez: quem votou contra e quem votou a favor? — agora quase gritando. Alguns se entreolharam, mas continuaram quietos. — Ok, bando de marica — disse e engatilhou seu 38, apontando para o grupo — Todo mundo abaixa a cabeça. Eu tenho a contagem aqui, se não bater eu mando todo mundo pra casa do caralho. Agora, quero ver os machos. Bando de cagão. Quem votou a favor a execução desse inocente — e me apontou —, levanta a cabeça. Agora, porra! Já!"

Um a um, eles foram erguendo a cabeça devagar. Eu não podia acreditar. Jamais poderia supor que eu fosse tão mal quisto. Jair, o enfermeiro, Dida, Genari... Por que esses caras me condenariam, por quê? Aquilo era uma traição em massa. O mesmo que um Xeique ser corneado pelo harém inteiro. Não, não é possível, pensei, eles não devem ter entendido a pergunta.

"Zeca, repita a pergunta, por favor". Ele obedeceu. Todos mantiveram suas posições. Eu simplesmente não podia compreender. Tentei olhá-los nos olhos na esperança de obter uma resposta, mas eles evitavam meu olhar. Percorri os olhos pelo bando e apenas Alfredo e Villano mantiveram a cabeça baixa. Foram os únicos a me inocentar.

"Só dois...", balbuciei pra mim mesmo.

"Não, Edu, só um — Zeca disse e ergueu o papel que tinha na mão. — Você só teve uma absolvição. Um desses dois filhos da puta está mentindo".

Alfredo e Villano agora me encaravam, enquanto os outros se entreolhavam aflitos, sem saber o desfecho que daríamos para o entrevero. Eles não, mas eu já sabia. Olhei pro Zeca e me aproximei. Ele olhou pra mim com os olhos paralisados, típicos de quem tá chapadaço, e me estendeu sua arma.

"Aqui, Edu, todo mundo é filho da puta. Todo mundo merecia uma bala. Talvez até nós dois. Mas agora ficou claro que tem um que é mais filho da puta do que o resto. Já trabalhei bastante hoje, parceiro, agora é com você", disse e se afastou enquanto eu empunhava o 38. Dida, ajoelhado entre os dois, baixou a cabeça imediatamente.

A decisão, mesmo que tacitamente, já havia sido tomada. Estava claro o que deveria ser feito. Porque era assim que as coisas eram. Assim se fazia entre os profissionais do meu seguimento. Puxei o cão e mantive a arma apontada para cima, próxima do meu rosto.

"Alguém vai falar? — quis saber, mas nenhum dos dois se manifestou. — Não faz diferença".

Olhei pro Villano. Aquele homem sem dúvida havia sido forjado no fogo do Inferno. Zeca tinha o olhar penetrante e seguro. Tinha autoridade e era firme como rocha — desde que não houvesse um rabo-de-saia envolvido, claro. Zeca de fato podia desarmar um capitão da ROTA só com um olhar. Mas Villano, sei lá, ele não era humano. Já violentara pré-adolescentes, torturava, matava suas vítimas da maneira mais cruel que pudesse. Eu e o Zeca sempre fomos contra a sua presença no time. Diziam que cometera o primeiro assassinato aos sete anos. A vítima? O avô. Não se sabe o motivo, mas contam que matou o avô paterno aos sete anos e fugiu. Apareceu quatro anos depois e matou o pai. Nunca acreditei que alguém pudesse ser essencialmente mau. Ainda hoje prefiro acreditar que a maldade é mais uma sequela, uma consequência, do que propriamente um estado perene de personalidade e caráter. Mas enfrentar o olhar daquele homem era como tentar encarar a própria serpente. Seus olhos eram dois vórtices espiralados capazes de sugar a alma de um desatento. Se alguém podia olhar nos olhos da Morte sem borrar as calças, bem, esse cara era o Villano. Por isso ele me encarou com seu olhar mau e sanguinário e projetou o corpo pra frente, talvez numa última tentativa de me vencer pela intimidação. O que, confesso, esteve muito perto de acontecer. Mas o meu pavor falou mais alto. Encostei o revolver na testa do miserável e puxei o gatilho. Imediatamente minha cara ficou salpicada de vermelho. Odiava quando isso acontecia.

Olhei para Alfredo e percebi que ele estava tremendo e encabulado. Mas isso não atenuava sua conduta torpe. Ele havia criado aquele circo todo. Preferia que ele não fosse preso, mas também não choraria por isso. Apesar de tudo, sei lá, ele teve sua importância na minha trajetória. Não me esqueceria de Alfredo tão cedo, mas daí pra sentir saudades é outra história.

"Agilizando, Edu. Você e o Cacheiro, peguem essa corda e amarrem esses merdas num dos quartos". Não gostava de receber ordens do Zeca. Estávamos no mesmo nível, mas ele acabara de salvar a minha vida. Eu e o tal do Cacheiro fizemos o que ele mandou. Antes de sair do quarto eu sussurrei para Alfredo.

"Vou garantir que Zeca não meta a polícia nisso. E você me dá 24 horas de saída. Feito?", ele concordou. "Amanhã eu garanto que alguém venha soltar vocês. Se é que ninguém fará isso antes".

Entramos os quatro num Monza e tomamos nosso rumo. Saímos do Lugar ao Sol pela Serra da Cantareira no sentido de Mairiporã. Permanecemos um bom tempo em silêncio. A loira pilotava. Zeca enfiou a mão no bolso e sacou um papelote, no que ela interveio na hora. "Espera chegar, caralho, não vai foder com tudo agora, porra". Zeca obedeceu prontamente. Ele era mesmo bom nisso, digo, em obedecer mulheres. Continuamos em silêncio. O tal Cacheiro devia ter nascido sem língua. Ainda não tinha ouvido a voz do miserável.

"E aí Edu, gostou do *puti de gans daum*, hein?"

"Porra, foi o melhor, Zeca."

"É... é isso aí. *Puti de gans daum, puti de gans daum*", ficou repetindo com se fosse uma canção de ninar. Caí exausto no sono.

Já era madrugada quando fui acordado pela loira.

"Anda, cara, desce logo, temos que correr."

"Onde estamos?"

"Atibaia."

Enquanto eu descia do carro o Zeca apareceu com um lampião e nos conduziu até um casebre. Ele deixou o lampião sobre uma mesa velha na sala. Acendeu outro, saiu e voltou dez minutos depois com uma mala, que abriu sobre a mesa. Eu não precisava perguntar de onde tinha vindo aquela grana toda. Apenas indaguei.

"Quanto?"

"O que tá aí, ora."

Era muito. Zeca pegou dez pacotes com notas de cem, contendo mil dólares em cada um e empurrou na minha direção.

"É pra você engatar a primeira, se garantir num buraco qualquer por dois ou três meses. Some por um tempo e então você vem buscar o que é seu. Você tem economias, não tem? Pois é, então tá tranquilo."

"Só isso?", estranhei.

"Acha pouco?", e apontou o pacote.

"Não tô falando da grana, porra. Quero saber: e agora? O que vai ser, o que a gente vai fazer? Você nem me explicou o que está acontecendo."

Zeca me olhou durante um tempo, me examinando com atenção.

"Edu, por que você matou o Villano?"

"Como assim por quê? Tá brincando, porra? Era pra ser daquele jeito, ou não era? Você me pôs uma arma na mão pra que o mentiroso e cuzão levasse chumbo, caralho. Ou sou eu que estou imaginando coisas?"

"Não, está certinho. O que eu quero saber é por que o Villano e não o Alfredo?"

"Cacete, Zeca, cê ainda tá doidão, tá? Tá de conversinha, porra? Atirei no Villano porque foi ele que mentiu, caramba. Porque ele é um verme e você sabe", olhei pra ele sob a luz do lampião e sua pele me pareceu mais vincada ainda. Aquilo lhe conferia um aspecto malvado e sombrio. "Porra — continuei —, você queria o quê, que eu matasse os dois?"

"Seria o melhor, pode ter certeza. É, matar os dois seria bem melhor, mas quem votou pela sua absolvição foi o Villano."

"O quê? — perguntei incrédulo. — De que porra você tá falando, Zeca? Você enlouqueceu de vez?"

Ele puxou do bolso da camisa um papelzinho amassado e me entregou. Eu segurei enquanto olhava Zeca nos olhos, tentando entender o que ele escondia.

"Lê aí", ele disse. Devagar e ainda confuso eu fui aproximando o papel do lampião, até poder ler o que estava escrito, numa letra tremida e quase infantil: INOSENTE.

Fiquei olhando aquilo sem saber o que pensar. Zeca interrompeu minha agonia.

"Villano era semianalfabeto."

Levantei tão bruscamente que a cadeira virou pra trás. A loira deu as costas e foi pro quarto. O Cacheiro já tinha capotado num sofá velho e esgarçado. Comecei a andar em círculos, segurando a cabeça, tentando inutilmente encontrar um argumento que pudesse contradizer o inquestionável.

"Não é possível. Não é, não dá, não pode", insisti. Zeca me observava impassível.

Existe o Tempo justamente pra que o cérebro processe as informações segundo uma ordem. O pensamento não é esférico, é linear. Me sentia como se uma bola incandescente tivesse sido enfiada na minha cabeça. Eu estava sendo esmagado pelo impacto simultâneo de trocentas informações. Pensei que era assim que devia ocorrer com os loucos do segundo andar lá no hospital psiquiátrico. E eu tive medo, de verdade. Eu podia surtar se mais um cisco caísse no chão, se me contassem uma piada. É nessas horas que um bom espirro ajuda. Espirrar faz um bem danado.

"Você, Zeca, você! — me voltei enfurecido pra ele. — Você deixou que eu matasse o Villano, seu desgraçado. Podia ter me parado, mas não, você preferiu deixar pra mim, já sabendo que eu não atiraria no Alfredo..."

"Ei, ei — interrompeu. — Duas coisas: primeiro, achei que você meteria bala nos dois, pra não deixar dúvida. É, eu pensei, mas me esqueci que você é um cara econômico. Segundo, eu mesmo poderia ter feito isso, mas a parada era sua, não minha — respirou fundo e continuou depois de um tempo. — Tem outra, Edu, se o Villano vivesse, bom, você sabe da minha história com ele. O desgraçado desistiria de tudo na vida para vir atrás de mim, nem que pra isso ele tivesse que reencarnar quinhentas vezes. E o fato do Alfredo ainda estar vivo tem seu lado bom. Pense bem, se você tivesse apagado o canalha, seria alguém lá de cima que viria atrás da gente. E pode ter certeza, é bem mais fácil escapar do Alfredo."

Levantei a cadeira e me sentei, apoiando os cotovelos nas pernas e cobrindo o rosto com as mãos. Não conseguia olhar para o desgraçado do Zeca. Tinha um baralho embolorado sobre a mesa. Puxei uma carta e veio um oito de copas. Carta de merda, eu pensei. Olhei a que viria em seguida. Um rei de ouros. Caralho, por uma, droga. Eu estava mesmo fodido.

"Edu, me diga uma coisa, você acredita em Deus?"

Aquilo só podia ser piada.

"Vai tomar no cu, Zeca. Vai tomar no meio do seu cu! Filho da puta! Quem é você pra falar de Deus?", explodi.

"Eu? Hum, sou amigo Dele, oras."

"Zeca, vai te catar. Você enlouqueceu", disse e me levantei. Comecei a juntar a grana, eu precisava sumir dali.

"A Vânia, sabe, ela me apresentou Jesus".

"Vânia?!"

"É...", confirmou e com um gesto com a cabeça apontou a direção do quarto onde a loira tinha se enfiado.

As igrejas evangélicas ainda não estavam tão em voga naqueles anos. Aquela novidade me deixou perplexo. Tínhamos todos ultrapassado os nossos limites. Estávamos completamente desorientados. Ser catequizado pelo Zeca seria o equivalente a ter aulas de etiqueta com o Tim Maia, por exemplo. A insanidade havia se instalado em definitivo.

"Zeca, vamos deixar Deus fora disso — disse e suspirei. — O que você sabe que eu também preciso saber?"

Ele pensou durante um bom tempo, e então se levantou. Foi até o Cacheiro e sacudiu o infeliz, que acordou assustado. Zeca sussurrou alguma coisa e ele saiu tropeçando. Voltou dois minutos depois arrastando um sujeito algemado, com um saco de pano na cabeça.

"Pode tirar", disse Zeca. Cacheiro obedeceu. Eu senti como se tivesse sido esfaqueado no estômago. Um rosto espancado surgiu tímido e oscilante sob a luz do lampião.

Meu deus, pensei, é impossível.

Era Gonzalo.

* * *

Apontei a arma pro punk Olegário. Apontei a arma para Aninha. Apontei a arma pro punk Olegário. Apontei a arma para Aninha. Apontei a arma pro punk Olegário. Apontei a arma para Aninha. Apontei a arma pro punk Olegário. Apontei a arma para Aninha. Apontei...

45

Eu já estou terminando o relato, essa história, ou parte dela. Sim, uma parte de uma história maior, que começou bem lá pra trás dos anos da entressafra, antes dos avós dos meus avós terem nascido, e que certamente seguirá sendo construída pelos bisnetos dos meus netos. Por isso que devemos ter filhos: para que a saga se sobreponha à crônica de uma existência mundana e restrita ao indivíduo. Isso é o que acontece com quem não procria, quero dizer, a sua pífia existência fica circunscrita a você mesmo, como se sua vida fosse uma observação de rodapé no *Grande Livro da História.*

Poderia ter contado tudo de trás pra frente, e com certeza essa narrativa teria um final mais feliz, terminando no dia em que eu mudei de colégio no meio do ano e conheci uma menina que não era gente. Gente como a gente, quero dizer. E não falo daqueles ossos frágeis e mal articulados, que davam à menina um jeito bambo de marionete, não, eu me refiro a tudo que não pertencia a ela, falo do resto do mundo, daquilo que não era Aninha e que acabou por conduzir minha vida como uma enxurrada que arrastasse uma folha seca. Ana não era desse planeta, quero dizer, não pertencia à nossa casta evolutiva. Certamente ela veio parar aqui por um erro de recrutamento. O seu corpo era a prova disso. Ana era quase invisível. Tinha de carne o suficiente apenas para que não morresse muito rápido. Era como se um acorde de música tivesse tomado consciência de si mesmo e nele nascesse a ideia de indivíduo. Então ele encarnou às pressas num corpinho tão mirrado que estaria fadado a passar despercebido aos olhos de Deus. Ana era música num invólucro. Música e sexo. Deus, como ela era boa nisso.

Aproveitei o fato de Cândida ser psicanalista junguiana e lhe perguntei justamente sobre essas gentes que parecem ter vindo de Marte passar férias aqui na Terra.

"No plano cósmico, sim, Marcelo, é possível. Acredita-se que muitas das grandes mentes que deram novos rumos à civilização tenham vindo de planos mais elevados. E não apenas os que obtiveram êxito e fizeram história. Às vezes são pessoas 'comuns', que desempenham papéis aparentemente pequenos ou insignificantes, mas que estão aqui para contagiar o próximo com a nova energia que guiará o planeta na nova era..."

Pra mim, bem, ouvir aquilo era assustador.

"Então me diga, Cândida, e esses mais, digamos, atrasados? Sim, essa gente que rouba, mata, usa drogas... Qual é a deles?"

"Qual é a deles? — me olhou surpresa. — Qual é a deles eu não sei — e sorriu. — Mas com certeza são espíritos ainda em estágio mais primitivo."

"Ainda, você disse?"

"É. Não gosto do termo *atrasado* ou *negativo*. Estamos todos evoluindo, em estágios e níveis diferentes, mas sempre evoluindo. É muito difícil a alma andar pra trás, 'cair', como se diz de anjos, por exemplo. Os *anjos caídos* não são comuns. A tendência natural da alma é evoluir, seguindo o próprio movimento do Universo, que é de expansão e crescimento."

Bom, se ela tinha razão, se viemos todos numa crescente, porra, fico imaginando o que eu não devo ter sido na última encarnação. Achei melhor dar fim naquele papo, mesmo por que o que eu queria era levar Cândida pra cama o mais rápido que pudesse. Antes que ela batesse asas e saísse voando, tratei de ir aos fatos.

"Você sabia que eu sou um diabinho bem malvado e primitivo?, disse e enfiei a mão no meio das suas pernas por baixo da mesa. Ela riu e depois me olhou com uma cara mais tarada e perversa do que a de Amélia quando via cocaína.

"Só você, bonitão?", disse e imediatamente segurou meu pau com força.

Quem diria, com aquela carinha de anja.

* * *

"Senta aí e cala a boca. Senta aí e cala a boca", disse e repetiu. Obedeci. "Você *não* viu Gonzalo morto, porra. Tanto não viu que você está aí olhando pra ele, na sua frente. O que você viu foi um par de pernas calçando um tênis que você *acredita* que seriam os do nosso amigo aqui."

Aquele dia terminava sem ter começado. Aliás, estava longe de terminar. Eu não dormia há quase três noites. Agora estávamos cheirando mais uma vez. Há pouco mais de vinte e quatro horas eu havia deixado o hotel na Bela Vista após ter matado Malu. Os horrores não tinham fim, simplesmente não cessavam. Não, apenas mudavam de rostos, mantendo as expressões apavorantes. Eu já estava tão louco que não entendia mais nada de nada. Quanto mais Zeca tentava explicar mais longe do entendimento eu me via. Na verdade eu só vim entender o que de fato havia acontecido um bom tempo depois.

Alfredo vinha fazendo negócio de carona no esquema que havíamos montado. Eu ganhava bem, ele melhor ainda. Eu estava era bem feliz quanto aos meus ganhos. Talvez o único segmento da minha vida em que eu estivesse de fato satisfeito. Mas. sabe como é, tem gente para quem a palavra *bastante* não é advérbio de intensidade, mas de negação. Nunca é suficiente, nunca está bom, jamais encherá o cofre, como se o porquinho tivesse um cu por onde drenasse os dividendos. Alfredo não estava roubando a estrutura, mas vendia uma carga a mais, separadamente, para tirar o dele. E o dele era muita grana. Aquele *paralelo* além de aumentar os riscos devido à quantidade maior de pasta para transportar, era totalmente desaprovado dentro do esquema.

"Aí, Edu, vai vendo, eu tava na mesma situação que eu sei que você está agora. Já queria sair fora fazia tempo, mas você sabe, não é tão simples. O aviso prévio nessa merda desse nosso negócio pode levar uma vida inteira. O mais provável é morrer no percurso, você tá ligado. Pois é, e eu nessa neura de dar o pinote e sem fazer a menor ideia de como. Foi quando eu tive a inspiração de fazer a mesma coisa que o Alfredo já vinha fazendo, pelas costas de todo mundo. Brincadeira? Por isso que eu digo: ideia a gente tem que patentear. Se Adão tivesse patenteado a foda hoje ele seria o dono do Paraíso, e Deus trabalharia no almoxarifado — coçou a cabeça, deu um gole na cachaça. — Foi quando eu dei uma sondada no Parado, aquele cara que ficou no lugar do Vela lá em Salvador. Cheguei com aquele papo manso pra boi dormir, 'Escuta, Parado, eu tava aqui pensando, sabe, só entre a gente, não comente nada, é só uma ideia. Mas qual a possibilidade de adicionarmos mais uns 80 quilinhos no lote lá pra Santos? Sabe, coisa nossa, minha e sua. Sem ter que incomodar o Papa ou seja lá quem for. Eu e você, só nós dois, entende?' Aí ele pensou, pensou, pensou, você sabe como é baiano, gosta de pensar. Aí, cara, pra minha surpresa foi que ele falou: 'Rapaaaz, não tá sabendo não? Menino olhe só: Carinhos já tá mandando é mais 150 a mando de Alfredo, num sabe? Pois é, majestade, é real. Mas se você disser que eu falei, vou dizer que você é que é louco...'"

Foi a partir daí que Zeca começou a vasculhar a vida do facilitador de cabo a rabo. Eu nunca acreditei que Gonzalo estivesse mancomunado com Alfredo, e muito menos que ele pudesse fazer qualquer coisa em sã consciência que prejudicasse qualquer um de nós. Eu vinha me decepcionando muito com as pessoas e sendo surpreendido pela *finesse* de seus caráteres, verdade, mas Gonzalo era um homem bom. Sim, bom como já não se faz. Um homem bom de antigamente. Um homem bom que pedia desculpas depois de tossir. Assim era o boliviano.

"E esse merda aqui acobertando — apontou o gringo, cuspiu de lado e olhou firme pra mim. — Esse filho da puta que se diz seu amigo sabia que o Alfredo queria sua cabeça."

"No Zeca, yo no sabia...", balbuciou.

"Não sabia o caralho!"

Gonzalo estava aos frangalhos. Eu havia começado a coagi-lo ainda pela manhã. Nada parecia fazer sentido. Zeca havia me ameaçado caso eu ferisse o boliviano. Agora ele o trazia quase que arrastado por uma coleira, todo estropiado.

"O seguinte, Edu. Enquanto Dida só fazia o que bem entendia com aquela cara de bom moço, Villano maltratava os outros sem misericórdia, você se drogava sem parar e eu, que de idiota só tenho as orelhas e o medo de ser corno, tratei de desobedecer. Claro, desobedecer. É o que se deve fazer, sempre. O mundo é dos insubordinados, Edu. Obediente é cachorro e filho do meio. Eu sou ladrão, cara, bandido e contraventor. Eu não sei andar na linha. Você, Eduardo, é sangue bão e inteligente. Mas não é esperto nem malandro, pelo contrário, você é distraído e lunático. Além de lento e um pouco otário demais. Você é o alvo mais fácil que eu já vi na vida."

Desde que não houvesse mulher envolvida, pensei, mas não disse nada. Eu estava confuso, não dava para acreditar em mais ninguém. Eu queria me mandar, mas não sem antes saber o que seria de Gonzalo e sem ter ao menos a mínima ideia de qual caminho seguir. Zeca cheirou mais uma tripinha e continuou.

"No nosso ramo, Edu, as peças duram pouco. Aliás, são feitas para não durar. O que faz essa estrutura funcionar é justamente o fato de que abaixo do Tubarão, qualquer um de nós é substituível. Você seria apenas o primeiro do nosso time a cair. Eu provavelmente viria na sequência. Por que você? Porra, você mal está se aguentando em pé. Ter matado o Diógenes te criou vários problemas, e o maior deles foi que todos, inclusive eu mesmo, passamos a duvidar da sua sanidade mental."

"Alfredo me disse que a ordem veio de cima".

Zeca riu. "Eu tô dizendo que você é um otário..."

"Nada disso faz sentido — eu disse. — Foda-se, Zeca, não quero entender mais nada por enquanto. A gente tem que se separar. A polícia, Alfredo, a diocese da Pompeia, sei lá mais quem, o mundo deve estar atrás da gente. Vou embora, mas quero mais uma coisa".

"Diga..."

"Vou levar Gonzalo".

"O quê? Você tá louco? Ele mal pode andar. Esse filho da puta te traiu."

Traindo ou não ele era a única alma de mãos limpas de todas que me rodeavam. Isso incluía Aninha. Cris morava na Europa, e o que havia de mais parecido com o Skype era o fac-símile. Era a opção que eu tinha: confiar em quem eu acreditava que tivesse me traído menos.

Saímos de Atibaia num carro roubado quando o dia já amanhecia. Uma ideia me ocorrera e por mais absurda que parecesse talvez pudesse funcionar. Seguimos pela Cantareira de volta pro Lugar ao Sol. Com sorte ainda encontraríamos os traidores amarrados.

* * *

Um momento raríssimo: fazia uma tarde linda em Londres após três dias nevando quase sem parar. O sol do fim de tarde dourava a neve. Eu e Cris, agora mudos, observávamos através da janela do pub o rio Tâmisa em seu trecho que cruza o bairro de Hummersmith. Cris não chorava, mas dos seus olhos escorriam lágrimas. Chorar sugere que algum sentimento tenha sido aflorado. Ela parecia alheia a qualquer sensação.

"Edu, eu nunca mais quero te ver, e nem que você me procure. Nunca mais, entendeu?"

Eu acabara de discursar por mais de duas horas, enquanto ela permanecia muda e impassível. Contei tudo, desde o dia em que, com uma ordem mental, decretei a queda de meu pai. Tudo, absolutamente tudo o que fui capaz de me lembrar. Não falei das dores e dos medos, de ossos e cinzas. Não, eu apenas narrei a história de um sujeito que por mera eventualidade era eu mesmo. Assim como um médico devidamente treinado informa ao paciente o diagnóstico de câncer em fase avançada, foi assim que eu me coloquei: dando detalhes das chagas com palavras técnicas e assépticas, na tentativa de que a terminologia impessoal e polida pudesse conferir alguma dignidade àquele cujo corpo apodrece corroído.

Não sei o que eu esperava daquela confissão. Talvez nada. Talvez um veredito. Mas eu quero acreditar que fiz o que fiz para que ela ouvisse da minha boca. Isso me parecia mais ou menos digno.

"Você é ou *está* doente. E a sua doença é imperdoável. Você é uma ameaça, Eduardo. E o pior é que você não me surpreendeu em nada. É absolutamente aceitável vindo de você. Eu sempre soube, Deus, eu sempre soube. Eu só não tinha consciência. Eu deveria ir à polícia, mas acho que eu não sou muito diferente de você. Não quero me envolver, não quero falar, depor... Não quero mais ter que olhar pra você".

Cris se levantou e saiu como quem foge do chamado de Deus. As pessoas têm medo, eu pensei, têm medo de assumir suas responsabilidades sociais. Ela não tem raiva do Eduardo, disse pra mim mesmo, o que a irrita é saber que deveria fazer algo a respeito, mas a preguiça a impede. Todos nós somos muito parecidos, a diferença é que alguns puxam o gatilho, enquanto outros abandonam a cena do crime.

* * *

Liguei para Alfredo. Ele atendeu surpreso.

"Onde você está? Por que está me ligando?"

"Ainda aqui. Tenho uma pendência, preciso resolver".

"Caramba, Conde, não foi isso o que combinamos. Você está louco? A polícia da cidade inteira está atrás de você. Se te prenderem a casa vai cair pro meu lado, porra, em cinco minutos os caras lá de cima vão bater na minha porta. Você deveria estar em Manaus!"

"Alfredo, quero saber quem me entregou. Me diga e eu sumo."

"Eu não sei quem te entregou, porra. A foto da carioca morta saiu em tudo que é jornal. Você tem mais inimigos do que bandido de novela mexicana, caramba. Escute, você tem que vazar agora. Se você não me telefonar de Manaus até o final do dia eu juro que eu mesmo vou te achar, Conde, pode ter certeza, e vou esvaziar o tambor nas suas fuças."

"Apenas me diga quem foi, e você tem minha palavra que eu deixarei o país imediatamente. Já arranjei tudo."

"Já falei que eu não sei", disse sem a menor convicção.

"Escute aqui, Alfredo. Se você não sabe, homem, nem o próprio

Diabo saberá. Não me venha com conversinha. Você sabe como funciona. Eu não vou arredar o pé daqui até que você me diga quem deu com a língua nos dentes."

"Você está de mãos atadas, Jesus! Não há o que você possa fazer, cara, você tem que se mandar", disse já desesperado.

"Alfredo, eu sei que não estou em condições de pôr nada em pratos limpos e nem de acertar contas com quem quer que seja. Pelo menos por enquanto não. Mas você sabe quem foi. E sabe que eu sei que você sabe. E você me conhece e por isso sabe que eu não sairei daqui enquanto você não me disser em claro e bom tom quem foi o filho da puta do dedo de seta que me caguetou... Desembucha, Alfredo, estamos perdendo tempo, caralho."

"Escute, meu jovem, não é hora..."

"Meu jovem? Meu jovem é o caralho, Alfredo — interrompi furioso. — Fala de uma vez, porra!"

"Conde, pelo amor de Deus, tente me ouvir. Os caras chegariam em você de um jeito ou de outro. E rápido. Você deixou um rastro de merda tão grande pra trás que até um cego com um pregador de roupas no nariz poderia encontrá-lo. Esquece isso. Salve-se, rapaz, salve-se!"

"Não é tão complicado, Alfredo. Trata-se apenas de como as coisas funcionam no nosso meio. Nenhum de nós está gabaritado pra falar de lealdade, concordo, mas nem por isso aceitamos traição. Bandido aceita até ser currado, mas não traído. É fácil, cara, me diga apenas o seguinte: Você, Alfredo, você, no meu lugar, daria as costas e sairia assobiando? Me diga: você deixaria barato?"

Ele falou depois de um breve silêncio.

"Escute, Conde, confie em mim, você não vai querer saber quem te entregou, tenha certeza..."

"Confiar em você, Alfredo? Tá de sacanagem? E outra, não é você que decidirá a respeito do que *eu* quero ou não saber. Essa história está se alongando sem necessidade — disse já com as bolas na garganta. — Eu vou te ajudar. Confesse, cara, foi aquele filho da puta do Genari, não foi? O babaca era fissurado naquela vagabunda. Filho de uma puta. Eu nunca gostei desse viado, nunca..."

"Não foi o Genari, Conde, não foi ele", disse num tom quase inaudível.

"Se não foi ele, desgraçado, então só pode ter sido você. É, foi você, Alfredo, agora estou ligando os fatos..."

"Presta atenção — me interrompeu irritado. — Ela viu a foto no jornal e reconheceu a garota carioca. Disse que suspeitava de alguém e deu o seu nome. Os caras do hotel te reconheceram pela foto..."

"Ela? Quem é ela? De quem você está falando?", perguntei aturdido.

"Ela mesma, Conde. O seu grande afeto. Ou desafeto, nunca entendi bem essa história. Foi ela, rapaz, a menina magrelinha. Sua amiga Ana Leite."

* * *

Era tarde da noite e encontrei meu apartamento vazio. Dirigi até a casa de Olegário.

O punk morava num desses prediozinhos de três ou quatro andares, sem porteiro. Não foi difícil abrir a porta e entrar.

O apartamento era todo arrumadinho. Punk de butique, pensei, viadinho e filhinho de papai. Olegário... Caramba, nunca engoli tal absurdo. Atravessei a sala com cuidado, a porta do quarto estava aberta e a luz acesa no corredor mantinha o quarto ligeiramente iluminado. Entrei e esperei a vista se acostumar à penumbra. Vi uma cadeira com uma calça pendurada no encosto. Sentei e fiquei observando.

Aninha dormia silenciosa, como era de costume, e vestia uma camiseta larga que ia até o meio de suas coxinhas magrelas. Ana sempre dormiu encolhidinha. Tive vontade mais uma vez de encostar meu ouvido em sua boca pra me certificar da sua respiração. Mas rapidamente espanei aquele pensamento como se fosse poeira. Aquilo já não fazia o menor sentido.

O punk Olegário dormia nu, de barriga para cima e tinha as mãos entrelaçadas sobre o peito, exatamente como um defunto. Ótimo, pensei, poderia ser velado ali mesmo caso eu decidisse matá-lo. Examinei-o de cima a baixo. Tinha o pau maior do que o meu. Mas aquilo não me incomodou, eu acho. Já não me sentia trocado. A questão em pauta já não era infidelidade, ou lealdade. Aninha havia me traído na acepção mais ampla dessa palavra. Não me refiro à mesquinhez dos deslizes carnais e sexuais, dos escorregões morais ou éticos. A traição de Ana foi universal, bíblica, atávica. Foi a traição de Eva e de Caim. A partir do momento em que ela atravessou a porta da delegacia e pronunciou meu nome, imediatamente ele me relegou ao plano dos excluídos por toda a eternidade. A partir daí eu passei a pertencer à esfera das vibrações nefastas, ao mundo dos mortos, a um nível mais baixo de densidade corpórea, onde certamente habitam os ímpios e cautos, os vivos penados que vagueiam sem ter onde se encostar. É a imagem que eu tenho da culpa: um sujeito caminhando para sempre numa estrada árida, reta e sem placas de retorno.

Por que, Aninha, por quê? Bastava que você prosseguisse me evitando e continuasse a fugir de mim. Eu teria sempre uma esperança em você, Ana, uma causa além da música, uma experiência corpórea que ajudasse você a ter alguma ocupação trivial e factível, além de esvaziar as lixeiras da sua casa e dormir abraçada a um gato, assim que Olegário te deixasse. Eu já tinha me acostumado com a ideia de não tê-la.

Dizer que sentia uma dor profunda, que a tristeza me corroía e uma mágoa estringia meu coração... *Bullshit*, mentira, bobagem. Eu sentia era um ódio corrosivo que me queimava todo, começando pelos ouvidos. Estranho, mas sim, pelos ouvidos. Olhava para aqueles dois e parecia que tudo aquilo que eu e Aninha havíamos vivido não valera de coisa alguma. Tudo perdido. Acabado. Em vão. Eu tinha consumido bons anos da minha vida acendendo vela para o santo errado, esperando um milagre enquanto Santo Expedito atendia causas impossíveis num descolado bangalô na Polinésia. Realmente, se eu ainda acreditava em Deus, era apenas porque cada vez mais eu tinha certeza da existência do Diabo.

Era engraçado observar os dois dormindinho tranquilos como se o amanhã lhes pertencesse. Mas quem decidiria sobre a possibilidade ou não de um café da manhã não seriam eles. De uma coisa eu tinha certeza: nós três sob a mesma abóboda celeste era impensável. Matar os dois seria injusto, porque tal medida só me traria alegria. E eu tinha que assumir: eu era o maior responsável pela minha desgraça, e devia pagar por isso, e da pior maneira, ou seja, permanecendo vivo. Me sobrava apenas uma alternativa: matar um dos dois.

Por isso Apontei a arma pro punk Olegário. Apontei a arma para Aninha. Apontei a arma pro punk Olegário. Apontei a arma para Aninha. Apontei a arma pro punk Olegário. Apontei a arma para Aninha. Apontei a arma pro punk Olegário. Apontei a arma para Aninha. Apontei...

Assim mesmo, como a despetalar uma flor: bem me quer, mal me quer, bem me quer, mal me quer, bem me quer, mal me quer... Até sobrar uma última pétala.

Puxei e... POU!

Desci as escadas correndo, ao som dos gritos que vinham do apartamento do punk.

46

Por trás da vidraça da porta que dava para a varanda eu observava a beleza da cidade de Praga coberta de neve, na manhã monocromática de inverno. Com a cabeça apoiada no meu antebraço colado ao batente eu via a cidade sumir e reaparecer, acompanhando minha respiração que embaçava o vidro. Não sei por que cargas d'água eu desenhei um coração sobre as gotículas coladas na superfície. Sei lá por que eu fiz aquilo. Acho que eu não sabia desenhar outra coisa.

Na cama de casal da suíte, Cândida dormia tranquila. Havíamos nos conhecido na manhã anterior, quando chegamos quase ao mesmo tempo no hotel, dividindo a atenção da recepcionista. Eu acabara de chegar de Londres e ela de Milão. Cândida era de Araraquara, mas vivia em São Paulo. A empatia foi instantânea e mútua. Mas nos despedimos e fomos cuidar da vida.

O dia anterior eu passara zanzando por Praga. Eu caminhava embasbacado, atento à paisagem, aos monumentos e construções. Bela e um tanto triste, assim eu via a capital tcheca naquele dia frio de inverno. Mas eu não fazia turismo, não me encontrava ali a passeio. Havia quase um mês que eu não bebia nem me drogava. Me sentia vulnerável e frágil. Alguns sintomas de abstinência se manifestaram naquele período. Meu humor oscilava como o de uma adolescente na TPM, eu suava com facilidade e tinha tremores espaçados. Quase não sentia fome, embora ingerisse grandes quantidades de açúcar. Junto a isso a depressão que me jogava pra baixo, me fazendo ver o mundo em branco e preto. Nos finais de tarde eu chorava, como numa espécie de expiação com hora marcada. Eram lágrimas verdadeiras, embora não me parecessem decorrentes de um motivo específico, ou de uma causa aparente. Aquilo era muito esquisito, já que eu não via razão para tristeza. Não estava arrependido e não me fazia falta o que eu deixara para trás.

Alguns dias na Tchecoslováquia e eu passei a me identificar muito com aqueles cidadãos que circulavam com uma grande interrogação estampada em seus semblantes. Havia pouco mais de dois meses que a Revolução de Veludo havia levantado as cortinas da obscuridade e exposto aquela gente aos olhos do mundo, e vice-versa. A euforia dos primeiros dias de liberdade cedia lugar para a incerteza e a apreensão. Era comum ver os bravos boêmios caminhando de cabeça baixa num passo ainda calculado e reticente. Romper com o passado nunca é fácil, por mais sofrível que ele possa ter sido, sempre guardará parte da sua historia, mesmo sendo a parte podre, aquela que queremos esquecer. Aquela gente se debatia como elétrons de um átomo bombardeado. Havia eletricidade, energia não direcionada, tensão. Os tchecos, assim como todo leste europeu, sabiam que deveriam seguir, mesmo ainda sem saber exatamente de que maneira. O mundo era novo e estranho. Assim como eu, aqueles homens e mulheres tratavam de seguir adiante procurando não olhar para trás, exatamente como um preso recém-libertado, que teme se voltar e olhar pela última vez sua antiga morada, sob pena de ser tragado pela força ancestral das grandes instituições. A sombra projetada pela memória colossal obscurecia o caminho adiante, fazendo do futuro um posto tão obscuro quanto o passado para o qual acabavam de dar as costas. Tanto quanto eu, os boêmios, diante de tantas novidades, podiam dispor de muitas ferramentas novas, inclusive a mais preciosa de todas: a liberdade. Mas apesar das tantas novas opções e possibilidades, lhes faltava uma peça importante: a certeza. Essa eles não tinham mesmo. A Tchecoslováquia daqueles primeiros meses de 1990 era forte e legítima, mas ao mesmo tempo um poço de incertezas e receios.

Éramos parecidos, eu pensava, experimentávamos momentos muito semelhantes. É sim, o que nos diferenciava era apenas o essencial. Aqueles bravos seguiriam tateando no escuro, mas amparados pela glória incontestável de suas grandes vitórias e conquistas. Ao passo em que eu engatinharia curvado pelo peso da vergonha e do fracasso. Tirando esse detalhe eu me sentia praticamente um nativo da boêmia.

Ao chegar no hotel liguei para o apartamento de Cândida e convidei-a para uma taça de vinho. Aquela abstinência estava me matando. A simples decisão de romper com a estiagem já foi suficiente para que eu recobrasse minhas funções vitais e me enchesse de uma alegria quase juvenil. Não demorou vinte minutos para que déssemos cabo da primeira garrafa.

Ocupamos uma mesa ao lado da janela, de onde podíamos avistar, sob a última luz do dia, o lindo rio Vltava, que serpenteia a cidade de Praga quase de maneira sexual, como uma mulher que se esgueirasse por baixo dos lençóis. Eu estava em atraso com tudo, e a sensualidade de Cândida aflorava a cada gole de vinho. Ela não era propriamente bonita, detalhe que fazia dela uma mulher espetacular e apaixonante. A beleza, enquanto substantivo e condição estática, é um troço enfadonho e previsível. Eu vivera essa experiência com Vivi e não tinha dúvida, a boniteza era coisa de gente feia. A noite seguia sem pressa e promissora, e o efeito do vinho me remetia a um estado de graça quase que sagrado, mágico. Acho que foi essa condição mística que acabou fazendo com que o assunto pendesse para *cousas* mais sensoriais e metafísicas. A conversa fluía pelas searas do solo santificado do amor universal, porém sem que em nenhum momento a aura da sensualidade dissipasse. Cândida assumia feições e maneiras de uma sacerdotisa. Como boa junguiana que era, ela se fazia valer de uma fleuma quase messiânica, beatífica. É, pode-se dizer que eu flertava com uma entidade. Mas essa deusa, ao que tudo indicava, chegava à exaustão sexual nas festas sagradas da colheita e nos rituais de fertilidade do solstício da primavera. Não sei onde eu tinha ouvido essa conversa de louco, acho que era coisa de Aninha, mas sabia que era nisso mesmo que as meninas confiavam: nessa capacidade ancestral de mesclar a tal *visão* com seu desenfreado impulso reprodutor. Eu estava enfeitiçado, não havia a menor dúvida. São poucas as mulheres que fazem uso dessa habilidade. As melhores são aquelas que a praticam inconscientemente, apenas por serem bruxas em potencial. Essas deusas natas simplesmente enfeitiçam, querendo ou não. E eu, bem, por que mais eu estaria ali, senão para ser sacrificado?

Tivemos uma noite linda, quero dizer, eu pelo menos sim. Creio que Cândida também. Ela disse "Isso é relação mesclada; meio sexo, meio amor... Bom, né?" Se era bom? Porra, eu não tinha um sexo como aquele sei lá há quanto tempo.

Ela dormia nua, e eu podia ver seu corpo parcialmente coberto pelo lençol. Cândida continuava naquela manhã tão encantadora quanto na noite anterior, embalada a muita conversa e vinho seco. Transamos mais uma vez e minha vontade era de ficar ali para sempre. Permanecemos na cama e em silêncio um bom tempo. Então ela falou.

"Você precisa mesmo ir hoje?"

"Sim, preciso..."

Ela me fitava pensativa.

"Sabe, Marcelo, eu sei que você está me contando a história que quer me contar. E pra falar a verdade é apenas *essa* que de fato interessa: a que você *quer* contar. E é também a que eu gostei e na qual eu acreditarei sempre. Peço apenas que memorize bem essa versão, pra não se confundir numa próxima vez — ela disse e sorriu docemente. — Certa vez me disseram que existe o fato e a *versão* do fato. Normalmente a segunda opção é sempre mais sedutora".

"Tá tão na cara assim?", eu disse. Não tinha muito como negar. Ela continuava pensativa. Apoiou-se nos cotovelos, me deu um beijo na boca e olhou nos meus olhos, terna e incerta do que iria dizer.

"Marcelo, eu sou boa em montar quebra-cabeças. Aliás, minha profissão contribui bastante pra isso. Não me pergunte por que, mas eu acho que você conheceu uma moça que foi minha paciente há uns anos atrás..."

"Moça? Que moça?", meus pelos ouriçaram.

"Uma menina doce. Ela havia perdido muita coisa, emocional e fisicamente. Uma desistente. Uma pena, era uma grande pessoa. Ela se enforcou na garagem da casa dos pais..."

Aquilo não podia ser. Era outra pessoa. Não, era mesmo de Suzete que ela falava. Era tão óbvio que não poderia ser diferente.

"Essa moça, Cândida, qual o nome dela?", perguntei desconcertado. Ela me olhou durante o que parecia ser uma eternidade. Respondeu da melhor maneira possível.

"Patrícia, Marcelo. Ela se chamava Patrícia", disse, inclinou a cabeça pro lado e ergueu as sobrancelhas de maneira quase imperceptível. Ela esperava que eu dissesse alguma coisa.

"Patrícia?"

"É... — e me olhou com mais atenção ainda. — Isso, Patrícia".

Foi minha vez de examiná-la longamente. Por que estávamos fazendo aquilo? Era um jogo, uma brincadeira, ou o quê?

"Sim, Cândida, conheci uma Patrícia que tropeçou na garagem, caiu de um banquinho, algo assim...", disse e silenciamos. Como é fácil quebrar um clima, eu pensei.

Deixei o hotel por volta das onze da manhã. Ao me despedir da psicóloga, sabíamos que nunca mais nos veríamos. É, a gente sabia sim. Eu jamais a esqueci.

Caminhei a até a estação e tomei o trem para Kutná Hora.

Havia sido apenas esse o motivo daquela viagem a Tchecoslováquia: conhecer o Ossuário de Sedlec.

47

O frio era tanto que mal dava para respirar. Acho que foi o dia mais frio dos mais de quatrocentos anos da cidade de São Paulo. O termômetro da varanda marcava cinco graus às quatro e meia da manhã.

Subi as escadas da pizzaria e fui direto ao mocó onde guardava meus bagulhos. Fiz duas carreiras gordas e virei meio copo americano de uísque caubói. Diógenes estava no banheiro. Meti o pé na porta e flagrei o desgraçado escovando os dentes. Ele tomou um susto, arrancou a escova da boca e cuspiu a pasta.

"Edu?!"

"Não! Nabucodonosor, idiota!"

Entrei no banheiro. Diógenes tentou passar por mim, mas eu o impedi. Ele forçou a passagem. Eu saquei minha Walther e apontei pro peito do cretino. Liguei o gás e abri o chuveiro. Em dois minutos o banheiro parecia uma sauna úmida. Diógenes envolto na neblina era o próprio fantasma. Um fantasma assustado. Vê se pode, eu pensei.

"Ia sair sem tomar banho, Diógenes? Tira a roupa e entra no chuveiro. Agora."

"Edu — gaguejou. — Você tá louco? Abaixa essa arma. Você tá travado, vai fazer uma merda, porra. Me deixa sair", suplicou.

"Ti-ra a rou-pa. Agora!"

"Você tá louco. Seu nariz tá escorrendo. Eu tô atrasado, tenho que ir pro Ceasa — desconversou. — Abaixa essa arma, caramba", e tentou mais uma vez passar por mim.

"Filho da puta. Você pode ter me tomado essa casa, tá ouvindo? Mas o banheiro é meu. MEU! E você vai fazer exatamente o que eu mandei. Tira essa porra dessa roupa e entra no chuveiro já, antes que eu mude de ideia e desligue a água quente".

Ele me olhou com uma expressão que vacilava entre o pavor e a indignação. De repente tomou-se de coragem.

"Pro caralho você, Edu. Doente, cara, você está completamente louco. Essa droga toda vai te matar. A cada dia que passa a coisa piora. Pra mim chega, Eduardo. Não quero mais saber. Sai da minha frente. Vou pegar minhas coisas, vou embora já. Fique com o seu banheiro, sua casa e sua pizzaria. Pode se matar, já não me importo com você. Aliás, ninguém mais se importa, as pessoas cansaram, Edu, ninguém mais te aguenta, cara. Você já fodeu com vida da coitada da Suzete e..."

"Viado, filho da puta!", dei uma porrada com a coronha da arma na têmpora do imbecil. Diógenes tombou desajeitado entre o bidê e a privada. Engatilhei a 22 e aproximei da cara do folgado. Ele sorriu debochado enquanto levava a mão à orelha.

"Vai me matar, Eduardo, vai? Mais um pra sua lista, é isso?"

Olhei pra ele friamente.

"Eu não mato ninguém, Diógenes, quem mata é Deus. Eu só puxo o gatilho — olhei muito sério nos olhos dele. — Faça agora o que eu mandei. Rápido, Deus não gosta de madrugar, Ele está num puta mau-humor".

Fiz com que ele permanecesse cerca de vinte minutos sob a água quase fervendo. Quanto saiu do boxe joguei-lhe uma toalha.

"Se enrole — eu falei. — Não disse que era pra você se enxugar. Mandei você enrolar essa merda na cintura. Ele hesitou, mas obedeceu. Eu tinha a arma a vinte centímetros da sua cabeça. Empurrei o imbecil em direção à porta e colei a arma nas costas nuas. — Você só abre a boca se eu mandar. Se eu ouvir um piu você morre."

Arranquei meu tênis e calcei o dele. Apenas saímos do banheiro e descemos a escada e Diógenes já tremia, batendo o queixo. Abri a porta da cozinha para o quintal e o golpe de ar gelado foi como se eu tivesse levado uma bola de neve no focinho. Eu nunca tinha visto a neve, mas tive certeza, era exatamente aquilo, só que com tudo branco. Encaminhei Diógenes até o fundo do quintal e arranquei a toalha. Por que eu o fizera se enrolar da cintura para baixo? — me perguntei. Empurrei o miserável e ele tombou nu. Imediatamente se pôs em posição fetal. Jamais vira alguém tremer tanto. Ele tentou dizer alguma coisa, mas não conseguiu. As batidas do seu maxilar poderiam ser ouvidas do outro lado da rua.

O frio era insuportável. É melhor isso terminar rápido, pensei, não vou aguentar muito tempo aqui fora. Eu tremia. Usava três casacos grossos, luvas e cachecol, e ainda assim eu tremia. Tirei a garrafinha de bolso e dei uma bela talagada de conhaque. Puxei uma cadeira e me sentei de frente pra Diógenes. Estiquei mais duas na carteira e funguei rapidamente. Pinguei mais duas gotas de Privina.

Aquela porra de frio ia acabar me resfriando. Enquanto falava eu ia prestando atenção na fumacinha que saía da minha boca.

"Sabe, Diógenes, você é um puta de um cara de pau, mentiroso, dissimulado e traiçoeiro. Você me enoja. Como é que você tem a coragem de abrir a boca pra falar o que quer que seja de mim, de Suzete, ou de nós dois? Você, seu filho de uma puta, recolheu Suzete da calçada naquela noite. Deu banho nela, não foi? No dia seguinte ela estava limpinha. Claro, a boa alma Diógenes recolheu a moça, cuidou dela e tudo. E então...? Ah, o bom Diógenes levou-a para sua própria cama e a cobriu. Mas ela estava nuazinha, assim como você agora. Peladinha e indefesa. E o que fez o bom pizzaiolo? Entrou debaixo dos lençóis e a aqueceu com o próprio corpo. E o que acontece quando dois corpos nus ocupam o mesmo espaço? Ora, meu amigo, você estudou física; dois corpos não ocupam o mesmo lugar no espaço, a não ser que haja uma espécie de fagocitose, algo assim. Então dois corpos passam a ser um. Mas para que isso ocorra um corpo deve ingerir o outro, ou absorvê-lo... É mais ou menos assim, não é não?"

Diógenes tremia tanto que parecia estar tendo convulsões. Tinha os olhos arregalados e fixos no nada. Não sei se estava consciente. Acho que havia sofrido uma hipotermia, ou choque térmico.

"E então — continuei —, o que faz o bom e velho bissexual Diógenes? Ele penetra Suzete, que por sua vez permanece desacordada enquanto o promíscuo 'fode-tudo' se deleita no corpo farto da mocinha. Foi assim, não foi? Fala, desgraçado..." Dei mais um gole no conhaque e outro tirinho.

"Nós dois, Diógenes, sabemos que foi assim, não é mesmo? Se eu tenho provas? Porra, agora eu te pergunto: eu *preciso* de provas? Não, claro que não. Basta que nós dois saibamos a verdade, amigão, basta isso..."

Não sei por quanto tempo eu continuei falando após Diógenes ter morrido. Foi somente depois de o pó ter acabado e eu quase ter morrido junto, tamanho era o frio, que eu me toquei de que ele já não tremia, e estava duro lá no chão. Isso foi lá pelas nove da manhã.

Diógenes foi encontrado nu por Darcy às duas da tarde, quando o assistente chegou para trabalhar.

Quando acordei em um hotel do centro da cidade, quase vinte e quatro horas depois, eu não tinha certeza se aquilo havia acontecido de fato, e muito menos da maneira como me contariam depois.

Então eu chorei um bocado. Me vesti e fui para o enterro no conhecido Araçá. Nem a morte de Suzete me deixara tão desnorteado. Foi a única vez na vida em que eu quis ser enterrado no lugar de alguém.

Mas essa vontade passou rápido. Fui embora antes do enterro terminar. É, fazia muito frio e tinha muita gente me olhando.

Chato isso, pensei.

Autoajuda: se agasalhe antes de sair.

48

Não sei mais a respeito da extinta Tchecoslováquia do que sabe a maioria das pessoas. No início dos anos 90 foi rasgada ao meio, dando origem à República Tcheca e à Eslováquia. São bons em fazer cerveja. Praga continua sendo uma cidade linda, como pude ver pela televisão, e é uma das capitais mais visitadas do mundo.

Quando eu estive lá, foi como a aterrissar na Terra no dia seguinte à expulsão de Adão e Eva do Paraíso. Não tinha shopping, reality show e ninguém falava inglês. Puta tinha, isso eu me lembro bem, várias se ofereceram. Fertilidade e boa vontade, eis duas palavras que movem o mundo. De turista acho que havia eu, e mais meia dúzia. O resto era aquela gente brava e corajosa, muito mais preocupada em sacudir a própria poeira do que em auxiliar um desorientado transeunte a chegar até o ossuário, que para muitos se tratava de uma obra macabra, sendo mais um motivo de vergonha do que propriamente de orgulho.

"Ostatky". É assim que se diz "ossos", em tcheco. "Ossos", é assim que se lê "destino", em todas as línguas. Nada é comparável à resistência dos ossos. Me lembro de quando crianças, eu meu irmão, cada um com os dedinhos na extremidade do ossinho do frango, para parti-lo e trazer a sorte no pedaço que viesse com a junção. O engraçado é que eu sempre ganhava, mas o desejo não se cumpria. Pelo menos não da maneira como eu esperava.

Passei o dia no Ossuário de Sedlec. A maior parte do tempo sozinho. Saí e entrei algumas vezes. As raras pessoas que apareceram por ali pareciam não entender absolutamente nada. Mas o fato é que ninguém pode entender nada diante daquela obra. Decifrar *o que é* o ossuário, desde sua origem até seu desfecho — que creio, é a manutenção daquela idiossincrasia —, é estar muito perto da compreensão definitiva da natureza humana. Eu me sentia diante de um oráculo, que guardava os segredos e as intenções dos homens e dos deuses, desde os primórdios até o dia do *Big Crunch*, bem depois do Juízo Final, quando tudo retornará ao pó e ao nada. E por que diabos eu me sentia tão acolhido e confortável na capela de ossos, como se tivesse retornado ao útero de minha mãe? Por que eu sentia tanto calor? E por que não havia mais culpa, pecado, medo e condecorações? Não há motivos para lágrimas e tampouco pra comemorações, eu pensava. O que tem é isso aí: uma pilha de ossos, impessoais e sem memória. São candelabros, bancos, mesas, altares... poderiam ter virado apenas adubo. Ainda assim seriam o que são e não o que um dia foram: parte da vida de alguém. A pieguice é um mal. E o macabro não está no relicário, nos ossos e nos fios de cabelos que guardamos de alguém que morreu, ao logo de uma vida pontuada por recordações. Na pior das hipóteses, as unhas guardadas de um monge franciscano servem como provas de DNA, e atestam que eram as garras de um homem, e não as unhas de um santo. Macabra é a mente doentia de quem pleiteia a santidade. Não há mal algum em visitar o Inferno. Se existe de fato um grande erro, bem, ele está em permanecer lá. Porque o lugar do homem é sob a luz. A mesma luz que iluminava aqueles milhares de ossos, que a princípio deveriam estar enterrados.

Ali, cercado de todos os ossos do mundo — menos é claro, aquele que eu havia enterrado em Arembepe —, eu pude ser autoindulgente. Não, Edu, você não é um homem mau, eu pensei. Você cometeu algumas maldades, é certo, mas não é mau. Ser mau é querer tomar posse de um estado absoluto, é reivindicar para si uma condição que não é de direito integral de ninguém. Nem ao Diabo cabe tal condição. O *mau* antecede a ele. O Mal e o Bem flutuam por aí, etéreos transportados pelo sistema de ventilação. A gente respira um pouco disso, outro pouco daquilo, e faz o que tem que fazer. O resto cabe aos outros. Digo, julgar, condenar e absolver.

Uma senhora sentou-se ao meu lado e começou a desfiar um rosário. Rezou por mais de uma hora, como se fizesse uma prece para cada um dos milhares de mortos que protagonizavam aquele espetáculo. Pensei em fazer o mesmo, digo, rezar um pouco. Mas logo mudei de ideia. Aquilo não tinha nada a ver com orações. O ossuário era um espetáculo grandioso e sem equivalentes no repertório humano. O que havia de mais próximo em beleza e originalidade era uma brincadeira de criança comparada ao ossuário; trata-se da Capela Sistina.

Por volta das cinco horas me indicaram a saída. A contragosto deixei o recinto sem olhar pra trás.

Já conheço do mundo o suficiente, pensei, e segui meu caminho.

Este livro foi impresso em papel pólen bold na
Renovagraf em Agosto de 2016.